KB043922

거기·그가·있다·

초판 1쇄 발행   2016년 4월 5일

지은이 권영준
펴낸곳 책밭
펴낸이 유광종
책임편집 이동익
디자인 남지현
출판등록 2011년 5월 17일 제300-2011-91호
주소 서울 중구 퇴계로 182 가락회관 6층
전화 070-7090-1177
팩스 02-2275-5327
이메일 go5326@naver.com
홈페이지 www.npplus.co.kr
ISBN 979-11-85720-21-0 03810
정가 15,000원

이 도서의 국립중앙도서관 출판예정도서목록(CIP)은 서지정보유통지원시스템 홈페이지(http://seoji.nl.go.kr)와
국가자료공동목록시스템(http://www.nl.go.kr/kolisnet)에서 이용하실 수 있습니다.
(CIP제어번호: CIP2016007151)

거기·그가·있다·

권영준 장편소설

― 소설 『거기. 그가. 있다.』는 극작가 권영준이 2007년 발표한 희곡 『립숖, 명鳴!』을 연출가 권영준이 무대화하는 과정과 공연될 실황을 머릿속에 소소하게 그려본 가상의 기록물이다.

"내 꿈은, 내 삶이 그러하듯 언제나 현재진행형이다."

엊그제까지만 해도 그는 결단코 극장에 가지 않을 생각이었다. 겨우 내 진행된 공연작업 초반에 연출자로 참여했었던 그로서는, 객석에 앉아 있는 내내 몸뚱이를 배배 꼬고 엉덩이까지 비틀어대다가, 기껏해야 윈고개나 절레절레 저어가며 못마땅한 한숨을 연거푸 "푸우~ 푸~" 내어 쉴 게 뻔할 공연이라는 섣부른 단정에 발목이 잡힌 탓도 있었지만, 무엇보다 뻔뻔스런 이기심과 부끄러운 자존심에 은근히 속되 먹은 허영심마저 알게 모르게 가미된 두려움 탓으로, 자신이 그 끔찍스러울 연극의 뿌리랄 수 있는 엉성한 희곡을 쓴 한심스런 삼류작가라는 관객들의 쓰라릴 – 제 입장에서 보면 적잖이 억울할 수도 있을 – 손가락질만큼은 피하고 싶었기 때문이었다.

이렇게 슬퍼지려는 그의 생각은, 무슨 뜻인지도 모르면서 무작정 목청 돋워 소리만 지르려는 변변찮은 몇몇 배우들과 어쭙잖은 명함판이 제 배꼽이라도 되는 양 툭하면 내밀고 싶어 하던 극단 대표라는 작자, 그리고 배타성과 폐쇄성을 소속감과 결속력이라고 착각하는 꼬질꼬질한 극단 단원들로부터 받았던 - 그러니까 뭐랄까··? 심심한 유감을 품고 비유하자면, 있는 정성 없는 정성 가지가지 정성으로 각양각색 종종색색 서른여덟 가지 맛깔스런 요리들을 공을 들여 차려뒀더니, 웬 놈의 비렁뱅이떨거지들이 양푼에다 덤벙덤벙 몽땅 섞어 넣고서 마구잡이로 쓱싹쓱싹 비벼놓고 숟가락으로 우악살스레 퍼먹는 꼬락서니를 본 기분이랄까? 아니면 금지옥엽 외동딸아이를 근신 반 걱정 반의 심정으로 출가시켜 뒀더니, 고작 허물어진 아궁이 앞에 쪼그리고 앉아서 풀죽은 손짓으로 불쏘시개를 후비적후비적 거리고 훌쩍훌쩍 구슬피 울어가며 눈물콧물 삼켜대는 꼬락서니를 본 심정이랄까? - 뭐, 여하튼간 그런 어처구니없는 실망감으로부터 생겨난 것이었다.

그러나 도무지 엉터리일 것만 같았던 공연이 그의 예상과는 다르게 '수작秀作이요 달작達作이요 걸작傑作에 명작名作'이라고, 여차여차 약차약차 꿈보다 좋은 꿈 풀이로, 이러쿵저러쿵 요러쿵조러쿵 '요거는 이거고 이거는 저거니 요것저것이 바로 이것저것'이라고, 고명하고 저명하신 평단에서는 알 듯 모를 듯 그럴 듯 저럴 듯 헷갈리는 해석들을 아래쪽 지면에다가 연일 쏟아내 주었고, 그런 달착지근한 소리들이 귓구멍에 달라붙으니 기연가미연가 알쏭달쏭 뒷덜미가 간질거리고 마음이 근질거리는데다가, 도대체 공연이 얼마나 꼴같잖기에 저런 말 같잖은 잡소리들을 해댈까 자못 궁금하기도 하였으며, 결정적으로 마음에 들고 안 들고를 떠나서 처음이라는 것만으로도 의미가 충분할 초연初

演을 보지 않으면 두고두고 후회하게 될 것이라는 제 자신의 꼬드김에 넘어간 탓으로, 볼 수 있는 마지막 공연을 하루 앞둔 어젯밤부터는 아예 조바심까지 내어가며 이제나저제나 오늘이 오기만을 기다린 것이었다.

계절은 어느새 봄의 끝자락을 건너뛰고 여름의 문턱에 다다라있었다. 남산자락 허리아래 끄트머리께 있는 극장으로 이어지는 길은 – 명동역 1번 출구로 나와서 왼편으로 돌아보면 공연포스터들이 덕지덕지 붙어있는 푸석푸석한 담벼락이 보이고, 그 멋대가리 없는 시멘트덩어리를 오른편 옆구리에 끼고 휘우듬하게 올라야 하는 비탈길이라서 – 이따금 공연을 보러 올 적마다 가파르다고 느꼈던 길이었건만, 마음이 적잖이 들떠있고 조급함이 저만치 앞서가서 그랬는지, 다리 짧은 그가 큰 걸음으로 성큼성큼 미좇아 올라가는데도 조금도 힘들다고 느끼지 않는 모양이었다.

"아··, 그렇구나···."

나는 듯이 가뿐한 걸음으로 비탈길을 오르던 그가 턱을 들어 목젖을 내보이며 침을 꿀꺽 삼켜 넘기더니, '그래, 이런 기분을 느껴본 적 있어··.' 하고 나지막이 중얼댔다. 그리고는 고개를 주억이더니, 허리를 꼿꼿이 세워 뒷짐을 지고 걸음을 늦춰 걸으며 어느 가을 한때를 머릿속에서 더듬어 보았다.

그는 추잡스런 연극판이 싫다고, 끼리끼리 편을 갈라 지원금이다 뭐다 죄다 저희들끼리 돌려먹고 나눠먹고 쪼개먹고 부숴먹고, 그나마 부스러기 기금들은 자기네 구미에 맞는 젊은 단체를 줄 세워가지고 쥐락펴락 늘렸다 당겼다 길들이듯이 감질나게 찔끔찔끔 아가리에 몇 잎 몇 푼 털어놓고 밀어주는 지저분한 야바위판과는 인연을 끊겠다고 마음먹고는 - 그는 필요 이상으로 자존심이 강한 사람이라서, 먹다 남긴 고깃덩이 몇 점 얻어먹겠다고 호랑이새끼가 늑대새끼들에게 머리를 조아릴 수 없다고 생각했었기에 - 해가 두어 번 바뀌는 동안, 연극동네에는 아예 발길을 끊고 두문불출, 집 근처 대학교 도서관에 틀어박혀서 무엇을 써보겠다고 온종일 책을 읽고 끼적거리기만 했었다.

어찌 보면 어제와 오늘 그리고 내일도 별반 다를 것이 없을 단조로운 시간의 연속이었지만, 그 모든 시간의 합을 뛰어넘는 작품을 쓰겠다는 열망에 사로잡혀있었던 그 무렵에 - 돌이켜보면 애면글면 머리 쥐어뜯어가며 모양을 만들고 낱말을 붙이고 글월을 쪼개고 수십 수백 번 고치고, 다듬고, 지우고, 다시 또 짓던 그 치열한 단련鍛鍊의 과정이야말로 가혹하리만치 달콤한 고통이었다고 말할 수도 있을 바로 그 즈음에 - 함께 작업했던 후배로부터 간만에 나들이 좀 하여 공연 좀 보고 술도 한잔하자는 연락을 받았었다.

여느 때 같았으면 "에이~ 괜히 서먹하게… 헤어진 마누라는 만나서 뭐 하게? 관심 없어."라고 가벼이 빈정거리고 말았을 텐데 그날은 뭔 바람이 불었던지, - 생각해보면 적잖은 시간을 홀로 보냈었기에 그만하면 그럴듯한 분위기의 외로움이란 놈과도 가까워졌을 법도 했건만, 도무지 낯선 듯 점점 더 생경하여지기만 하여서, 외려 그 옆에 칙칙하게 웅크리고 있던 우울이란 녀석하고만 가까워지기 시작했고, 게다가 계절 또한 누군가 막연히 그리워지려는 가을이어서 그랬는지 모르겠다고 말할지도 모르겠지만, - 여하튼 이태를 훌쩍 넘기고서야 마침내 그쪽 동네에를 나가보게 되었었다.

　인심 쓰듯이 짬을 내어 후배의 공연을 봐주기로 약속한 그날. 그는 평소와 다름없이 아침부터 도서관에 앉았다가 늦지 않은 오후에 지하철을 타고 연극동네로 나섰었다.

　혜화역에 도착한 그는 욕망을 소진消盡하려고 애쓰는 생기발랄한 무리에 휩쓸려서 떠밀리듯이 몸뚱이를 비비적거려가며 지상으로 연결된 계단들을 오르고 있었다. 그런데, 그러다 해 질 녘 어스름한 웅성거림이 들려오는 계단 위쪽에 이르자, 갑자기 알 수 없는 공기의 힘찬 흐름이 느껴지면서 가슴팍이 저절로 부풀어 오르고 뿌듯해지기 시작하더니, 바깥에 나와서는 아예 어깨와 모가지가 빳빳하게 곤두서서 여봐란듯이, '혹시 내가 아는 사람 없나? 나를 알아보는 사람 없을까?'하고 마치 자신이 무엇이라도 되는 양, 누구라도 알 수 있는 곳에서 누군가를 찾으며 또 그 누군가가 자신을 알아봐주기를 바라는 듯이 괜스레, 아니…! 자신도 모르게 그것이 자연스러운 행동처럼, 극장으로 가는 내내 거리를 휘젓듯이 사람들 사이를 누비고 다니며 힘이 잔뜩 들어간 눈알로 사방을 두리번거려댔었다.

　그러고는 극장 객석에 앉아서 후배가 출연한 공연을 보던 중에 – 스타일은 물론이거니와 내용까지 진부하기 짝이 없었기에 그가 공연에 전혀 집중할 수 없었다고 말하는 게 사실일 것이지만 – 무대 너머로 한 생각이 삐주룩이 떠올랐었다.

　'절간이 싫다고 뛰쳐나간 얼치기 중놈마냥·, 스스로 떠났다 여겼건만 미련이 많아서 멀리 가지도 못하고·, 겨우 절간 기와가 빤히 올려다보이는 산허리 어디께서 뭉그적뭉그적 서성거려대는 미련퉁이 땡추와 다를 바 없구나. 아무리 아니라고 고개 저어도, 나는 이 빌어먹을 놈의 연극판을 결코 떠난 게 아니었어….'

바로 이런 생각이 말이다. 그런데 바로 지금, – 그가 그토록 무대에 올리고 싶었었으나 뜻대로 되지 않아 십년 가까이 묵혀뒀던 희곡이, 비록 남의 머리를 빌어서, 그것도 아이러니하게도 그가 그토록 역겨워 하고 적대감마저 가졌었던 협회 임원인 극단 대표의 인맥과 수완에 힘입어 공연되는 것이지만, 어찌 됐건 이제야 무대화되어서 그것을 보려고 들뜨고 달뜬 마음으로 극장을 향해 달려가는 이때에, – 그때와 마찬가지로 자신이 있어야 할 바로 그 자리에, 그러니까 연극의 영역 한가운데에 들어서있음을 새삼 느끼고 그로 인해 자신이란 존재와 기운이 거대하게 확장되고 팽창되는, 바람 먹은 풍선 같은 기분을 갖게 된 것이다.

횡단보도 앞에 멈춰 서서 길 건너 빨간 등 아래 어두운 부분이 녹색으로 변하길 기다리던 그가 바람에 흐트러지려는 머리칼을 쓸어 넘기며 고개를 반대편으로 돌리더니, 멀지 않은 극장 쪽을 바라보았다.
"……"
고갯짓보다 적어도 스무 걸음쯤 빨랐을 먼지바람이 진즉에 두들기고 지나가서였는지, 큰 몸짓으로 두어 차례 펄럭이고 요동치던 황토 빛깔 현수막은 수그리듯이 그대로 옆 건물 담벼락에 널따랗게 달라붙어 앉았고, 극장 입구 높은 곳에서 한껏 숨을 부풀리며 기다랗게 팔을 벌린 채 덤빌 테면 덤벼보라고 바람과 팽팽히 맞섰던 현수막은 벌써 힘이 빠져버려 아래쪽으로 희끄무레한 몸뚱이를 맥없이 늘어뜨리고 있었다.

"때르르르륵! 때르르르륵~!"

친절한 의도를 가졌음이 분명하건만 시끄럽다고 느꼈나보다. 그가 콧잔등이를 찡긋거리고서 고개를 오른쪽으로 비스듬히 틀어 올려 신호등 아래에 붙어있는 스피커를 치어다보려는데, 언제부터 있었는지 모를 남녀 한 쌍이 난데없이 왼편에서 폴짝대며 횡단보도로 내려섰다. 팔짱을 낀 건지 엉겨 붙은 건지 여하튼 이십대 후반쯤 되어 보이는 남녀는 요상하게 팔을 꺾어 서로를 얽어맨 채 깔깔거리며 극장 쪽으로 쫄래쫄래 달려 올라갔다.

뒤에서 두 사람을 바라보며 느긋이 길을 건넌 그가 맞은편 아담한 가게 안의 알록달록하고 앙증맞은 가죽 공예품들을 들여다보다가, 고개를 왼편으로 돌려서 샛노란 개나리꽃밭 문양文樣 벽지 위에 새빨갛게 피어있는 작고 동그란 벽시계를 쳐다보았다.

가느다랗고 새까만 초침이 매끈매끈한 다릿짓으로 짤깍짤깍 정확히 한걸음씩 똑같은 걸음나비로 꼭대기를 향해 도도히 올라서고 있었고, 오른편에는 훤칠하지만 어딘지 시퉁스레 보이는 분침이 그 초침이 도로 내려와 안길 것을 기다리는 것처럼 동그스름한 테두리 안에 삐딱하게 서있었다.

"4분…."

그가 늦은 만큼의 시간을 나지막이 혼잣소리로 중얼거렸다, 그리고는 들뜬 숨을 가라앉히려고 바지 주머니에 손을 찔러 넣으며 어깨를 크게 한차례 으쓱거리더니, 비탈길 아래쪽으로 조금 멀리, 파르족족한 밤하늘을 향해 희부옇게 피어오른 도심의 불빛에 잠식된 차도 아래쪽을 기다랗게 내려다보았다.

불이 환히 켜진 고층건물 사무실에서는 퇴근을 앞둔 사람들이 이리저리 마음마냥 분주히 오가고 있었는데, 멀리서 보이는 그 모습들이 꼭 뭔가를 바삐바삐 나르고 옮기는 바지런한 일개미들 같아 보인다고 그는 생각했다.

"이크…!"

바뀐 신호를 따라 휘어져 오르며 번쩍번쩍 거려대는 차량들의 누리끼리한 전조등과 뒤쪽에서 곧장 내리뻗으며 깜박깜박 거려대는 붉은 미등이 눈앞에서 아롱거리자, 그가 흠칫하며 고개를 돌리더니만, 시리었던 눈자위를 비비고는 다시 극장 쪽으로 발걸음을 재촉했다.

몇 걸음 걷지도 않은 것 같았는데 어느새 예술센터의 전경이 한 눈에 들어왔다. 그는 정면에 보이는 극장 건물을 향해 걸으며 - 왁자지껄한 꼬맹이들의 먼지투성이 운동장을 반으로 접고서 한 차례쯤 더 접은 넓이만한 빈 터를 총총히 가로지르며 - 주변을 둘러보았다.

외벽 수리가 한창 진행 중인 왼편의 예술센터 부속건물 현관 앞에는 흰색 창틀과 세면기와 좌변기들이 어질더분한 시멘트 포대와 모래더미 위에 께저분하게 놓여있었고, 푸른 빛깔을 띤 담쟁이덩굴이 널따랗게 뒤덮은 오른편 담벼락 아래쪽으로 기다랗게 꾸며놓은 화단에는 사람들이 들고난 흔적이 - 그러니까 뭉뚝한 담배꽁초와 구겨진 종이컵과 생수병들이 - 어느 곳은 그래도 나름 옹기종기 가지런히 모아져 있었고, 어느 곳엔 여기저기 되는 대로 시끌벅적했던 몇 분 전 그대로 군데군데 아무렇게나 처박혀 있었다.

그리고 그 화단 끝에 보기 좋게 세워 놓은 대나무 예닐곱 그루를 지나 극장 건물 구석에 위치한 매표소 앞에는 두 사람이 ─ 짝다리 짚고 선 꼬락서니나 껄렁한 말본새로 보건데 예술센터 관계자는 아닐 테고, 극단에 새로 들어와 허드렛일부터 배우는 신입단원인가 싶은 이십대 초중반의 여자 둘이서 ─ 허공을 향해 담배연기를 "후후~" 뿜어대고 말머리 말꼬리 가릴 것 없이 연신 "존나!" "쩔어~" 소리 붙여가며 전화통화를 하고 있었다.

그가 마뜩찮은 얼굴로 "쯧~!" 하고 입술 끄트머리를 틀어 올리더니, 층층이 야트막한 계단을 밟으며 극장 출입구에 올라섰다.

투명한 유리문 너머로 들여다보이는 극장 로비의 난간에는 호리호리한 남자 하나가 다리를 꼬고 기대듯이 서있었는데, 고개를 기웃이 하고 다시 보니, 조금 전에 여자와 팔짱을 끼고 깔깔거리며 횡단보도를 건넜던 바로 그 남자였다. 무릎 아래로 손가방을 다소곳하게 늘어뜨린 채 출연진 사진을 동그랗게 인쇄해 놓은 공연 홍보용 세움 간판 뒤쪽을 두리번거려대다가 소책자들을 비치해놓은 테이블 쪽으로 멀뚱멀뚱 눈길을 옮기는 것으로 보아서는, 아마도 화장실에 갔을 여자를 기다리는 모양이었다.

아니나 다를까 로비 왼편의 화장실에서 물 묻은 손을 털며 나오는 꽃무늬 원피스 차림의 작달막한 여자를 발견하자마자, 사내는 잘했다는 듯이 혹은 수고했다는 듯이 ─ 하긴 한참 좋을 때라면 똥을 싸고 나왔건, 그걸 손으로 뭉개고 나왔건 그게 무슨 상관이랴 만은 ─ 환한 얼굴로 다가가 수줍은 듯이 여자의 손을 잡고는 객석으로 이어질 디근

자형 계단에 올라섰다.

"고객님, 잠시만 기다려주시겠습니까?"

그가 두 남녀를 따라 난간에 손을 얹고 계단을 막 오르려는데, 친절한 목소리 하나가 객석출입구에서 앞서 가던 두 남녀를 가로막았다. 하얀 블라우스에 화사한 색동 리본을 목에 감아 두르고 짙은 남청색 조끼와 스커트를 말쑥하게 차려입은 하우스 매니저였다.

"네네⋯. 알겠습니다. 감독님."

왼손가락을 왼쪽 귀에 꽂은 무전기 리시버에 가져다 대더니, 사무적이되 공손한 말투로 무대감독이라 생각되는 이에게 입장시켜도 되는가를 묻는 듯했다. 그리고는 들여보내도 괜찮다는 지시를 받았는지, 꽃무늬 원피스 차림의 작달막한 여자로부터 티켓을 건네받고는 얼굴 가득히 미소를 머금고서 좌석을 확인시켜 주더니, 닫혀있던 객석 출입문을 소리 나지 않게 조심스레 열어젖혔다.

"감사합니다."

컬이 굵직굵직한 옅은 갈색 머리의 작달막한 여자가 어리광피우기에 익숙할 만한 몸짓과 앵앵거리는 콧소리로 대꾸하더니, 호리호리한 남자를 밀듯이 앞세우고서 살금살금 발소리 죽여가며 객석 출입구 안쪽으로 들어섰다. 두 사람 뒤를 따라 그도 폭신폭신한 감촉의 붉은 카펫을 밟으며 나선형 통로를 오르기 시작했다.

열대여섯 걸음이나마 걸었을까? 새하얀 바탕 위에 붉은 꽃송이들이 시원하게 프린트된 하늘하늘한 원피스 끝자락을 찰랑찰랑 거려가며 객석통로 끄트머리에 올라선 작달막한 여자의 – 볼륨감 때문이라고 말하기에는 심상치 않은 크기의 - 머리통 너머로 올망졸망 새까만 조가비마냥 무대 위쪽 천장에 울퉁불퉁 박혀있는 조명기구들이 눈에 들어왔는데, 반들반들하고 둥글둥글한 몸통 안쪽에 방울방울 아롱져 있는 파르스름한 빛 방울에서 내비쳐진 빛발들이, 막幕 자체가 없기에 세트가 고스란히 드러나 보이는 반원형 돌출무대의 윤곽선을 푸르죽죽하게 물들이고 있었다.

통로를 빠져나와 객석 맨 윗자리에 이르자 왼편으로, 기기들의 불빛이 희미하게 반짝이는 조종석이 보였다. 음향담당이거나 조명담당이거나 여하튼 조정석의 두 오퍼레이터 가운데 한 사람이 - 저가 아는 누군가를 찾으려는 것인지 아니면 단지 관객이 얼마나 왔는가를 확인하고 싶어서였는지 - 까치발을 들고 목까지 길게 빼서 객석 아래쪽을 내려다보고 있었다.

어두운 탓에 정확하게 보이지는 않았지만 까치발을 들고 선 저 사람이 단발머리에다 살집 꽤나 좋아 보이는 투실투실한 여자인 것만은 확실했다. 그는 오며가며 어디서 한두 번쯤 본 것도 같은 얼굴이라고 생각하고서 조정석 앞으로, 무대와 마주보는 극장 한가운데 맨 끝 뒷자리로 걸음을 옮겼다.

"마지막 날, 마지막 공연이라 그렇군."

새삼스레 뜸 들이자는 것도 아닐 것이건만, 진즉에 시작되었어야 할 공연을 여태껏 뭉그적뭉그적 내버려두고 있으니, 가만가만 눈치껏 소곤대던 말소리들이 들떠있는 시간을 따라 웅성웅성 어수선산란한 말소리로 변질되어서 객석을 점령하고 아예 무대까지 넘볼 기세였다. 저만 알아들을 소리로 나직이 중얼거린 그가 객석 전체를 훑듯이 내려다보았다.

무대를 둥글게 감싸고 있는 반원형 객석은 오르내리는 계단 몇 군데다 보조의자를 깔고 앉은 사람들이 보일만치 빽빽하게 채워져 있었고 서 있거나 이동하는 사람은 없었다.

무대와 가까운 세 번째 열째 객석에는 시계추마냥 몸을 살긋살긋 흔들어대는 사람이 몇몇 보였는데, 뻣뻣한 모가지 위에서 깐닥깐닥 거려대는 대가리들은 꼭 다 타버린 혹은 타다만 성냥개비들 같았고 그 뒤쪽으로, 그러니까 객석 가운데께 비뚤빼뚤 구부정히 수그리고 쏙닥쏙닥 거려대는 머리통들은 거충거충 버무려놓은 콩나물대가리들만 같아 보였다.

수런수런 거려대는 객석 가운데쯤에서 "꺄르르르~!"하고 자지러지는 웃음소리가 들리더니, 눈길을 끌만한 요란스런 몸짓으로 "어머머~? 얘는, 참‥!" "얘~! 얘 좀 봐!"라고 해대듯이, 서로의 어깨를 두드리고 잡아당기고 안겼다 떨어졌다 저희들끼리 촐싹대고 시시덕거려대는 부인네들의 모습이 보였다.

뒤에서 곧바로 내려다보았기에 가슴 앞쪽은 보이지 않았지만, 뭐 굳이 보고 말고 할 것도 없이, '명품이니까 보기 싫어도 잘 보시라!'는 고압적인 친절을 낙인처럼 강압적으로 새겨놓은 모양새 좋은 상표 딱지 손가방을 꼰 다리 허벅지 위에다 하나씩 올려놓고서 – 틀림없이 구두 한 짝씩 벗어젖힌 채, 발모가지를 까닥까닥 발가락을 꼬물꼬물, 남의 눈살이야 찌푸려지거나 말거나, 목덜미에서 배어나오는 달착지근한 냄새와 발가락이 뿜어대는 꼬릿꼬릿한 향기를 오묘하게 섞어 풍기며 이마빡과 눈자위를 맨질맨질한 손톱 끝으로 번갈아 톡톡톡 두들기고는 '어머, 잘됐다!' '감쪽같다, 얘!' 입바른 소리들이나 주절대고 – 키득키득 거려대는 뻔뻔스러운, 그러나 고상하게 보이고 싶어서 갖은 주접을 떨어대는 속물 같은 여편네들일 것이라고 그는 생각했다.

"에이, 씨~!"

"아‥, 미안합니다."

"뭐야? 존나 개짜증나게…!"

난데없이 오른쪽 객석 아래쪽에서 뭐라 뭐라 옥신각신 거리려는 소리가 들려왔다. 그가 눈길을 돌려보자, 거기에는 방금 전 그와 함께 객석에 들어선 꽃무늬 원피스 차림의 작달막한 여자와 호리호리한 남자가 엉거주춤하게 서있는 모습이 보였는데, 그 두 사람 바로 앞에는 쫙 펴진 일자—字 챙 야구 모자를 삐뚜름히 쓰고 앉은 까무잡잡한 얼굴의 사내애가 이마빡을 훤히 드러내 보이며 눈을 치뜨고서 남자를 꼬나보고 있었다.

보아하니 늦게 들어왔음에도 자기네 자리를 찾겠답시고, 머리통 커다란 여자의 손을 붙들고 꿋꿋이 객석을 헤집고 다니던 순둥이 남자가, 야구 모자 사내애의 농구화를 밟았거나 무릎으로 어딘가를 친 모양이라고 그는 생각했다.

"일부러 밟은 것도 아닌데 너무 하네요."

몸을 수그리고 낮은 목소리로 고분고분히 미안함을 표시한 남자와는 다르게, 꽃무늬 원피스 차림의 작달막한 여자가 뻗대고 서서 따져 물었다.

"지나가는 거 빤히 보고도 안 비켜서 그런 거잖아요."

"뭐라구요?"

힙합 스타일의 야구 모자나 몸에 걸친 빅 사이즈 티셔츠로 보아서는, 대학 일이학년쯤 될까 싶은 사내애가 턱을 치켜들면서 황당하다는 듯이 되물었다.

"……"

"…!…"

여자가 대꾸 없이 사내애를 째려보았다. 스타일 좋은 사내애는 어이없어 했지만, 그렇다고 이렇게 사람 많은 곳에서 저보다 예닐곱 살쯤 많아 보이는 여자와 '너 옳다 나 옳다' 미주알고주알 악다구니치고 싸울 수는 없다고 생각했는지, 바짓가랑이를 털면서, "아, 나‥! 별‥, 이~씨! 참…!" 이런 소리들을 내고는, 몸을 잦바듬히 젖혀 뻣뻣했던 태도를 누그러트리더니만, - 어디서건 어떤 일로건, 남자와 여자가 말싸움이 붙으면 남자가 먼저 꼬리 내리고 피하는 경우가 열에 여덟은 될 것임에, - 어처구니없어 하는 헛웃음 같은 것을 지어 보이며 양손으로 팸플릿을 둘둘 말고는 옆에 있는 일행에게 "어휴~ 씨발, 존나 개빡치네‥! 재수 없이 개씨발, 존나~!" 이렇게 저렇게 투덜투덜 거려댔다.

"야! 너 지금 뭐라 그랬어? 개씨발??"

그 소리가 꼭 저에게 하는 욕설로 들렸나보다. 새침데기만 같아 보였던 꽃무늬 원피스 차림의 작달막한 여자가 표독스런 표정을 지으며 앙칼진 목소리로 쏘아붙였다.

"자기야…. 그만, 그만 하자."

"자기가 가만 있어봐. 자기가 바보같이 착하게만‥, 미안하다 그러니까 더 저러는 거잖아! 뭐야? 죽을죄 졌어? 야! 너 몇 살이야? 너 몇 살 먹었어?"

"아‥! 자기야 좀 참어…!"

꽃무늬 원피스 차림의 작달막한 여자가 당장에라도 달려들어서 얼굴을 할퀴거나 커다란 머리통으로 박치기라도 할 것 같았는지, 호리호리한 남자가 여자의 팔을 붙들고 매달리듯이 어쩔 줄 몰라 했건만, 여자는 남자의 손목을 잡고 비틀어 힘들지도 않게 제 팔에서 떼어내더니, 남자애의 일자 야구 모자챙에 손가락이 닿을락말락하게 삿대질을 해가며 대들었다.

"조용히 좀 합시다!"

"왜들 싸우고 그래?"

"그만 좀 시끄럽게 하고 앉아요. 앉아!"

객석 여기저기서 퉁명스런 소리들이 터져 나왔다.

"씨발…! 존나, 개늦게 들어온 주제에‥."

사람들의 웅성거림과 눈길이 자신에게 쏠리자 창피스러웠나보다. 이 소란스러움의 발단은 자신에게 있는 것이 아닐 뿐더러 자신은 아무런 잘못이 없고 외려 억울한 피해자라는 것을 알리고 싶었는지, 스타일 좋은 사내애가 떼지 않은 은빛 홀로그램 상표가 반짝이는 모자챙을 붙잡고 한 차례 올렸다 내리며 높였던 말머리와는 다르게 말꼬리를 슬그머니 내렸다.

"어이~ 거기! 조용히들 하세요. 공연 시작하니까."

"…!…"

그가 있는 곳에서 열서너 열째 아래쪽에서 가래가 섞인 것처럼 꽐꽐한 목소리가 들렸다. 그의 눈이 반짝거렸다. 귀에 익은 목소리였기 때문이었다.

"찾아주셔서 감사합니다. 공연 중에는 이동하실 수 없으며 … 쾌적한 관람을 위해 휴대하신 전화기의 전원을 꺼주시고 … 사진 촬영은

금지되어 있으니 …"

　그가 턱을 들고 몸을 일으키면서 목소리의 주인공을 찾으려고 가운데 쪽을, 이른바 귀하고 높으신 협회 임원과 선생님들의 귀빈석을 내려다보려는데, 반원형 객석 끄트머리 구석빼기에 설치한 스피커에서 판에 박힌 억양의 상냥한 목소리가 매끄럽게 흘러나왔다. 그러자 서있던 남자와 여자가 재빠르게 - 호리호리한 순둥이 남자는 굽실굽실 허리를 거반 절반 구푸리고서 입으로는 연신 "미안합니다.""실례합니다.""죄송합니다." 뇌까림으로 되뇌듯이 작은 소리를 내며 절름발이 걸음으로 사람들 앞을 쭈뼛쭈뼛 파고들었고, 꽃무늬 원피스 차림의 작달막한 여자는 스타일 좋은 사내애에게 한차례 따끔하게 눈흘겨주는 센스를 발휘하고서 '내가 뭘?' '네가 나한테 뭘 어쩔 건데?'라고 말하기라도 해대는 것처럼 만만찮은 머리통을 꼿꼿이 세우고 도도한 태도를 보이며 남자가 앞장서 터놓은 길을 지나쳐서는 - 자기네 자리를 찾아가 앉았다.

　나긋나긋한 공연안내방송이 끝나자마자 객석에 틀어놓은 음악소리가 갑자기 커지는가 싶더니, 도로 서서히 작아지기 시작했다.
　"멍청하기는…."
　음악이 귀에 거슬렸나보다. 의자 등받이에 몸을 기댄 그가 팔짱을 끼면서 고개를 삐딱하게 틀어 올려 천장 귀퉁이에 매달린 스피커를 바라보고 빈정거리듯이 한마디 내뱉었다.
　"천팔백 년대 중반의 조선시대가‥, 그것도 개성開城 땅의 조촐한 기생집이 배경이거늘, 고상한 양놈들 밥 처먹을 때나 들을 만한 현악 사중주라니….”

객석에다 틀어놓은 음악이 안팎으로 보이는 극장의 현대적인 이미지와는 어울릴지 모르겠지만, 공연될 작품과는 전혀 어울리지 않는다고 생각했기 때문이었다. 그가 고개를 설레설레 가로젓더니, “쯧~!” 하고 잇새소리를 내고는 다시 저 혼자 머릿속에서 소리 없는 말들을 굴려나갔다.

‘어떤 공연이 올라가던지, 그 내용과 스타일에 상관없이 극장 측에서 늘 똑같이 틀어놓는 음악일까? 설마 연출가나 무대감독이란 작자가‥? 아니면, 방금 전 조정실에서 뒤뚱거리던 두 사람 중 한 사람이 알아서 대충 틀어놓은 걸까? 도대체 누가, 무슨 의도로 선곡한 것일까? 공연을 기다리는 관객을 위해 객석에 어떤 음악을 틀어둬야 할지 생각이나 해봤을까? 하필이면 어째서 꼭 이런(풍의) 음악이어야 하는지 말이다.’

공연은 관객이 보고 듣고 느끼며 생각하는 것으로 완성되는 것이라서 관객이 창조 작업에 임할 준비를 하도록 – 예컨대 공연될 작품의 내용이나 분위기에 관객이 알게 모르게 미리 젖어들게 하거나, 아니면 반대로 거리를 두게끔 하기 위해서 의도적으로 – 극장 로비와 객석에 틀어놓을 음악은 물론이거니와 심지어 객석과 무대에 감돌 냄새와 빛의 밝기조차 치밀하고 정교하게 계산해서 꾸며놓아야 한다고 그는 평소 생각했었다. 그렇기 때문에 이렇게 공연과 아무런 연관도 찾을 수 없는, 유려한 선율의 실내악을 듣고서 어처구니없어 하는 것도 지나치다고 할 수만은 없을 것이다.

그가 이런 짜증나는 생각에 잠시 빠져있는 사이, 객석을 떠돌며 자지러지듯이 비릿한 소리를 내지르던 바이올린과 비올라는 어느 틈인가 스피커 너머 어두컴컴한 귀퉁이로 매끈매끈한 살덩이들을 감추었고, 느릿느릿한 첼로소리가 뒤미처 그 흔적을 더듬어 묵직한 꼬랑지를 질질 끌며 까물까물 좇아가고 있었다.

생각 없이 있다가 한 박자쯤 늦은 탓에 그제야 '이크…!'하고 헐레벌떡 좇아가듯이 객석조명이 꺼져버리자, 침침한 무대를 눅눅하게 물들이던 푸르죽죽한 빛마저 기계적으로, 앞선 것과 어떤 관계가 있는지 없는지도 모르게 맥없이 꺼져가고 있었다.

그는 이것 역시 마찬가지라고 - 객석과 무대가 조화를 이루도록, 잦아드는 음악의 리듬과 템포에 따라 객석과 무대의 조명도 느리거나 빠르게 어두워지거나 밝아지도록, 섬세한 균형을 이루게끔 꼼꼼히 조절해야 할 것이라고 - 생각하고서, 새까맣게 반들거리는 콧잔등이를 못마땅한 듯이 찌긋거려댔다.

어수선산란했던 객석에는 어느새 어둠이 새까맣게 내려앉았다. 바로 앞사람의 뒤통수조차 보이지 않았으며 제 목젖을 타고 넘어가는 침묵의 소리 말고는 어떤 소리도 들리지 않았다. 바야흐로 코스모스 Cosmos를 잉태한 카오스Chaos의 공간이요, 조화를 출산할 혼돈의 시간이라, 이제 곧 새로운 세상이 열릴 것이었다.

'빛이 먼저일까? 소리가 먼저일까? 기독교 경전 『바이블Bible』에는, 여호와가 천지를 창조하였으나 땅이 혼돈하고 공허하며 흑암이 깊음에, 물 위에 떠있던 여호와 가라사대 "빛이 있으라!"하여 빛이 생겨났고, 저가 보기에 그 빛이 좋았더라 하였나니‥, 무엇보다 빛이 먼저 세상에 나와야 한다고 할 수 있을까? 아니면 로고스Logos라, 말(씀)이 먼저 있었으니 (말)소리가 빛보다 먼저여야 한다고 할 수 있을까? 그렇다면 연극에서는 이것을 어떻게 써먹어야 할까? 고요한 가운데 소리를 먼저 내보내고 빛이 소리에 이끌려지도록 해야 할 것인가? 아니면 빛을 먼저 비추고 소리가 그 빛을 타고 흐르도록 할 것인가?'

  완전한 암흑과 침묵이 시간과 공간을 지배한 사이, 그는 무대라는 창조되어질 세상의 빛과 소리에 대해 생각해보았다.

  'Natura non facit saltum이라고, 자연自然은 비약飛躍하지 않는다고 했다. 무대는 하나다. 하나의 생명체다. 고로 유기적으로 호흡해야 한다. 생각건대, 느껴지는 태아의 심장박동소리처럼‥, 소리가 먼저여야 할 것이다. 보이는 것은‥, 형체는 그 다음이다. 소리가 나자 빛이 소리에 이끌려서, 소리와 균형을 이루며 들어와야 한다. 그래야 자연스레 형체가, 무대가‥, 세상이 드러날 것이다. 그리고 어두운 사이, 이미 무대에 등장해있거나, 아니면 빛이 들어온 다음‥, 그러니까 이미 밝아진 무대(라는 세상) 위로 배우(라는 사람)들이 들어서게 된다면, 걸음의 빠르기와 무게감 그리고 물리적 리듬감과 정서적 리듬감은 앞선 소리와 빛에 조화를 이루며 들어오게끔 해야 할 것이다.'

  어두운 가운데서 빛과 소리에 대한 이런저런 쓸모없을(?) 생각으로 눈알을 반짝반짝 굴리고 있던 그의 귓전에 갑작스레 "땡~!"하고 명징

明澄한 울림소리 하나가 - 티벳 바라(哱囉/鈸鑼)인 띵샤tingsha 소리가 - 달라 붙더니, 잠시간 가느다랗게 맴돌다 물결마냥 은은하게 무대 밖 먼 언 저리로 번져나갔다. 그러자 아스라이 스러져가는 그 여음餘音의 빈자리 를 채워주려는 듯이, 무대 저편에 떠있는 몽실몽실한 잿빛 구름 위로 달덩이가 모습을 하얗게 드러냈다. 꿈에서처럼 아득하기 보이기 위해 서라면 조금만 더 흐릿해도 좋겠다는 생각도 들었지만, 그렇다고 아취 雅趣를 풍기기에 부족하다고 느낀 것은 아니었다.

'아렴풋한 달? 아니, 투명한 달이었나? 꿈처럼 아득한 물낯 위로 희뿌옇게 피어오른 고요한 안개물결이었던가? 그래서 거기에 부딪혀 멍든 달빛과 그것을 치유하려고 어루만져주는 낭랑한 풍경風磬소리라 고 했던가? 아니면··! 그저 곱게 이는 물비늘마냥 되비치며 반짝이는 낭랑한 풍령風鈴소리였던가?'

바람과 마주치면 바람을 따라서 흔들거려대는 고즈넉한 산사山寺의 풍경소리 대신에, 언제나 저 자신을 잃지 않고 고아古雅한 소릿결을 들 려주는 띵샤의 부름에 이끌려나온 부유스름한 달덩이를 바라보면서, 그가 대본을 처음 쓰기 시작했을 때 머릿속에 그렸었던 이미지들을 잠깐 동안 더듬어 보았다.

그렇게 저렇게 끄무러져있던 무대가 바야흐로 희끄무레한 달빛에 괴괴히 물들어가려는데, 홀연 "끼···이~익~~!!"하고 녹슬고 빠개진 돌쩌귀에다 뒤틀린 몸뚱이를 뻣뻣하게 기대고서 겨우겨우 앙버티어 보던 낡아빠진 문짝의 이지러진 아가리가 억지 찢김을 당할 때나 내지를 법한 소리 같은 게 들리더니만, - 이 소리가 던져주는 느낌에 따라서, 이 소리들의 움직임을 통해서, 관객의 머릿속에는 어떤 이미지들이 떠올라야할 것이기에, - 어딘지 모를 깊은 구렁에서 흐느껴대는 소리들이 "아~흐으으~ 흐으~~" 새어나오고, 이내 숨죽여 흐드기는 그 곡哭 소리만큼이나 여리게 가물대는 불빛이 무대 위로 꼬물꼬물 모여들기 시작했다.

흑흑 거려대는 소리가 점차 주문呪文처럼 허공을 떠돌았고, 그 소리에 어우러지려는 듯이 웅얼웅얼 또 다른 소리들이 꼬무락꼬무락 거려대는 불빛에서 배어나왔다.

처음엔 그저 여럿이서 나지막이 무엇을 외는 소리인가 싶었지만, 반복에 반복을 거듭하면서 점차 짙어지자, 화선지에 스며든 먹물처럼 명확한 형체와 뜻을 가진 글자가 되어 눈앞에 그려졌다.

「논論!」「충忠!」「절節!」「사死!」「불不!」「순淳!」「적敵!」
「부否!」「퇴退!」「비非!」「명命!」「죄罪!」「탄嘆~!」

낱내글자라 짧지만 서슬 퍼런 비수처럼 섬뜩섬뜩 폐부를 찔러대는 이 소리들은 삿갓을 쓰기 전의 김병연이, 그러니까 젊은 김병연이 영월寧越 읍내邑內 백일장白日場에서 김익순을 - 자신의 친할아비인줄도 모르고 - 천추千秋의 죄인으로 꾸짖었던 과시科詩『論鄭嘉山忠節死논정가산충절사 嘆金益淳罪通于天탄김익순죄통우천 : 정가산의 충절 어린 죽음에 대해 논하고, 김익순의 죄가 하늘에 이르렀음을 탄하라.』에서 가려 뽑아낸 글자들이다. 이제 곧 공연의 프롤로그prologue라고 할 수 있는 전주前奏 혹은 서주序奏가 시작되는 것이다.

그는 혼자서 대본작업을 하던 내내, 시詩의 내용은 물론이거니와 김삿갓이 누군지도 모를 수 있을 관객에게 이와 같은 사연 혹은 내용을 어떻게 전달할 것인가 고민했었다. 그러다가 뜻은 정확히 모르더라도 소리를 듣는 것만으로, 관객이 발화發話된 소리 자체로부터 어떤 불안 감이나 무슨 일이 일어날 것 같은 분위기를 느낄 수 있도록 심사尋思하 여 글자들을 뽑아내고 숙고熟考하여 배열해야겠다고 결론을 내린 것이 었다. 그렇기에 낱내글자들이 메아리마냥 허공을 울려대는 지금 이 순 간에, 그는 '관객이 진지하게 음미해줬으면…'하고, 그렇게 해달라고 부탁이라도 하고픈 마음으로 긴장된 얼굴을 하고 있는 것이었다.

허공에 시퍼렇게 꽂히는 낱내글자 아래로 넘실넘실 흐득거려대는 소리물결을 타고서 배우들이 하나 둘 무대에 들어서기 시작한다. 삿갓 을 가슴 높이로 받쳐 들고 느릿느릿 무거운 걸음발로 들어선다. 미리 정해둔 자리에 가서 각자 무릎을 꿇으며 제 앞에다 삿갓을 놓을 것이 다. 그리고는 제례를 지내듯 엄숙히 절을 올릴 것이다.

반드시 삿갓을 향해 절을 하는 행위가 있어야할 것이다. 그래야 몇 몇 관객이나마 아마도 삿갓을 봉분封墳이라고 생각할 수도 있을 것이 고, - 삿갓(봉분)에 절을 올리는 행위는 제가 욕보인 조상에게 사죄하 는 행위이며, 곧 이어 나올 인물이 그것을 머리에 쓰는 것은 스스로에 게 (정신적) 죽음을 선고했다는 의미로 받아들여지기를 바랐지만, 설 령 대다수 관객의 생각이 거기까지 미치지는 못하였어도 - 틀림없이 몇몇의 관객은 삿갓에 어떤 큰 의미가 있을 거라고 막연하게나마 고 개를 까닥거려볼 수도 있을 것이라고 생각했었다. 그랬기에 그는 자신 이 연출자로 참여했었던 작업 초반에 배우들에게 이것을 힘주어 이야 기했었다.

"둥~! 둥~! 둥~! 둥~!"

긴장감을 불러일으키는 큰북소리가 들리고 왜소한 체격의 사내가 –
나중에 자세히 언급하겠지만, 그가 이 작품을 쓰게끔 멍석을 깔아놨던
강두한이라는 배우가 – 아무렇게나 틀어 올린 북상투 바람으로, 무엇
에 이끌린 듯이 넋 나간 얼굴을 하고서 무대에 들어선다.

"논! 정가산 충절사!"
"탄! 김익순 죄통우천!"

주변에 있던 배우들이 북상투 바람의 사내를 둘러싸고 – 다름 아
닌 그가 바로 김병연일 테지만 – 그의 죄상을 고발하듯이, "둥~!" "둥
~!" 울어대는 북소리를 밟아가며 소리 높여 외치기 시작한다. 조금 전
허공을 떠돌던 낱내글자들이 장면으로 구체화되는 것이다.

북상투 바람의 사내가 외침소리에 숨을 놓으며 허물어지듯이 '털썩
…!' 주저앉더니만, 바닥에 이마를 "쿵…!" 찧고는 그대로 조아렸다. 이
광경을 보면서 그는, 북상투 차림의 사내 김병연이 원죄처럼 핏줄로
얽매여 있다는 것을 밑바탕에 깔아두게끔, 아예 처음 등장할 때부터
선천宣川 부사府使이자 방어사防禦使였던 제 할아비 김익순金益淳이 검산산
성劍山山城에서 홍경래洪景來 반군叛軍의 부원수副元帥 김사용金士用에게 투항
했던 그 당시 모습으로, 그러니까 모가지에 새끼줄을 두르고 제 손으
로 스스로를 목매달듯이, 새끼줄을 허공에다 높다랗게 잡아 빼고 들어

와 꿇어앉았으면 어땠을까 생각해보았다.

「대대로 임금을 섬겨온 김익순은 듣거라~!」

「듣거라!」

준엄히 꾸짖듯 굵다란 목소리가 들려오자, 망건도 쓰지 않은 북상투 바람의 초췌한 사내 김병연이 고개를 들고서 응應하여 복창復唱하듯이 뒷말을 따라 부르짖는다.

「정공鄭公은 비록 경대부卿大夫에 불과하였으나, … 공功과 이름이 열사烈士 가운데 으뜸이로다. 이에 시인 또한 의기義氣가 복받치어 분한 마음과 슬픔 마음을 가누지 못함에, 가을 물가에 앉아 칼을 어루만지며 비통한 노래를 부르려 한다.」

「……」

「선천宣川은 예로부터 큰 장수의 고을이라, 가산嘉山보다도 앞서 의義를 지킬 곳이로되…,」

「이로되…!」

김병연 역役을 맡은 배우 강두한이 고개를 숙이더니, 땅에다 코를 대고 땅 속 깊은 곳에다 소리치듯이 억지 목소리를 힘주어 떨어가며 나직이 외쳤다.

「죽음에 임하였다고 신하된 자로서 어찌 다른 마음을 품을 수 있단 말인가! 태평세월이던 신미년辛未年 관서關西 지방에 비바람이 몰아치니 그 무슨 변괴던가? … 주周를 높임에 노중련魯仲連 같은 이가 없었고.」

「없었고….」

이번엔 목소리가 안으로 먹어 들어가듯이 힘없이 꺾이었다.

「한漢을 보좌함에 제갈량諸葛亮 같은 이가 많았듯이, 우리 조정에도 가산의 정충신이 있어 맨손으로 병란兵亂의 먼지바람을 막아서며 절개를 지키고 죽었구나.」

「……」

「노신老臣 정충신의 명성은 맑은 가을 하늘에 빛나는 태양과 같으니, 그의 혼은 남쪽 밭이랑으로 돌아가 악비岳飛와 벗하고 뼈는 서산에 묻혔어도 백이伯夷의 곁이리라. 허나…!」

「허…허나…!」

김병연 역할役割의 배우 강두한이 떨리는 목소리로 뒷말을 되새김하더니, 침을 '꿀꺽…!' 삼키며 고개를 쳐들었다. 퀭한 가운데 커다랗게 팽창된 눈알이 불안스런 빛으로 반짝이고 있었는데 – 에너지가, 그러니까 감정이 응축되어 일렁거리는 – 그 눈을 쳐다보면서, 그는 새삼스레 강두한이 참 좋은 눈을 가졌다고 생각했다.

「서쪽으로부터 매우 슬픈 소식이 들려와, 너는 누구의 녹祿을 먹는 신하이더냐 물으니,」

「무……물으…니…!」

가산군수嘉山郡守 정시鄭蓍의 죽음을 높다랗게 치켜세웠던 굵다란 목소리가 이제 김병연의 할아비 김익순金益淳의 죄가 하늘에 닿았음을 꾸짖으려는 차례였다. 김병연 역할의 배우 강두한이 억지 외면하려는 듯이 다시 머리통을 조아리더니, 꼭 뭐같이(?) 생긴 북상투를 바닥에 늘어뜨렸다.

「가문은 으뜸가는 장동壯洞 김씨요.」

「장동…, 김….」

「이름은 장안을 울린다는 순淳자 항렬이구나.」

「익…! 익益~! 순淳…! 순~!!」

입에 담을 수 없는 것이 저도 모르게 담아진 듯이, 그래서 억지 악지 버텨내듯이, 김병연 역할의 강두한이 "익‥!" "익~!"하고 어금니를 앙다물어보았으나, 이내 경련이 일었는지 기운 빠진 턱짓으로, 글자대로 소리대로 친조부 김익순의 이름자를 내뱉었다.

「네 가문은 이처럼 성은聖恩을 두터이 입었으니, 백만 대군이라 하여도 의義를 저버려서는 아니 되었으나,」

「으‥‥으…의義~! 의~!!」

김병연 역할의 강두한이 몸을 부르르 떨면서 목을, 아니 거꾸로 모가지를 떨면서 몸뚱이를 떨어댔다.

「청천강清川江 물에 병마兵馬를 씻고 철옹산鐵甕山 나무로 된 활을 메고서는 어전御前에 나아가 무릎을 꿇듯이 임금을 등지더니, 서북의 흉적凶賊에게 무릎을 꿇었구나. 죽어서도 네 혼은 저승에 가지 못할 것이니, 그곳에는 먼저 가신 선왕先王들이 계시기 때문이리라.」

「때문…이리라~!!!」

김병연 역할의 강두한이 핏발 선 눈으로 목청껏 부르짖었다.

「너는 임금의 은혜를 버리고 육친을 버렸으니,」

「마‥망군시일忘君是日에 우~! 우又 망친亡親이요!」

「한번 죽음은 오히려 가볍고 만 번은 죽어야 마땅하리!」

「일사一死는 유경猶輕하니, 만사萬死가 으…의宜! 의義~!!!」

김병연 역役을 맡은 배우 강두한의 눈에는 어느새 눈물이 그렁그렁하게 고여 있었고 비어져 나온 미릉골眉稜骨 아래께 깊숙이 박혀있는 눈알들이 부리부리하면서도 맑은 기운을 내비치는 것만 같아서, '성깔이 요렇다. 품성은 이렇고 인성은 저렇다.' 이러쿵저러쿵 잔말들이 많기는 하였지만, 적어도 무대에서만큼은 우렁우렁 풍부한 성량과 또박

또박 정확한 발음과 능수능란한 화술話術로 기본 이상의 것을 해내는 것을 보면서, 그는 배우 강두한이 – 그러나 배역을 사랑하여 극중 인물의 삶을 헌신적으로 구현하기보다는, 자기 자신을 사랑하기에 그 인물을 자기화自己化하려고 하며, 그래서 자신의 속성 중에서 가장 돋보이는 것으로 배역을 장식하길 좋아하고, 아울러 제 감정의 깊이나 저 자신을 전면에 내세우고과 지나치리만치 격렬한 에너지를 사용하고, 여봐란듯이 그것을 해보이려는‥, 그리고 너무 많은 경험 탓으로 어떤 면에서는 세련된 매너리즘과 이따금 틀에 박히고 기계적이며 케케묵은 움직임과 상투적인 연기를 보여주면서도 마치 그것이 정답인양 우쭐거리는 태도와 자신이 출연했던 작품의 성공담을 과장해서 말하기 좋아하는 꼴사나운 결함을 빼버릴 수만 있다면 – 꽤나 괜찮은 배우라고 다시금 생각해본 찰나였다.

「춘추필법春秋筆法을 너는 아느냐? 너의 더러운 일은 청사靑史에 기록되어 천추만대千秋萬代에 전해지리라!」

「더‥, 더러‥운‥! 천추‥! 마‥만대의‥, 하‥한恨을‥!! 전하‥‥라~!! 전傳‥! 전하‥! 전‥! 저는‥! 저‥전하殿下~! 전하~!! 전~하~!!!」

몸을 던져 하소라도 하듯이 김병연 역할의 배우 강두한이 임금을 부르며 비장하게 울부짖어댔다.

먼 객석 끄트머리에서 팔짱을 끼고 앉아 있던 그가 숨을 들이마시듯이 하여 팔을 풀고 오른 손바닥으로 턱을 괴며 배우 강두한의 들썩이는 어깻짓을 잠자코 내려다보고 있으려는데, 청아한 띵샤소리가 "땅~~"하고 무대에 울려 퍼졌다.

「‥‥‥‥」

메아리마냥 멀리로 가물가물 번져가는 소릿결을 치어다보는 것처럼, 김병연 역할의 배우 강두한이 고개를 들고서 그렁그렁한 눈으로 잠시 마주 보이는 먼 곳을 그윽이 응시하더니, 이윽고 몸을 추슬러 바르게 하고는, 제 앞에 놓여있는 삿갓을 받들어 모시듯이 – 마치 사약賜藥을 앞에 두고 어명을 받들어 그것을 마시려는 가슴 뜨거운 신하처럼 – 두 손으로 집어 들고 머리에 썼다. 비로소 김병연이 김삿갓이 되는 것이다.

"……"

긴 여운을 주도록 무대는 가능한 천천히 어두워져야 할 것이다. 전체 공연의 프롤로그prologue인 – 맛보기면서도 고갱이라고도 할만한 – 전주前奏가 끝난 것이다.

전주가 실연實演되는 내내 숨죽이고 몰두했던 관객들도 긴장이 풀어졌는지, 숨을 "후우~"내뱉으면서 무대를 향해 쏠려있던 몸을 뒤로 빼며 의자에 기대어 편안한 자세를 취했다.

'전에 생각했던 것처럼 북소리로 긴장감을 점차 고조시켜가는 가운데, 음향과 조명을 섞어서 아예 하나의 독립적인 장면을 만들었더라면 어땠을까?'

어두워져가는 만큼 커져가는 소리를, 앞장면의 여운과 뒷장면의 분위기를 고려해서 선곡해야 할 브리지 음악bridge music을 들으면서 – 그나마 이번에는 아쟁소리였다는 것을 다행이라고 여기면서 – 그는 연습 초반에 자신이 연출자로서 구상했었던 장면을 하나 떠올려보았다.

비록 텍스트에는 쓰지 않았으나 김삿갓과 떼려야 뗄 수없는 관계를 가진 홍경래洪景來의 난亂을 관객이 연상할 수 있는 장면, 그러니까 전주前奏 도입부에다가 "둥~둥~둥~둥~"하고 변란變亂이 일어났음을 알리는 태재급급殆哉岌岌한 북소리를 배경마냥 깔아놓고서, "난亂이다!" "역적이다!" "죽여라…!" "막아라!" "쏴라~!" 따위의 찢어지는 고함소리와 날카로운 쇠붙이들이 부딪히는 소리, 쏟아지는 총포소리와 울부짖어대는 아비규환의 비명소리를 시뻘겋게 치솟아 오르는 불덩이 주변으로 시커멓게 엉켜 붙는 그림자 무리와 어지러이 뒤섞어보고, "평서대원수平西大元帥 만세~!" "만세~!!" "만만세~!!!"하고 홍경래를 떠받드는 함성소리를 따라 환한 빛이 무대로 들어오게 하여서, 이것들에 반응하는 김병연의 황망스러워 하는 모습을 직접 그려보는 게 어떨까 했었던 아이디어를 말이다.

그는 이 장면을 넣어보려 고심했었으나 앞 뒤 장면들과 무리 없이 연결될 만한, 그러니까 마땅한 자리를 찾지 못해서 아쉽게도 생각으로만 그쳤다.

물론 이렇게 결정하기까지도 적잖은 시간이 필요했지만, '지엽적인 부분을 지나치게 정교하게 다듬다보면 전체적인 통일성을 상실하게 된다. 그러므로 마땅히 일척一尺을 정확하게 하기 위해서는 일촌一寸에 구애되지 말아야할 것이고, 일심一尋(곧, 팔척八尺)을 바르게 하기 위해서는 일척一尺에 구애되지 말아야 하는 것이니, 전체적인 미적효과를 위해 부분적으로 잘 된 부분을 희생시킬 줄 아는 것이 바로 창작의 기본원리인 것이다.(銳精細巧 必疏體統 故宜詘寸以信尺 枉尺以直尋 棄偏善之巧 學具美之績 此命篇之經略也.)'라는 『문심조룡文心雕龍』의 명구名句와 '저 혼자 좋아하는 사소한 것과 신기해하고 버리기 아까워하는 것들이 연극을 망가뜨린다.'는 선생님의 말씀이 떠올라서, 그리고 거기에다가 욕심을 비워야겠다는 생각까지 살짝 곁들여서 결정했던 것인데, 그래도 막상 눈앞에 펼쳐지는 장면을 보니 조금 밍밍하다 싶었는지, '시각적으로나 청각적으로나 강한 이미지들이 있었으면 좋지 않았을까?'하고 짭쪼름한 생각이 들었던 것이다.

"훅~!"

구슬피 울어대는 아쟁가락을 귀퉁머리로 흘려보내며 자신이 구상했던 장면의 이미지들을 컴컴한 무대 위에 되새김하듯이 꾸며보던 그가 '흠칫‥!'하고 눈동자를 동그랗게 뜨더니만, 갑작스레 숨을 - 말 그대로, 모양 그대로 - 단숨에 들이마셨다. 그러고는 오른 주먹을 쥐고 집게손가락 등 쪽을 콧구멍에 갖다 대고 콧구멍을 막아버리듯이 지그시 눌렀다.

"……"

잠시 그렇게 하고서 보이지도 않는 주변을 두리번거려대다가 주먹을 살며시 떼고 조심스레 숨을 들이마셔 보더니, 고개를 숙이고 신경을 코끝에 집중시키고는 무엇을 찾는 강아지마냥 "킁킁~" "킁킁~!" 몇 차례 짧고 빠르게 반복해서 숨을 들이마셨다.

"…!…"

그의 양미간이 덜 익숙해진 어둠속에서도 또렷이 보일만치 세로로 여러 겹 굵게 주름지고 왼뺨 아래 턱 근육도 제멋대로 뒤틀어지듯이 부르르 떨어대기 시작했는데, 다름 아닌 무대에서 객석으로 희끄무레하게 번져나오는 옅은 향臭내 때문에 그러는 모양이었다.

어쩌면 지극히 예민한 소수의 관객에게는 전주前奏와 잘 어울린다고 여겨지거나, 둔감한 대다수의 관객에게는 그런 것이 있다고 느끼지도 못할 만큼의 미미한 향내였음에도 불구하고, 그것으로 말미암아 그가 사납게 널름거려대는 싸움터의 불길을 상상해보면서도 전혀 떠올리지 못했던 기억의 저 아래편, 그 망각의 늪 깊은 곳에 어둡게만 가라앉아 있던 화마火魔의 시크름한 냄새가 급작스레 시공時空을 건너뛰어 콧속으로 파고들어 왔기 때문이었다.

시뻘겋게 치솟아 오른 불길보다 두려웠던 시커먼 연기더미에 파묻혀 소리도 못 내면서 목구멍이 찢어져라 울부짖었었던 그때. 연극집단 [반향反響]의 지하연습실에서 발생했고 결과적으로 그를 작업에 참여할 수 없게끔 만들었던 악몽 같은 화재.

그러나 방화放火였는지 실화失火였는지 아무리 머릿속을 더듬어 봐도 그것만은 결코 만져지지가 않는, - 알고 싶지 않아서 알지 못한 걸까? 사실과 마주치고 싶지 않아서? 회피하고 싶어서? 아니면 부정하고 싶어서? 어쨌거나 - 처음과 끝은 기억나지 않았으나 우왕좌왕거려대는 것조차 하지 못하고 있다가, 눈구멍과 콧구멍과 목구멍이 메케한 연기뭉치에 죄다 막혀버려서 도저히 견딜 수 없는 지경에 이르자, 오로지 바깥으로 나가야겠다는 생각으로만 좁다란 계단을 박박 기고 바람벽을 짚어가며 허둥지둥 아등바등 발버둥을 쳐댔던 그날의 끔찍스런 기억이 향 태우는 냄새를 따라 뭉텅뭉텅, 꺼진 줄로만 알았던 잿더미 속의 새빨간 불씨마냥 뜨겁게 되살아나는 것이었다.

당시 상황이 몸으로 전달되었는지 그는 트라우마trauma에 시달리는 사람마냥 - 보이지는 않았지만 몽글몽글하고 뭉클뭉클할 연기덩이가 눈구멍과 콧구멍과 목구멍에서 모양을 뾰족하게 바꾸어서 콕콕 찔러대고 그 아래께 허파마저 뻐근하게 쑤셔대려는 것만 같았는지 - "콜

록콜록~""캑캑…!"목 아픈 소리를 연달아 내고서는 따끔따끔한 눈알을 비벼대고 쿵쾅쿵쾅 거려대는 가슴팍을 쥐어뜯듯이 움켜쥐었다. 움켜쥐었던 그 가슴팍을 몇 차례 "턱!" "턱‥!" 두들겨대던 손이 이번엔 모가지로 향하려는데, 홀연히 "짹짹~!" "짹!!" "뾰롱!" "뾰로롱~!" 하고 맑은 새 울음소리가 산에서 부는 바람마냥 그의 머리 위로 시원스레 내려앉았다. 그러자 콧구멍과 목구멍이 탁 트이고 가슴이 언제 답답했었냐는 듯이, 그가 말끔하게 환기된 가뿐한 정신머리를 가지고 밝아지려는 무대와 객석을 두리번거렸다.

'아침이 아닐 텐데? 해 질 녘인데? 새소리를 넣은 건가?'

새 울음소리가 들렸던 암전暗轉 상태인 무대 위로 까물거려대는 초롱불을 들고서 총총히 등장하는 계집아이를 좇아보려고 그가 눈을 가늘게 뜨더니, 고개를 갸우뚱거렸다.

그도 그럴 만한 것이 새소리라는 게 - 물론 나른한 오후 햇살에 어우러지는 가볍고 높은 톤의 재잘거림이 전혀 없는 것은 아니겠지만 - 예컨대 까마귀 울음소리나 까치 울음소리 혹은 "푸드덕~!"하는 날갯짓소리나 무대 위로 어두컴컴하게 드리워지는 새(떼) 그림자처럼, 특정한 의미를 갖거나, 특별한 조짐兆朕을 보여주거나 상황을 암시하는 것이 아니라면, 그리고 무대 위의 연기자가 눈짓이나 몸짓이나 말로써 그 새로 말미암은 분위기 전환과 의미부여 그리고 그에 따른 정서적 감응을 드러내는 것이 아니라면, 그래서 단지 시간과 공간의 전환과 변화를 보여주는 것이라면, 일반적으로 아침의 맑은 햇살과 짝을 이루어 평화로운 하루의 시작을 알리는 음향효과 정도로 사용되기 때문이었다.

　자그마하고 통통한 계집아이가 사립문 문설주에 초롱불을 걸자 무대 위로 빛이, 불그스레하기 직전의 금빛 햇살이 쏟아져 내리기 시작했다. 바야흐로 무대가 밝아지면서 한때 개성開城 제일의 꽃으로 이름 높았던 기생妓生 가련可憐의 기방妓房이 드러나는 것이다.

　"그나마 가야금 소리는 안 썼군‥."

　그가 피식거리며 제 입술 주변에다 한 마디 내뱉더니만, 실죽이면서 왼쪽 입술 끄트머리를 가벼이 틀어 올렸다.

　"기생집이니까 가야금소리를 깔고 시작하는 게 어떨까요?"
　옆에 다가와 아는 체하며 물었다. 극단 대표와의 친분을 내세워 작품을 홍보해주겠다는 명목으로 가끔 연습을 참관했었다가, 지금은 그를 대신하여 이 작품의 연출자로 데뷔하는 류리라는 연극평론가께서 거칠게나마 당시 그가 동선動線을 그으려던 작업 초반부에 말이다.
　"한물간 퇴기退妓는 아니지만 당시 기준으로 볼 때 적잖은 나이인데다, 지조志操나 정조貞操까지는 아니어도 나름 격格이 다르고 멋을 아는 기생이에요. 게다가 개성 중심가의 유곽遊廓으로부터 멀찌감치 떨어진 ‥, 한갓진 외곽에 고즈넉이 자리 잡은 기방이니까, 여느 기방마냥 길 가는 이를 함부로 드러내놓고 꾀듯이 천하게‥, 간드러지는 웃음소리나 가야금소리를 담장 밖으로 흘려보내는 것이 어울리지 않을 겁니다.

그리고~!"

"…ㅣ…"

주제 넘는 참견이라고 생각했었다. 그는 테이블에 대본을 내려놓고 앉은 채 팔짱을 끼면서 몸을 뒤로 젖히더니, - 그리고 '만약 악기를 쓰게 된다면 이런저런 이유로, 굳이 말하자면 캐릭터에 맞추기 위해서라도 가야금보다는 거문고를…, 관객이 그 소리를 구분하기는커녕 설사 열두 줄짜리와 여섯 줄짜리를 구분하지 못하더라도, 여하튼 거문고를 써야 할 것'이라고 이야기할까 하려다가, '관두자. 내가 이런 얘기를 왜 해야 하나' 싶어서 심드렁한 표정을 지으며 - 고개를 비스듬히 틀어서 류리라는 평론가를 삐딱하게 쳐다보았었다.

"이건 제 일이니까, 그쪽은 그냥 저쪽에서 보시기나 하세요."

"……"

자못 까칠하면서도 뾰족하게 말하자, 들어줄 만할 예쁜 이름의 평론가께서는 구부렸던 허리를 느릿하게 펴더니, 바지 주머니에 손을 찔러넣고서 어깨를 한 차례 으쓱대며 입을 삐죽거렸던 적이 있었다.

무대가 밝아지자 꽃잎이 흐드러지게 피어있는 커다란 나무 한 그루가 객석 가까운 곳에서 - 객석에서 보기엔 왼편 귀퉁이고, 무대를 중심으로 하여서는 오른편 아래쪽 무대의 구석진 곳에서 - 그의 눈길을 잡아끌었다. 화사한 산 벚나무처럼 보였다. 그가 다행이라고 생각하며 몇 차례 고개를 끄덕였다.

"요즘 관객은 특별하게 보이는 것 아니면 몰라요."

등받이가 낮은 의자에 높다랗게 앉아서 다리를 까닥까닥 흔들거려 대던 류리라는 평론가님께서 피우던 담배를 오른 손가락에 끼운 채 가볍게 손사래를 쳤었다.

"끽해야 고목이다. 그루터기다. 우거지다. 앙상하다. 크다. 작다. 울 창하다. 그런 것 정도만 알지, 아니·· 뭐, 그딴 것도 생각이나 할지 모르 겠네. 어쨌든~!"

그녀가 양쪽 볼따구니가 홀쭉해지도록 새끼손가락 마디 하나만한 담배를 깊이 한 모금 빨아들였다가 연기를 뽀얗게 뱉어내더니, 앞으로 몸을 구부려서 파란 유리 재떨이에 꽁초를 비벼 끄고는 말을 이어나 갔었다.

"샬랴이 발랴이, 여하튼, 좌우간, 애니웨이~! 겨우겨우 딴에는 생 각들을 한다고 해도~! '그게 어떤 나무일까? 의미가 뭘까?'까지는 절 대 생각하지 못해요. 그걸 설명해주고 이해시켜주는 게 바로 우리 몫 이고요. 그러니까 연출님께서는 너무너무 디테일하게 신경 쓰지 않으 셔도 되고요. 그럴듯하게 모양이 예쁜 나무면 될 거예요."

제 앞에 놓인 냄새 모를 보드카를 연거푸 두 잔이나 홀짝 홀짝 깨끗 하게 비워버리더니, 그녀는 배시시 웃으며 고개를 옆으로 도리반도리 반 거리고서 양손으로 턱을 괴고는 빨간 입술에다가 혀끝을 달싹거리 면서 살짝 혀 꼬부라진 소리를 내뱉었었다.

이렇게 관객 수준을 고려해서(?) 작업해야 한다고 말했던 그녀에게 그는 – 술자리에서는 작업 이야기하는 게 아니라고 굳이 없어도 될 말 허두를 떼고는 – 관객이 어떻게 생각을 하건, 그건 어디까지나 관객의 몫이고, 우리는 우리가 할 수 있는 최대한으로 철저하게, 무대 위의 구현해야 할 모든 것 하나하나에 정확한 의미를 부여해야 한다고 말했었다.

아울러 무대가 단순히 시간적 공간적 배경으로써만 국한 되는 것이 아니고, 인물의 특성과 인물을 둘러싼 사회가 관객들에게 느껴질 수 있도록 시각화해야하기에 - 여염閻閻집과는 다른 기생집이기 때문에 낱말의 유사성을 통해 도화살桃花煞을 연상할 수 있도록 도화桃花, 즉 복숭아나무를 세워놓을까 생각했었으나, 한 걸음 물러서듯이 나아가서 여타 기생집과는 격이 다르면서도 그와 비슷한 느낌을 살릴 수 있게끔 - 그러니까 향긋한 봄날의 꽃향기를 물씬 풍겨댈 것만 같은 화사한 산 벚나무를 세워놓는 것이 좋겠다고, 다소 부드러운 말투로 설명까지 곁들여서 말이다.

"남산 극장이 딱이라니까요."

듣는 둥 마는 둥, 그러나 류리라는 평론가는 눈앞에다 그림을 그리듯이 자기 얼굴 앞으로 손가락을 휘둘러가며 술 냄새가 새콤하게 배어있는 목소리로 발랄하게 종알거려댔었다.

"한쪽에 나무 하나를 크게 세워 놓고, 3층 공간에 정자의 기방을 어긋나게 배치하면 말예요… 김병연의 심리를 3층으로 형상화한 스펙타클spectacle도 주고…."

"……"

러시아 학술원 산하 무슨 연구소에서 어려운 과정 끝에 학위를 받았다고 뽐내고 싶어 했던 그녀는 - 묻지도 않았건만 자신이 대구大邱 소재 모某 대학교를 4년 내내 장학금 받고 다녔다는 말로 뿌리 깊은 학벌 콤플렉스를 알게 모르게 드러내 보이고서는 - 자기 성씨姓氏가 '모금도 유劉'씨가 아니라 낭창낭창한 '버들 류柳'에 '문화文化 류씨柳氏'니까 꼭 "류~리!"라고 앞의 자음에 신경 써서, 힘을 줘서 불러달라고 친절하게 설명하고 요청했었다.

그러면서 유리Yuri라는 이름이 러시아에선 우리의 철수나 영희만큼 흔하다며, 이것은 자신과 러시아가 운명의 끈으로 끈끈이 연결된 것이고, 이것이야말로 어디에나 계시지만 하나 밖에 안 계신 하느님의 명백한 뜻이라고, 몽상에 빠진 소녀가 기도하는 것처럼 턱을 치켜들고 눈알을 반짝이면서 입술을 조물조물 거려댔었다.

그때 그는 류리라는 예쁜 이름의 평론가처럼, 이른바 문화선진국에서 수년간 갈고닦은 암기력과 적응력을 – 무수한 실험과 시험으로 깨지고 부셔져서 너덜너덜해진 창의력과 독창성을 대신하여 – 이마빡에 월계수마냥 화려하게 두른 해외 유학파에게는, '공간을 분할하거나 높이와 깊이 그리고 너비에 변화를 주어서 볼륨을 만들어내는 것이 연극적 무대로 보이는가 보구나.'라고 못내 같잖아 하며 자못 삐딱한 생각을 했었다.

그랬기에, 그러나 그는 관객이 모가지에 힘을 주고 아래위로 분할된 공간을 정신 사납게 올려다보고 내려다보고 하는 것보다는, 번거롭지도 않고 복잡하지도 않게, 같은 눈높이에서 느긋하게 전체를 관觀할 수 있도록 – 비슷한 높이에서 적당하게 서로의 공간을 담아보고 나누는 것이 적합한 듯하여서, 그리고 붓이 지나간 묵색墨色 부분과 여백인 백색白色 부분이 조화롭도록 – 평면적이어도 담백한 수묵화 닮은 무대를 원한다고 말했었다.

그날 술자리에서 오고갔던 이야기들을 참고한 것인지 아니면 평론가께서 직접 연출작업을 하다 보니 스스로 그렇게 해야겠다는 생각이 들어서 만든 것인지는 모르겠지만, 어쨌거나 지금 무대는 공간을 위아래로 분할하는 것 대신에, 수령樹齡이 오래되어 보이는 산 벚나무가 관객의 시선을 모아주고 있었고, 객석 맨 앞자리에서 큰 걸음으로 서너 걸음쯤 떨어진 그 앞쪽에는 - 그러니까 무성한 꽃잎을 활짝 피우고 있는 산 벚나무 아래에 놓인 널따란 평상平床 앞쪽에는 - 손바닥을 마주 붙인 두 손등마냥 납작하면서도 두툼한 돌들로 적당히 엮어 올려 쌓아놓은 것처럼, 어른 허리께 오는 돌담이 원만한 곡선을 그리며 반원형 돌출무대의 테두리를 따라 빙 둘러져 있었다.

그렇게 무대와 객석을 경계 지은 나지막한 돌담을 따라 기다랗게 이어질 가상의 고샅길을 사이에 두고서 - 마치 격수隔水 : 물로 사이를 뜨게 하는 것마냥 - 객석에서부터 건너편 돌담 안쪽의 기방妓房을 들여다보도록 꾸며진 무대를 그가 턱을 들고 찬찬히 훑어보려는데, 갑자기 뒤편 오른쪽 출입구에서 "쉬…! 쉬잇~!"거려대며 표가 나게 조심스러워하는 말소리와 "바스럭··! 부스럭~!" 옷자락과 가방 따위가 부대껴내는 소리가 어수선하게 들려왔다.

시간이 남아돌아 제 시간에 와서 앉은 한가하신(?) 관객들의 몰입을 방해하는, 늦게 오신 몇몇 관객이 내는 잡소리들이었다. 그러나 그나마 장면이 전환되는 타이밍에 들어와서 다행이라고 생각하고는, 그가 팔짱을 끼며 몸을 뒤로 젖히고 한 호흡 길게 내뱉고서는, 무대를 갸웃이 내려다보았다.

'……'

무대 가운데께서 오른쪽으로 살짝 기울듯이 치우친 곳에는 기방 본체가 객석을 향해 몸뚱이를 비틀며 앉아 있었고, 가까운 아래쪽 무대 오른편 귀퉁이에는 산 벚나무가, 그리고 왼쪽무대 중간 높이에는 사립문이 조촐히 자리 잡고 서있어서 - 균등하게 나뉘어져 완벽하게 균형 잡힌 무대거나, 구조물이 정면을 향하거나 같은 높이에 나란히 있어서 평형平衡을 유지하고 안정감을 주는 무대는 힘의 불균형이 초래하는 역동성力動性을 보여주지 않으므로 죽은 무대와 다르지 않을 것이라고 평소 생각했었기에 - 전체적인 구도와 비율이 형편없어 보이진 않았었나 보다. 그가 입술을 꾹 다물며 묵직하게 서너 차례 고개를 끄덕였다.

밝아짐을 따라 그의 눈길이 옮아간 - 해거름 노을빛으로 희불그스름하게 물들었던 벚나무 꽃잎과 꽃가지 그리고 화사한 그 꽃나무그림자가 끝이 틀어져 올라갔을 처마 밑 섬돌 위로 검불그스름하게 드리워지려는 - 본채 큰 마루 그늘에는 언제부터인가 여인네 하나가 다소곳이 앉아 있었는데, 녹의홍상綠衣紅裳 곱게 차려입고 한쪽 무릎을 세우고서 먹으로 난蘭을 치는 듯한 자태가 나름 그럴듯하여서, - 순필順筆로 뽑아내듯이 쭉 그어 올린 난초 이파리처럼, 휘어졌더라도 뻗은 듯이 곧아 보이는 느낌은 부족했지만, - 그런대로 제법 봐줄만 하다는 생각이 들었다.

다만 객석의 그가 고개를 갸우뚱거리고 몸을 뒤로 기울이며 잇새소리를 "찟~!"하고 냈던 것은 여인네 머리에 얹어놓은 가채, 그러니까 여인네의 월자月子 드린 머리모양 때문에 그랬던 것이었는데, - 평론評論이 본업이었던 초보 연출가의 지나친 친절과 배려 때문이었을까? 아니면 풀어놓고 설명하길 좋아하는 먹물의 특성 탓이었을까? 여하튼 여인네가 기생이라는 것을 관객이 쉽게 알아차리도록 그렇게 입혔을 것이라고는 충분히 짐작할 만도 하였으나, - 그것보다는 외려 그녀가 어떤 캐릭터의 기생인지 은근히 그러나 디테일하게 보여주도록, 정숙한 반가班家의 규수마냥 수수한 연두저고리와 소박한 다홍치마 차림에 민비녀로 단아하게 쪽진 머리모양을 하는 것이 나을 것이라는 생각이 들었기 때문이었다.

월자 드린 머리모양의 여인네가 오른손에 쥐었던 붓을 벼루 위에 내려놓고서 산 벚나무를 오도카니 쳐다보더니, 턱짓으로 살며시 가리키듯이 고개를 들고 객석 너머로 - 눈썹먹처럼 아렴풋하게 그려놓은 뒷산 윤곽 위에 불그스름하게 걸쳐있는 노을을 바라보는 것처럼 - 눈길을 먼 곳에다가 던지었다. 그러고는 가만히 숨을 들이마시며 가슴을 펴더니, 그 숨을 머금은 채로 훑어보듯이 객석 너머로 찬찬히 눈길을 돌리었다.

'새소리와 벌레소리는 모두 마음을 전해주는 비결(鳥語蟲聲 總是傳心之訣)이라고 했다. 그렇다면 산 벚나무 쪽에서 나는 저 새소리가 여인네에게는 어떻게 들린 것일까? 지금 머릿속에는 무슨 생각이 떠오르고, 가슴엔 어떤 감흥이 피어오른 것일까? 명鳴이거나, 제啼이거나, 앵嚶이거나, 모두 새가 우는 것을 표현한 것이거늘…, 저 새들은 꽃이 피어서(花開) 즐거이 지저귀고 있는 것인가? 꽃이 지려니(花落) 슬퍼서 울고 있는 것인가? 짝(匹)과 노닐며 노래하는 걸까? 짝을 부르며 우는 걸까? 벚나무 너머 먼 하늘을 벌겋게 물들이는 저녁노을을 보니까 또 어떠한가? 어째서 보는 것인가? 노을을 자신과 동일시하는 것인가? 그래서 삶의 덧없음을 느끼는 것인가? 아니면 해 넘어가는 하늘 끝과 땅 귀퉁이를 바라보며 누군가에 대한 그리움을 느끼거나 혹은 대상조차 알 수 없는 막연한 그리움의 눈길을 던져보는 것인가?'

제 모양을 뽐내듯이 짐짓 꾸민 치레로 그럴듯하게만 앉아 있는 여배우를 보자니, 외려 가늠키 어려웠다. 뭐랄까? 자기 얼굴을, 자기가 바로 배우 아무개 누구라는 것을 여봐란듯이 드러내려는 것 외에는 별다른 목적도 감흥도 변화도 볼 수 없었기 때문이라고나 할까? 마뜩찮은 듯 그가 이맛살을 찌푸리며 몸을 의자 등받이에 기대었다.

배우는 한자로 '俳優'라고 쓴다. 사람을 뜻하는 '인亻'을 왼편에다 기둥마냥 굳게 세워두고서, 아니라는 '비非'와 근심하고 괴로워한다는 '우憂'를 결합시켜 만든 형성문자다. '사람이 아니다.' '사람이기는 사람인데, 근심하고 괴로워하는 사람'이라는 말이다.

사람이 아니라는 말이 무슨 뜻일까? 자기 자신이 아니라는 말일 것이다. 그럼 자기 자신이 아니라는 말은 무슨 뜻일까? 다른 사람이 된다는 말일 것이다. 그렇다면 다른 사람이 된다는 것은 또 무슨 뜻일까? 바로 자기 자신을 버리고 자신이 연기해야할 인물이 – 있음직한 인물이건 있음직하지 않은 인물이건, 어쨌거나 자기가 아닌 타인이 – 된다는 말일 것이다.

그럼 근심하고 괴로워하는 사람이라는 것은 대체 무슨 뜻일까? 아마도 자신을 버려야만 하는, 그 과정의 고통을 내포하고 있는 것 아닐까‥?

다시 한 걸음 옆으로 비스듬하게 나가보자. '연극演劇'과 '연희演戱'라는 말은 '멀리 흐르게 하다. 윤택하게 하다.'라는 뜻의 '연演'과 '보통의 정도보다 더하다. 혹독하다.' 그리고 '놀이'를 뜻하는 '극劇'과 '희롱하다. 놀다.' 그리고 '감탄하는 소리'를 뜻하는 '희戲' 자가 결합된 것이다.

문자로 엮어놓은 것처럼, '연극演劇'과 '연희演戲'는 각각 그 부수部首인 칼(刂)과 창(戈)을 가지고 노는 것이기에, 당연히 보통의 정도보다 훨씬 더 혹독하게, 감탄하는 소리가 절로 나오게끔 잘 다루고 놀려야 한다는 것이다.

그렇다면 누구를? 무엇을 위해서 그래야 하는가? 보는 이의 영혼을 건드리고 현재와 미래의 삶에 영향을 끼칠 수 있는 것이기에, 칼과 창을 다루는 사람(연극예술에 종사하는 이들)은 자신과 타인을 위해서 감탄이 나올 만큼 혹독하게 단련해야 한다는 말일 것이다. 그렇기에, 그러기 위해서, 바로 자신을 비우고 자기를 버려야 한다는 말과 연결되는 것이라고 그는 생각했기 때문이었다.

"이거 말예요!"

팔짱을 끼고서 고개를 끄덕여가며 배우라는 말의 의미를 가다듬어 보던 그의 머릿속으로 돌연 까랑까랑한 목소리 하나가 떠올랐다.

"실화예요? 야사나 전설에 나오는 이야기예요?"

지난 시간으로부터 날아 들어온, 송도제일화松都第一花 가련可憐 역役을 맡았던 30대 후반의 여배우가 첫 번째 읽기 연습을 마치고 - 간만에 따스한 겨울 햇살아래 달착지근한 커피 한 모금 머금고 담배나 한 개비씩 구수하게 빨아보자며 모두 밖으로 나갔었기에, 땀내 퀴퀴한 연습실에는 그와 둘만 있었던 - 휴식시간에 은방울 굴리듯이 또르르 던졌던 질문이었다.

"아닌데요."

그가 다소 무뚝뚝하게, 무덤덤한 목소리로 대꾸했었다.

"아~! 아니라고요? 오호~!"

눈을 반짝이는 것으로 호감을 드러내며 그녀가 물었었다.

"매우 그럴듯하던데…, 어떻게 쓰셨어요?"

"음~~, 그러니까‥,"

팔걸이의자에 삐딱하게 걸치듯이 앉아 있던 그가 두 손으로 머리를 쓸어 넘기고 뒤통수에서 손깍지를 끼더니만, 다리를 앞으로 길게 쭉 뻗으며 몸을 비스듬히 낮췄었다.

"없을 것 같은 데 있는 일과 있을 것 같은 데 없는 일 중에서 어떤 것이 더 연극적일까 생각해봤어요. 그리고서 그럴듯하게~,"

그가 말처럼 그럴듯하게 빙긋 웃어 보이고 말을 이어나갔었다.

"제가 학자가 아니라서 무식을 밑천 삼아 씩씩하게 그랬는지는 모르겠지만요. 알려지지 않았다고 해서, 기록되지 않았다고 해서 그 사람 인생에서 없는 것일까 상상해봤죠. 그러다 보니까 뭐‥, 그렇게 저렇게 생각들을 조합하다보니까, 이런 만남이 있었을 수도 있지 않았을까? 그렇다면 이런 이야기들이 오가지 않았을까? 뭐‥. 그런 생각으로 끼적여본 거구요."

"그런데 연출님!"

기생 가련이 역할을 맡았던 여배우 황수정이 테이블 위에 놓여있던 피로회복제 하나를 손끝으로 느릿하게 집어들더니, 단박에 "빠각!" 소리가 나도록 옆으로 비틀어 땄다.

"매란국죽梅蘭菊竹 이런 건 문인화文人畵고, 양반들이 그리던 그림이잖아요? 맞죠?"

"…?…"

갑자기 눈을 땡글땡글 거려가면서 무슨 말을 하려는 건가 싶어서, 그가 어깨를 으쓱이는 것으로 대답을 대신했었다.

"음~~ 그런데‥, 그러니까 기생이니까, 꽃이 더 좀 예쁘고 화려하다던가, 뭐‥ 그러니까 나비나 벌이 날아다니는 걸로…"

기생妓生이니 꽃이요 어울릴 나비는 임이라, 그리워하고 기다리고 다가섰다 멀어짐이 그럴싸할 것만 같아, 언뜻 타당하다고 생각했을 수도 있었을 것이다. 기생 가련이의 사랑을 중심으로, 그녀와 어느 사내의 사랑이야기 혹은 애정행각을 비춰 볼 것이라면 말이다.

"네, 좋은 말씀이에요. 일리 있는 말씀인데요."

단순한 물음이었지만 그래도 딴에는 자료도 뒤적여보고 자기 의견을 피력하는 것만 같아서 고마웠기에 ─ 이런 사소한 생각조차 하지 않고서, 어제 먹은 술이 덜 깬 얼굴로 연습실에 오는 한심한 배우들이 얼마나 많은지 잘 알고 있었기에 ─ 그가 몸을 바르게 하고 앉으며 부드러운 목소리로 말했었다.

"난蘭을 치고 있어야 난을 닮은‥, 겉으로나 속으로나 난과 같은 캐릭터와 연결될 거라고 생각해요. 인물과 대상이 알게 모르게 동일시되는 거죠. 구성을 놓고 봤을 때도 초반부에 김병연이 가련이의 난초 그림을 보고 품평하듯이 몇 마디 던지는 것은 두 사람이 어떤 특질을 공유하는 것이고, 후반부에서는 꽃이었던 난蘭이 자신을 지칭하는 '나는' '난‥!'이라는 동음이의어同音異議語로 변형되어서 어떤‥, 예컨대 자학自虐에 가까운 자기부정을 드러내는 언어도구가 되기 때문에 반드시 난이어야 하고 말이죠."

"아…!"

설명이 그럴듯했었던지, 서른 중반의 여배우는 귀여운 버릇마냥 입술을 삐주룩이 내밀며 고개를 가벼이 끄덕거리더니, 피로회복제를 한 모금 입안에 홀짝 넣고서는 머릿속에서 생각을 굴리듯이 앙증맞게 두어 차례 오물오물 거려대다 목구멍으로 넘겨버렸다. 그리고는 눈알을 반짝이며 방긋 웃어 보였었다.

"그런데요, 송도가 개성이고 개성이 개경 맞죠?"

"……"

"아아~! 님이 가시며 달뜨면 오마 셨는데…!"

맞거나 틀리다는 그의 대답이 필요 없었던 여배우께서는 가슴으로 숨을 크게 들이마시더니, 허공을 향해 읊어대듯이, 말투를 예스럽게 바꾸어 말소리를 던져나갔었다.

"달은 떴건만 님은 아니 오시네.

생각건데 아마도 님이 계신 곳이란…,

산이 높아 달도 더디 뜨는가 보다…."

"…?…"

가슴팍에 닭살이 돋을 듯한, 교태를 부리듯이 과장스런 여배우 황수정의 행동과 말투에 그가 눈을 동그랗게 떴었다.

"능운凌雲이라는 기생이 쓴 시래요. 한번 찾아봤죠. 뭐가 있나."

"아, 예…."

"동짓달 기나긴 밤 한 허리를 베어내어,

봄바람 이불 아래 서리서리 넣었다가,

님 오신 밤이어든 굽이굽이 펴리라."

그가 알았다는 듯이 어색하게 고개를 끄덕거리자, 그것을 긍정적인 대꾸의 소극적인 추임새로 여겼었는지, 여배우께서는 얼굴선이 갸름하게 보이게끔 턱 끝을 살짝 들어 올려 고개를 비스듬히 틀더니 - 여기에다 오른손을 왼 가슴에 얹고서 눈을 지그시 내리 깔고서는 - 자분자분하게 시 한수를 더 읊어댔었다.

"지금 꺼는 황진이가 쓴 건데요. 어때요? 둘 다 글들이 예쁘고 임을 향한 애틋한 마음이 묻어나오지 않나요?"

"아…, 네…, 뭐…, 예…. 그러네요. 하하핫~!"

젠체하려는 것이 밉지만은 않았기에, 그래도 참 애쓰는구나 싶어서 웃음이 나오려는 걸 억지로 참았다. 그러나 그럼에도 불구하고 터져나오려는 웃음을 참을 수 없게 되자, 아예 드러내놓고 웃는 것으로 상대방을 기분 좋게 해주는 게 낫겠다는 생각이 들어서 - 아울러 도도한 척 하지만 의외로 어수룩한 것이 이 여배우의 매력인가도 싶어서 - 황수정을 바라보며 그는 소리 내어 시원하게 웃어주었었다.

"그런데요, 연출님…!"

저도 만족스러웠던지, 같이 환하게 까르르 웃어 보이던 여배우 황수정이 새로운 말머리를 꺼냈었다.

"있잖아요…,"

눈웃음치다가 턱을 당기며 침을 삼키고 숨을 머금어 보였었다.

"어쩌면 말예요…. 저희 같은 연기자들이 바로 기생팔자 아닐까요? 사람들을 울게 하고 웃게 하고, 그게 정情을 파는 것이나 마찬가지니까 말이에요."

눈을 반짝이더니, '씨익~' 웃으며 어깨를 들썩였었다.

"짜증을 내어서 무엇 하나!

성화를 부려서 무엇 하나!

니나노~ 닐리리아 닐리리아 니나노~!"

손을 휘휘 젓고 가뿐 혹은 사뿐 돋움새와 디딤새를 섞어 디디며 흥을 내려던 여배우 황수정이 홀연 다른 이의 기척을 느끼고 움직임을 멈추더니, 당황스러워하는 얼굴빛을 보였었다.

"…?…"

그나마 닐리리 맘보를 불러대지 않은 게 다행일 거라고 속웃음 지으며 고개를 까딱거리던 그가 '갑자기 왜 저러는 건가?'라는 생각이 들어서, 의자에 삐딱하게 걸쳐 놓았던 엉덩이를 반대쪽으로 틀어 앉으며 고개를 황수정의 눈길이 향한 곳으로 돌렸다.

"아, 깜짝이야! 놀랐네! 난 또 누구인 줄 알았잖아!"

"죄송합니다…."

연습 때 한 번도 본 적 없었던 극단의 신입 단원이 불투명한 미닫이 유리문 앞에 서서 낮은 목소리로 느리게 대답하고서 쭈뼛쭈뼛 거려댔었다.

'그‥, 누가…, 그때 황수정이 말했던 그 누가 누구였더라? 아…! 그러니까‥, 그게…'

난데없이 생생하게 떠오른 연습 초반부의 기억으로부터 파생되려는 그의 헝클어진 잡생각들을 무대 밖으로 말끔히 쓸어내 버리기라도 하려는 것처럼, 앞서 초롱불을 들고 등장했던 자그마한 계집아이가 이번에는 싸리비를 들고 무대 안쪽에서 걸어 나왔다.

'……'

흰색 저고리에 검정색 깡동 치마 차림의 동기童妓. 예닐곱 살 어린 기생 아진이 역할을 맡은 연옥이다. 짜리몽땅한 키에다 둥글둥글한 얼굴이 예쁘지도 않다고 극단 대표가 반대했었던, 그러나 아담한 체구에다 기운이 맑고 눈에 총기가 있으며 소리도 비음이 살짝 섞인 하이 톤high-tone이라서 어린 기생 역을 하기엔 안성맞춤이라고 그가 캐스팅했던 초짜 배우였다.

아진이 역할의 연옥이는 길게 땋은 머리끝에다 빨간색 제비부리댕기를 드리웠는데, 솔직히 말해서 뭐랄까? 이마를 훌떡 까고 댕기머리를 하고 있으니 땡글땡글한 얼굴이 훨씬 커 보이는 것만 같아 극단 대표 말대로, 우스갯소리로 토속적이라고 할 만하게, 대보름 달덩이마냥 훤하게 보이기도 하였다.

동글동글 짜리몽땅 연옥이가 맡은 예닐곱 살짜리 어린 기생 아진이. 말과 행동에 꾸밈이 없으나 결코 되바라졌거나 천하지 않을 – 어쩌면 개구멍받이거나 제 아비 노름빚에 팔려왔을지도 모르겠으나, 그래도 살붙이마냥 하얀 살가우며 구김살 없이 해맑은 – 속도 깊고 정도 깊은 동기童妓를 보면서 관객이 송도松都 제일의 꽃 가련이의 어릴 적 모습을 유추해볼 수 있도록, 그러니까 한 인물을 통해 다른 인물이 연상되게끔, 아진이라는 캐릭터를 그려내야 할 것이라고 그는 생각했었다.

「아씨, 마당을 좀 쓸까요?」

「……」

어린 기생 아진이 역할의 초짜 배우 연옥이가 물었건만, 가련이 역할의 중견 배우 황수정은 아무런 대꾸가 없다.

「아씨…?」

「……」

「가련 아씨?」

아진이가 맑은 목소리를 살짝 높인다.

「……」

「……」

「응…?」

아진이 역할의 초짜 배우 연옥이가 가만히 서있자 도리어 기척이 느껴졌는지, 가련이 역할의 황수정이 꿈에서 막 깨어난 사람마냥 몽롱한 소리로 대꾸하며 눈길을 돌렸다.

「…?…」

아진이는 제 키보다 커 보이는 싸리비를 몸 앞에 세워 짚더니, 눈을 동그랗게 뜨고서 무슨 생각을 하고 있었냐고 묻기라도 하듯이 가련이를 쳐다본다.

「… 뭐라··, 하였지?」

그러지 않아도 될 것을, 자기 리듬을 가져보려는지, 가련이 역할의 배우 황수정이 한 호흡을 먹고서 말끝을 올렸다.

「마당을 좀 쓸까 했네요. 꽃잎이 많이 떨어져서요.」

「… 꽃잎··.」

이번에는 한 호흡 느리게 뱉어낸 가련이가 말끝에 있던 호흡을 머금더니만, 마당에 떨어져 내린 벚나무 꽃잎들을 내려다보았다.

「그래··, 많이도 떨어졌구나….」

어딘지 힘이 없다고 느껴질 만한 목소리다.

「아침나절 바람이 제법 불어 그런지‥」

아진이가 제 앞으로 폴짝 뛰며 쪼그려 앉았다.

「요기조기 송이송이 떨어진 것 많네요. 요놈은 꼭 당집 딸랑딸랑 방울이 같고, 요놈은 덕지덕지 정주간에 솥단지 밥풀덩이 같고, 요놈은‥, 요놈은 꼭 우리 막둥이 조막손 같네?」

꽃송이를 하나씩 둘씩 만지작거리며 주워드는 아진이 머리 위로 벚나무꽃잎이 눈발처럼, 꽃이리에 바람꽃 피듯이 흩날린다. 조명효과가 아니라 실제로 꽃잎이 무대에 흩날리는 것이다.

「이야~! 꽃눈이다!」

아진이가 일어서며 크게 심호흡한다.

「아~! 상쾌해라! 꽃 냄새…!!」

「좋으니?」

팔을 벌리고서 춤을 추듯이 몸을 빙그르 돌리는 아진이에게 가련이가 봄바람처럼 포근한 목소리로 물었다.

「네! 사시사철 오늘만 같으면 좋겠어요.」

아진이가 힘찬 소리로 대답했다.

「무엇이…?」

「봄이요! 바람이요! 꽃이요! 살랑살랑 꽃바람에 하늘하늘 꽃가지, 올긋볼긋 꽃잎파리 곱디고운 꽃내음…! 꼭 나 아닌 꽃 세상서 꿈꾸는 것 같아요.」

「그렇게 꽃이 좋으면 그냥 놔둘 일이지.」

가련이 역할의 황수정이 얼굴에 미소를 띠며 말했다.

「아니네요. 요렇게 예쁜 꽃잎 그냥 둬선 안 되네요. 오가는 나리님들 흙 묻은 가죽신에 밟혀서는 안 되네요. 밟혀 멍든 꽃잎파리 아진이는 서럽네요.」

　마음씨만큼이나 곱고 예쁘게, 그러나 정말로 아프고 슬퍼지려는 것처럼, 아진이 역할의 초짜 배우 연옥이가 목꼬리를 떨었다.

　「그렇구나. 꽃만 보고 살다가 꽃 지는 줄 몰랐어··. 바람에 지는 것도 슬픈 일인데··, 그건 너무 아픈 일이야····.」

　벚나무를 바라보고서 혼잣말하듯이 소리를 안으로 머금어가며 자근자근 중얼거린 가련이가 아진이에게로 눈길을 돌리었다.

　「그리고 보니 네가 벌써 꽃이 되었구나. 꽃을 보고 그대로 꽃이 되려는 네가 참으로 꽃이 된 게야.」

　가련이가 하뭇이 웃어 보였다.

　「아씨도 참··! 송도 제일의 꽃님께서 어째 그런 말씀을 하신데요? 저는 아직 한참이나 멀었는걸요? 이제사 겨우 방긋 몽우리 파릇파릇한 새싹인걸요?」

　「그래, 천천히 피거라. 온갖 꽃 다 지고나면 너 홀로 피어서, 네 향기로 온 세상을 가득히 채우도록 하거라.」

　「것도 아니네요. 혼자서는 너무 쓸쓸하네요. 저는 아씨 옆에 나란히 서고 말 것이네요. 바로 이렇게요.」

　어린 피붙이에게 보이는 도타운 사랑마냥 다정스러웠으나 어딘지 모르게 서글퍼 보이는 미소를 지어 보인 가련이에게 아진이가 귀여우면서도 살갑게 대꾸하더니, 꽃송이 예쁜 꽃가지 하나를 주워서 제 머리에 꽂는다. 그리고는 가련이를 치어다보며 해맑게 웃어 보인다.

　「꽃 피고 새 우는 봄, 봄~」

　한결 밝아진 가련이의 얼굴을 보자 기분이 좋아졌는지, 아진이가 콧노래를 흥얼대며 꽃잎들을 쓸어 모으기 시작한다.

「첩첩疊疊 산중엔 흰 구름이 편편片片

　바람에 바람에 아득한 저 산 위 높이 부는 바람에

　구름이 흘러 흘러 멀리로 흘러 흘러

　소소蕭蕭 바람에 구름이 유유悠悠」

　글방 아이가 "하늘 천! 따 지!" 천자문 외듯이, 젖먹이 동생을 등에
업은 어린 누이가 동네 놀이터에서 "두껍아, 두껍아~" 쉬운 가락으로
달강달강 노래 부르듯이, 아진이 역할의 초짜 배우 연옥이가 아이다운
호흡과 아이다운 리듬으로 – 그러나 꼭 하늘과 땅의 중간 어디께 있다
는 자기 이름처럼 밍밍하게, 그래서 조금은 상투적이라고 느껴질 만하
게 – 곡조를 이어나간다.

　단순한 가락으로 노래하는 아진이를 보자 자신의 어느 시절이 떠올
라 마음이 아득해졌는지도 모를 일이다. 가련이 역할의 황수정이 저물
어가는 봄날의 서글픔을 머금어보려는 듯이 입술을 꾹 다물더니, 입가
에 미소를 잔잔히 띠우며 입술을 달싹였다.

　「그래‥, 바람에 흔들리지 않으면 그건 꽃이 아니지….」

　이 말을 듣고 좋았던 것인지 못 들었어도 그저 좋은 것인지, 아진이
가 가련이를 바라보며 싱긋 웃더니, 이번에는 폴짝폴짝 깽깽이걸음으
로 가락을 이어나간다.

　「표표飄飄 바람에 바람이 삽삽颯颯 꽃잎은 분분紛紛

　　일몰에 월출하니 달빛이 교교皎皎 별빛은 경경耿耿

　　처처處處 꽃비에 낙낙落落 꽃비에 마음은 처처悽悽

　　가고 가고 또 가도 갈 수 없는 길이나

　　가고 가고 못 가도 가야 하는 길이네

　　행행중행행行行重行行 행행중행행行行中行行

초초迢迢 견우성牽牛星 교교皎皎 직녀성織女星

아아, 아아! 은하수에 물이 지니 까막까치 아아喔喔

아아, 아아! 묘묘緲緲하고 망망茫茫하니 까막까치 아아~」

깡충깡충 앙감질하던 아진이가 "아아, 아아!" 소리 내며 걸음을 늦추더니, 느릿한 숨으로 어른처럼 말을 뱉어내기 시작한다.

「봄이라면 따라 놀고, 밤이라면 함께 했네.

사시사철 꽃피는 곳, 무산巫山 위의 비구름을

멀리 떠난 꽃나비, 그 분께선 잊은 걸까?

연년세세年年世世 세세연년世世年年

그리움의 씨앗은 설운 꽃을 피우고

삼성參星 상성商星 삼여상參與商

동쪽 하늘 서쪽 별 서쪽 하늘 동쪽 별

불기춘不記春에 미원근未遠近

먼 곳이나 가까운 곳, 가고 오는 봄조차 알지 못하네.

아아, 아아~ 그리워서 서럽고 서러워서 그리워라.

옥玉 같은 울 아씨 그늘진 이마 위로 지는 꽃잎에

야속히도 흐르는 건, 어여삐 방울지는 눈물이라네….」

양금채마냥 가냘픈 끝소리를 머금고서 깊은 숨을 내쉬더니, 눈자위를 옷고름으로 꾹꾹 찍어보기라도 할 것 같던 아진이가 돌연 가련이에게로 눈길을 돌리었다. 순간, "아차~!"하는 생각이 들었던 것이다. 아진이가 얼른 고개를 숙이면서 옷고름을 코밑으로, 주둥이 앞에다 - 마치 제 입막음이라도 하려는 듯이 - 가져다 대었다.

「아‥, 아씨…,」

어쩔 줄 몰라서 주저주저 거려대며 아진이가 말문을 연다.

「제가 참말이지…, 송구하네요….」

「……」

「주착스레 마음이··, 싱숭생숭하여서….」

「……」

가련이는 말없이 물끄러미 바라보고만 있다.

「… 제가··,」

아진이 역할의 초짜 배우 연옥이가 노련한 여느 배우들처럼 한 호흡 먹고서 한 모금 느리게 대사를 뱉어내더니, 침을 꿀꺽 삼키고는 말을 이었다.

「심히··,」

수굿이 머리를 조아렸다.

「죄송스럽네요….」

「……」

「……」

잠시 무대에 정적이 흐르려는데, 가련이 역할의 황수정이 나긋나긋한 목소리에 단호하다 느껴질 만한 억양으로 넌지시 말을 꺼냈다.

「꽃이 좋아 어쩔 줄 모르는 것도 꽃에 괴로움을 당하는 것이야.」

「예, 아씨….」

살며시 나무라듯이, 그러나 뭐랄까? 나지막한 것이 숙부드러우면서도 음전하다고나 할까? 여하튼 그런 것 비스름한 것이 배어있는 목소리에 맞대꾸하듯이, 아진이 역할의 연옥이가 공손한 태도와 한 숨 죽인 목소리로 대답했다.

「쯔쯧…! 네 다정함을 어이 할까··?」

아진이의 품성을 잘 알기에 마음이 누그러졌는지, 혀를 차면서 고개를 가로 젓던 가련이가 근심어린 미소를 밝게 피어 올리며 노글노글한 목소리로 말을 이었다.

「다만‥, 다만 걱정스러운 것은…」

가련이가 말끝을, 아니 숨을 한 모금 가슴에 머금었다 풀었다.

「그 꽃 그림자가 너무 짙을까 하는 것이지…」

「……」

「아니‥! 아니다! 너라면 그 그림자에도 향기가 묻어나올지 모를 일‥. 꽃잎이‥, 바람에 그 꽃잎이 흔들린다면, 그 향기 더욱 멀리 가겠지‥? 하여‥, 그 향香에 취한다면, 천하의 어느 사내가 너를 찾지 않을까…?」

바로 자기 자신에게 말하는 것처럼 목소리에 허무가 짙게 배어있었어야 할 가련이 역할의 배우 황수정이, 되똑한 코끝이 더욱 뾰족하게 보이게끔 턱을 들더니, 아득한 그날을 더듬어보듯이 일렁거리려는 눈길을 먼 곳에다 던지었다.

「……」

「……」

예닐곱 살짜리 어린 기생이 한문과 언문을 섞어가며 - 그것도 바람이나 빗소리가 쓸쓸하게 느껴진다는 소소蕭蕭, 아득하게 멀거나 움직임이 한가하고 여유가 있다는 유유悠悠, 바람이 산들산들 부는 것과 그 바람에 무엇이 나부낀다는 표표飄飄, 바람 부는 소리 삽삽颯颯, 여럿이 한데 뒤섞여 어수선한 분분紛紛, 달이 맑고 밝다는 교교皎皎, 빛이 조금 환하거나 불빛이 깜박거리는 경경耿耿, 여기저기 곳곳의 처처處處, 그 여기저기 곳곳에 무엇이 떨어지는 모양의 낙낙落落, 마음이 구슬픈 처처悽悽,

아득히 높아서 까마득한 초초迢迢, 까마귀 우는 소리 아아啞啞, 아득하고 아득한 묘묘渺渺와 망망茫茫처럼, 어감과 리듬감 그리고 함축성을 담고 있는 의성어와 의태어를 가지고 – 조잘조잘 쉬운 가락으로 노래를 불러댔다.

그리고 거기에 한술 더 떠서 남녀 간의 비희秘戱를 뜻하는 '무산巫山 위의 비구름'과 각각 동쪽과 서쪽에 있는 별자리로 하나가 뜨면 다른 하나가 져서 영영 만날 수 없다는 '삼성參星'과 '상성商星' 그리고 '몇 봄 이나 지났는지, 얼마나 멀고 가까운 지도 알 수 없다.'는 '불기춘不記春 미원근未遠近'의 글귀와 전고典故까지도 어렵기는커녕 아무렇지 않게 인용하여 한숨 섞인 푸념을 늘어놓았다.

'아무리 명석하고 조숙하다고 해도, 예닐곱 살짜리 어린아이가 과연 송옥宋玉이 지은 〈고당부高唐賦〉에 나오는 무산신녀巫山神女와 초楚나라 회왕懷王의 무산지몽巫山之夢에 대해서, 무엇보다 운우지락雲雨之樂에 대해 알고 있다는 게 말이 될까? 두보杜甫의 〈증위팔처사贈衛八處士 : 위팔처사에게 드림〉에 나오는 삼성參星과 상성商星을 통한 이루어질 수 없는 인연의 비유와 왕안석王安石의 〈도원행桃源行〉에서 가져온 일래종도불기춘—来種桃不記春 어랑방주미원근漁郎放舟迷遠近…, 그러니까 한번 와서 복숭아나무를 기르다보니 몇 봄이나 지났는지 기억하지 못하겠고, 고기 잡는 이가 가는 대로 그냥 배를 놓아두니 길을 잃어버려 멀고 가까운 갈피조차 잡지 못하게 되었다는 구절에서 제시하는 시간과 공간의 의미를 알고 있다는 게 도대체 가능할까?'

'아진이가 부르는 쉬운 가락에다가 굳이 어려운 한자로 이루어진 의성어와 의태어를 집어넣은 것은 독자가 아닌 관객을 무시한·, 나만의 유별난 기호를 고집하는 것 아닐까? 혹시라도 나 잘났다고, 뭣 쫌 안다는 것을 자랑하고픈 속된 마음 때문은 아닐까? 그것도 아니라면 좀처럼 덜어내지 못하는 못난 버릇이 다시 도진 것일까?'

그는 대본작업을 하며 자기 자신에게 수일 동안 수십 차례 물었었다. 그런 물음 끝에 그가 얻은 대답은 '아마도 아진이라면 충분히 그럴 수 있을 것이다.'라는 머리와 꼬리가 하나로 붙은 가정이자 결론이었다.

'그렇다. 그럴 것이다. 아진이가 송도 제일의 꽃이라던 가련이를 꼭 닮았을 것이기에, 가무歌舞와 서화書畵와 시문詩文에 능한 예기藝妓의 자질을 타고 났음에, 남다른 총명함으로 어감과 운율이 뛰어난 소리 흉내말과 모양 흉내말 그리고 움직임 흉내말에 대한 감각은 물론이거니와, 개성의 명기名妓 가련이가 상대했음직한 멋스러운 묵객墨客과 풍류객風流客들로부터 남녀 간의 사랑과 이상향理想鄕에 관한 이야기들을 적잖이 주워들었을 만하였기에, 틀림없이 알고 말하였으리라. 아울러 관객은 이것을 통해서 기생어미라 할 수 있는 가련이가 어느 수준 되는 기생인지 미루어 짐작할 수 있을 것이다.'

그는 이러한 가정과 결론, 혹은 설정과 단정 하에 망설임 없이 대본을 써내려갔었다. 그러나 그렇게 거침없이 써내려가려던 어느 순간에 문득, 거기서부터 야기됐을 또 하나의 의문이 고개를 빳빳이 치켜들었었다.

'아진이야 극중 인물이니까 그렇다손 치더라도 관객은‥? 종이에 인쇄된 문자들을 눈으로 읽어가는 독자가 아닌, 극장에서 보고 듣고 순간순간 느끼고 즉각적으로 반응하는 관객은 어떨 것인가? 아진이 가 부르는 노래에 담긴 뜻을 정확하게 알아먹을 것인가? 아니다‥! 불 가능할 것이다. 그렇다면 어찌해야 하는가? 아진이 노래에 나오는 소 리와 모양과 움직임 흉내 한자들이야 풍기는 뉘앙스가 있으니까 관객 도 어느 정도 감으로 때려잡을 수 있을 것이라고 억지 추측을 하여도, 전고典故와 글귀는 어떻게 해결할 것인가? 무엇을 말하는지 정확히 모 를 텐데, 도려내버리거나 아니면 아예 운율에 상관없이 쉽게 풀어써야 하는 걸까? 그것도 아니면 그냥 무심하게 나 몰라라 하고 그대로 밀고 가야 하는 걸까?'

언어를 가지고 작업하는 희곡작가인 그에게 결코 쉽지 않은 문제였 다. 그렇지만 그럼에도 불구하고 연출가로서 - 저 내키는 대로 활자를 읽기만하는 독자讀者가 아닌, 현장에서 보고 듣고 느끼고 반응하는 시 청자視聽者로서의 - 관객이 배우가 무대에서 뱉어내는 모든 문장과 낱 말을 일백 퍼센트 알아듣고 이해해준다면 더할 나위 없겠지만, 꼭 그 렇지 않더라도 큰 문제는 없을 것이라고 의외로 담담하게 생각했다. 안타깝지 않은 것은 아니었지만, 관객이 느껴야할 인물의 정서가 전적 으로 언어의 사전적 의미를 통해서만 전달되는 것은 아니라고 생각했 기 때문이었다.

'언어문자言語文字는 형形(모양), 음音(소리), 의義(뜻)의 속성을 갖고 있다. … 언어(말)는 청각에 호소하는 소리이므로 마음의 소리, 즉 심성心聲이라

하고, 문자(글)는 시각에 호소하는 부호이므로 마음의 그림, 즉 심화心
畵라고 한다.'

　아리스토텔레스Aristoteles의 『시학Poetica』에 비견할 만한 유협劉勰의 『문
심조룡文心雕龍』에 적혀 있는 구절로, 귀에 호소하거나 눈에 호소하거나
언어는 마음(心)과 연결되어 있다는 말이다. '그렇다면 마음은 무엇과
연결되어 있을까?' 그는 그것이 바로 호흡, 그러니까 숨과 연결되어있
다고 그는 생각했다.

　'호흡으로‥, 마음으로‥, 숨으로 전달된다.'

　숨을 모든 육신의 부분 중에서 핵심인 것이며 모든 감각의 기반이
라고 규정지은 – 가장 오래된 힌두 경전인 베다Veda를 운문韻文과 산
문散文의 형태로 설명한 철학적 문헌으로, '가까이 앉는다.'라는 어원
에서 유추해볼 수 있듯이 스승이 제자에게 은밀하게 전수했던 비의秘
義를 담은 – 우파니샤드Upanisad 가운데 하나인 『찬도기야 우파니샤드
Chandogya Uponisad』에서는 '줄이 매어진 새가 이곳저곳을 날아다니다가
쉴 터를 정하지 못하고 결국 줄이 매어진 곳으로 돌아오듯이, 마음 또
한 여러 곳을 다니다가 아뜨만atman(참된 나)이 아닌 그 어느 곳에서도 쉴
터를 찾지 못하고 숨(息)으로 찾아오게 되는데, 그 이유인즉 마음이 숨
에 매여 있기 때문이다.'라고 했다.
　또한 『찬도기야 우파니샤드Chandogya Uponisad』는 다른 감각 기관들과
숨과의 관계를 다음과 같은 이야기를 통해 설명해주었다.

'한번은 감각들이 자기가 가장 훌륭하고 오래된 자라며 서로서로 다투기 시작했다. 그래서 감각들은 문제를 해결하기 위해 아버지 창조주 쁘라자빠띠Prajapati에게 가서 물었다. 그러자 아버지 창조주 쁘라자빠띠는 여러 감각들 중에서 하나가 떠날 때, 그로 인해 몸이 가장 곤란하게 되는 자가 가장 훌륭한 자일 것이라고 대답했다. 그러자 제일 먼저 목소리가 몸을 빠져나가서 일 년 동안 밖을 다니다 돌아와 자기가 없는 동안 어떻게 지냈는지 다른 감각들에게 물었다. 그러자 벙어리가 말을 못하듯이 말을 하지 않고 지냈으나 숨으로 숨을 쉬고 눈으로 보고 귀로 들으며 마음으로 생각하고 지냈다고 다름 감각들이 말했다. 이번에는 눈이 몸을 빠져나가 밖을 다니다 돌아와 물었다. 그러자 장님이 보지 못하듯이 보지 않고 지냈으나 숨으로 숨을 쉬고 목소리로 말을 하고 귀로 들으며 마음으로 생각하고 지냈다고 말했다. 다음 차례였던 귀에게는 귀머거리가 듣지 못하듯이 말을 하지 않았으나 잘 지냈고, 그 다음 차례인 마음에게는 어린아이가 생각을 할 줄 모르듯이 생각을 하지 않고 지냈을 뿐이지 잘 지냈다고 말했다. 마지막으로 숨이 몸을 빠져 나갈 차례가 되었다. 채찍을 맞은 말이 제 발을 묶은 줄을 매어둔 꼬챙이를 땅에서 뽑아버리듯이, 숨이 다른 감각들을 몸에서 뽑아버렸다. 그러자 모든 감각들이 숨에게 와서, 그가 주인임을 인정하고 그가 가장 훌륭하니까 제발 떠나지 말아달라고 사정했다. 목소리는 숨에게 자신이 가장 훌륭히 덮는 자이기는 하나 숨이 그것을 가능케 한다고 말했다. 눈은 자신이 가장 훌륭히 자리 잡는 자이긴 하나 숨이 그것을 가능케 한다고 말했다. 귀는 자신이 가장 훌륭하고 귀한 것을 가진 자이나 숨이 그것을 가능케 한다고 말했으며, 마음은 자신이 가장 훌륭한 거처이나 그것을 가능케 하는 것은 숨이라고 말했다.

그러므로 그 누구도 소리, 눈, 귀, 마음 어느 한 가지만 감각이라 말하지 않는다. 그러나 숨은 감각이다. 그것은 모든 감각들이 결국 숨이기 때문이다.'

그렇다…! 실로 중요한 것이 숨, 숨결, 목숨이리라…! 숨이 끊어지면, 목숨을 잃으면 죽는다. 삶과 죽음이 숨에 뿌리를 둔다. 말하는 것과 움직이는 것 그리고 침묵과 멈추는 것도 숨쉬기로, 바로 호흡(숨)으로 이루어진다. 호흡(숨)은 마음이고 감각이다. 호흡(숨)은 감정을 내면화하고 외면화시키기도 한다. 그렇기 때문에 규정지어지고 한정지어진 대사와 낱말의 사전적 의미보다도, 말하는 이의 자세와 몸짓과 눈빛 그리고 말의 가락에 담긴 호흡(숨)의 빠르기와 느리기, 세거나 여린 변화와 미세한 느낌의 변화가 말하는 이의 심리상태와 얽히고설킨 인물 간의 역학관계力學關係까지도 명확히 보여줄 것이라고 그가 확신을 가질 수 있었던 것이다.

내친 김에 하는 말이지만, 연출가로서 작업을 할 때도 관객이 알아먹거나 말거나 상관없이, 자기 자신을 세상 한 가운데다 내던진다는 생각으로, 세상과 맞상대한다는 생각으로 그는 자신이 가진 것을 모조리 쏟아 부으려 했었다.

이따금 자기합리화에 능숙하고 핑계대기에 능란하며 오로지 자기 편리와 이익에만 민감하고 허튼 데다 머리 굴릴 줄 아는 몇몇 이기적인 배우들이 어쭙잖게 관객과의 소통 운운하며 관객이 이해할 수 있도록 눈높이를 맞춰…, 아니! 낮춰보고 쉽게 만들어야 한다고 했던 말 따위에는 - 말은 이렇게 그럴싸하게 하였으나, 특정 장면을 고치자거나 대사를 바꾸거나 빼자고 하는 경우 중 열의 아홉은, 배우가 자신의 능력부족을 절감하고 그것을 가리기 위한 수작이었기에 – 결코 동의하지 않았다.

'어느 누가, 어찌 감히, 관객의 눈높이를 이야기하는가? 관객의 눈높이를 멋대로 상정하고 공연을 만든다는 것 자체가 관객을 무시하고 모욕하는 것 아닌가? 희곡이 무엇인가? 사람 사는 이야기다. 공연은 또 무엇인가? 만나는 것, 나누고 느끼는 만남이다. 나라는 하나의 세계에서 시작하여 우리라는 공동의 세계를 거쳐서, 우리가 만든 무대 위의 세계와 관객이라는 무수히 많은 세계들이 만나게 하는 것이다. 공연이 바로 이러할 진데, 온 힘을 다해서 존중하고 맞이해야할 미지의 세계를 미리 낮춰서 예측하고 만나보자고? 이것이야말로 어리석으면서도 가증스럽고 오만불손한 태도 아니겠는가! 관객은 보이는 것만 보고, 들리는 것만 들으며, 자기중심으로 판단하고 느낀다. 자기네 그릇에 자기네 크기만큼, 자기네 생긴 모양대로 담아가는 것이다. 그렇기에 연극을 만드는 이들도 최선을 다해서 자기네들 틀대로, 자기들 잣대대로, 자기네 세계에서 살고 죽는 인물들을 만들어 보이면 되는 것이다.'

그에게 관객 혹은 독자라는 말은 하나의 독립된 세계를 의미했으며, 연출가는 문자 그대로 연극을 '출(出)'하는, 그러니까 세상으로 내보내는 사람이고 방향을 제시하는(direct) 제시자(director)였다. 그는 이런 생각과 마음가짐으로 희곡을 쓰고 고집스레 연출작업에 임했다. 무엇보다도 자기 자신을 중심으로, 철저하게 자기 방식대로 말이다.

이런 과정들을 더듬어보는 짧은 순간, 무대 위 큰 마루에 그림처럼 앉아 있던 가련이가 왼손으로 문진文鎭을 들어올려 오른손이 가져다 놓은 하얀 화선지 위에 내려놓더니, 다림질하듯이 매끈하게 스윽 문질러 폈다. 그리고는 오른 소맷자락을 말아 올리듯이 살짝 비틀며 걷어 올리더니, 벼루 위에 내려놓았던 붓을 쥐어들고 다시 난蘭을 치기 시작했다.

아진이는 꼼꼼한 빗질로 마당 위의 꽃잎들을 쓸어 모으고 있다. 그러는 동안 무대도 함께 숨을 쉬듯이 - 시간에 따라 변하는 햇살과 그 햇살이 만들어낸 그림자의 농도濃度 변화를 보이듯이 - 저문 빛으로 물들어갔다.

적절한 타이밍에 이루어진 조명 변화에 의해 무대 전체의 톤tone이 바뀌자, 객석에서 보기에 기방의 사립문 오른편으로 빙 둘러쳐진 돌담벼락을 끼고 구부러지듯이 휘어진 가상의 고샅길을 따라서 삿갓 쓴 사내 하나가 무대 위에 들어섰다.

삶의 크기에 어울려야 할 공간과 세트! 반원형 무대와 연관된 곡선曲線 형태의 동선動線! 그가 이 극장을 우선적으로 선택했던 이유들 가운데서도 주된 이유였다.

삿갓 쓴 사내가 무겁지 않은 발걸음으로 느릿느릿 혹은 타박타박 - 해종일 걸었을 것이라 피곤할 테지만 - 어느 산길 양달진 곳에서 쉬려고 앉았다가 꺾거나 주워들었음직한 말라비틀어진 나뭇가지로 땅을 짚어가며 열린 사립문 쪽으로 휘우듬하게 걸어 들어온다.

'지금 저 사내가 들어오는 저기 저쯤 되는 곳 담장 너머 안쪽에다 무릎 높이쯤 될까 싶은 단壇이나 대臺를 설치하여, 시간이 빚어낸 윤기로 반들대는 항아리들이나 찰랑찰랑한 물 위에서 싱그러운 물풀들이 살랑대는…, 그러나 높낮이가 다르고 고졸古拙한 풍취를 풍겨주는 투박한 돌확을 몇 개 놔뒀더라면 어땠을까? 그리고 항아리 위에는 산나물이나 차 잎을 말리게끔 담아놓은 댕댕이바구니나 얇은 소쿠리가 두어 개 올려져있다면…,'

작업 초반부에 그가 무대 디자이너에게 한번 고려해 보는 게 어떻겠냐고 물었었던 것을 머릿속에 떠올려보았다. 그러는 사이 삿갓 쓴 사내가 사립문 문설주에 걸어놓은 초롱불 앞에 멈춰 서서 삿갓에 손을 대고 한 호흡 깊이 들이마셨다 내뱉는 것처럼 가슴을 움직여보더니, 삿갓을 살짝 들추고서 주변을 휘 둘러보는 시늉을 해보였다.

'지나가던 길에 우연히 들르는 것인가? 기방인줄 모르고 온 것인가? 알고 찾아온 것인가? 어떤 것이냐에 따라 사내의 걸음걸이가 다를 것인데, 잘 보이지 않았다. 그렇다면 지금은? 들어갈까 말까 망설이는 것인가? 그러기 위해 숨을 고르는 것인가?'

삿갓 쓴 사내 그러니까 김병연이 제법 멀끔해 보이는 두루마기 차림에 걸망? 바랑? 여하튼 기다란 자루를 등에 지고 무대에 들어섰는데, 사립문 앞에서 잠깐 동안 망설거려대는 것만 같은 태도와 행색을 훑어보고서, 그는 비록 변변찮은 폐포파립弊袍破笠일망정 누더기마냥 지저분하게 깁고 덧댄 비렁뱅이 차림새가 아닌 것이 고마웠고, 매끈한 죽장竹杖 끝에 호리병을 매달아두지 않아서 감사했으며, 무엇보다 청국장에 까르보나라carbonara 처말아먹는 퓨전 스타일fusion style이 아니어서 천만 다행이라고 생각했다.

그는 뮤직 비디오에나 어울릴 만한, 겉멋으로 먹고사는 아이돌스타 혹은 긴 호흡의 집중력 있는 연기演技가 뭔지도 모를 30초짜리 CF스타를 간판으로 내세워 사랑타령이나 일삼는, 시쳇말로 퓨전사극이라는 국적불명, 시대불명, 정체불명의 싸구려 역사극을 혐오했다.

철저한 고증을 통한 완벽한 복원까지 바란 것은 아니었지만, 어처구니없는 어휘와 말투는 차치且置하더라도, 중국 무협영화나 일본 애니메이션에서 봤음직한 미장센mise-en-scene이나 옷차림과 머리장식, 그리고 기타 자질구레한 장신구들을 베끼는 것만으로는 모자라서였는지, 어설프기 짝이 없는 개량한복 비스름한 디자인에다가 알록달록한 색감을 덧입히거나 모양 그럴듯한 출처불명의 도안圖案을 - 심지어 왜나라 왕실의 국화菊花 문양紋樣 비스름한 것들을 - 지체 높으신 어느 대감마님 댁 문장紋章마냥 가병家兵들의 허리띠나 머리띠 한가운데다 달아두고 새겨놓기까지 하는 무개념無概念과 부주의不注意 그리고 얼추 대충 시류에 적당하게 영합하려는, 그런대로 덜떨어진 편의주의와 싸구려 상업주의를 경멸했다.

기왕 말이 나온 김에, 삿갓 쓴 저 사내가 지금 몸에 걸치고 있는 저 두루마기에 대해서 이야기해보자면, '자신을 버리듯 세상을 떠돌던 김삿갓의 마음 깊은 곳에는 무엇이 있었을까?'라고 배우가 상상하면서 느껴보고, 또 그것을 자신의 밑바탕에 깔아두고 연기했으면 하는 바람으로, 그리고 아주 극소수의 관객이라도 '혹시, 저건…? 참최斬衰? 그러니까, 거친 베로 짓되 아랫도리를 접어서 꿰매지 않은 바로 그 상복喪服일까?'하고 그 의미를 찾아볼 수 있도록, 거친 생포生布를 원단으로 써서 제의적祭衣的 느낌을 풍기도록 디자인하던가, 아니면 천에다 풀을 먹여서 빳빳하게 만들거나 두꺼운 종이를 여러 겹 붙여서, 앉거나 서거나 혹은 움직일 때마다 "버석…! 버석~!" 소리가 나도록하게 하고, 또 호흡을 머금거나 움직임을 멈췄을 때, 어떤 자세를 취하더라도 조각상 같은 이미지를 보여주도록 디자인되기를 그는 원했었다.

「이보시게, 게 누구 없는가?」

이미 지나간 자기 생각의 틀 속에 갇히려는 그에게, 간접적으로나마 듣고 빠져나오라는 듯이, 삿갓 쓴 사내가 열린 대문 안쪽을 향해 소리쳤다.

「…!…」

평상 주변 땅바닥에 흩뿌려져 있는 산 벚나무 꽃잎을 쓸어 모으던 아진이가 빗질을 멈추며 귀를 쫑긋 세우더니, 큰 마루에 앉아 있는 가련이를 쳐다본다.

「……」

가련이는 여전히 붓질에 몰두하고 있다.

「이보시게~!」

삿갓 쓴 사내가 마당 깊숙이, 소리 높여 한차례 더 불러댔다.

「아씨, 누가 왔나 보네요. 제가 나가 볼 테요.」

초짜 배우 연옥이가 "~볼게요."가 아니라 "~볼 테요."라고 했다. 문법이나 어법에 상관없이 그렇게 말하기를 그가 원했었다. 말투가 주는 어감이 좋을뿐더러 아진이라는 캐릭터에 어울릴 것이라고 생각했었기 때문이었다. 아진이가 빗자루를 평상에 기대어두더니, 마당을 쪼르르 가로지르며 맑은 소리로 쫑알쫑알 거려댄다.

「누구지? 누굴까? 누가 온 걸까?」

「……」

그림에 몰두하느라 듣지 못했다는 것인지 아니면 제 품격을 지키려고 들었어도 원래 저렇게 못들은 체해야 한다는 것인지, 여하튼간 가련이 역할의 황수정은 대꾸도 반응도 없다.

「뉘신가요? 어서 안으로 드시지 않고?」

대문간에 다다르기도 전에, 몇 걸음 앞에 두고 벌써 문밖으로 고개를 내밀며 말하듯이, 아진이가 물음을 던졌다.

「개성 인심이 하 좋다기에 목이나 축이고 가려는데…,」

삿갓 쓴 사내가 말꼬리에 침을 달아 목구멍 너머로 구부정하게 꿀꺽 삼켜 넘기더니, 점잖은 선비마냥 삿갓을 살짝 들추고서 은근한 말머리를 내었다.

「어찌…, 가ㅎ하시겠는가?」

「물론이네요, 나리. 여기가 바로 개성 제일의 꽃님이신 가련아씨의…」

까불거려대려던 아진이가 돌연 당황한 듯이 멈칫거렸다. 그러고는 삿갓 쓴 사내의 행색을 위아래로 훑어보았다.

「……」

무슨 말을 어떻게 할까 말문이 막혔는지, 아진이가 또랑또랑한 눈망울을 깜박거려댄다.

「… 왜? 아니 되겠는가?」

잠시 그러고만 있는 아진이에게, 삿갓 쓴 사내가 턱 끝을 들며 예스러운 말투로 물었다.

「… 아‥! 아니네요!」

머릿속에 어떤 생각이 떠올랐는데 그것이 들켜버린 아이처럼, 아진이 역할의 초짜 배우 연옥이가 화들짝 놀란 표정을 짓더니, 손을 내저으며 말을 이었다.

「아니어요, 나리! 오는 손 막지 않고, 가는 객客 잡지 않는 것이 기방의 법도라 하였네요. 참인즉, 오늘 아직 마수걸이가 안 되어나서‥, 송구하네요 나리, 못난 제가 잠시 잠깐 딴 생각을 했네요. 잠시만요, 나리.」

아진이가 삿갓 쓴 사내에게 '끄덕~'하고 고갯짓으로 인사하더니, 문짝을 여미듯이 살짝 기울여 닫고서 뒤돌아 마당을 가로지르려고 발걸음을 떼었다.

「허허~ 이보시게. 고을 이름이 열릴 개開 자를 써서 개성開城이거늘, 어찌 문을 닫으려는 겐가? 산 이름 또한 소나무 산이라 송악松嶽이거늘, 땔나무조차 없다 하시겠는가! 황혼녘에 나그네 쫓아내는 일은 사람의 도리가 아닐 것을‥, 동방예의지국에서 자네 홀로 뙤놈이 되시겠는가?」

「…!…」

큰소리가 아니요, 애써 힘준 목소리도 아니요, 푸근하게 웃음끼 머금은 부드러운 목소리였건만, 아진이에게는 가슴을 뜨끔하게 하는 말이었을 것이다. 등을 돌리고 걸음을 막 떼려던 아진이가 뒤돌아서서는 눈을 반짝이며 고개를 끄덕였다. 그리고는 총총히 되돌아와 여미었던 문을 아까처럼 열어놓더니, 다시 가련이에게로 향하였다.

「……」

아진이가 가련이에게 다가가 뭐라 이야기하는 사이, 삿갓 쓴 사내는 기방妓房 본채 너머로 멀리 보이는 먹빛의 산등성이와 아래쪽 기방 주변, 그러니까 객석 쪽을 휘 둘러본다.

'개성인축객시…'

처음 나온 김병연, 그러니까 김삿갓이 썼던 시 제목을 그가 나직이 중얼거려보았다. 개성사람이 나그네를 쫓는다는, 제목이 내용을 설명해주는 짧은 시다. 그가 머릿속으로 눈알을 굴려서 소리 없는 글자들로 이루어진 시의 원문을 가만히 떠올려보았다.

<開城人逐客詩>

邑號開城何閉門
山名松嶽豈無薪
黃昏逐客非人事
禮義東方子獨秦

「나리~! 아씨께서 어서 안으로 드시라네요. 자, 이쪽으로…」
그가 머릿속에 새겨지는 글귀들을 입안으로 가져와 하나하나 오물오물 읊조려보려는 사이, 아진이가 다른 리듬으로 – 바뀐 호흡과 가뿐가뿐한 걸음걸이로 – 삿갓 쓴 사내에게 되돌아오며 말을 건넸다.
「으흠~!」
삿갓 쓴 사내가 한차례 군기침을 하더니, 아진이가 이끄는 대로, 느릿느릿한 걸음걸음으로 마당에 들어선다. 그리고는 아진이가 가리킨 산 벚나무 아래쪽의 평상에 걸터앉는다.

「예서 잠시 기다리셔요. 쇤네는 그럼….」

아진이가 고개를 꾸벅이더니, 무대 안쪽으로 향하였다.

'반원형 무대를 따라 테두리마냥 빙 둘러쳐진 돌담벼락 밖에서는 곡선의 움직임이었으나 안에서는 직선의 움직임으로, 그러니까 대문 안에 들어와서는‥, 가상의 정주간 쪽과 대문 쪽, 본채의 큰 마루와 산 벚나무 아래의 평상, 이렇게 네 곳의 거점이 서로 마주보는 마름모꼴의 꼭짓점이 되어서 원방각圓方角의 도안마냥‥, 그러니까 반원형 무대 안에서 직선의 명료하고 간결한 궤적을 그려줘야 할 텐데….'

총총히 멀어지는 아진이의 뒷모습을 내려다보던 그가 산 벚나무 아래에 놓인 평상平床과 아진이가 사라진 가상의 정주간鼎廚間 그리고 가련이가 앉아 있는 큰 마루와 대문기둥에 매달려있는 초롱불을 훑어보며, 처음 대본을 썼을 때 구상했던 배우들의 동선動線과 공간에 맞는 움직임의 룰Rule을 머릿속에 떠올려보았다.

기대 반 우려 반의 심정으로 말없이 중얼거려본 그가 코끝을 찡긋거리고서 이마빡을 긁적거리려는데, 평상에 걸터앉아 있던 삿갓 쓴 사내가 지팡이를 기울여 세워두더니, 등짐을 내려놓고 양팔로 평상을 짚어 몸을 뒤로 기울이며 기지개를 펴듯이 몸을 쭉 펴보였다. 그리고는 왼손으로 삿갓 끝을 살짝 들어 올리고서 삿갓 아래 보이는 턱으로 여기저기를 느긋하게 가리키듯이 '휘~' 둘러보더니, 고개를 쳐들어 산 벚나무를 올려다보았다.

'······'

삿갓 쓴 사내가 하는 짓거리를 지켜보던 그가 두 손으로 머리카락
을 쓸어 넘기며 숨을 들이마시는 것과 동시에 무대 쪽으로 쏠려있던
윗몸을 뒤로 젖히듯이 하여서 객석 등받이에 기대었다. 그리고는 뒤통
수에서 손깍지를 끼더니, 미간을 찡그리고 입을 뾰주룩이 내밀었다.

'이곳저곳 둘러보다가 그냥 쳐다보게 되는 것보다는 자연스런 동
기를 갖도록, 새소리는 앞에서 이미 두어 번쯤 썼으니까 빼도록 하고
··, 머리 위에서 "부스스···!" 혹은 "쏴아아~!"하고 잎사귀들이 바람에
부딪는 소리를 들려주면 어땠을까? 아니면 잎사귀들 사이로 늦은 햇
살이 새어 들어와 김병연의 얼굴에 드리워··, 아니, 아니지···! 아직 삿
갓을 벗지 않았으니까, 그건 아닐 테고··, 그럼 저녁햇살이나 노을빛
이, 혹은 구름이 지나가서 무대 위에 그림자를 드리운다거나··, 뭐 그
런 것으로 분위기를 환기시켜줄 수 있도록 조명 변화가 있었다면 어
땠을까? 그렇다면 주의를 끌었을 것이고, 김병연이 훨씬 더 자연스럽
게 고개를 돌리도록 만들 수 있었을 테니 말야. 아울러 눈길을 받은 산
벚나무에도 어떤 변화가··, 예컨대 눈길이 머물자 감정이나 마음의 상
태를 투영시켜주는 오브제objet로써의 기능을 하던가, 어떤 극적 의미
나 생명이 부여되도록 미묘하게나마 조명의 밝기나 밀도에 변화를 주
었더라면 어땠을까? 아~! 그리고 하나 더···! 저 본채를··, 기왕이면 반
듯한 기왓장 대신에 누더기 닮은 너와를 얹었더라면 어땠을까? 그리
고 깔끔한 저 마루가··, 오랜 발걸음들이 닦아놓은 윤기로 반들거리는,

여느 시골집 분위기를 나타냈더라면 또 어땠을까?'

어느 멀고도 아득한 길을 더듬어보기라도 하는 것처럼 산 벚나무를 치어다보고 있다가 문득 사람의 기척을 느낀 삿갓 차림의 사내가 얼른 고쳐 앉으며 큰 마루 쪽으로 눈길을 돌리는 지금까지, 짧은 순간이었지만 그의 머릿속에는 이런 생각들이 연이어 떠올랐다.

「오호! 보아하니 처자께서 일컬어 송도제일화신가 보구만!」
「······」
대놓고 들으라는 소리는 아니었지만, 그래도 충분히 들을 수 있을 만치 삿갓 차림의 사내가 목청에 힘을 주었다. 그러나 가련이 역할의 황수정은 아무런 반응이 없었다.

'존재하기가 곧 관계 맺기인데··, 김병연이 어떤 기척을 느꼈기에 눈길을 돌렸다면 가련이는 김병연의 액션$_{action}$에 상응하는 리액션$_{reaction}$을, 그 기척을 느끼지 못한 듯이 보이려는 기척을··, 비록 눈썹 하나 까딱거릴 뿐이거나 겨우 보일락 말락 할 정도의 미세한 반응이라도 보여줘야 할 것이다. 그리고 그것에 앞서서, 산 벚나무 주변을 둘러보던 김병연이 혼자 알아서 보게 되는 것, 보기 위해 보는 것이 아니라, 보게끔 해주어야 한다. 그래서 관객이 김병연의 눈길을 좇아 각자의 눈길을 옮긴다면, 가련이는 그 타이밍에 맞춰서 이미 기척을 냈다거나 혹은 늦게나마 내주는 어떤 액션이나 제스처$_{gesture}$, 의식적인 호흡의 변화를 보였어야 했을 것이다.'

「기화奇花는 떨어져도 붉다더니…」

상대방과 교감 않는 – 여전히 자기 붓끝에만 정신을 모으고 있는 듯이 보이는 – 목석같은 여배우 황수정을 내려다보며 그가 잠깐 동안 고개를 끄덕여본 순간에, 삿갓 차림의 사내가 한차례 입술을 실룩거리고 말문을 열었다.

「허허~ 도도하기도 하여라. 하기야 어디서건 제일의 꽃이라 불리려면 저 정도는 되어야겠지. 암…! 허허허~!」

「……」

아직은 이렇게 두 배우가 관계없음으로 설익은 관계없음을 드러내고 있는 가운데, 아진이 역할의 연옥이가 무대 안쪽에서부터 개다리소반을 들고 나섰다.

「나리님, 신을 벗고 편히 오르세요.」

아진이가 산 벚나무 아래의 평상에 다가서며 말했다.

「오호~! 이거 고마워서 어쩐담‥? 이 몸은 그저 백비탕白沸湯이나 한 사발 얻어먹으려고 했던 것인데…」

마음에 없을 소리건만 체면을 잃고 싶지 않아서 하는 말이다. 과객질에 익숙한 가난뱅이 선비답게 삿갓 차림의 사내가 넉살좋게 웃으며 말했다.

「에쿠 참~! 나리님도, 참…! 무슨 말씀이 그러시데요. 참말로 그렇지가 않네요. 우리 송도 인심을 어찌 생각하시고요? 배고프고 정情 고픈 손이 객중상객客中上客이라 했네요. 나리님처럼 최고로 귀한 손님께 겨우 맹탕으로 데운 물 한 종지가 말이 되나요? 더군다나 여기는 송도 제일의…」

아진이가 가난뱅이 선비의 속마음을 안다는 듯이, 개다리소반을 허리 높이께 들고 서서 눈을 동그랗게 뜨고 빙긋빙긋 웃어가며 입술을 오종오종 거려댔다.

「어이쿠, 이런…! 알겠네. 내 말을 잘 못했네. 몰라 뵙고서 아뢴 말이니, 부티 서운타 마시고 너그러이 용서해주시게.」

아진이의 재치 있는 태도에 맞장구치는 것이다. 삿갓 차림의 사내가 친밀감이 느껴지게끔 미소 띤 얼굴로, 짐짓 부드러운 목소리에 하게체로 말했다.

「그럼 나리님, 제가 큰마음 먹고 용서해드릴 테니, 삿갓 좀 벗으시고 제가 올리는 술 한잔 받으세요.」

아진이가 얼굴 가득히 환한 미소를 띠며 의기양양하게 평상에다 개다리소반을 내려놓는다. 소반 위에는 빈 접시와 술병이 놓여있다.

「허헛~! 이것 참…! 늙은이 수염 쥐고 머리 올릴 아이로고.」

붙임성 있고 귀염성 있는 어린 계집아이가 신통방통 기특하면서도 마냥 어여쁘게 여겨졌을 것이다. 삿갓 차림의 사내가 즐거이 웃더니만, 양손으로 머리 위의 삿갓을 쥐고는 천천히 벗어 내렸다.

대오리로 엮은 갈삿갓인지 부들로 엮은 늘삿갓인지 분간할 수 없었지만, 매우 낡아 보이는 삿갓은 한쪽 귀퉁이가 뜯겨져나갔고 두어군데 헤지고 구멍이 뚫려서, 끊어진 댓개비나 부들 끄트머리 같은 것들이 성근 잡초마냥 드문드문 삐져나와 있었다.

「……」

늙수그레한 사내가 벗어 내린 삿갓 안으로 오른손을 집어넣더니, 미사리를 쥐고 무릎 앞쪽에서 한 바퀴 돌렸다가 평상 위에 내려놓았는데, 무거운 짐을 겨우 이제야 내려놓고 편히 쉬려는 사람처럼 숨을 깊이 "후~"하고 내쉬었다.

"선배답군…."

아무렇게나 거충거충 끌어올려서 대충대충 묶어 짠 머리타래와 덥수룩한 귀밑머리는 어언於焉 설발雪髮일 것이나, 까칠까칠한 얼굴은 그래도 보드라운 춘풍면春風面이라고, 반짝이는 눈망울에 아이처럼 해맑은 미소가 피어오르는, 비 온 뒤의 시원한 바람과 밝은 달처럼 쾌활함이 느껴지는 얼굴이기를 바랐었던 그가 주둥이를 삐주룩하게 내밀었다가 "쭉~!" 소리가 나도록 윗입술을 빨아댔다.

언뜻 보기에도 김병연 역할의 배우 강두한은 눈만 부리부리하고 코밑에서 턱밑으로 어린애 손가락 길이만한 수염이 거뭇거뭇하게 붙어 있는 것이 전부라, 끽해야 불혹不惑의 끝자락에서 이제 막 하늘의 명을 쫓을까 싶은 나이쯤(知天命) 되어보였는데, 그것은 그가 그리려던 얼굴이 아니었기 때문이었다.

그가 원했던 김병연의 얼굴은 단지 겉보기에만 쉰 중반쯤 되어 보이는 얼굴이 아니라 길고 긴 방랑의 여정 막바지에 다다른 이의 것으로, 갖은 풍파를 겪으면서도 그것을 즐기고 이겨낸 사람답게, 눈가에는 웃을 때 생기는 주름도 자글자글하고 눈썹 사이에는 내 천川자 주름도 깊이 패여 있는 서글서글한 얼굴이었던 것이었다.

그러나 배우 강두한은 이미 귀가 순해질 나이(耳順)가 넘었음에도, 마흔 중반에 결혼하여 쉰이 다되어 얻은 아이들 탓에, 어떻게든 조금이라도 젊게 보이고 싶어 했기 때문에 - 언젠가 강두한은 사석에서, 초등학교에 입학한 아들 녀석이 "왜 아빠는 다른 아빠들보다 나이가 많아?"라고 물었을 때 매우 당황했었다고 껄껄대며 이야기했었다. 그래서인지 나이를 먹을수록 나이 들어 보이는 것을 극도로 싫어했고, 그랬기에 - 가급적 나이 많은 배역은 피하려 했었고 어쩔 수 없이, 불가피하게 꼭 해야 하는 경우에는 분장을 담당하는 디자이너나 연출가에게 얼굴에 주름이나 검버섯을 진하게 그려 넣는다거나 머리를 회백색으로 염색하는 일이 없도록 해달라고 요구했었다.

기왕 강두한에 관한 이야기가 나온 김에 하는 말이지만, 강두한은 대학을 졸업한 이십대 후반 혈혈단신으로 태평양을 건너가 공연예술의 메카라는 뉴욕에서 수년간 춤과 연기를 공부하고, 세계적인 연출가들과 배우들이 주도한 다국적 다인종 프로젝트 그룹에 참여하여, 전 세계를 무대삼아 날고 기고 뛰고 구르고 뒹굴다 사십대 초반에 귀국한, 화려한 경력과 뛰어난 기교를 겸비한, 자존심 강하고 욕심도 많은 배우였다.

강두한과 그는 십여 년 전 연극협회가 주관했던 몇 주짜리 액팅 워크숍Acting Workshop에서 처음 만났었는데, 워크숍이 진행되는 내내 당시 젊은 연극학도였던 그가 보여줬던 날카롭고 빈틈없는 텍스트 분석력과 탁월하고 기발한 인물 형상화 능력, 그리고 무엇보다도 대학로 연극인들에게는 부족했던 인문학적 소양을 풍부하게 갖추고 있는 것을 높게 평가한 강두한이, 워크숍 막바지에 그에게 희곡쓰기와 연출작업을 의뢰했던 것으로, 여기서부터 두 사람의 인연이 슬슬 꼬여가기 시작했던 것이었다.

희곡쓰기를 병행하고 싶었던 햇병아리 연출가에게는 솔깃할 만한 제안이었을 것이나, 당시 그는 선뜻 응하지 못했었다. 까놓고 말하자면 이유인즉슨, 강두한이 그에게 의뢰했었던 희곡은 - 진중鎭重하고 그럴싸해 보이는 겉모습과는 다르게, 자기가 했던 말을 가벼이 여기고 식언

食言을 밥 먹듯이 하며 속으로는 끊임없이 주판알을 튕기는 사람이라는 것을 뒤늦게나마 알고서, '참으로 저 닮은 인물을 골랐구나. 동기상응同氣相應이라더니··, 그럴 수밖에 없었겠구나. 시간과 공간에 무관하게, 어떤 속성屬性과 부성賦性에 끌리듯이, 저 닮은 것에 끌렸던 것이구나.'라고 생각했던 – 봉이 김선달의 일화를 소재로 삼은 가벼운 희극喜劇이었기 때문이었다.

희극에는 자신이 없었을 뿐더러, 누구에게 의뢰를 받아본 적도 없고 누구의 눈치를 보거나 다른 이의 입맛에 맞춰서 희곡을 써본 경험도 없었으며, 소재나 내용 또한 썩 마음에 들지 않았기에 확답을 못하고 주저하던 그에게, 강두한은 자신과 팀을 꾸려서 일회성에 그칠 것이 아니라 요번에는 요 작품을 하고 다음에는 그가 하고 싶은 것을 써서 올리거나 그가 작품을 선정하여 공연하는··, 아예 자신과 함께 레퍼토리 시어터Repertory Theater를 만들자는 그럴듯한 청사진을 제시했었고, 멍청하리만치 순진했던 그는 달착지근했던 그 말을 곧이곧대로 철석같이 믿고서 억지 희곡을 쓰기로 했었던 것이었다.

여하튼 그렇게 강두한의 달달한 꼬임(?)에 빠져 봉이 김선달 이야기를 써야겠다고 마음먹은 그는 온종일 도서관에 틀어박혀서 설화나 야담집을 뒤적이며 자료조사에 들어갔었는데, 참으로 이상하리만치, 자료를 많이 보면 볼수록, 더 모으면 더 모을수록, 밍밍하고 답답하고 달갑잖고 거북살스럽고 뭔가 찜찜하고 께끄름하고 내키지 않는 것이, 간단히 말해서 그냥 점점 더 하기 싫어져만 갔었다.

도대체 왜 그런지, 뭐가 문제인지, 어떻게 해야 할지, 자료들과 종이와 펜을 치우고 고민에 빠져 어지러워하던 그의 머릿속으로 어느 순간 그야말로 난데없이 김삿갓이라는 고유명사가 별안간에, 퍼뜩, 언뜻, 홀저에, 아연히, 불현듯이, 섬광처럼 떠올랐다.

'어째서? 하필이면 왜 김삿갓이라는 인물이 떠올랐던 것일까? 둘
다 김 씨에다 세상을 조롱하고 비웃었던 비범함을 지닌 익살꾼이자
풍자와 해학의 대가라는 공통점 때문에 잠깐 헷갈렸거나 뜬금없이 연
상됐던 것일까?'

참 희한한 일이었으나 어쨌거나 김삿갓이라는 인물이 떠오르자 작
업은 일사천리로, – 일단 그는 작업에 착수하면 만사를 젖혀두고 오로
지 그것 하나에만 몰두하여 에너지를 있는 대로 몽땅 쏟아 붓는 단순
무식한 인간이라서, 자기 내부에서 어떤 착상의 머리끄덩이를 붙잡기
만 하면 몸뚱이와 꼬랑지를 끄집어내는 일은, 비록 각고의 노력과 기
약 없는 시간이 소모되더라도, 확실하게 딸려 나오도록 만들 수 있다
는 경험과 믿음이 있었기에 – 김삿갓과 연관된 사료史料와 이런저런 일
화逸話들 그리고 조선후기 사회상과 민간을 떠돌던 남조선신앙南朝鮮信
仰과 도참사상圖讖思想은 물론이거니와 『김삿갓 정본正本 시집』에서부터
당시 문인文人이나 유생儒生의 흉내라도 내보자는 생각으로 『시경詩經』
과 『고문진보古文眞寶』 그리고 동양의 정치사상에 관한 서적들까지 두
루두루 피똥을 싸가며 훑어보았다.
하나의 힘이 커지게 되면 그 힘 자체가 구심점이 되어 소용돌이마냥
주변의 자잘한 힘들을 빨아들이고 점점 더 커져가는 것처럼, 자료들이
모이고 무엇인가 모양새가 만들어질 기운이 보이자 덩달아 까맣게 잊
고 있었던 기억까지 – 심지어 열두어 살쯤에나 봤을까 싶은 위인전 만
화에 나왔던 것으로, 하룻밤 머물려면 자기가 내는 '운韻'에 맞춰 글을

지어야 한다며 어려운 '타'자 운韻을 내놓은 짱구머리 승려에게 "사면 기둥 붉어타!" "석양행객 시장타!" "네 절 인심 고약타!" "지옥 가기 딱 좋타!"라는 글을 가뿐하게 던져줬던 것과, 거들먹거리기 좋아하는 시골 훈장에게 "서당내조지書堂乃早知(서당을 일찍이 알았음에)" "방중개존물房中 皆尊物(방안엔 모두 귀한 분만 있을 텐데)" "학동제미십學童諸未十(학동은 모두 열 명이 못되고)" "훈장내불알訓長來不謁(훈장은 와서 얼굴도 비추지 않는구나)"이라고 쌍스러운 욕설에 다 순한 뜻을 담아 놀려댄 장면들까지 – 생생하게 기억이 나면서, 하나의 지향점에 뿌리를 둔 자잘한 생각의 가지와 줄기를 얼기설기 엮어가며 바야흐로 캐릭터들과 이야기의 뼈대를 구체적으로 이루어가기 시작했다.

그렇게 또 이렇게 저렇게 하여 희곡을 써내려가는 동안에, 그는 저 자신이 김삿갓이라는 인물에게 시쳇말로 '왜 꽂혔던 것일까?' '그 이유가 무엇일까?' 물었었다.

'혈연血緣이 지배하던 계층사회로부터 철저히 배척당한 사내. 폐족廢族이어서 저가 지닌 역량을 펼칠 기회마저 가질 수 없었던 비운悲運의 사내. 양명揚名은커녕 입신立身조차 할 수 없는 무기력함과 울분鬱憤, 바랄 수 없는 것을 바라는 고통과 참기 힘든 비분悲憤을 술로 씻으며 자신을 받아주지 않는 세상을 원망하고 조롱하는 것을 위안으로 삼을 수밖에 없었던 불우不遇한 사내에게서, 주류主流에 편입되지 못해 언저리를 맴돌지만 결코 주류가 될 수 없음을 알아차리고 외톨이가 되어서 방황하던 내 모습을 발견한 것은 아닌지…. 한 걸음 부끄러이 무릎걸음으로 나아가 고개를 떨어뜨리고 털어놓건대, 무능력과 열등의식에서 기인한 나약한 피해의식과 타인에 대한 질시와 독설을 모두 불공정한 세상 탓으로 돌리며 스스로를 김병연이라는 대단한 시인과 동일시하려는‥, 참으로 어처구니없는 과대망상과 어마어마한 자기기만과 치졸한 자기연민에 빠진 것은 아닐까?'

생각이 여기에 이르자 극심한 자괴감에 사로잡혔던 그는 희곡을 써가는 내내, 이따금 가슴에서 무엇이 울컥울컥 치밀어 오르는 것을 느끼며, 이를 악물고 썼다가 지우고 지웠다가 또 다시 쓰면서, 초보 작가인 자신이 극중 인물인 김삿갓으로부터 얼마나 거리를 둬야 할지 늘 잊지 않고 가늠하려고 애쓰면서, 우울한 자기애自己愛에 갇히거나 지독한 주관의 늪에 빠져 허우적거리지 않으려고 몸부림쳤었다.

「자, 이제 되었는가?」

얼마 안 되는 짧은 겨를이었으나 머릿속으로 지난 기억이 떠오르자 그의 가슴이 뭉클해지려는데, - 어찌 보면 이 공연이 있게끔 단초를 제공한 은인일 수도 있겠지만, 또한 그를 연출가보다는 작가의 길에 들어서게 한 원흉(?)일 수도 있을, - 김병연 역할의 강두한이 짚신을 벗고 평상에 올라와 앉으며 아진이 역할의 초짜 배우 연옥이에게 말을 건넸다.

「예, 나리. 소녀가 한잔 올리겠네요.」

아진이 역할의 연옥이가 살포시 웃으면서 다가들었다.

「자, 그래 어디 한번 줘보시게.」

김병연 역할의 강두한이 씩 웃으며 - 김삿갓이 아니라 영락없이 봉이 김선달에게나 어울릴 만한 장난기 있는 얼굴을 하고서 - 사발을 내밀었다.

「에~ 그럼 먼저 올리는 첫잔은요, 먼 길 오시느라 고생했을 나리님의 울뚝불뚝 고단하신 다리춤을 위해서고요.」

아진이가 사근사근 살갑게 눈웃음 지으며 선 채로 나긋나긋 술을 따른다. 술병 주둥이에서 사발로 꿀렁꿀렁 내려가 찰랑찰랑 거려대는 막걸리 장단에 맞장구치듯이, 김병연이 들뜬 호흡으로 "오냐오냐~ 그래 그래~" 추임새를 넣어가며 술을 받는다. 그렇게 받은 술을 단번에 들이켜 마시고서 "캬~!" 소리를 내더니, 소맷자락으로 입가를 '스윽~' 문질러 닦는다.

「둘째 잔은…,」

아진이가 다시 술을 따르며 말을 이었다.

「쉬었다 먼 길 찾아 다시 떠나실 나리님의 깊은 시름 미리 씻어드리려고 내는 거고요.」

「옳거니~!」

「아차~! 그런데 나리님! 나리님은 이곳 송도가 초행이신가요?」

둘째 잔을 마시려는 김병연을 빤히 쳐다보며 아진이가 물었다.

「글쎄…,」

김병연이 입에 가져다 대려던 사발을 멈추었다.

「그렇다 하면 그럴 수 있고, 아니다 하면 아니랄 수 있지.」

「무슨 말씀이시데요?」

아진이가 닦은 방울 같은 눈알을 반짝반짝 굴리며 물었다. 그러자 김병연이 머리를 굴려보는 것처럼 몸을 좌우로 기우뚱 갸우뚱 흔들어 보더니, 천연덕스레 입을 떼었다.

「십 년이면 강산도 변한다 하지 않던가? 송도 땅을 밟아본 지가 그

도 그쯤 되었으니‥, 그때의 송도가 지금의 송도일리 없고, 그렇다고
송도가 어디 간 것 또한 아니니 말일세.」

 김병연이 개다리소반 위의 빈 접시에서 뭔가를 집어 들고서 고개를
옆으로 비스듬히 하고 얼굴 위로 높이 들었다가 입안에 넣더니, 우적
우적 씹는 시늉을 해보였다.

 '무청시래기나 김치쪼가리쯤 되려나? 계절이 봄이니만큼 기왕이
면 새콤하고 쌉싸래한 달래김치나 고들빼기김치였으면 좋았을 텐데‥.
무대에 직접 내왔다면, 한입 넣고 아싹아싹 씹어주면 청각적으로나 시
각적으로‥, 아…! 냄새가 나서 안 좋을라나? 그렇게 나쁘지 않을 것도
같은데…. 아냐~! 어쩌면 연출과 상관없는‥, 어울릴 만한 상황에 따라
서, 적절한 타이밍에서 그럴싸하게 나오는‥, 경험 많은 배우 강두한의
애드리브ad lib였을 수도 있겠구나…!'

 고까운 앙금이 속에서 부옇게 일었는지, 그가 제 나름 비꼬인(?) 짐
작을 미루어 해보려는데, 아진이가 타고난 몸짓인양 아양스레 몸을 비
틀어가며 김병연에게 바투 다가들었다.

 「에이~ 그런 말씀이 어디 있데요? 송도 소나무 청청靑靑하고, 개성
제일문開城第一門도 저렇게 활짝 열려있는데.」

 「말이 그러하니 일이 그리 되는 것인가? 허허~ 그러게나 말일세.
내 또 실언을 했나보이. 자네를 보니 여기가 송도가 맞기는 맞는 모양
이네. 자, 술이나 한잔 더 주시게!」

 김병연이 아진이에게 사발을 내밀었다.

「자, 어디‥, 이번 잔에는 또 어떤 뜻이 담겨있을꼬?」

「에~ 이번 셋째 잔은요. 옳지…! 십 년 만의 송도에서 뭉클 몽클 뒤돌아볼 꽃 그림자 찾으시라고 올리는 거네요.」

「허허~! 이것 참‥! 자네는 꽃잎을 베어 물었는가? 한마디 마디마다 어찌 그리 향긋한가? 그래‥, 자네는 어떤 꽃이신가?」

김병연이 야지랑스레 제 무릎을 치더니만, 슬그머니 몸을 내밀듯이 아진이에게로 얼굴을 빤히 디밀었다.

「참으로 조선 제일의 꽃이 되라 하여, 예쁠 아娥! 참 진眞! 아진娥眞이라 지었네요.」

「아진‥, 아진이라…. 아닌 게 아니라, 참으로 그리 되겠는 걸?」

김병연이 눈길은 그대로 아진이 얼굴에다 놓아둔 채, 내밀었던 몸을 뒤로 물리며 물끄러미 바라보았다.

「그리고 보니 많이도 닮았네…. 많이‥.」

가만 보니 아진이 얼굴 위로 누군가의 얼굴이 겹쳐졌는지, 일부러 숨기거나 드러내려는 것과는 달리 자연스럽게 - 그러나 그럼에도 불구하고 은근하게 뭔가 있는 것처럼 보이도록 - 김병연이 혼잣말하듯이 말을 내었다.

「네?」

아진이가 눈을 동그랗게 뜨고 힘을 주어 깜박이며 물었다. 그러자 관객은 어떻게 생각할지 - 김병연이 아진이의 얼굴을 들여다보자, 그 위로 얼핏 혹은 설핏 겹쳐지는 것이 고향에 두고 온 어린 딸아이 얼굴이라고 생각할지, 아니면 지나간 옛 정인情人의 것이라고 생각할지, 그것도 아니라면 그냥 수작질이나 농지거리를 한번 해보는 것이라고 생각할지 - 팔짱을 끼고 앉아 있던 그가 왼손으로 오른 팔꿈치를 받치고 또 오른 손바닥으로는 턱을 받치며 고개를 비스듬히 하고서 머릿속에 물음표를 그려보려는데, 김병연이 크게 한 호흡 먹더니, 고개를 끄덕이면서 입을 떼었다.

「자네 말씀 따라 뒤돌아본 옛 인연 말일세. 한‥, 십오륙 년 전쯤 되었는가? 내 언젠가 이곳 송도 땅에서, 메마른 자갈밭에 꽃을 피우고 얼어붙은 숯덩이에 싹이라도 틔울‥, 꼭 자네마냥 고운 동기童妓를 한번 안아본 적이 있지. 가만 있자, 그 아이 이름이…」

「진아~! 아진아~!」

나오려는 말허리를 끊어버리는 것으로 맺어가는 관계를 잘라버리려는 것처럼, 돌연 단단한 목소리 하나가 큰 마루 쪽에서 들려왔다.

「…!…」

그 말이 주는 느낌을 알아차렸다는 듯이, 영특한 아진이가 귀를 쫑긋 세우며 얼른 태도를 바꾸면서 몸을 틀었다.

「예, 아씨~!」

「나으리께서 먼 길 오시느라 몹시도 곤비困憊하실 터이니, 곁에서 성가시게 굴어서는 아니 될 것이다.」

「예, 아씨.」

가련이가 붓을 가붓이 내려놓고 눈으로는 묵란墨蘭을 들여다보며 부드러운 목소리로 말을 던졌으나, 아진이는 그 속뜻이 무엇인가를 관객에게 보여주듯이, 두 손을 아랫배에 가지런히 모으고 깍듯이 허리를 숙이며 짤막하게 대답했다.

「헛허~ 이것 참…! 송도제일화에는 가시가 있어 그런 것인가, 아니면 후서강바람이 거꾸로 불어서 그런 것인가? 말인즉슨 그러하다고 하나, 내게는 영 다른 소리로만 들리니‥, 아무렴 이 몸이 어린 꽃술에 불이라도 지를 것으로 보이시는가?」

후서강後西江은 개성의 서쪽을 싸고돌며 황해로 흘러나가는 예성강禮
成江의 옛이름이다. 차분하고 부드럽지만 은근히 내리누르는 것이, 귀
에 영 거슬렸나보다. 김병연이 꼬고 앉았던 왼다리를 바짝 죄듯이 틀
어 앉으며 목청을 돋우고서 들으라는 듯이 말을 던졌다.

「이보시게, 내 비록 차림새 남루하다고는 하나, 그래도 소싯적엔
명색이 갓 쓴 사대부라 속내까지 너절하지는 않을 걸세. 겨우 술 석 잔
에 흑심이 일어 지분거리는 것 아니요, 보기에 아이의 마음 씀씀이가
하 다정하여 그리 말한 것이니 걱정일랑 마시게.」

마땅찮았을 것이었으나 그래도 김병연의 말투는 자기가 말한 바 사
대부士大夫답게 점잖았으며, 그러면서도 나직한 목소리에는 타이르듯
이 은근한 위엄 같은 것이 서려있었다. 너무도 태연스럽게 혹은 당연
하다는 듯이 자신이 주역主役임을 드러내려고 하기 때문에 간혹 뻔뻔
스럽고 욕심 많다는 생각이 들기도 하였지만, 역시 강두한은 관객의
주의를 자신에게 집중토록 만드는, 배우로서 그만의 특출한 능력을 갖
고 있음은 틀림없어 보였다.

「송구하옵니다, 나으리. 아직 기적妓籍에도 오르지 않은 어린아이
라, 언짢게 생각지 마시옵고….」

뒷말을 머금은 가련이가 묘한 미소를 지어 보이더니만, - 그것으로
상대방이 숨을 고르며 제 깜냥으로 자기가 뱉었던 말에 대하여 어느
정도 생각해볼 만한 사이를 주고서, - 자못 공손하게 자근자근한 소리
로 말을 이었다.

「천첩賤妾이 불민不敏하여 나리의 심사를 상하게 하였더라도 모쪼록
넓으신 아량으로 용서해주시기 바라옵니다. 천녀賤女, 나리를 모시겠사

옵니다. 진아, 나으리를 이리 뫼시어라.」

「예, 아씨. 나리, 저리로 오르세요.」

「……」

「나리, 어서요.」

「아이쿠~! 그래, 알겠네. 알겠어.」

소맷자락이라도 붙잡아 끌 것처럼 아진이가 채근을 해대자, 대충 거충 틀어 올린 북상투 차림의 김병연이 뒤뚱거리며 방긋 웃어 보이더니, 옴죽옴죽 몸을 추슬렀다. 그리고는 평상에 걸터앉아서 바랑에 손을 가져다 대려는데, 아진이가 발바투 다가와 바랑을 쥐더니, 삿갓마저 손에 들쳐 쥐었다.

「나리, 요 녀석들은 소녀가요…!」

「헛허~ 그 녀석 참…!」

하는 짓마다 야무지고 예쁘게만 보이는지라, 김병연이 허허거리며 몸을 일으켰다. 그리고는 활개 치듯이 두루마기자락을 세게 털어보더니, 성큼성큼 큰 마루로 발걸음을 떼었다. 그러자 언제 일어났는지 가련이가 선 채로 고개를 다소곳이 수그리면서 김병연을 맞이한다. 발빠르게 뒤따라온 아진이가 품듯이 꼭 끌어안고서 가져온 바랑과 삿갓과 지팡이를 큰 마루 귀퉁이에 내려놓더니, 다시 종종걸음으로 평상에 가서는 개다리소반을 들고 무대 안쪽 가상의 정주간으로 향한다.

「천녀 가련, 나으리께 인사 올립니다.」

원리원칙 따지기 좋아하는 깐깐한 관객분이 있을까 하여 지레 밝혀 두는 것이다. 아진이는 어린아이라서 짧고 가벼운 호흡으로 "나리"라 하였고, 가련이는 성인이기에 조금 더 느리고 여유 있는 호흡으로 "나으리"라 했던 것이다. 그러니 혹시나 맞춤법에서 어긋났다고 까탈을 부리지 말았으면 좋겠다고 생각하며, 아울러 배우가 그 차이를 간파하고 연기해줬으면 하는 바람을 가지고서, 그는 두 낱말을 굳이 대본에다 다르게 써놓았던 것이다.

「……」

큰 마루 가운데께 올라오자마자 '털썩!' 앉더니, 퉁명을 부리듯이 골반을 틀며 다리를 꼬는 김병연에게 가련이가 치맛자락을 가붓이 들어 올리고 자늑자늑한 태도로 인사 올린다.

그가 연습 초반에 그랬던 것처럼, 그를 대신한 초보 연출가께서도 이때가 변화를 주어야할 타이밍이라고 생각한 모양이다. 큰 마루 뒤편의 널따란 창窓이 - 크기로 보아 창이라기보다 뒤꼍으로 통하는 문門이라고 할 만한, 그리고 문살무늬로 보아 꽃살문이라도 할 만할 쪽문이 - 갑자기 파르스름한 빛으로 물들더니, 그 위로 나뭇가지 그림자가 그림처럼 드리었다.

'고보Gobo로 비춰진, 너무도 또렷하게 보이는 나뭇가지와 나뭇잎 그림자. 바람을 보여줄 수 없는, 인위적이며 고정된 오브제Objet들. 미세하게나마 흔들림이, 울림과 떨림이 보이도록 나뭇가지를 설치하고 거리를 계산하여 빛을 던져 진짜 그림자를 드리웠더라면 어땠을까? 뭐…, 움직이는 그림자야 그렇다손 치더라도…. 벽사창碧紗窓을 보이고 싶었던 걸까? 창호지 빛깔이 지나치게 작위적이지 않은가?'

그가 양미간을 모으고 양쪽 볼을 번갈아 부풀려가며 저녁 으스름을 표현했을 조명디자인에 대하여 아쉬운 생각을 잠깐 굴려보려는 사이, 김병연 역할의 강두한이 길지도 않은 턱수염을 아래쪽으로 기다랗게 쓰다듬어 내리면서 고개를 틀었다.

「흠흠~ 묵향이라. 난을 치고 계셨는가?」

엄전스레 인사하는 가련이를 보자 멋쩍기도 하다는 것을 표현하려
는 것이리라. 두 손으로 오른 발목을 잡아 비틀 듯이 왼 허벅다리 위에
다 올려놓은 채 반가부좌를 틀고 앉은 김병연이 몸뚱이를 좌우로 까
딱까딱 흔들거려가며 눈길을 돌려 큰 마루를 – 객석에서 보기에 널따
란 꽃살문이 자리 잡은 맞은 편 벽의 왼쪽 구석과 맞닿을, 보이지 않는
측면의 벽을 형상화시키기 위해 가상의 선에다 나란히 맞추어 놓았을
궤와 뒤주 그리고 거기에 비스듬하게 기울여 놓은 거문고를 – 훑어보
고는, 제 발치에서 네댓 걸음쯤 떨어져있는 경상經床과 그 아래 마룻바
닥에 펼쳐져있는 묵란墨蘭 그림을 내려다보며 한소리 내던졌다.

「유곡幽谷의 가인佳人이시라더니…. 하야, 운필運筆에 일획삼절‥, 삼전
의 묘법으로 세 번을 궁굴리시며 그윽이 트시고서 구석진 삐침이 계
셨던 게로구먼.」

「나으리께서 그리 말씀하시니, 천첩 부끄러워 몸 둘 바를 모르겠사
옵니다.」

깊은 산골 아름다운 여인네는 바로 난초이며 가련이를 빗댄 것이니,
제 말대로 삐침이 덜 풀려서 그야말로 뾰족하게 존칭 섞인 말로 은근
슬쩍 툴툴거렸건만, 가련이는 그것을 가벼이 웃으며 가뿐히 받아 넘기
고서 차분하게 말을 이어나갔다.

「전하여 듣기로는, '무릇 난초를 치는 법은 예서隸書를 쓰는 법과 가
까워, 필히 문자文字의 향香과 서권書卷의 기氣가 있은 후에야 얻을 수 있
는 것이다.' 하였습니다. 허나 천녀의 소양素養이 미천하여 향과 기는
물론이거니와 가진 재주나마 보잘것없사오니‥, 나으리께서 귀한 가

르침을 내려주시겠사옵니까?」

앞서 김병연이 먼저 비틀어 던진 '일획삼절一劃三切'이란 말은 '획에 힘을 주기 위해서 획을 그을 때는 세 마디가 있도록 그어야한다.'는 필법筆法을 뜻한 것이고, '삼전三轉의 묘법妙法'이란 '난을 칠 때는 붓을 한 번에 쭉 뽑아 끝내는 것이 아니라 세 번을 꺾어서 휘어져 돌아가게 해야 한다.'는 추사秋史 김정희金正喜의 운필법運筆法을 말한 것이며, 가련이가 대꾸한 '문자향서권기文字香書卷氣'란 말은 김정희가 아들 상우에게 '심경心境의 측면에서 내면의 수양에 힘쓸 것'을 당부했던 말로써, 두 사람이 주고받는 이야기만으로도 서로 만만찮은 상대임을 보여줄 목적으로 그가 빌어다 쓴 것이었다.

그렇기 때문에 어찌 보면 도도해 보일 수도 있게끔 가련이는 허리를 펴고 모가지도 꼿꼿이 세우고서, 턱 끝을 살짝 들어 올리고 미소를 머금은 얼굴과 여유작작한 태도로 김병연을 '마주 본다' 혹은 '맞상대한다'는 느낌을 주어야 할 것이었으나, 안타깝게도 가련이 역할의 황수정은 교태를 부리듯이 고개를 끄덕이면서 저 혼자 눈웃음치기만 해 보였다.

"공연이 끝나면 며칠을 앓아눕는다고요?"

"……"

"웃기지도 않네. 웃기지 않아요?"

"……"

"자기 스케줄과 라이프스타일을 가련이에게 맞춰뒀다니…."

"……"

"요~! 불~쉿bullshit…!"

"……"

"대단한 분 나셨네. 그것도 말이라고, 참….."

"……"

"기생 역할이니까, 어디 은근짜 술집에라도 나가시는 모양이지? 인 마조렘 아티스 글로리암In majorem artis gloriam! 예술의 커다란 영광을 위하여~!"

평론가 류리가 합장하듯이 두손을 가슴에 모으며 고개를 쳐들고 비웃음 가득한 얼굴로 혼자 외침소리를 내더니, 입술 왼쪽 끄트머리를 샐쭉 거려댔었다.

"노벨 연극상, 여우주연상 감이겠네요."

"……"

"저렇게 맨 날 붙어있으니 사단이 나는 거겠지…."

"…!…"

"여배우들이란…."

"……"

"멍청이들 같으니…!"

평론가 류리가 자기 앞에 놓여있는, 겉은 바삭하고 속은 말랑한 햄치즈 크래커를 짚어들더니, 허리를 꺾어버리듯 "피삭~!"하고 눌러서 두 동강이를 냈었다.

"무식한 인간…!"

"……"

"슐류하! 스볼로치! 그랴즈나야~!"

"…?…"

"퍽킹Fucking 이디옷Idiot~!"

"…!!…"

류리가 무슨무슨 년, 어떤어떤 년, 무엇무엇할 년쯤이었을 말들을
내뱉었었다. 극단 대표 마장동과 곧이어 등장할 이극도 역할의 호리호
리한 배우 정재성 사이에 앉아서 불쾌한 얼굴로 시시덕거려대는 - 흐
느적흐느적 거려대며 두 사람 어깨에 번갈아 기대어보고 밀쳐보고, 또
손바닥으로 등짝을 두들겨댔다가 허벅지 위에 올려놓고 매만져보기
까지 하면서, 자기는 어쩔 수 없는 감성덩어리라고 코맹맹이 소리를
내었다가도, '연극에서 석박사가 무슨 필요가 있느냐, 어차피 다 같이
생활보호대상자 될 텐데.' '연극은 이론과 실제가 다르다. 연극이 문
제풀이고 답안지 제출하는 거냐. 그렇다면 존나 많이 배운 것들은 아
예 연습실로 오엠알 카드랑 수성싸인펜 갖고 오라 그래라'고 깔깔거
리며 비꼬아대는 - 황수정의 이야기가 또렷하게, 맞은편으로 서너 사
람 떨어진 자리에 앉았음에도 불구하고 그녀의 귀청에 쓰라리게 아로
새겨졌었기에 말이다.

류리는 크래커가루가 붙었을 오른손 검지와 중지 끄트머리를 비비
적비비적 문질러대더니, 담배를 꼬나쥐고 소주잔을 만지작거리며 빈
정거리는 투로 험담인 듯 험담 아닌 뒷이야기를 투덜투덜 내던졌었다.
어쩌면 평론가였던 그녀 스스로가 불청객이라고 느꼈을 수도 있을, 첫
번째 전체 회식자리에서 말이다.

「이르기를~!」

작업을 하며 간혹 발생하는 처녀 총각의 상큼한 러브 스토리 혹은

애틋할 것 같지만 결국 추잡스러울 불륜의 로맨스보다도 빈번한 동성 同性 간의 보이지 않는 기氣 싸움이 떠오르려는데, 김병연 역할의 강두한이 크게 입을 떼었다.

「시詩, 서書, 화畵의 근본이 동일한 법에서 나오는 것이라 하였으니, 그 이치 또한 솜씨가 아니라 뜻에 있는 것일 터…! 이 몸이 비록 천학비재淺學菲才하야 뉘에게 허투루 가르침까지는 모르겠지만‥, 그래도 유리표박流離漂泊에 과객질 비럭질 선비질을 해먹으며 이 나이 먹도록 살아왔으니, 귀동냥으로나마 들은풍월도 제법 적지는 않을 터‥. 허면~! 신둥부러진 떠버리마냥 심심파적으로나마 내 한번 읊어볼 터이니, 들어보시겠는가? 어디…‥」

김병연이 앞으로 몸을 기울이고서 무릎걸음으로 다가가 그림을 집으려는 태도를 취하자, 가련이가 몸을 살짝 기울이며 손을 내어 그림을 집어 들더니, 두 손으로 김병연에게 건넸다.

「…!…」

손가락 끄트머리라도 닿았던 걸까? 그림을 받아들며 '움찔‥!'거렸던 김병연이 군기침 소리를 "흠‥, 흠‥!" 내고서 몸을 젖히듯 일으켜 세우고는 제 눈앞에다가, 객석 끝자리에서도 난초그림이 보일만치 팔을 쭉 펴고 세로로 기다랗게 펼쳤다.

「줄기 하나에 꽃이 한 송이니, 일경일화一莖一花, 심산유곡의 춘란春蘭이었구나…!」

그림을 멀리하여두고서 침침한 눈으로나마 일단 전체를 관觀하듯이, 김병연이 눈을 가느다랗게 뜨고서 위아래로 한차례 훑어보며 한마디 내뱉었다. 그리고는 찬찬히 들여다보며 하나하나 꼼꼼히, 보이는 것으로 말미암아 머릿속에 떠오르는 것들을 밖으로 거침없이 뱉어내기 시작했다.

「역입逆入에 일필기수—筆起手하야‥, 정면이라 당랑螳螂의 검은 배, 굵다 돈頓이요. 측면은 가늘 제提라 한다더니‥, 꼬이고 뒤집혀 서생원의 꼬랑지(鼠尾)에 이르렀구나! 첫째 잎은 허공을 가르듯 힘차게 그어졌나니, 이를 곧 천天이라 일컫고‥, 둘째 잎은 활달히 오르다 꺾이어 고개 떨구니, 이는 겸손한 절엽折葉이라 지地를 칭하며‥, 천지를 어우르는 봉황의 눈(鳳眼)이 그 가운데 있으나, 셋째 잎이 빗겨 지나며 찌르듯 깨트리나니‥, 이를 파봉안破鳳眼이라 하여 인人이라 이르나니…! 막히고 트이는 인생사, 천天·지地·인人 삼재三才의 묘妙를 세 개의 잎사귀에 담았구나. 허허~ 붕어머리모양 가지런도 하여라. 세 잎사귀 뿌리 향해 조아린 네다섯, 예닐곱의 난엽蘭葉이여…!」

호흡을 바꾸어 말을 이어나가던 김병연이 그림을 내려놓고서 숨을 깊이 먹어보더니, 고개를 천천히 끄덕이고서 다시 능숙하게 가락을 떼었다.

「불不 번잡 비非 듬성, 많지도 적지도 않게 교묘히 착락錯落하야‥, 적당히 돋은 단엽短葉과 적절히 끊어진 단엽斷葉에, 늙은 잎, 마른 잎, 뿌리 가까이 새로 돋은 자그마한 엽포葉苞가 소밀疏密과 번간繁簡으로 어깨를 모아가며 두르고 있나니…, 헛허~! 골법용필骨法用筆이라, 뼈를 법으로 삼아 낙필落筆하였으니, 붓은 그 대상의 골격을 명확히 꿰뚫었고, 응물상형應物象形에 수류부채隨類賦彩하나니, 형태 그대로 그린 데다 농담濃淡을 더하여 상형물류象形物類에 물류상응物類相應하였구나…! 필세筆勢의 조합과 화면의 포국布局 또한 절중節中하려니‥, 적잖은 잎사귀 길이나 모양이 길고 짧으며 가늘고 굵어서, 하나하나 따로 따로 보이는 난엽蘭葉은 제각기 파리한 듯 제각각 외톨진 듯하여도, 그것이 모아져 다투고 어우러져 서로 돕는 형국形局이로세. 오호라~! 꽃이라! 꽃이어라~!」

크고 센 호흡의 감탄조感歎調로 읊어내듯이, 억양을 바꾸고 사이사이 짧고 긴 휴지를 두어가며 가락을 이어나간다.

「봉오리는 활짝 풀어진 함방舍放이요, 셋 길고 둘 짧은 삼장이단三長二短의 꽃잎은 넘어질듯 위아래 드리운 언앙偃仰에다, 정면正面과 배면背面의 반정反正과 마주보는 상향相向의 묘妙가 절묘하게도 어우러졌구나! 화심花心이라··! 농묵濃墨으로 점을 찍듯 산山·수水·심心의 꽃술이여···! 꽃술은 마음의 눈이라, 심점心點이라 하였던가? 허허~ 이런, 이런··! 꽃 같은 마음에 어디선가 바람이 불어와 그런 것인가? 아니면 알지 못할 그리움이 너무나 크기에 넘치는 정회情懷를 쏟을 길이 없어, 다만 그대로 앓아누우려는 것인가··?」

제 생각을 담은 마지막 대사부분을 강조하기 위해서였을 것이다. 김병연 역할의 배우 강두한이 살짝 들떠서 빠르고 가벼웠던 호흡을 느릿하게 바꾸더니, 목소리를 낮추었다.

「이는 필시 붓 쥔 이의 손에 실린 다정多情이 너무 깊어 기운생동氣韻生動 지나친 것일 터···! 바람은 보이지 않건만 줄기 줄기 꽃잎 꽃잎 하늘하늘 낭창낭창 시달리고 흐트러져 쓰러질듯 휘청이며 꽃자루 꽃송이 쇠잔하여 이내 무너질 것만 같으니··. 덧없는 인생사 풍진風塵이 무거워 그러는 것이냐··, 마음이 무거워 그러는 것이냐? 마음··. 마음이라···. 마음이라 할 것이면, 그린 이의 그리운 마음이더냐, 보는 이는 보이는 마음이더냐··?」

호흡을 머금으며 고개를 들더니, 눈을 지그시 감았다 다시 떴다.

「허허~ 알지 못할 일이려니 알 수 없는 일이로고···. 내··, 이··, 나그네 무딘 마음이라 하여도 차마 서러워 볼 수 없을 지경이로세···.」

김병연 역할의 배우 강두한이 입을 꾹 다물고서 입안 소리로 "끌끌~"하고 혀를 찰 것처럼 고개를 가로 젓더니, 허공에다 한숨을 내뱉었다. 그리고는 어깨를 구부정히 하고서 고개를 흘깃 혹은 힐끔 돌려서 가련이 역할의 황수정을 살펴보았다.

「……」

가련이는 한쪽 무릎을 세우고 가만히 앉은 채 흔들림은커녕 미동조차 없이, 잘 꾸며진 가화假花처럼 맑은 미소를 지어 보였다. 그러자 괜한 소리를 했다 싶어 민망했던지, 김병연이 헛웃음을 지으며 몸을 바로 일으켜 앉더니, 큰 숨을 들이키고서 말머리를 내었다.

「허허~ 이것 참…! 본시 그림이라는 놈이 처음에는 법法이라는 것을 좇아 상궤常軌를 따라간다지만, 나중에는 저 홀로 무법無法으로··, 제멋에 돌아간다 하였거늘, 되도 않을 뙤놈들의 화론육법畵論六法 따위가 무얼 그리 대단하다고 주절거린 것인가? 모법模法이 중요하다고는 하나, 정작 붓 쥔 자에게 중요한 것은 자신의 마음이 닿은 경계經界와 자신의 법일 터…! 종국終局에 이르기 전에 버려야 할 것은 다른 이의 법이요, 담아야 할 것은 스스로 깨우친 뜻과 자유자재의 승묘勝妙한 법이거늘, 시시껄렁한 육법 따위에 어찌 매여야 하리오? 허나 참으로··, 참으로 안쓰러운 것은…,」

김병연이 고개를 들며 말꼬리를 침과 함께 목울대 너머로 삼키고 잠시 머릿속을 더듬어 보는 듯하더니, 고개를 설레설레 가로 젓고서 되새김질하듯이 삼키었던 말꼬리를 내었다.

「혹여或如, 붓 가는 길에 마음이 뭉쳐져 그리 가로막은 것이런가··? 아른아른한 이파리를 보면 바람은 있는 듯도 하건만, 그 바람에 날리는 향기가 없는 듯하니··, 허허~ 참으로, 실로··, 안타깝기만 하구나…」

「……」

가련이가 그린 난초그림을 보며 자기 생각과 느낌을 이야기하는 김병연. 그 가락이나 어휘가 쉽지 않았을 것이나 변화무쌍한 호흡으로 - 깊은 숨 얕은 숨을 마시고 머금고 뱉어가면서, 늦췄다 당겼다 세게 여리게 빠르게 느리게 높였다 낮췄다 자유자재로 소리를 만들어 내는 것으로 - 말하기의 본보기를 보여주는 것만 같아서, 그는 다시 한 번 강두한이란 배우가 참으로 탁월한 기교를 가진 대단한 배우라고, 과거의 화려한 이력을 밑천삼아 이름이나 팔아먹는 한물간 배우가 아니라고 생각했다.

"그것보다 더 쉽게 쓰시긴 어려웠을 거예요."

가련이 역할의 배우 황수정에게 눈길을 돌리려는 그의 귓바퀴에서 귓구멍으로, 갑자기 시간을 거스른 높은 목소리 하나가 또르르 굴러들었다.

"비록 작품에 문제가‥, 앗! 이즈비나쩨! 쏘오리(sorry)~! 뭐‥, 문제랄 것 까지는 아니어도 난점難點이 없는 것은 아닌고로‥, 에~ 흠흠‥, 그러니까, 아무래도 관객입장에서 보자면 짧은 시간 내에 의미를 파악해야하니까‥"

"……"

글을 지음에 내용과 형식의 조화를 위해서 글 지을 이가 갖추어야할 요건이라고 양梁나라 유협劉勰이 『문심조룡文心雕龍』에다 기술했던, 풍風: 작가의 감정과 기질과 사상에서 기인한, 작품이 가진 기세와 본원적인 힘 · 골骨: 언어문자를 합당하게 배열

함으로써 이루어지는 작품 체계와 구성의 엄밀성 · 채采 : 작품의 형식미인 외적 수식. 미적 언어문자 표현에 비견할 만한, 제齊나라 사혁謝赫이 『고화품록古畫品錄』에다 기술한 기운생동氣韻生動 · 골법용필骨法用筆 · 응물상형應物象形 · 수류부채隨類賦彩 · 경영위치經營位置 · 전이모사傳移模寫 이상以上 여섯 가지 화론畫論의 오묘한 뜻을 관객에게 어떻게 전달해야 할지 고민에 빠져 있을 때, 류리라는 평론가가 말했었다.

"그렇다고 뭐··, 문맥상으로나 정황상으로나 그런대로 전혀 이해가 안 되는 건 아니니까··, 사람들로 하여금 어려운 말들을 찾아보고 싶게 만드는··, 음~ 은유적이면서도 전체적으로 시詩적인 문장들이에요. 그래서 어쩌면 단어해석의 어려움은 독자가 감당하고 싶어 할지도 몰라요. 네~ 나쁘지 않아요."

"……"

평론가 류리는 알쏭달쏭 병 주고 약 주듯이 상반되는 말들을 하고서 말꼬리에다가 '부럽다느니, 탁월하다느니, 대단하다드니, 존경스럽다느니' 잇따라 금칠을 해댔었고, 그는 어이없어하면서도 우쭐해지려는 자신의 어깨를 고갯짓으로 끄덕끄덕 눌러가며 생각을 차분차분 다졌었다.

'한자투성이 옛말이어서 관객이 그 뜻을 온전히 알아듣기 어렵다면 어려운대로, 말하는 이가 낱말의 정확한 의미 대신에 문장의 유려한 리듬에다 주안점을 두고서, 굳이 억지스레 설명하려 애쓸 것이 아니라, 버려야 할 것은 과감히 버리고 가져가야 할 것만 가져가면 될 것이다. 관객은 막힘없이 술술 흘러나오는 김병연의 달변達辯과 박학다식博學多識을 듣고 보고, 또 그것에 반응하며 변화하는 가련이의 태도를 보면 될 것이다. 그것으로 역학관계力學關係를, 힘의 추錘가 어디로 기우는지 알아차릴 수 있으면 되는 것이다. 중요한 것은 두 사람의 관계다. 그것이 보이는 것만으로도 의도했던 목적은 충분히 달성될 것이다.'

그녀의 말과 자신의 생각을 더듬어 보던 그가 객석 저 아래쪽 어딘가에서 평론가들 혹은 협회 관계자들과 나란히 앉아서 공연을 보고 있을, 지금 이 공연의 연출자인 류리라는 평론가의 잘 기억나지 않는 얼굴을 머릿속에 어슴푸레하게 떠올려보았다.

분에 넘쳤던, 그러나 솔직히 말해서 알게 모르게 힘이 되었었던 그녀의 과분한 찬사. 그리고 간혹 그럴 적마다 어디선가 쏘아 보내던 비수 같이 싸늘한 눈초리. 투명한 안경알 안쪽에 뿌옇게 가려져 있다가 이따금 차가운 빛을 뿜어내던 가느다란 도끼눈과 독기 어린 음습한 눈초리가 그녀의 밋밋한 얼굴 위로 겹쳐지듯이 떠올랐다.

그렇다! 그랬었다! 공연될 작품의 작가이자 연출자였던 그가 극단의 단원들, 특히 여배우와 어떤 이야기라도 나눌라치면 여지없이 그의 뒤통수로 매섭게 날아와 꽂혔던 섬뜩한 눈알이 있었다. 그것은 이번 공연을 제작한 연극집단 [반향反響]의 대표 마장동이란 작자의 질시 어린 눈초리였다.

자신은 혈액형이 O형이라서 꼼꼼한 A형보다는 통이 크고 리더십이 뛰어나다고‥, 말인즉슨 자기의 커다란 머리통은 극단 살림과 협회 일로 가득 차있기 때문에 당분간 연출 작업에서 손을 뗄 수밖에 없으니까 여러분들이 알아서 잘 해주시리라고 믿어 의심치 않는다고 호탕하게 웃어 보이며 멀찍이 떨어진 곳에서 잠자코 지켜보겠노라고 선량해 보이고픈 얼굴로 – 예컨대 『논어論語』〈양화陽貨〉 편에서 이야기한 '향원鄕原'처럼, 동네 우두머리처럼 점잖게 행세하며 주변사람들에게 싫은 소리를 하지 않고 '좋은 게 좋은 거'라는 식으로 일을 처리하기에 인기가 좋으나 실상은 덕德을 해치는 자에 불과한 캐릭터를 떠올리게끔 – 그럴듯하게 말하던 마장동의 서글서글한 눈매에서 그는, 미처 감추지 못했고 꾸밀 수 없었던 그 작자의 진짜 감정을 발견했었다. 그것은 바로 삭일 수도 없었고 속일 수도 없었던, 맹렬하게 타오르는 적대감이었다.

처음에 그는 극단 대표 마장동이 불과 이삼 년 전까지 극단의 상임연출로서 연출작업을 했었고 대본도 직접 쓴다고 들었었기에, 선배 연출가 혹은 동료 작가가 느낄 수 있는 자연스런 질투이거나 건강한 경쟁심 혹은 있을 수 있는 시기심이나 부러움 쯤으로 여기고, 알게 모르게 우쭐하고 우월한 기분도 가졌었다.

그러나 그것은 그답다고 여겨질 만큼이나 지극히 단순하고 순진했던 생각이었다. 그것은 연극집단 [반향反響]의 상임연출로서의 마장동이 그간 배우들에게 보여줬던 능력이란 것이 그와 비교될까봐 두려워서, – 자신의 보잘것없는 연출력이라는 것이 주먹구구식 무개념 혹은 되는대로 무원칙과 다름 아니라고 폄하되어 혹시나 단원들과 배우들에 대한 영향력이 줄어들까봐서, – 노심초사 예의주시하던 날 선 눈빛이었으며, 조금 더 신경질적이고 사나웠던 것은 보이지 않는 의지의 무의식적 표현, 예컨대 수컷이 자기 영역에서 우두머리 자리를 지키고픈 강력한 '권력權力에의 의지意志'가 은연중에 표출된 것이었다.

연출과 극작 모두에 별다른 재능을 드러내지 못했던 극단 대표 마장동은, 겉으로는 대범하고 점잖은 척 사람 좋은 얼굴을 하고 있다가도, 어느 누가 어쩌다 생각 없는 말 중에 무심코 제 권위나 열등감을 건드리는 말이라도 던질라치면, 소금밭에 나뒹구는 지렁이새끼마냥 순식간에 얼굴빛을 바꿔서 아가리에 게거품을 물고 용천지랄 떨어대는 졸렬한 사내였으며 - 무엇보다 못나고 못되고 욕심 많은 독재자마냥 사람을 손아귀에 움켜쥐고 흔들고 싶어서 사람들 눈에 잘 띄지 않지만 저는 잘 볼 수 있는 어딘가에 몸을 숨기고 남들의 자그마한 빈틈과 얼룩을 찾기 위해 뾰족한 귀를 쫑긋 세우고 쪽 찢어진 도끼눈을 매섭게 반짝이면서 낱낱이 지켜보고 샅샅이 주워듣는 - 야비하고 저열한 권력지향형의 사내였다.

대학로에서 연극을 처음 시작했다는 이십대 중반부터 삼십대 후반까지 십여 년이 넘도록, 딴에는 극작가와 연출가로 인정받고 싶어서 발버둥을 쳤으나 도무지 안 되겠다 싶었는지, 마장동은 아예 머리를 돌리고 생각을 바꿔서, 차라리 예술가를 인정해주는 권력과 나랏돈 굴리며 사무를 주관하는 권한을 가진 협회 임원이 되는 것으로, - 다달이 돈푼깨나 쏠쏠히 받아가며 상당한 영향력까지 행사할 수 있는 지위에 오르는 것으로, - 상처받은 자존심과 패배감을 보상받으려고 했었다.

그러나 막상 모가지에 힘깨나 줄 만한 그럴 듯한 직함과 거드름도 피울 만한 번드르르한 명패를 갖게 되자, '예술가'라는 휘황찬란한 허세로 번뜩이는 호칭을 듣고 싶어 하는 천박한 속물근성이 다시 고개를 쳐들었고, 그래서 대극장에다가 화려하게 복귀 기념공연을 올리고 싶어서, 호시탐탐 잔머리 굴리며 달력 넘기고 기금을 만지작만지작 계산기도 두들겨보며 - 연출가인 그가 배우와 디자이너들은 어떻게 대하는지, 작품은 어떻게 만들어 가는지, 언젠가 올릴 공연을 위하여 머릿속이나 귀퉁머리에 은근 슬쩍 훔쳐두고 감춰뒀다가 티 나지 않게 베끼거나 써먹을 것은 없는지 – 눈치껏 기웃거려대고 있던 중이기도 하였던 것이다.

「하오면, 나으리께서 그 향香을…, 담아주시겠사옵니까?」

객석 한가운데께, 이른바 귀빈석이라는 좋은 자리에 남생이새끼들처럼 끼리끼리 붙어 앉아서, 낯짝에는 거만하고 가식적인 만족의 웃음을 띠고 여기저기 느긋이 두리번두리번 거려대는 평론가, 협회 임원, 그리고 시시껄렁한 몇몇 교수 나부랭이들. 꼭 저따위 놈들이 저희들끼리 원님 내고 좌수 내듯이, '뭔 이사다. 너는 감사다. 나는 고문이다.' 번들번들한 명패 차고 앉아 서로 추어주고 내세우고 거들먹거려대는 꼬라지를 보면 '참 어이없는 세상이구나‥.' 싶다가도, 또 어찌 바꿔 생각해보면 꼭 저런 놈들이 그런 자리를 차지하고 있는 것만 같아, '감투 좋아하는 놈들은 따로 있음에, 초록은 동색이요 똥은 똥끼리 뭉치는 것이라, 저것들도 끼리끼리 한데 모여 고린내 풍기는구나.' 하고 나름 개똥같은 섭리가 있는가도 싶어서 쓴웃음을 지으려는데, 가련이 역할의 황수정이 다소 상투적이라고 여겨질 만큼의 가벼움을 보이며 코끝으로 말끝을 살짝 틀어 올렸다.

그러나 철저하게 의도되고 만들어진 가련이라는 캐릭터의 특성이 아니라 황수정이라는 여배우가 가진 특유의 조調라 여길 만한 말버릇이었기에 저렇게 말하는가 보다고 생각하고서, 그는 떨떠름한 표정으로 고개를 삐딱하게 틀며 무대를 내려다보았다.

「내가? 향을…?」

김병연 역할의 강두한이 과장된 얼굴 표정으로, 이마빡에 일자 주름이 굵다랗게 잡히도록 눈을 휘둥그렇게 떠보였다.

「천녀가 듣기로는, '시서詩書와 그림은 한 가지 이치로 통하는 법이라, 마음 가운데 들은 것을 먹으로 긋고 칠하면 그림이 되고, 문자와 더불어 늘어놓으면 시가 된다.' 하였사옵니다. 천녀, 오늘밤‥, 나으리의 문장文章을 날실로 삼고 천녀의 춘란春蘭을 씨실로 삼은 츤의襯衣를 엮어, 몇 날 며칠을 입고 다니렵니다.」

가련이 역할의 황수정이 말을 마치고서 얼굴을 살짝 들어 발가야드르르한 뺨을 내보이더니, 부끄러워하는 몸짓으로 고개를 갸웃거리고 수그렸다.

「오호~! 속옷을 삼으시겠다? 그것 괜찮은 일이로군. 어디‥! 그럼 무어라 써볼까? 듣자니 송도제일화이시라, 꽃으로 가자시면‥, 가만 보자, 옳거니~!」

농지거리하는 사람마냥 붓을 들고 흥얼흥얼 거리려던 김병연 역할의 강두한이 때마침 무대 안쪽에서부터 술상을 들고 나오는 아진이 역할의 초짜 배우 연옥이를 발견하더니, 제 무릎을 치고서 말을 이어나갔다.

「이곳에는 꽃송이가 앞에 하나하고도 저곳에 또 둘이려니‥, '일일일화개一日一花開에 이일이화개二日二花開하니, 삼백예순날에는 삼백육십 송이의 꽃이 핀다.' 써볼까? 아니면, '일신개시화一身皆是花하니, 일가도시춘一家都是春이라!' 한 몸 한 몸이 모두 꽃이니, 온 집안이 바로 봄이로구나 써볼까?」

김병연이 읊조려가며 휘갈기려는 이 멋진 글귀는 『동경대전東經大全』〈시문詩文〉에 나오는 구절이다. 기록에 의하면 『동경대전東經大全』은 동학東學의 2대 교주 해월海月 최시형崔時亨에 의해 1880년 최초 간행되었다고 한다. 그래서 그가 처음 이 구절을 인용하려 했을 때, '김병연이 1863년에 죽었는데, 이 문장을 빌어다 써도 될까?'라고 적잖이 망설였었다. 그러나 경전의 내용이란 것이, 1860년 동학을 창도한 1대 교주 수운水雲 최제우崔濟愚가 진즉부터 제자들에게 베풀었던 말이었으며, 삿된 도道로 세상을 어지럽혔다는 죄목으로 1864년 4월 대구大邱 감영監營에서 처형된 최제우와 1863년 3월 전라남도 동복同福(지금의 화순和順)에서 객사한 김병연이 동시대 인물이라는 사실에 착안하여서, '동학이 전국으로 교세를 확장하기 시작한 1850년대 후반과 1860년대 초반까지 팔도를 떠돌아 다닌 김병연이 동학의 글귀 하나 주워듣지 못했을까? 틀림없이 오다가다 어쩌다가 한 번쯤이라도 들었을 것이다.'라는 다소 억지스러울 수도 있을(?) 가정 아래 과감히 글을 차용했던 것이다.

「우리 아씨께서 좋아하시는 싯귀가 있네요.」

마당을 쪼르르 가로질러온 아진이가 큰 마루위에다 소반을 내려놓으며 아는 체를 해댄다. 아진이는 '시구詩句'라는 말 대신에 '싯귀'라는 말을 썼다. 자장면보다는 짜장면이란 말에서 더욱 더 쫀득쫀득하고 달착지근한 맛과 향이 느껴지는 것처럼 어감이 훨씬 더 좋아서, 연습 초반부터 그렇게 해주길 그가 요구하고 당부했었기 때문이다.

「해마다, 해마다 꽃은 같은 얼굴로 피지만. 해마다, 해마다…,」

「아진아…!」

「해마다, 해마다 꽃들은 그 모양이 전前과 다를 바 없지만. 해마다, 해마다 사람들은 늙어감에 그 모습이 전과 같지 않구나…! 송지문宋之問의 유소사有所思를 말씀하시는 겐가?」

아진이가 왼손가락에 옷고름을 말아 쥐고 가락에 맞춰 띄엄띄엄 오른손 집게손가락 끝으로 허공에 떠있는 낱말을 하나하나 짚어가는 것처럼 말하는데, 가벼이 나서지 말라고 이르듯이 나직하게 그러나 부드러이 타이르듯이 가련이가 말했다. 그러자 김병연이 아진이의 가락을 재빨리 받아 이어 대신 읊어댔다.

「……」

「…!…」

김병연이 아진이에게 얼굴을 들이밀며 빙긋 웃어 보이자, 아진이도 꾹 다문 입술 주변에 환히 피어오른 미소를 어쩌지 못하며 고개를 끄덕여댔다.

「헛허~! 우리 송도제이화께서는 모르시는 것이 없으시구먼! 허면, 우선 이··, 컬컬한 목부터 적셔주고 그리하도록 하여 볼까…?」

「천녀가 한잔 올리겠사옵니다.」

가련이가 윗몸을 수굿이 기울이며 오른팔소매를 걷어 올리더니, 팔을 길게 뻗어 아진이가 가져온 술병을 집어 들었다.

연극집단 [반향反響]의 단원이 아니었음에도 극단 대표가 배역에 적극적으로 추천했던 황수정. 제법 연기 좀 한다는 그녀를 단원으로 끌어들이기 위해서였는지 아니면 저 혼자만의 색다른 흑심(?)이 있었기 때문이었는지, 여하튼 마장동은 연습 내내 틈틈이, '연극에서 중요한 것은 작품의 완성도가 아니고 사람과의 관계이고, 남는 것도 결국엔 사람'이라며 듣는 사람 귓구멍에 두드러기가 날 만치 간드러진 목소리와 말투로 황수정의 환심을 사려고 애쓰는 모습을 보였었고, 그럴 적마다 황수정은 마장동과 적당히 거리를 두는, 그야말로 녹록찮은 여우같은 여우女優의 태도를 취했었다. 그러나 그나마 그것도 러시아 유학파 출신의 평론가께서 그를 대신하여 연출자 자리를 차지하기 전까지였었겠지만 말이다.

「응, 그래. 그러시겠는가? 어디….」

김병연 역할의 강두한이 갓난아이 주먹보다도 작은 술잔을 들어 올렸다. 그러자 가련이 역할의 황수정이 미소를 지으며 어깨를 살짝 기울여서는 두 손으로 공손히 술을 따른다.

「오호~ 청주淸酒라‥! 맑은 술은 성인聖人에 빗대었구나! 잠시 잠깐 전에는 어지신 탁주濁酒더니만, 그 사이에 이 몸이 벌써 성인이 되어버렸던가? 하하핫~!」

받자마자 단숨에 홀짝 마셔버린 김병연이 호탕하게 웃어젖히더니, 붓을 들고 구부정하게 엎드리듯이 몸을 수그린다.

「년년세세화상사年年世世花相似 세세년년인부동世世年年人不同! 아…! 아니 ~! 아니지…!」

어깨춤을 추며 그리듯이 거침없이 일필휘지로 화선지에 휘갈겨 쓰다가 돌연 무슨 생각이 떠오른 사람마냥 붓끝을 홀연 멈춰 세우더니, 고개를 갸웃거렸다.

「귀향 나오신 신선께서는 술 한말에 시詩가 백 편이라 하셨으니‥, 이 몸께서도 어디 한잔 더 마시고 한 구절이나마 더 써 넣어 볼까?」

귀향 나온 신선은 '적선인謫仙人'이라, 당나라의 시선詩仙 이백李白을 달리 부르는 말이다. 자신을 그와 견주어 보기라도 하겠다는 듯이 김병연이 벼루 위에다 붓을 척 내려놓고서 윗몸을 일으키고 술잔을 들며 빙긋 웃어 보이자, 가련이도 방긋한 미소로 고갯짓하고는 두 손으로 어여쁘게 술을 따랐다.

「……」

김병연이 오른손으로 술잔을 감아쥔 채 고개를 들고 산 벚나무를 물끄러미 바라본다. 시나브로 산 벚나무에는 달빛이 하얗게 내려앉아 있다.

「흠~ 얼굴빛 아끼고서 지는 꽃 바라보며 생각하길…, 올해도 꽃이 지면 얼굴빛 또 바뀔 것이니‥, 이듬해 꽃필 때는 뉘라 그대로 있을꼬?」

산 벚나무를 치어다보며 한 구절 읊어대더니 술을 벌컥 들이켰다. 그러고는 "탁…!" 소리가 날만치 박력 있게 술잔을 소반 위에 내려놓더니, 붓을 들고 몸을 구부정하게 하고는 사람과 꽃을 세월에 대비하여 인생의 덧없음을 기막히게 묘사한 천고千古의 명구名句를 읊조려가며 써내려가기 시작한다.

「금년今年…, 화락花落…, 안색개顔色改하니…,」

「……」

「명년明年…, 화개花開…, 부수재復誰在할꼬….」

「……」

김병연이 글을 써내려가는 동안, 아진이는 신기하다는 듯이 화선지에 써지는 글자를 보며 눈을 동그랗게 뜨고 있건만, 가련이는 고개를 숙인 채 글자의 획에 따라 까닥까닥 거려대는 김병연의 머리꼭지를 지켜보고만 있다.

「자~! 어떠신가?」

김병연이 몸을 일으키면서 보라는 듯이 말을 던졌으나, 가련이는 김병연을 빤히 바라보며 아무런 대꾸가 없다.

「…?…」

달라진 느낌에 김병연이 속으로 '어라, 뭐지‥?'라고 의아해하는 듯이 두리번거리는 몸짓을 해보였다. 그러나 이내 노련하게, 고개를 갸웃이 기울이고서 농담 반에 진담 반으로, 진지한 질문을 가벼이 던지듯이 말을 건넨다.

「왜··? 향이 모자라는 것인가? 아니면···,」

김병연이 한 호흡 머금더니, 넌지시 바라보며 입을 떼었다.

「아니면, 지나치기라도 하였는가?」

「······」

가련이가 마음을 추스르려는 것처럼 크지 않은 숨을 들이키면서 – 제 속을 드러내지 않으려고 조심스러워하기 때문에 외려 그 부자연스러움으로 인하여 더욱 도드라져 보이는 몸짓으로 – 가슴을 펴고 다소 곳하게 앉았다. 그 광경을 지켜보던 김병연이 눈을 끔뻑이더니, 왜 저러냐고 묻기라도 하려는 것처럼 눈길을 아진이에게로 돌렸다.

「···?···」

김병연이 어리벙벙한 눈으로 잠자코 서있는 아진이를 쳐다보더니, 침을 꿀꺽 삼켜 넘겼다.

「······」

「······」

야릇한 낌새를 엿보여주는 전환의 타이밍이다. 잠깐 동안 길지 않게 – 그러나 '두 사람사이에 혹시··, 뭔가 있는 건가?'라고 예민한 관객 몇몇이 벌써 고개를 갸울이고서 생각해볼 만하게끔 – 긴장을 머금은 침묵이 이어진다.

"년년세세화상사年年世世花相似! 세세년년인부동世世年年人不同~! 캬···! 운韻으로 보나 뜻으로 보나, 기막히지 않아요? 근데 이 글이 말이죠, 원래는···,"

술기운에 젖어 게슴츠레해진 눈으로 그가 목소리를 높였었다.

"당나라 때 송지문이란 자가 썼다고 알려진 구절인데요. 근데 이게 원래는‥, 유희이라는 사람이 먼저 썼었는데요. 그러니까 그게 어떻게 된 일이냐면요‥. 유희이, 유희이‥! 젠장~ 개떡 같이…! 발음도 똥같이 더럽게 어렵네."

"……"

그가 송지문宋之問의 〈유소사有所思 : 어떤 생각에 잠기다〉라는 시에도 있고, 유희이劉希夷의 〈대비백두옹代悲白頭翁 : 흰머리를 슬퍼하는 늙은이를 대신하여〉이라는 시에도 똑같은 구절이 있는 연유를 아는 체하며 떠벌여보려는데, 왼손으로 턱을 괴고 있던 평론가 류리가 살며시 턱을 들고 손을 풀어서 목을 기다랗게 쓰다듬어보더니, 오동통한 손가락 끝으로 은빛 목걸이 줄을 반짝반짝 만지작거려댔었다.

"에~ 어느 날 유희이가 그 구절을 썼는데‥, 쓰고 나서 장인 되는 송지문에게 보여줬데요. 자랑을 하고 싶었는지 인정을 받고 싶었는지 어쨌든 글이 어떠냐고 물었더니 송지문이‥, 당대 최고의 문장가로 꼽히던 그 작자가‥, '우와~! 그거 죽인다!' 하고서 자기에게 달라고 그랬데요. 그런데‥, 그랬더니, 유희이가 정색을 하고서 어디 씨알도 안 먹히는 소리 마시라며 일언지하에 거절을 했데요. 그런데, 그런데도 송지문이 포기하지 않고 몇 차례 더‥, 거듭 부탁하고 조르고 협박까지 해봤는데, 유희이가 꼼짝도 않고 끝까지 양보하지 않았데요. 그러니까 송지문이 완전 뿔따구가 나서는‥, 아…! 물론 글도 탐이 났겠죠? 여하튼 그래가지고 자객을 시켜서, 사위되는 유희이를 흙 포대로 눌러가지고 압살壓殺을 시켜버렸데요. 제 딸년은 과부가 되거나 말거나 냅둬버리고요."

"……"

자기 무용담을 늘어놓듯이 자못 들뜬 어조로 말하였으나, 평론가 류리는 별로 관심거리가 아니라는 듯이, 대꾸 대신에 어깨를 찌긋거리고서 담배연기만 허공에다 뽀얗게 내뿜었었다.

"죽이는 이야기라, 죽이잖아요? 이게요··,"

류리가 듣거나 말거나 대꾸를 하거나 말거나 개의치 않고서, 혼자 신이 난 사람마냥 그가 말을 이었었다.

"일곱 자 일곱 자 겨우 열네 자 때문에 사람을··, 그것도 사위를 죽였다니! 정말 피도 눈물도 없는 또라이기는 할 텐데요. 근데 어찌 보면 글에 대한 순수한(?) 욕심만큼은 황당하리만치··, 아···! 그게 뭐··, 물론 절대 용서받을 수 없고 용서받아서도 안 되는 비정상적이고 비상식적인 방법으로, 지극히 위험천만하고 변태적 발상이며 패륜적 착상이라고 윤리적 계몽주의자들로부터 응당 격한 질타를 받을 만도 하겠지만서도요··, 사람을 죽이고 영혼을 팔아서라도 좋은 글을 짓고 싶었던 열정만큼은··, 글을 쓰겠다는 사람이라면 한번쯤 진지하게 생각해봐야 하지 않을까요?"

"끄라시버! 판따스찌체스끼~!"

말하면서 자기 열기에 들떠버린 그의 눈알이 자기도 모르게 번득거려댔을 것이다. 그랬기에 평론가 류리가 대단하다는 듯이, 키스해 보이려는 시늉처럼 "쪽~!"하고 소리가 나도록 입술을 앞으로 내밀어보이고서, 대충 감으로 때려잡기에도 '판타스틱fantastic'이라고 여겨질 만한 말로 대꾸를 했었으니까 말이다.

실로 그랬었다. 살인에 이를 만치 탐욕스럽고 잔혹하고 뒤틀린 열정임에는 틀림없으나, 어쩌면 그 가운데서 항하사恒河沙의 모래 한 알만큼, 그러니까 천억만 분의 일쯤 될지 모를 긍정적 측면은 '일자천금一字千金'이라는 말에 얽힌 – 진秦나라 승상丞相 여불위呂不韋가 자기 집에 드나들던 식객食客 삼천을 동원하여 춘추전국시대의 모든 사상을 절충·통합시키고 세밀하게 분석하여 정치政治와 율령律令의 참고로 삼기위해 저술토록 했던, 총 스물여섯 권, 백육십 편, 이십 여만 자로 이루어진 『여씨춘추呂氏春秋』를 편찬하고서, 그것을 도읍인 함양咸陽 성문에 매달며 "여기에 한 글자라도 더하거나 뺄 수 있는 자가 있다면, 그자에게 천금을 내리겠다!"고 자신만만하게 소리쳤다는, 실로 대단한 자부심을 보여주는 – 이야기와 더불어 그에게 '작가로서 굳건히 지켜야 할 마음가짐이 무엇일까?'라는 생각을 갖게 해주었고, 문장 한 줄 단어 하나라도 허투루 쓰지 않아야겠다는 마음을 다지게 해주었다.

'무릇 작가라 하면, 영구한 시간의 흐름 한가운데 우뚝 서서 그 시대와 불화不和하더라도 역사와 친화親和하여야 할 것 아닐까?'
'판매율 높은 소비재가 되느니 박제가 되더라도 후대後代를 위한 생산재가 되어야 하는 것이 작품의 참 가치가 아닐까?'

잠깐 사이. 가뭇가뭇한 기억이 잠시 덤덤해진 그의 마음을 딛고서 고달팠던 지난날을 버티게 해줬던 – 하늘이 정한 것이 팔 흡(合)이라면 아무리 애를 써도 결코 한 되(升)가 될 수 없다는 탁오卓吾 선생님 말씀이 꼭 저 자신에게 해당되는 것만 같아서 가슴이 철렁 내려앉았을 때, 물도 가다가 굽이를 친다는데 세월에 속아 살며 십여 년이 마냥 그냥 그 모양 그 꼴이라서 '한결같다'는 말이 언제부터인가 칭찬이 아니라고 느껴졌을 때, 창문 밖 사철나무 둥지 안의 직박구리가 온종일 장대같이 내리는 빗줄기에 몸을 떨면서도 꼼짝 앉고 알을 품는 모습을 보았을 때, 하찮은 버러지도 배꼽이 떨어지면 꼬물락꼬물락 거려가며 저 살아갈 줄은 안다는데…, 명색이 극작가에 연출가라는 인간이 제 밥벌이도 못하여 가족 앞에서 어깻죽지가 처질 적마다, 저 혼자의 생각대로 저가 그린 계획대로 일이 풀리지 않을 적마다, '개떡 같은 세상이 몰라보는 것'이라는 못난 핑계와 투덜거림 그리고 뒤이어 어김없이 찾아오는 참담함과 자괴감으로 홀로 소리 죽이고 숨마저 죽여가며 어금니 앙다물고 눈물 감추고 자위하듯이 억지로 되씹고 곱씹으며 다지고 또 다졌었던 - 고집스런 생각에 다시금 되돌아가 닿으려는데, 방금 전과는 사뭇 다르게 가느다랗게 떨리는 배우 황수정의 가련할 만한 목소리가 귓전으로 아렴풋하게 달려들었다.

「나으리…,」

「……」

「나으리 존함이나 아호雅號라도…,」

모르는 것을 알고 싶은 걸까? 알고 있는 것을 확인하고 싶은 걸까? 작가인 그가 대본에 써넣은 것은 후자였었다. 가련이 역할의 황수정도 그것을 잘 알고 있을 것이다. 그러나 그것을 다 보여줘야겠다고 생각했기 때문이었는지, 황수정은 머리를 꼿꼿이 세우며 조금 과하다는 느낌이 들 정도로 목소리에 심한 변화를 주었다.

「곧 죽어 없어질 몸이거늘, 이름 따위가 뭣이 중하다고…,」

「……」

「흠흠~! 알겠네. 내‥, 한잔만 더 마시고…!」

김병연이 가련이를 힐끔 쳐다보고서 소반 위의 술병을 집어 들더니, 손수 따르고 마셨다.

「캬~! 좋구나…!」

잔을 내려놓더니, 벼루 위에 놓았던 붓을 쥐었다.

「자~ 그럼, 대범물大凡物은‥, 아니, 아니지…! 무릇 사물이라는 것은 평안함을 부득不得하면 바득바득 우노니‥, 그런 즉, 우니…. 이而~ 명鳴…이라~!」

화선지 위에다 한자 '而'와 '鳴'을 쓰고서 계속 읊어나간다.

「하여, 우는 소리 또한 방울방울 딸랑딸랑 팔도에 요란할 것이니, 쇠 금金에 방울 란鑾‥, 김란이로구나…! 김金~ 란鑾~! 자, 여기 있네!」

김병연이 마루 위의 화선지를 한손으로 밀듯이 가련이에게 건네자, 아진이가 얼른 두 손으로 주워들었다.

「그러니까 바로 이게‥, 그러하여서, 그런 즉, '이而~!' 소리 내어 울다, '명鳴!' 그리고 이거는‥, 방울 '란鑾‥!'」

아진이가 도골도골한 눈을 반짝이며 입술을 옴죽옴죽 거려댔다.

「허허~ 그 아이 참…!」

가련이는 마음을 가라앉히려는 것처럼 아무 말 없이 다소 떨리는 눈동자를 보이고 있는 것 같았으나, - 하는 짓마다 신통방통 앙증맞고 사랑스러웠는지, 뭐랄까‥? 아니 누구랄까? 어쩌면 아니‥, 틀림없이 작가인 그의 어린 딸아이가 투영되었을 - 아진이를 바라보는 김병연의 얼굴에는 미소가 그의 그것처럼 환하게 피어올랐다.

김병연은 잘 알려진 '난고蘭皐'라는 호號 외에도 '이명而鳴'이라는 또 다른 호를 썼으며, '김삿갓'이라는 별명 외에도 '김란金鑾'이라는 이름을 가명처럼 썼다고 한다. 특히 '이명'이라는 그의 호에 얽힌 이야기는 그의 삶과 나란히 놓고 비추어보면 고개가 절로 끄덕여질 만도 한데, 세간에서는 그것을 산문散文만으로도 당송팔대가唐宋八大家의 한자리를 거뜬히 차지한다는 한유韓愈의 〈송맹동야서送孟東野序 : 맹동야를 보내며〉에 나오는 구절 '불평이명不平而鳴 : 편치 못하면 운다.'에서 따온 것이라고 했다.

그랬기에, 그는 그 구절을 확인하기 위해 『고문진보古文眞寶』후집後集에 나오는 〈송맹동야서送孟野序〉를 찾아보았는데, 이해를 돕기 위해 '이명而鳴'과 관련될 만한 부분만을 발췌하여 옮겨 놓자면 다음과 같다.

〈送孟東野序〉

大凡物不得其平則鳴 草木之無聲 風撓之鳴 水之無聲 風蕩之鳴 其躍也或激之 其趨也或梗之 其沸也或炙之. 金石之無聲 或擊之鳴 人之於言也亦然 有不得已者而後言 其謌也有思 其哭也有懷 凡出乎口而爲聲者 其皆有弗平者乎! … (中略) … 其於人也亦然 人聲之精者爲言 文辭之於言 又其精者也 尤擇其善鳴者而假之鳴 … (下略) …

대저 만물은 평온을 얻지 못하면 우는 것이니. 나무와 풀은 (본시) 소리가 없으나 바람이 흔들면 우는 것이고, 물도 소리가 없으나 바람이 (쓸듯이) 움직이게 하면 우는 것이다. 물이 뛰어 오르는 것은 (무엇이) 쳤기 때문이며, 물이 세차게 흐르는 것은 (무엇이 한 곳을) 막아섰기 때문이며, 물이 펄펄 끓는 것은 (불로) 데우기 때문이다. 쇠와 돌도 소리가 없으나 (무엇이) 치면 소리를 내는 것이니, 사람이 말하는 데 있어서도 이와 같아서 부득이한 일이 있은 뒤에야 말을 하게 되는 것이다. 노래를 하는 것은 생각이 있기 때문이며, 우는 것은 회한이 있기 때문이다. 무릇 입에서 나와 소리가 되는 것은 모두 평온하지 않음이 있기 때문이다. … (중략) … 이는 사람에 있어서도 마찬가지이다. 사람의 소리 가운데 정묘한 것이 말이 되는 것이며, 문장의 말에 대한 관계 또한 그중 정묘한 것이라, 그 가운데 소리를 잘 내는 것을 가려내어, 이를 빌려서 소리를 내게 하는 것이다. … (하략) …

「나으리….」

위에서 확인할 수 있듯이 '이명而鳴'이라는 낱말과 꼭 같은 것은 찾지 못하였으나, 아마도 '不得其平則鳴부득기평즉명'이란 구절에서 '이명而鳴'을 따왔나 보다고, 별호에 얽힌 사연과 추측의 과정을 더듬거려보던 그의 귓속으로 – 고민 끝에 내린 결의마냥 가느다랗게 힘이 들어간 가련이 역役을 맡은 배우 황수정의 – 가녀린 목소리가 앞에서와는 다르게 떨리듯이 파르르 파고들었다.

「캬~! 좋구나…! 입가에 방울져 떨어지는 것이 구슬과 같으니, 청주淸酒가 진주珍珠인 것인가 내 침이 구슬인 것인가?」

못들은 것인지 못들은 체하는 것인지, 어쨌거나 술병을 대뜸 집어들고 병째 들이켜 마신 김병연 역할의 강두한이 눈을 감고 입안에 담아둔 한 모금의 술을 혓바닥 굴려가며 음미하더니, 또 입맛을 다시듯이 코밑수염과 턱수염에 대롱대롱 방울 맺힌 술 방울 몇 방울을 혀끝으로 어루만지고는 소맷자락으로 스윽 문질러 닦아냈다.

자기 말에 어울릴 만한 배우 강두한의 제스처를 보자, 그가 두보杜甫

의 〈취가행醉歌行 : 취하여 읊음〉에서 '타성주唾成珠 : 침을 뱉으면 그대로 구슬이 된다.'라는 구절을 읽었을 때, '요걸 그대로 가져다가 침이라고 써볼까? 타액이라고 써볼까? 그렇다면 구슬로 할까, 옥구슬로 할까?'라고 어감을 따져보며 운율을 맞춰보고 반나절동안 혼자 고민하며 썼다 바꾸고 바꿨다 다시 또 바꾸기를 쓸데없이 반복했던 일을 떠올리고는 "피식~" 하고 소리가 날만치 왼 입술 끄트머리를 실쭉거렸다.

누군가는 이것을 보고 뭘 또 그렇게 사소한 것에까지 연연하느냐고 싱거운 콧방귀를 뀔 수도 있겠지만, 그에게 있어서 낱말의 어감語感은 문장의 가락만큼이나 중요한 것이었다.

이를테면 '홍紅' '주朱' '적赤'은 모두 붉은색이나 붉은빛을 뜻하지만, 그가 낱말을 선택해야 할 때는 단순히 색상과 빛깔의 미묘한 차이를 드러내기 위해서가 아니라, 예컨대 '적'이라는 낱말이 쳐부숴야 할 원수라는 '적敵', 혹은 도둑놈이라는 '적賊'을 연상시키거나 그와 비슷한 부정적 뉘앙스를 풍기기 때문에 - 언젠가 함께 작업했었던 서른 중반의 남자배우는 '적화통일赤化統一'을 '적敵에 의한 통일', 그러니까 공산주의를 상징하는 붉은색(赤色)에 물드는, 공산화되는 것으로 알고 있는 게 아니라, 적국敵國과의 싸움에서 패하고 망하는 것으로 알고 있었으며, '괴뢰傀儡'라는 낱말 또한 한자 풀이대로 '꼭두각시'나 '허수아비'가 아니라, '괴'라는 낱말이 주는 어감 때문에 괴이하고 괴상한 어떤 괴물怪物과 연관된 무엇으로 알고 있다는 것에 놀라움을 금치 못했었기에 - 작가가 의도치 않았어도 혹은 반대로 어떤 특정한 의도를 감춘 채 관객이나 독자에게 부정적인 느낌을 주거나 좋지 않은 영향을 끼칠 수 있을 것이라고 생각했기에, 낱말을 고를 때는 신중에 또 신중을 기했던 것이었다.

「나으리…」

입안에서 나올락 말락 바깥에서 들릴까 말까한 목소리다.

「……」

「나으리, 천녀 가련이옵니다.」

「……」

「……」

「으응…? 무어라?」

「나으리, 소녀…」

애틋함이 가녀리게 배어있는 목소리다.

「암~! 알지! 알고 말고…! 송도 제일의 꽃, 가련 아씨 아니신가!」

부름자리에 놓인 "나으리…"라는 말이 풍기는 뉘앙스는 미묘하고 섬세해야 하며, 알듯 모를 듯 모를 듯 알듯 그런 느낌을 주었어야 했다.

가련이 역할의 황수정이, 앞에서보다 더 많은 관객이 '어라…? 뭐지? 그럼, 정말 둘이 혹시…?'하고 고개를 갸웃거리거나 끄덕여 볼 수 있을 만큼 낌새를 충분히 내비쳤건만, – 그래서 말쑥한 차림새에 낡은 가죽 가방을 발치께 내려놓은 것으로 보아, 학교에서 아이들을 가르쳤던 양반이 아니었을까 싶었던 옆 좌석의 노신사께서도 두 사람의 내밀한 사연(?)을 알겠다는 듯이 혹은 짐작이 간다는 듯이 반백의 머리통을 끄덕거려댔건만, – 김병연 역할의 강두한은 전혀 모른다는 듯이, 부러 건성으로 대답하고서 술병을 쥐고 목구멍에다가 쏟아 부으려고만 했다.

의도적으로 관계 맺지 않으려고 하는 것을 보여줌으로써 더욱 두드러지게 맺어지는 관계. 엇갈리는 대화와 반응은 두 사람의 엇나간 과

거 인연을 상기시키고, 또다시 엇나갈 미래의 인연을 은연중 암시하는
것이다.

「소녀를‥, 소녀를 모르시겠사옵니까? 소녀…,」

목소리에 어떤 간절함 같은 것을 띠며 김병연에게 다가들기라도 할
것처럼 가련이가 몸을 기울이고서 주춤주춤 거리려는데, 갑작스레
"왁자지껄" 무대 안쪽에서 소란스런 말소리가 들리더니, 그 가운데서
까랑까랑한 목소리 하나가 튀어나왔다.

"이보게, 가련! 가련, 게 있는가? 진아~! 아진아~!"

멀리서 가까이로 들려오는 목소리와 발소리의 거리감에 맞춰 무대
전체가 밝아져야 할 것이다. 전환과 환기의 타이밍이기 때문이다. 다
시 말해서, 무대 공간을 확장시킴으로써 큰 마루에만 좁게 한정되어
있는 관객의 시야와 주의를 기방 전체와 담장 밖으로 넓게 그리고 멀
리 확충시키는 것이다. 그래야, 그것을 통해, 몇 십 분 동안 한정된 연
기영역에만 집중하고 있던 관객이 자신의 몸과 마음을 적절히 이완시
키고서 다시 집중할 수 있는 힘을 얻을 것이니 말이다. 아니나 다를까,
그의 바람대로 무대가 너르게 밝아지자 몇몇 관객은 벌써 눈과 귀의
긴장을 느슨하게 풀며 무대 쪽으로 쏠렸던 상체를 등받이에 편히 기
대었다.

"아니~! 내, 귀한 손님을 모셔왔거늘…, 냉큼 버선발로 뛰어나와
마중치 않고서 뭣들 하고 있는 게야!"

돌담벼락 바깥에서 호리호리한 사내 하나가 큰 소리로 구시렁거리며 잰걸음으로 등장하는 모습이 보였다. 그리고 예닐곱 걸음 뒤에서 사내 둘이 느릿느릿 들어서는 모습이 보였으나, 정확히 세 사람이 무대 안쪽 어느 방향에서부터 들어선 것인지는 알 수 없었다.

극장이라는 물리적 공간의 한정성 때문에 거리와 방향의 제약은 있었겠지만, 지금 막 들어오는 이들과 먼저 들어와 술잔을 기울이고 있는 김병연과의 인연因緣처럼 - 그러나 도식적으로 반대편 멀리서부터는 아니더라도 - '김병연이 걸어온 에움길과는 다른 갈래의 언덕길에서 내려와, 기방으로 이어지는 같은 고샅길로 들어서는 것이 보이도록 했어야 하지 않았을까?'라고 그는 생각했다. 그리고서 저럴 바에야 차라리 평론가 류리가 초반에 제안했었던 대로, '윗무대(Up-stage) 쪽에 경사덧마루(Ramp)를 깔아서 휘우듬하게 굽은 길에다 높이를 주었더라면 어땠을까?'하고 머릿속에 그 그림을 그리려는 찰나였다.

「안녕하세요, 감여가 나리. 오래간만이시네요. 초저녁이라 아직 이른 시각일 텐데, 어인 일로…?」

아진이 역할의 초짜 배우 연옥이가 얼른 사립문 쪽으로 뛰어가서 안으로 들어서려는 호리호리한 사내를 맞이한다. 촐랑거리며 들어서는 사내에게 '감여가堪輿家'라고 했으니, 사내는 끽해야 풍수지리風水地理를 익혀서 집터나 묏자리를 잡아주는 지사地師, 혹은 지관地官일 것이고 또한 그것이 널리 쓰이는 말이라 관객도 쉽게 알아들을 것이었으나, 상대편을 높여 불러줘야 하는 기생이라는 신분과 글월에 관심 많고 글귀도 밝은 아진이라는 캐릭터, 그리고 호리호리한 저 사내가 시쳇말로 '뭔가 있어보이게끔' 불리어지는 것을 좋아할 만한 허세 있는 캐릭터라는 것을 복합 고려하여서, 관객에게는 다소 생소하겠지만 굳이 감여가라 부르도록 한 것이다.

뒤이어 붉은 가사를 몸에 두른 풍채 좋고 수염 그럴싸한 선풍도골형仙風道骨形 승려와 눈처럼 환하고 끼끗한 비단 두루마기 차림의 왜소한 사내가 초롱불 앞을 지나 사립문 안으로 들어선다. 그는 세 사내를 내려다보며 처음 희곡을 쓰기 시작했을 때 구상했던 캐릭터들의 밑그림을 떠올려 보았다.

우선 지관은 노루꼬랑지만한 자기 견식見識과 당나귀좆만한 남의 힘을 믿고 설쳐대는 인물로 - 빈병과 폐지 주우러 이 골목 저 골목 돌아다니는 노인네에게 '이거는 되는데 저거는 안 된다. 이것 가져가려면 저것도 가져가라. 치우기 싫으면 관두고, 놔두고 그냥 가라.'며 모가지에 힘을 주고 뻣뻣한 손가락질로 유세떨다가도 부녀회장만 보면 언제 그랬냐는 듯이 웃는 낯으로 고분고분 살살거려대는 아랫동네 연립주택 경비원을 모델로 하여 - 다소 뚱뚱하고 괄괄한 목소리에 오지랖 넓은 캐릭터가 어울리겠다 싶었고, 조쌀한 얼굴의 승려는 넉넉한 눈웃음을 지어 보이다가도 가끔씩 눈알을 차갑게 반짝이는 - 꼬장꼬장한 수행자 같기도 하고 능글능글한 궤변론자 같기도 하며, 세상 이치를 통달한 선승禪僧이라도 되는 양 허허거리다가도 참참이 유자儒者마냥 매섭게 따지고 서릿발처럼 쏘아붙이기까지 하는 - 어린아이 얼굴이되 주름살투성이에다가 수염도 덥수룩하고 중간 체격에 목소리는 중후한 인물이면 어떨까 했으며, 지관과 승려가 할아비 모시듯 떠받드는 비단 두루마기 차림의 저 사내는 지금의 왜소한 체구와는 정반대로, 용꼬리에 호랑이가 내려앉은 것처럼 위엄 있어 보이는 중후한 인상에

다가 – 풍신風神이 좋을 뿐만 아니라, 몸가짐과 걸음걸이에서 명문가의 남다른 품격이 엿보이는 – 잘생긴 얼굴에 귀태貴態가 줄줄 흐르는 캐릭터가 어울릴 것이라고 생각했었다.

그러나 대본을 탈고하고 적잖은 시간이 흐른 뒤에, 공연을 위한 캐스팅작업에 들어가자 이전에는 미처 생각지 못했던 생각들이 떠올라서, 예컨대 지관은 여기저기 싸돌아다니며 이것저것 기웃대고 참견하기를 좋아하는 캐릭터일 테니까 살찔 겨를이 없어 호리호리하게 마른 몸을 가지는 게 낫겠다 싶었고, 저 혼자 승려를 맞수로 생각하여 경쟁하듯이, '내가 오른팔입네, 너는 왼팔입네.' 삐걱대며 은근슬쩍 맞먹어 보려는 캐릭터라면 – 그러나 그럼에도 불구하고 두 사람은 상추쌈에 고추장 같은 사이로, 장군 부르면 멍군 부르고 때리는 시늉에 우는 시늉으로 손발이 척척, 그것도 엇박자로 맞아 떨어지고 겹박자로 두들겨 돌아가게 만든다면 – 재미나지 않을까 생각했었고, 외관상으로 승려는 지관이 감히 넘보지 못할 만치 엄청나게 우람한 덩치까지는 아니겠지만, 적당히 커다란 체구에다 턱을 들고 눈 아래로 지긋이 내려다보는 것이 오히려 위에서 내리 누르는 것처럼, 한 수 아래의 상대 혹은 아랫사람을 대하는 느긋함을 보이려는, 세속적이고도 느물느물한 캐릭터로 바꿔보는 것이 어떨까 싶었다.

그리고 인물을 전형성典型性에서 탈피시키고자 – 앞서 가련이의 월자月子 드린 머리모양을 보고, 캐릭터를 고려하여 차라리 반가班家의 참한 규수마냥 단정하게 쪽진 머리가 어땠을까 생각했던 것처럼 – 치렁치렁한 갓끈에 구슬을 주렁주렁 꿰어놓은 흑립黑笠을 쓰고 있는 새하얀 비단 두루마기 차림의 저 사내를, 꼭 삼한三韓의 갑족甲族이나 벌열閥閱마냥 잘생기고 틀거지 좋은 귀골풍貴骨風의 사내가 아니라, 왜소하고 못나

보이는 추남醜男으로, 그러니까 쥐었다 놓은 개떡 같거나 벌레 먹은 깻잎 같은 얼굴에다 불구나 병신까지는 아니어도 어딘지 한껏 비틀려있고 모자라거나 부실하게 보이는 사내로 – 그러나 그래도 머리만큼은 비상하여서 가슴에는 원대한 포부를 품고 있는 사내로 – 만들어 보는 것이 어떨까 싶었다. 그래야 그의 열등감과 결핍의 감정에 뿌리를 둔, 세상을 바꾸고 싶은 욕구와 존경받고 싶은 욕망이 행위行爲의 강력한 동력動力이 될 것이라 생각했기 때문이었다.

그리고 무엇보다 인물을 형상화시키기에 앞서, '꽃 이름을 아는 것이 그 꽃의 의미를 아는 것'이라는 말과 '얼굴 보아가며 이름 짓는다.'는 말의 의미를 거꾸로 새겨가며, 그는 매부리코에 호리호리한 지관을 이극도, 붉은 가사를 걸친 조쌀한 승려는 원호, 비단 두루마기 차림의 배리배리한 사내는 정시후라 이름 지었다.

뭔 말인가 하면, 그러니까 이극도라는 이름은 '반역의 뜻을 품고 임금을 엿보는 신하'라는 뜻의 '극혈신隙穴臣'에서 '극隙'을 가져와 도道와 순리順理를 갈라지게 하고 틀어지게 한다는 뜻을 이름 속에 담아둔 것이었고, 원호는 언뜻 들으면 중국 송宋나라의 선승禪僧 원오圓悟 극근克勤을 떠올릴지 모르겠으나 그것과는 전혀 상관없이, 수학의 '원호圓弧(a Circular arc),'그러니까 '원 둘레 또는 기타 곡선 위의 두 점에 의해 한정된 부분'을 뜻하는 것으로 결코 완전한 원이 될 수 없으며, 고로 일절 거리낌이 없는 원융무애圓融無礙한 경지에 이를 수 없다는 뜻을 감춰둔 것이었다. 그리고 또 한 사내, 비단 두루마기를 입은 초강초강한 사내는 정시후라 하였는데, 이극도와 원호처럼 특정한 의미를 깔아둘까 고민했었으나, 김병연이 자신의 과시科詩에서 천하의 충신이라고 그토록 칭송했던 가산군수嘉山郡守 정시鄭蓍의 후손後孫이라는 것만을 강조하기 위해서 정시후라고 이름 지었던 것이었다.

그런데 지금 보니, 승려 원호 역할의 배우는 - 이극도 역할의 배우와 정시후 역할의 배우와는 다르게 - 그가 캐스팅해서 연습했었던 그 배우가 아니었다. 그러나 몇 차례 우연하게나마 마주친 적이 있었는지 낯설다고는 생각되지 않았는데, 눈길을 고정시키고 머릿속을 가만히 더듬어보니, 언젠가 전체 회식 자리에서 인사를 나눴었던, 러시아에서 화술話術을 공부하고 돌아와서 지금은 어느 대학교 부설 연극교육원에서 배우지망생들에게 말하기를 가르친다던, 이름까지는 기억나지 않았지만 류리라는 평론가와 소위 '영혼의 파트너'일 것이라고 이빨 썩은 내 나는 목소리로 떠들어대던 마흔이 갓 넘은 남자 배우였다.

'남의 나라에서, 남의 나랏말로 말하는 기술이라는 걸 배워가지고 와서··, 우리나라에서, 우리말로 말하는 법을 가르친다는 겐가? 도무지 이게 원··, 참····.'

영준하지 못하여 아둔하고 지둔한 그의 머리통을 갸웃거리게 만들었던 당시의 의아심疑訝心이 '투실투실한 승려 원호 역할에 잘 어울렸던, 그 목소리 괄괄한 배우는 어떻게 된 걸까?'라고 생각해 볼 겨를도 주지 않고 재빨리 고개를 쳐들려는데, 귀에 거슬릴 만치 므물느물한 목소리가 귓구멍으로 까불까불 굴러들었다.

「아이고~ 우리 귀여운 아진이! 그간 잘 있었느냐? 나긋나긋 사근사근 삭신이 녹아나는 네 눈짓 손짓이 보고 싶어, 내 이리 서둘러 달려 왔지!」

아장아장 맵시 있는 걸음걸이는 백모래밭의 금자라 걸음새 같고, 또랑또랑한 목소리는 은쟁반에 옥구슬이 굴러가는 소리만 같아서 깨물어주고 싶었나보다. 물 만난 오리걸음으로 어기적어기적 걸어 들어온 호리호리한 감여가, 아니 지관 이극도가 아진이 볼따구니를 살짝 꼬집고 흔들었다.

「오셨사옵니까.」

가련이도 큰 마루에서 내려오며 사내들을 맞이한다.

「오~ 가련이…! 잘 지내셨는가? 내, 많이도 무심하였지? 설혹 그렇다손 치더라도 너무 타박치는 말어. 오늘 자네 생각으로다, 성城 중 열기방을 마다하고 귀하신 분들을 예까지 모셔왔으니 말야. 아시겠는가? 자, 어서 안으로 모시도록 하지. 나리, 어서 오르시지요.」

호리호리한 지관이 엉큼한 미소를 지어 보이고서 새하얀 비단 두루마기 차림의 왜소한 사내에게 말을 건넸다.

「엥~?」

어째선지 가련이가 주저주저 거려대는 듯하자, 자기 외갓집 들어가듯이 거리낌 없이 내실内室 쪽으로 발걸음을 휘휘 옮기려던 지관 이극도가 눈을 동그랗게 뜨고 물었다.

「아, 뫼 하는 게야? 냉큼 안으로 뫼시지 않고?」

「나으리‥, 소첩, 오늘은…,」

「왜? 오늘이 자네 기생 어미 제삿날이라도 되는가?」

호리호리한 지관이 가느다란 눈을 치켜뜨며 재차 물었다.

「거 아님, 왜? 뭣이? 혹‥? 몸때여?」

「나으리, 그게 아니오라…」

몸때는 달거리, 즉 여성의 생리현상 월경月經을 말하는 것이다. 삵에 개짐이라도 찼는지 치맛자락을 들춰보고 확인이라도 해볼 것처럼 호리호리한 지관 이극도가 어깨를 낮추고 기웃기웃 살펴보려는 몸짓을 취하자, 가련이 역할의 배우 황수정이 눈웃음을 치면서 치맛자락을 움켜쥐더니, 뒷걸음으로 한 걸음 가뿐히 물러섰다. 그러자 왜 저러는가 싶어서 묻기라도 할 것처럼 지관 이극도가 눈을 끔벅이면서 의아스러워 하는 얼굴로 아진이에게 고개를 돌리려는데, 아진이 역할의 초짜 배우 연옥이가 눈길을 본채 큰 마루 위의 김병연에게로 돌리었다.

「…?!…」

아진이의 눈길을 따라 고개를 틀고 큰 마루 쪽을 바라본 지관 이극도가 알기는 알았으되 잘못 알아놓고서 그것을 참으로만 여겨 고개를 가로저으며 "쯔쯧~!"하고 혀를 차더니, 삐뚜름하게 입을 떼었다.

「이런 젠장…! 자네도 참으로 딱하이. 아무리 찾아주는 손(客)이 없기로서니, 아~ 그래도 한 때나마 송도제일화松都第一花요, 개성제일기開城第一妓라 불리었거늘…, 어찌 저딴 결객乞客 나부랭이를 상대하시는가? 내, 저 자를 당장 요절을 내 쫓아 버릴까?」

「아니옵니다. 나으리. 안으로 뫼시옵지요. 진아, 나으리님들을 어서 안으로 뫼시어라.」

호리호리한 지관 이극도가 요령鐃鈴 도둑놈마냥 눈알을 부라리면서 팔소매를 번갈아 걷어붙이는 시늉을 하자, 가련이가 다급히 아진이를 불렀다.

「예, 아씨. 나리님, 소녀가 모시겠네요. 이리로 오르세요.」

「나으리, 안으로 오르시지요.」

아진이가 눈을 말똥말똥하게 뜨고서 세 사내를 번갈아 쳐다보았다. 그러자 호리호리한 지관 이극도가 자기 몸꼴에 어울리지 않을 만치,

그답지 않게 반듯한 태도와 점잖은 목소리로, 비단 두루마기를 새하얗게 두른 배리배리한 사내에게 말을 건넸다.

「아닐세. 잠시 쉬어가려는 것이니 번거로이 굴 것 없네. 그리고 나는 여기가 좋으이…. 병풍자락에 어지러운 호롱불 그림자보다는, 달빛에 젖어가는 벚나무가 한결 좋지 않겠는가? 어찌 오늘은 술잔 속에 달이라도 담고서…, 꽃이라도 띄워 보고 싶구만.」

새하얀 비단 두루마기 차림의 배리배리한 사내 정시후가 왜소한 제 생김새와는 전혀 딴 판으로, 맑으면서도 단단한 목소리를 허공에다 띄우듯이 여유작작하게 던져놓고서, 산 벚나무 주변을 찬찬히 둘러보았다. 그러자 무대에 어떤 변화가 있을까 싶었는지, 객석 상단에 앉아 있던 그가 극장 천장 오른편 구석빼기에 매달린 스피커 쪽으로 귓구멍을 대고서, 그대로 고개를 삐딱하게 쳐들고는 무대 천장의 조명기구들을 훑어보았다.

'앞서 김병연이 처음 등장하여 평상에 걸터앉아 산 벚나무를 올려다볼 때도 여하한 변화를 주지 않더니, 정시후가 둘러볼 때도 아무런 변화를 주지 않았다. 어찌 보면 저 두 사람은 카운터-파트너counter-partner로서, 서로가 서로에게 프로타고니스트protagonist와 안타고니스트antagonist의 관계일 텐데, 달라야 할 것이라고 생각하지는 않았을까? 아니면 대척점antipodes에 서있는 인물이라서 동등한 힘의 크기 혹은 비슷한 비중을 가진 인물이니만큼 균형을 이루려고, 김병연의 행위에 대해 무대가 (무)반응했던 것처럼, 그렇게 (무)반응하도록 연출이 의도한 것일까?'

「허허~! 참으로 멋지신 풍류이십니다. 소승 또한 같은 생각이었사옵니다. 보시게 이지관! 나으리의 뜻이 그러하시니, 그리 하도록 하시게.」

짧은 순간 일어난 생각과 의문의 끄트머리를 깨물어버리듯이, 붉은 가사 차림의 승려 원호가 치렁치렁한 수염발을 보기 좋게 쓰다듬으며 소리 좋게 너털웃음을 짓더니, 몸의 중심을 낮추고 턱짓으로 가리키는 것처럼 고개를 끄덕거렸으나 거리감이 느껴지도록, 호리호리한 지관 이극도에게 하게체의 말을 던졌다. 그러자 자못 떨떠름하였는지 지관 이극도가 어깨를 으쓱대며 길쭉한 모가지를 한차례 '움찔…!' 거리더니, 기묘하게 앞으로 꺾고서 한 바퀴 돌리고는 "빠드득…!" 소리가 나도록 손가락 마디를 꺾어댔다.

「나으리 뜻이 정히 그러하시다면 저리 오르시지요. 아진아, 나으리님들 시장하실 터이니 어서 주안상을 내오너라.」

「예, 아씨.」

가련이가 가벼이 발끝을 틀며 손끝으로 가리키듯이 권하더니, 아진이에게로 고개를 돌려서 산 벚나무 아래 평상을 향해 큰 걸음을 성큼성큼 옮겨가는 사내들의 뒤를 좇아가기 전에, 또박또박 말했다. 그러자 아진이도 고개를 끄덕이며 짤막히 대답하더니, 그 말투에 어울릴 만하게 종종걸음으로 무대 안쪽으로 향하였다.

'건들거릴 때마다 어떤 자수刺繡나 문양紋樣 같은 것이 은빛으로 내비치는 새하얀 비단 두루마기 대신에, 아주 칠흑 같이 새까만 먹빛 두루마기를 입혔으면 어땠을까?'

앞장서 무대를 가로지르는 새하얀 두루마기 차림의 왜소한 사내 정시후를 바라보면서 그가 이렇게 잠깐 딴생각을 해보려는데, 바람에 부딪혀 하얀 꽃잎이 흔들거리고 그늘지는 느낌이 나도록, 다른 각도에서부터 낮은 명도明度의 빛이 산 벚나무에 은은하게 드리었다.

'아…. 여기서 바꿔줬구나.'

희뿌연 달빛과 흐릿한 어둠이 드리워져 있는 산 벚나무는 소리와 움직임이 없었음에도 불구하고 – 그러나 미세하고 미묘한 명도明度와 채도彩度의 변화에 의해 – 꽃잎과 잎사귀들이 서로서로 몸을 비벼대고 일렁이고 있는 듯이 보여서, 곧 어떤 일이 일어날 전조前兆를 보여주는 것만 같았다.

그는 연출가가 발랄이 지랄이 될 정도까지 잦은 재주를 부려서 만든 '정신 사나운 공연'을 썩 좋아하지는 않았지만, 그렇다고 변화 없이 지나치게 단조롭게 흐르는 것 또한 바람직하지 않다고 여겼기에, 초보 연출가였지만 평론가 류리가 나름 적절한 타이밍에 꽤나 괜찮은 선택을 했다고 생각했다.

그리고 무대를 내려다보며, '화사한 산 벚나무 아래께 평상과 김병연이 앉아 있는 본채 큰 마루 그리고 사립문 문설주에 매달려서 은은하게 빛을 내는 초롱불' 이렇게 세 군데의 거점이, 아득한 운무雲霧에 휩싸인 아스라한 산봉우리나 어스레한 해무海霧에 잠긴 외딴 섬처럼 구도를 잡아주었으면 좋을 것이라고 생각했던 연습 초반의 그림을 떠올려보았다.

새하얀 비단 두루마기 차림의 배리배리한 사내 정시후가 앞서 태사혜太史鞋 비스름한 것을 벗고 평상에 오르자, 뒤이어 붉은 가사를 몸에 두른 풍채 좋고 수염발이 복슬복슬한 승려 원호와 평복 차림의 호리호리한 지관 이극도도 차례로 짚신을 벗고 평상에 올랐다.

지금 평상에 오른 인물들의 배치와 움직임 그리고 그것을 통한 구도 변화가 – 앞서 가련이와 아진이의 일대일 구도, 김병연이 등장하여 이대일, 혹은 일대일대일의 삼각구도에서 다자간의 구도로, 그러니까 일대다─對多 혹은 다대다多對多의 구도로 – 상호간의 대립과 갈등, 그리고 힘의 크기를 드러낼 것이다.

그리고 한 가지 더! 군말일지도 모르겠으나, 승려 원호와 지관 이극도를 각각 왼편과 오른편에 두고 평상 가운데 앉은 정시후가 본채의 안방이나 큰 마루에 오르지 않고 김병연이 앉았던 산 벚나무 아래 평상에 앉겠다고 한 것은, 작가인 그가 김병연과 정시후 두 인물이 막연하게나마 기질적으로 어떤 공통점을 갖고 있다는 것을 암시해두려고 한 것이었다.

어쨌든 세 사내가 올라앉자, 김병연이 앉아 있는 큰 마루가 상대적으로 어두워졌다는 느낌이 들만치, 산 벚나무 아래께 평상 주변이 갑자기 훤하게 밝아졌다. 빛의 영역(area) 조절을 통해 공간을 조작하려는 것이었겠으나, 아마도 조명 오퍼레이터가 타이밍이 조금 늦은 탓에 디머dimmer를 급하게 건드렸거나, 밝아지는 정도에 섬세한 변화를 주기 못해서 그런 모양이라고 그는 생각했다.

「어떠신지요? 산세와 지세는 물론이거니와, 물 돌아나가는 수구水口 또한 매우 유려하고 장엄하지 않습니까?」

가부좌를 틀고 허리를 꼿꼿하게 펴고 앉는다고 앉기는 앉았으나 몸이 살짝 뒤틀린 듯이 오른편으로 기울어져 있는 것처럼 보이는 정시후에게, 왼편에 앉은 승려 원호가 물었다.

「대사의 말씀을 들어보니, 그도 그런 것도 같습니다.」

멀리 해 넘어간 먼 산 너머를 물끄러미 바라보던 새하얀 비단 두루마기 차림의 사내 정시후가 고개를 끄덕이며 대답했으나, 왠지 긍정도 부정도 아닌 것처럼 느껴졌다.

「조선의 지세는 경동지괴傾動地塊라, 서西는 낮고 동東은 높다 하였으니··, 비기秘記에서 이르기를···」

「응~, 여기··! 가련이는 이쪽, 이쪽 나리 옆쪽으로 앉으시게!」

조쌀한 얼굴의 승려 원호가 희끗희끗하고 복슬복슬한 수염발을 느긋이 쓰다듬으며 본격적으로 썰(說)을 풀어나가려는데, 호리호리한 지관 이극도가 엉덩이를 들썩이고 손짓까지 해가며 큰 소리로 – 굳이 말하지 않아도 어련히 앉을 것을 일부러 승려 원호의 말허리를 끊으려는 의도가 보이게끔 – 평상 위로 올라서려는 가련이에게 말을 던졌다.

「······」

가련이는 대답 대신 치맛자락을 들어올리며 빙긋 웃어 보이더니, 왜소해 보이는 사내 정시후의 구부정한 등 뒤를 가붓이 돌아서 오른편에 다소곳이 앉았다.

"거, 참···! 난 참, 희한한 게 말이야. 앉아서 얼굴만 보면 참 참한데 말이지···, 일어나서 움직이면 출렁출렁, 응···? 애새끼 머리통만한 빨통에다가 머리통을 확 박고 싶고 응? 또 돌아서면 엉덩이가 응? 야리

꾸리하게 복숭아처럼 탱글탱글해가지고, 응…? 확 덮쳐서, 막 응? 막, 막, 막 깨물어주고, 응? 응? 그러구 저‥, 저 튼실한 허벅지가 아주 매끈하게 쭉쭉 빵빵으로 죽이게 꼴리지 않아? 안 그래? 응? 연출도 저거 한번 봐봐! 쫌 봐보라구~!"

작은 키에 몸집이 배리배리한데다가 멸치대가리마냥 얼굴도 비쩍 마른 정시후 역할의 차유석과 이극도 역할을 맡은 초강초강하고 호리호리한 배우 정재성 사이라서 더욱더 도드라져 보이는 황수정의 풍만한 몸맵시를 보자니, 극단 대표 마장동이 술자리에서 게슴츠레한 눈으로 그녀의 뒷모습을 훑어보고는 파리 본 두꺼비마냥 혓바닥을 날름날름 침을 꿀꺽 삼키고 반말 온말 섞어가면서 – 술이 한잔 들어가면 독 오른 코브라새끼마냥 사정없이 빳빳하게 대가리 쳐들던 거시기가 언제부터인가 힘없이 고개만 숙인다고‥, 이젠 완전히 한물갔다고, 방금 전까지 풀죽은 소리로 징징거려댔음에도, 아직까지는 끄떡없다는 듯이 사타구니를 긁적긁적 거려가며 – 지껄였었던 말들이 떠올랐다.

그렇게 재미있다고 저 혼자 낄낄거리고 실실거려대는 사이, 화장실에 다녀온 황수정이 물 묻은 손등을 통통한 자기 엉덩이에다가 두어 차례 툭 툭 두들기고서 손바닥을 쓱 쓱 비벼 닦고 마장동 옆자리에 철퍼덕 앉아서는, 가랑이를 벌린 채 배 내밀고 앉아 있는 마장동의 어깨 위에다 손을 얹고 배시시 웃으며, 땀구멍 넓은 두툼한 볼따구니를 손톱 끝으로 콕콕 찍어보고 또 쭉쭉 밀어가면서 혀 꼬부라진 소리로 뱉어냈던 기가 막혔던 명대사, "적대적 공생? 긍정적 긴장? 공급자와 수요자 간의 가교 역할을 하는 거‥, 뭐시기 평론이요? 존나 웃기시네‥! 왜? 따 잡수시게? 까지 말고, 주둥이로 연극하는 그 씨발 것들 똥구멍

이나 닦아주세요."가 생각나서, 그가 자기도 모르게 소리 내어 "큭큭
~" 웃어버렸다.

　이것도 여담이지만 나중에야, 그것도 작품에 참여했던 사람들 가운
데서 그가 가장 늦게 알았지만, 마장동과 황수정은 진즉부터 그렇고
그런 사이였다고 했다. 하긴 '두 차례나 자기 극단의 젊은, 아니…! 어
린 여배우와 눈이 맞아서 이혼과 재혼을 경험했던…, 둘 다 그냥 지나
갈 바람이었는데 재수 없이 걸려가지고 그렇게 된 것뿐이라고 자기
입으로 누누이 말했던 바람둥이가 왜 가만히 놔둘까?'하고 그가 별일
이라는 듯이 고개를 갸우뚱거리기도 했었지만 말이다.

　"마장동 대표님을 어떻게 생각하세요?
　평론가 류리가 물었었다.
　"뭘 어떻게 생각해요. 지 이름자하고 똑같지."
　말투에 경멸이란 양념을 시크름하게 버무려서 그가 내뱉었었다.
　"무슨 뜻이에요?"
　"그딴 놈한테 뜻은 뭔 개뿔…. 없어요, 그딴 거. 그냥 그 인간 하는
짓거리가 그 모양이라는 거지."
　"사람이 왜 그렇게 삐딱하세요?"
　평론가 류리가 발걸음을 '우뚝…!' 멈추고서 그를 쏘아보았었다.
　"뭐가요…?"
　대수롭지 않게 여기려는 것처럼, 그가 류리라는 평론가를 슬쩍 쳐다
보고는 계속 걸었었다.
　"왜 그렇게 못되게 구냐고요."

거기. 그가. 있다.　137

"제가요…?"

그가 천연덕스러운 얼굴로 눈을 동그랗게 뜨고 말했었다.

"뭐…, 일부로 그러려고 그러는 건 아니고요….."

뒷걸음질로 대여섯 걸음쯤 앞서 가던 그가 쏘아보는 눈길에 계면쩍어하면서 멈춰 섰었다. 그리고서는 얄밉다고 느낄만한 미소로 눙치듯이 얼버무렸었다.

"제가 원래 그렇게 생겨먹어서 그런가보죠, 뭐."

"……"

늦은 겨울밤이었다. 잘 아는 배우가 모처럼 출연하는 공연이니까 꼭 가서 얼굴도장 찍어야한다고 하도 칭얼대고 종알대는 바람에 엉겁결에, 연습을 마치자마자 서둘러 평론가 류리를 따라나섰던 날이었다. 내용이나 스타일이 좋았다거나 나빴다고 딱히 이야기할 것도 없는, 그저 그런 특징 없는 공연을 보고서 분장실로 찾아가 얼른 인사만 하고는 낙산에, 서울 성곽 둘레길에 올랐었던 날이었다.

날도 추웠는데 왜 하필 거기를 올랐었던지 누가 먼저 가자고 그랬었는지까지는 정확히 기억나지 않았지만, 넘겨짚어 보건데 갑갑한 소극장에서 그것보다 더 답답한 공연을 보고 나왔던 두 사람이 모두 걷고 싶어 했었고, 또 하다만 생각도 정리하고 복잡한 머리도 식힐 겸 ─ 게다가 이따금 극장에서 까닭없이(?) 도지곤 했었던 울렁증과 어지럼증을 겨우겨우 참아가며 억지 관극을 했던 터라 ─ 번잡한 대학로는 피해서 한적한 곳으로 걸어보자고, 누가 먼저랄 것도 없이 대충 서로 이와 비슷한 이유들을 댔었을 것이다.

귀퉁이가 부러진 마름모꼴과 사다리꼴 모양의 달빛이 붉은 벽돌과

잿빛 콘크리트 바닥 위에 비스름히 드리웠던 골목. 낮에는 볕이 들지 않아서 군데군데 구석빼기에 먼지덩이 눈덩이가 지저분하게 얼어붙어 있었던 모퉁이 길. 겹겹이 싸맨 비닐에 송골송골 맺혀 있는 물방울과 희뿌연 석얼음이 가로등 불빛에 어룽거렸던 창문들이 얼굴 높이에서 지나쳐 갔던 좁고 굽은 길. 여기가 저기 같고 저기가 꼭 여기 같은 비탈길. 구불구불 얼키설키 엮어진 인적 드문 길. 그러나 신기하게도 막힘없이 어디로든 이어지고 통하는 구부정한 길. 바로 그 대학로 뒷길을 걸어서 낙산 성곽길에 올랐었다.

그는 평론가 류리와 함께 성곽 둘레길을 따라 걷다가 꼭대기 조금 못 미친 곳에서, - 오른편 아래쪽의 등받이 없는 나무 벤치로 뛰어가서는, - 그 위에 까불대고 올라서서 마로니에공원 쪽을 내려다보았었다. 조금 더 멀리 창경궁 쪽을 내려다보려고 까치발을 딛고 서보려는데, 거센 바람이 "후웅~!" 불었었다. '아차…!' 할 만큼 몸의 중심을 잃고 아찔하게 휘청거려 팔을 뻗으려 했었으나, 귀때기가 떨어져나갈 것처럼 쓰라려서 두 손으로 감아쥐었었다.

타원을 그리며 길게 늘어선 나무 벤치에서 내려온 그가 '역시 높은데는 바람이 세구나.'라고 - 별것도 아닌 것을 대단한 물리현상이라도 알아낸 것처럼 뿌듯하게 생각하고 - 고개를 끄덕여보고서, 나무벤치 뒤편으로 둘러쳐놓은 난간 아래쪽을 아찔하게 내려다보았었다.

여름철이었더라면 울창한 나무들이 풍성한 살집을 부딪혀 내는 시원한 파도소리를 들을 수 있을 곳이었건만, 그때는 겨울이었던지라, 우거졌던 잎사귀들을 모조리 잃어버린 나무들이 바람에 짓밟힌 모습 그대로, 사나운 바람이 지나간 방향을 향해 꺾여진 고개를 조아리듯이, 앙상한 뼈다귀를 드러내며 힘없이 쓰러져 있었다.

"거기서 뭐하세요?"

"아, 예. 갈께요."

평론가 류리의 말소리에 그가 발걸음을 옮겼다. 류리라는 평론가는 그가 자신에게 다가오는 것을 보더니, 성벽 위에 양 팔꿈치를 올려놓고 턱을 괴듯이 하여 먼 아래쪽 어딘가를 쳐다보는 모양새를 취했었다.

윗몸을 앞으로 살짝 구부정하게 기울여서 꽃줄기마냥 휘우듬하게 서있는 평론가 류리 곁에 다다랐던 그도, 그녀의 눈길이 닿아있을 성벽 아래쪽의 먼 곳 어딘가를 내려다보았었다.

'…!…'

예고 없이 찾아올 죽음과 늘 곁에 있는 죽음을 상기시키는, 순간순간 죽어가는 이 세상이 바로 시커먼 무덤과 다를 바 없다고 시뻘겋게 선언하는 무수한 십자가들. 저 흉악망측스러운 십자가들 덕분에 서울의 밤풍경은 참으로 징그럽고 섬뜩하다고 그는 생각했었다.

성벽 앞에서 평론가 류리와 비슷한 자세를 - 그러나 선 채로 발목을 교차시키고 양 팔꿈치를 성벽에다 올려놓고 두 손바닥으로 턱을 괴고 있는 그녀와는 다르게, 양 팔뚝을 성벽 위에 올려놓고 어깨를 구부정하게 하고서 겹쳐둔 왼손등 위에다 턱을 올려놓은, 그래서 그녀보다 조금 더 낮은 자세를 - 취하고서, '교회에 다니는 당신 같은 사람들은 저걸 보면 무슨 생각이 드나요? 혹시 아름답다거나 성스럽다거나‥, 그래서 어서 빨리 하느님의 품에 안기고 싶다는 생각이 드나요?'라고, 생글거리며 정중하게 물어볼까 싶었던 찰나에, 갑자기 그의 귓전으로 잡스러운 소리들이 들려왔다.

그가 몸을 일으키며 고개를 돌려 소리가 난 곳을, 그러니까 불과 몇 분 전까지 그가 서있었던 기다란 나무벤치 쪽을 내려다보았다.

'저런, 개새끼를…!'

그가 자기도 모르게 튀어나오려는 뒷말의 뒤꿈치를 깨물어서 도로 삼켜 넘겼었다. 담배를 꼬나물고 줄로 묶지 않은 개새끼를 앞으로 몰아가며 올라오는 남녀를 보았기 때문이었다.

그는 개새끼를 운동시킨답시고 – 남이야 개털에 알레르기가 있거나 말거나, 개새끼가 어디에다 똥오줌을 싸거나 말거나 – 공원이나 학교 운동장은 물론이고 골목길에다도 멋대로 풀어놓는 인간들, 그리고 한 술 더 떠서 품에 안은 채 운전대를 잡거나 백화점이나 음식점에 데리고 다니며 쪽쪽 빨아대는 족속들을 썩 좋아하지 않았다.

어린 시절 작은 마당이 있는 단독 주택에서 자라며 개를 키웠었기에 그도 네 발 달린 그 짐승을 무턱대고 싫어하는 건 아니었지만, 개를 안고 빠는 인간들에게 갈퀴눈을 뜨게 된 계기라면 계기랄 수 있을 작은 사건을 경험하고서부터는 개에 대해서, 정확히 말해서 자기가 키우는 개새끼를 사람보다 끔찍하게 여기는 개 같은 인간들에게 혐오감을 가지게 됐던 것이다.

그가 그런 똥개 같은 족속들에게 미간을 찌푸리고 눈을 모로 뜨게 된 것은 칠팔 년 전쯤 초여름의 어느 날, 해질 무렵 집으로 들어가던 그가 근처 대학교 잔디밭을 지나쳐 가며 목격했던 볼썽사나운 장면 때문이었다.

이따금 떠올려보면 아직까지도 이맛살이 찌푸려지는 그 장면은 바로 이런 것이었다. 잔디밭에서 아장아장 걸음마 연습하는 갓 돌 지났을 어린애가 있었는데, 어디서 개새끼 한 마리가 느닷없이 달려와 아이 앞을 가로막고 깡충깡충 거려대며 왈왈 거려댔었고, 그렇게 지랄 맞게 짖어대는 개새끼에 놀라서 자지러질듯이 울어대던 돌짜리 어린 애와 그 광경을 멀찍이 떨어진 곳에서 지켜보며 저것 좀 보라고 깔깔 거리고 시시덕거리던 사내놈과 계집년. 지금 뭐하는 거냐고, 애가 놀라지 않았냐고, 당장 개를 치워 달라고 아이를 안고 소리치는 아이엄마에게 되레 눈알을 부릅뜨고서, 자기네 개새끼가 놀라니까 큰 소리 내지 말라고 말대꾸하며 자기네 개는 아무나 물지 않으니까 걱정 말라고 씨부리던 똥개새끼 같은‥, 아니 그 똥개만도 못한 년놈들. 그래서 반바지 차림의 그 아이 아버지가 슬리퍼가 벗겨지도록 뛰어오면서 "야이~ 개쌍놈의 새끼야~!"라고 눈에 불을 튀기며 악을 쓰고 대거리를 했었던 것이었다.

이런 개새끼 닮은 인간과 그런 개새끼를 끼고 안고 물고 빠는 인간들 대부분은 '우리 개는 전혀 위험하지 않아요. 함부로 물지 않거든요.'라거나, 심지어 미친 듯이 날뛰며 짖어대는 개새끼를 다독이며 '우리 애는 안 그러는데 갑자기 왜 그러지? 이상하네?'라고 쫑알쫑알 거려대며 되레 놀란 사람에게 수상쩍다는 눈초리로 쏘아 보낸다거나, '개 키우는 사람들은 절대로 남에게 피해를 주지 않아요. 그런 부류의 사람들은 아주 소수일 뿐입니다. 극소수에 불과한 매너 없는 사람들 때문에 애견인 전체를 매도하지 말아주세요.'라고 떠들거나, '개를 싫어하는 사람들은 남을 배려할 줄 모르는, 이기적인 사람들이 많죠. 애정 어린 손길을 필요로 하는 그 초롱초롱한 눈길을 외면하는‥, 매정하고 삭막하고 정이라곤 눈곱만큼도 없는 사람들에요.' '개는 사람을 배신하지 않아요. 오히려 사람보다 낫지요.' '개가 우리에게 주는 행복이 얼마나 큰 줄 모르셔서 하는 소리들이에요. 우리는 가족이에요.' 이런 개똥같은 소리들을 누린내 나는 주둥이에 딸랑딸랑 매달아 놓고 다닌다.

그러나 그야말로 낯 두꺼운 종자들의 말 같잖고 소 같잖고 개똥구멍 같은 헛소리…! 그가 여태껏 살면서 경험했던 개 키우는 인간들 가운데 열에 일고여덟은, 타인에 대한 배려는커녕 자기네 이익과 즐거움밖에 모르는 족속들이었고, 그런 부류의 인간들에게 개라는 짐승은 반려견이 아니라 가지고 노는 - 말 잘 듣고 잘 따르고 즐겁게 해주는, 자기네들의 소유욕과 지배욕을 충족시켜주는 - 애완견愛玩犬에 불과한 것이었다.

까만 비닐봉투 들고 다니며 겨우 개가 싼 똥이나 치우며 할 일 다 했다고 만족스럽게 생각하는 뻔뻔스런 족속들. '그렇다면 누린내 나는 개오줌은 어떻게 할 거지? 자식 같은 당신네 개새끼가 혓바닥으로 핥아먹게 할 텐가?'

그는 또 이렇게 묻고 싶었다. '당신네 집 앞에다 서너 살짜리 꼬마아이가 오줌을 싸놓고 그냥 간다면, 그럴 수 있다고 생각하고 웃어넘기겠습니까?' 이런 질문에 개를 사랑한다는 작자들은 뭐라고 대답할까? '사람과 개는 경우가 다르지 않냐'고, '어떻게 그런 비유를 합니까?'라고, 뭐 이따위 지린내 나는 개소리를 짖어대지 않을까? 그래서 그가 '이런 빌어먹을…! 사람오줌이나 개새끼오줌이나, 냄새 나고 벌레 꼬이는 건 다 똑 같단 말이다. 그러니 네 개새끼 오줌이나 핥아먹으란 말이다!'라고 소리치게 되겠지만 말이다.

'저것들이 그 짓을 할 때, 저 개새끼는 뭘 하고 있으려나?'

꼬락서니로 보아, 온종일 컴퓨터게임을 하거나 스마트폰 가지고 뒹굴다가 라면이나 처먹고 개새끼 몰고서 담배 피우러 나왔을 것 같은 - '우린 지금 충분히 지저분한 동거를 하고 있지요.'라고 등짝에 커다랗게 써 붙여 놓았을 것 같은 두꺼운 외투에다가, 엉덩이는 헐렁하게 늘어지고 무릎까지 튀어나온 - 회색 운동복 하의 차림의 남녀를 보면서 그가 야살스럽고 저속한(?) 상상을 했었던 때였다. 평론가 류리의 나긋한 목소리가 귓전으로 날아들었다.

"아~ 좋다‥!"

"……"

"나는 바람이….'

꼭 그 바람에 흔들리는 꽃잎처럼 하늘하늘 거려대는 말투였었다.

"바람에 흔들리는 내 모습이…,"

"……"

"참 좋아요."

"……"

그가 가만히 고개를 돌려서 물끄러미, 평론가 류리의 발그레해진 왼뺨과 귓불을 보았었다.

"바람은 얼마만한 가슴을 지녔기에…"

"……"

"저 나무와, 숲과 산을 안고 흐득이는 걸까요?"

"……"

그녀의 얼굴 위로 뽀얀 입김이 아렴풋하게 서린 듯이 보였었다.

"바람…, 바람 소리…, 바람 감촉…, 바람 무늬…,"

성벽 저 아래쪽에서부터 씩씩거리고 매섭게 달려 올라온 바람뭉치에 얻어맞아 피멍이 든 것마냥 새빨개진 코끝을 찌긋거리고 매만져보더니, 평론가 류리가 코맹맹이 소리를 살짝 섞어서 읊조렸었다.

"강아지를 싫어하시나보죠?"

"예?"

잠깐의 침묵 사이. 사뭇 달라져버린 그녀의 말투가 어색한 듯이 그가 잠시 머뭇거렸었다.

"아~ 예‥. 뭐‥, 특별히 강아지를 싫어한다기보다는‥, 정확히 말해서 개념 없는 개새끼 주인들을 좋아하지 않죠."

그의 말을 충분히 이해한다는 듯이 고개를 끄덕이더니, 류리가 다시 입을 떼었었다.

"그래도 너무 미워하지는 말아주세요. 그나마 알아봐주고 달려와서 반겨주는‥, 정情을 주는 동물이니까요."

"……"

머쓱하였던 그가 대답 대신 어깨를 으쓱거려댔었다.

"예전에 강아지를 키웠던 적이 있거든요."

"아, 예….'

평론가 류리가 싱긋 웃으며 이야기하자, 이번에는 그가 그랬었냐는 듯이 고개를 끄덕여줬었다.

"그런데 제가 부지런하지 못해서…,"

류리가 말허리에서 말엉치등뼈로 넘어가려는 곳쯤 되겠다 싶은 곳에서 숨을 머금었었다. 그리고는 다소 읍읍悒悒해 보이는 – 그 강아지에 대한 미안함과 그것으로 말미암았을 자책감이 엿보이는 – 미소를 소심하게 지어 보이더니, 말엉치꼬리뼈에다 채찍을 가하듯이 숨을 크게 내어쉬고는 힘 있게 새로운 말허두를 떼었었다.

"지금은 그래서 집에 들어가면 티브이부터 틀어놔요. 볼륨 크으~게! 절대~! 보는 건 아니지만‥, 그냥, 무조건!"

그녀가 '절대'라는 낱말에다 크게 강세를 두었었다.

"별로 볼 것도 없고 밖에서라면 아예 쳐다보지도 않을 텐데…,"

집게손가락을 세우며 낱말 '아예'에다 힘을 주고 까닥거렸었다.

"티브이 프로그램이란 게 여기나 저기나 들을 만한 이야기도 아니고, 거의 다 저희들끼리 놀고 떠들고 시시덕거리는 것들인데‥, 그래도 어쩔 때는 나에게 하는‥, 나 재미있으라고 그러는 것 같아서, 그래서 그냥 틀어놔요. 아무도 없이, 조용한 것도 별로 싫어서…."

"……"

그녀가 혼자 곱씹듯이 말하는 것이어서, 그리고 안으로 먹어들어가는 그녀의 말투로부터, 그는 왠지 점점 힘이 빠져나가고 있다는 느낌을 받았었다. 그랬기에 그녀가 이미 말을 끝냈음에도 불구하고, 그는 일고여덟 차례가 넘도록 고개를 끄덕거려가며 그녀 생각에 동의한다는 듯이, - 그리고 어색해지려는 사이를 메우고자, - 그녀 말이 남긴 여운을 느끼고 있다는 반응을 보였었다.

"음…, 조용한 게 별로 싫으시다면‥,"

차분한 목소리로 말을 꺼냈던 그가 그녀의 기대감을 다른 곳으로 끌어내보려는 듯이 한 호흡 머금었었다. 그러나 그의 바람(?)과는 다르게, 평론가 류리는 자기가 말하면서 여태껏 눈길을 고정시켜뒀던 어느 한 곳에서 여전히 눈을 떼지 않고 있었다.

"옆에 누가 있어주면 좋을 텐데요. 개새끼 말고요."

누군가 곁에서 들었다면 '혹시나 성심껏 도움말 주려는 것인가?'라고 여길 만큼 진지했던 목소리를 갑자기 그다운(?) 말투로 바뀌더니, 장난꾸러기마냥 생글생글 거려댔었다.

"근데, 연애 안 하세요? 결혼엔 전혀 관심 없으신가? 누구처럼 연극과 결혼하신 건가?"

절반은 우스갯소리처럼 절반은 비아냥거림처럼, 그가 객쩍은 소리를 내뱉었었다.

"아~! 제가 말씀드리지 않았나요? 저 이미 한 번 갔다 왔다고."

그가 무슨 말이냐고 물을 틈도 주지 않으려는 듯이, 류리가 한 호흡으로 말을 내뱉었다.

"…!!…"

금시초문에다가 예상치 못했었던 반응이어서 '아차…! 말을 잘못 꺼냈구나!'라고 미안한 생각을 하기도 전에, - 그러나 뭐랄까? 지지 않으려는 그녀의 오기를 느꼈다고나 할까? 그러면서도 류리의 말투에서 생기발랄함을 느꼈었기에, - 어쩌면 그녀가 알아차렸을지도 모를 만큼이나, 그는 매우 당황했었다.

"그 엑스라는 놈은요, 음~ 연출님 표현을 빌자면…,"

"……"

평론가 류리가 말한 엑스를 그가 뭐로 받아들이고 이해하여야 할지 몰라서 - 예컨대 전남편을 뜻하는 비격식의 명사 이엑스ex로 받아들여야 할까, 아니면 그냥 욕설의 생략형으로 받아들여야 할지 몰라서 - 망설거릴 필요가 없게끔, 평론가 류리는 "그아악~!"하고 가래침을 돋우더니, 성곽 아래 수풀에다 "퉤…!"하고 내뱉고서는 말을 이어나갔었다.

"그래도 나름 꽤 괜찮은 개새끼였어요. 확실히 얼치기 쪼다였기는

했지만, 곁에서 보기엔 그럭저럭 말이죠."

류리가 어깨를 으쓱거리고서 싱긋거리더니, 길고 깊은 숨을 내쉬었다. 그리고는 엉덩이를 어정쩡하게 뒤로 빼며 오른다리를 들어 올리더니, 오른손을 쥐고서 무르팍 안쪽과 바깥쪽을 번갈아가며 '툭툭…! 툭툭…!' 일정한 리듬으로 열대여섯 번쯤 두들겨댔었다.

"키도 크고 잘생긴 데다, 학벌 좋고 집안 좋고, 아…! 집안은 쫌 많이 아니었네요. 돈은 꽤 있었지만 어머니가 일수日收로, 이자 놀이하는 분이셨으니‥. 악착같이…!"

아직까지 남아 있던 앙금이 어떤 것인지 그도 느낄 수 있게끔, 평론가 류리는 이를 갈듯이 마지막 낱말에 힘을 주며 흐릿해지려는 눈알을 반짝였었다.

"뭐…, 여하튼, 그쪽 업계에서도 평판 좋은‥, 제법 잘 나가는 그래픽 디자이너였어요. 그런데 그 엑스가 더 잘나가려고 그랬는지‥, 날나리짓을 하려다가‥, 그러다 아예 훨훨 날아갔지 뭐예요. 미니 스커트자락에 휘말려가지고…."

류리가 오른 다리를 앞뒤로 서너 차례 흔들흔들 거려대고 구부렸다 펴보더니, 지금 생각해봐도 어이없다는 표정을 지으며 고개를 들고 밤하늘을 올려다보았었다.

"뭐, 그 사람 말로는…,"

"……"

그가 갑자기 '엑스, 개새끼, 얼치기 쪼다에서 사람으로 바뀌었구나.' 생각하며 고개를 돌려 쳐다보자, 눈앞이 깜깜했던 그 당시를 환하게 더듬어보듯이 류리가 눈을 깜박거렸었다.

"처음에는 '정말 일 때문에 만난 것뿐이다.' '오해다.' '아니다.'

그러다가‥, 나중에는 '자주 만나다보니 어쩌다 일어난 실수였다.' 그랬는데요…."

올라오려는 감정을 내리누르듯이 그녀가 한 호흡 머금었었다.

"상대녀가 저를 찾아와 그러더라고요. 통한다는 게 뭔지 아시냐고. 말로 설명할 수 없기에 저로서는 이해할 수 없을지 모르겠지만, 자기네들끼리는 통한다고‥. 단순히, 일시적으로 좋아하는 감정을 넘어선 ‥, 둘만 서로 확실히 통하는 뭔가가 있다고요. 그 나쁜 놈의 똥개 엑스엑스도 그렇게 생각한다고요."

"……"

류리라는 평론가는 '통한다'는 낱말을 썼었다. 그리고 그 말을 쓸 때마다 허탈해하는 표정을 지었었다. 왜 그랬었을까? 알 듯도 하고 모를 듯도 했었다.

"그래서, 그렇게 잘 통하는 게 있어서‥, 확실히 짜릿짜릿한 뭔가가 있어서, 진짜 그 뭐가 '통하였느냐?'가 됐다는 거겠죠?"

평론가 류리는 생경하다 싶을 만치 달뜬 듯한 표정과 목소리로 - 싫어하지는 않았으나 그렇다고 좋아하지도 않았던 누군가의 사생활에 대해 주워들은 이야깃거리를 고소하게 씹어보듯이, 그러나 그러다가도 이따금 되새김질되어지고 감정이입되었던지, 복받치고 격앙된 목소리를 - 들썽들썽 내뱉었었다.

"그런데 정말 웃기는 건요, 그 상대녀도 유부년데…, 그 나쁜 엑스엑스한테 푹 빠져가지고 다 팽개치고서…, 자기 남편은 물론이고 유치원 다니고 놀이방 다니는 애들을 둘이나 떼어버리고서, 같이 살자고 아예 집을 나와 버렸다는 거예요. 그런데, 그랬더니, 이 쪼다가 겁이 덜컥 나가지고요…,"

말투는 차가웠지만 아직도 뜨거웠던 그 당시의 찌꺼기가 남아 있다고 느낄 만하게, 류리가 과장스럽게 큰 동작으로 고개를 뒤로 젖히며 깔깔대듯이 웃어 보이고는 말을 이어나갔었다.

"그건 안 된다. 그만하자, 정리하자, 그랬다는데‥. 그랬더니 상대녀가 난리를 쳤던 거예요. 물론 그 덕분에 제가 알게 된 거긴 하지만요. '나는 사랑 때문에 다 버리고 나왔는데 네가 나한테 이럴 수 있는 거냐'고, 우리 집은 물론이고 그 사람 회사까지 찾아가서 울고불고 악을 쓰고‥, 그 머저리 똥개가 자기보다 더한 개똥 암캐한테 아주 발목을 제대로 물려서…,"

말꼬리를 깨물듯이 류리가 입술을 깨물었다.

"멍청한 인간! 해달라는 대로 다 해줬건만…!"

"……"

말하는 중에 불쑥 솟아난 감정이 자기도 모르게 배출되듯이, 그래서 혼잣말 하듯이, 그녀가 얼결에 내뱉었던 말이었으나, 그나마 그것이 전남편에 대한 인간적 연민일 것이라고 그는 느꼈었다. 그랬기에 평론가 류리도 '아차…!' 하고 뜨끔했었던 것까지는 아니었겠지만, 그래도 조금은 머쓱하였던지, 성곽 위에 괴고 있던 팔꿈치를 고정시켜 놓은 채 손바닥만으로 손뼉을 "짝~!" 치고는 깊은 숨을 "후~" 뱉어냈었다.

"그래서 뭐‥, 서로 깔끔하게 정리해주고! 나는 나대로, 너는 너대로! 줄 것 주고, 받을 것 받아서! 서로 원하는 길로! 각자 갈 길 가서, 어여쁘게 살아보자! 이렇게 된 거죠."

성곽 위로 스산하게 불어온 바람이 자기 심정마냥 차라리 시원하다는 듯이, 평론가 류리는 두 손으로 흐트러진 머리칼을 허공에다 풀어 헤쳐보려는 것처럼 기다랗게 쓰다듬어 넘겼었다.

"그런데요…,"

가볍게 떠올랐던 류리의 말머리가 무거운 듯이 기울었었다.

"후~우~~"

무거워진 그 말머리를 다시 가볍게 띄워 올려보려는 것처럼, 고개를 들어 큰 숨을 길게 내쉬어보더니, 다시 입을 떼었었다.

"너무너무 미안한 거 있죠?"

"…?…"

예측할 만한 말의 내용이 아니라 류리의 말이 줬던 느낌이 사뭇 달랐었기 때문이었다. 그가 의아함에 앞서 알 수 없는 불안감으로 긴장했었다.

"그 엑스말고요…."

"……"

허탈해했었던가? 가쁘게 숨을 머금으며 턱을 비스듬히 치켜들었던 평론가 류리의 얼굴이 - 희뿌연 달빛 탓인지 아니면 흐릿한 가로등 불빛 탓이었었는지는 모르겠지만, 여하튼 갑자기 - 창백해진 것처럼 보였었다.

"아이…한테…."

"엥?? 아이가 있었어요?"

젠장‥! 이혼했다는 사실만으로도 충분히 놀라운데 아이까지 있었다니! 그녀가 여태껏 먼저 터놓고 말하지 않았었던 속사연을 - 별로 좋은 일도 아닌데 구태여 "나 이혼했소."라고 떠들고 다닐 이유도 없었고, 이혼녀라는 꼬리표를 여전히 흘겨보는 곱지 않은 시선과 무엇보다 새빨간 그 꼬리표를 더듬어보고 벗겨보고 싶어 하는 똥개 같은 사내놈들, 예컨대 슬쩍 건드려보고 찔러보려는 잡놈들이 연극판이나 학교에

너무나 많아서였기 때문이라고 나중에 첨언했었던 저간의 사정을 -
들려주려는 내내 잠자코 듣고만 있었던 그가, 놀라서 반사적으로 튕기
듯이 물었었다.

"몇 살인데요? 누가 키워요? 사내예요? 계집애예요?"

"……"

류리가 몸을 으스스 떨고서는 손목을 교차시켜서 짙은 베이지beige색
캐시미어코트의 두터운 옷깃을 꾹 쥐어 잡더니, 몸을 움츠리며 입을
떼었었다.

"지웠어요."

"아…!"

그가 작고 짧은 탄식을 내뱉고서 갸웃이 쳐다봤었다.

"내가‥, 나 혼자‥, 내 발로 가서…."

토막토막 끊어지려는 호흡처럼 평론가 류리의 눈꺼풀이 경련을 일
으키듯이 떨렸었다.

"그래놓고는 바로 러시아로, 공부하겠다고…,"

울먹이지는 않았었지만, 그녀는 끝말을 잇지 못하고 삼켰었다.

"독한 년…!"

턱뼈가 도드라져 보일만큼 류리는 어금니를 악다물었다.

"……"

괜찮으냐는 물음 혹은 힘내라는 위로 따위는 사양하겠다고, 그럴 때
마다 괜찮다고 이야기해야하는 게 정말 안 괜찮다고 말하면서 그녀는
쓸쓸하게 혹은 씁쓰레하게 웃어 보였었다.

"……"

"……"

두 사람의 머리 위 높은 곳에서 바람이 일었던 것인지 아니면 오른 편 아래쪽 나무벤치가 늘어선 곳에서만 바람이 불었던 것인지, 평론가 류리의 움츠려진 어깨 위로 어두운 나뭇가지 그림자들이 으스스하게 어른거려댔었고, 이미 땅에 떨어져서 엉겨붙어 있던 나뭇잎사귀뭉치들이 나무벤치 아래를 바스락거리며 굴러다녔었다.

어색해지려는 사이. 눈이라도 내렸으면 좋겠다고 생각했었는데, 정말 거짓말처럼 신기하게도 때맞춰 눈발이 날리기 시작했었다. 코끝에 내려앉은 눈송이 하나에 얼얼하였던지, 그가 콧잔등이를 찡긋거리고서 고개를 돌려 주변을 둘러보았었다.

성곽 둘레길을 따라 안팎으로 띄엄띄엄 기다랗게 이어진 고개 숙인 가로등 언저리 빛무리에서 탐스러운 민들레홀씨마냥 하늘하늘 떠다니던 눈송이들이 어둠속으로 차분히 내려앉고 있었다. 떨어져 내리는 눈송이들을 그가 손바닥으로 가볍게 받아보았었다.

"…!…"

그가 보드라움과 차가움을 채 느껴보기도 전에, 탐스러웠던 눈송이들은 흔적도 없이 사라져버렸었다. 점점이 흩날리는 새하얀 눈송이들…! 이걸 어떡해든 공연에 써먹어야겠다고 평론가 류리에게 흥분된 목소리로 이야기했었다. 그러고는 눈 오는 날 피웠던 담배 맛을 기억하며 그가 다시 담배를 피워보고 싶다는 생각을 가졌을 때, 그녀가 담배를 한 개비 꺼내 물었었다.

"나한테 뱉어 봐요."

담배에 불을 붙이려는 류리에게 그가 서슴없이 말했었다.

"어서요!"

"네? 뭐라고요?"

잘못 들은 것 아니냐는 듯이, 어이없다는 듯이, 변태 아니냐는 듯이, 담배를 한 모금 빨아대던 그녀가 고개를 반대쪽으로 돌려 급히 내뱉고서 물었었다.

"간만에 나도 간접흡연이나마 좀 해보려고요."

"정말요?"

"네."

"좋아요. 그럼…."

그 마음을 알았다는 듯이, 그 생각을 이해하고 받아들였다는 듯이, 그녀가 담배를 한 모금 깊이 빨아들이더니, 그의 얼굴에다가 "후우~~~"하고 내뱉었었다. 그는 류리가 내뱉은 담배연기로 폐부가 뿌옇게 채워지도록 흉곽을 벌리며 콧구멍으로 힘껏 들이마셨었다. 간만에 담배 특유의 구수한 맛을 느꼈던지, 그가 만족스러워하는 애늙은이마냥 개구쟁이 같은 얼굴에다 황홀해하는 표정을 지어 보이며 중얼거렸었다.

"이야~! 이게 남의 속에 들어갔다 나와서 그런가? 꽤 순하네?"

그와 평론가 류리 두 사람은 소리도 없이 내려앉은 새하얀 눈송이들을 뽀드득뽀드득 소리 내어 밟아가며 걸었었다. 대학로와 낙산 성곽을 오르내리는 길이 가팔라서 은근히 걱정했었는데, 금세 얼어붙을 만큼 바람이 차갑거나 얼음판으로 다져질 만큼 눈이 쌓이지 않았기에 생각보다 미끄럽지는 않았었다.

맞은편에서 오는 저만한 사람과 어깨를 스치고 지나갈 만한 좁은 길에서 열두엇 사람쯤 넉넉히 지나갈 만한 너른 길에 이르자, 그는 문득 이런 밤이라면 어디로든 하염없이 걸어보고 싶다는 생각을 잠깐 가졌었다.

제법 너른 골목길을 꽤나 걷던 그가 걸음을 늦추더니만, 멈춰 서서 뒤돌아, 생눈길에 새겨놓은 발자국들을 훑어보았다. 까마득하게 보이는 높다란 계단 아래위쪽의 비탈진 골목길을 내려오면서 두 사람이 나란히 새겨둔 발자국들은, 그가 고등학생이었을 그 당시, 눈 오는 날 아무도 없는 학교운동장 한가운데를 가로지를 때, 왼발가락 엄지발톱에다가 오른발뒤꿈치를, 오른발가락 엄지발톱에다가 왼발뒤꿈치를 번갈아 대어가며 일자로 쭉 뻗은 발그림을 남기려고 조심조심 걷다가 고개를 돌렸을 때 보았었던 – 그래서 그 후 몇 해가 훨씬 지났을 몇 해 전의 겨울엔가, '아··! 차라리 아무 생각 없이, 똑바로 걸어야 한다고 의식하지 않고 걷는다면 어떨까?'라는 자각적 의문을 갖게 했었던 – 삐뚤빼뚤한 발자국과는 사뭇 다르고 자못 다른, 완벽하게 일자로 쭉 뻗은 모양은 아니었지만, 그래도 나름 봐줄 만하게 곧게 휘어진 발그림이었다고 그는 생각했었다.

두 사람은 대학로가 아니라 이화동 쪽으로 내려왔었다. 벽화마을로 유명한 통영統營의 동피랑을 어설프게 좋아한 것 아닌가 싶었을 만큼 거충거충 그려진 벽화들을 흘겨보며 내려오다가, 붉은 벽돌로 지은 5층쯤 되어 보이는 다세대주택 앞에서 티격태격 거려대는 한 쌍의 남녀를 발견했었다. 몇 걸음 내려가며 자세히 보니 극단 대표 마장동과 여배우 황수정이었다.

마장동은 구기동 언덕배기 어디쯤에서 산다고 했던 것을 들었던 기억이 있었기에, 이 근처 어디가 황수정이 사는 곳인 모양이라고 그는 생각했었다. 아는 척을 할까 말까 망설이기도 전에, 평론가 류리가 그의 팔꿈치 위쪽을 잡고 옆 골목으로 끌어당겼었다.

사실 사람들이 쉬쉬하면서 쑤군댔던 마장동과 황수정의 부적절한 (?) 관계를 못들은 것도 아니었고, 또 그 관계가 그리 오래 지속될 거라고는 생각하지 않았었기에 - 그의 선후배에게 일어났던 일들로 미루어보아, 서로에 대한 욕구와 목적을 달성하고 나면 이내 시들해질 것이고, 그렇다면 잇속에 눈 밝은 두 사람도 굳이 관계를 길게 끌지는 않으리라고 예상했었기에 - 대수롭게 여길 것도 아니었건만, 공연히 샛길로 피하는 바람에 괜스레 저만 서먹해지려는데, 류리가 그것으로부터 벗어나게 해주려는 것처럼, 짙은 베이지색 캐시미어 코트의 네모난 주머니에 찔러 넣어뒀었던 양손을 빼내며 그의 팔짱을 끼었었다.

"아~ 춥다…! 감기 걸리겠다. 팔짱 좀 껴도 되죠?"

이러고서는 어깨를 움찔거리고 몸을 떨어대더니, 움츠리면서 당돌하게도 바싹 달라붙었었다. 그녀의 가슴이 그의 팔꿈치에 부딪혔고, 그는 그녀의 가슴이 제법 봉긋하다고 느꼈었다. 류리는 그렇게 팔짱을 낀 채, 자기 발끝을 내려다보는 것처럼 눈을 내리깔고서 뭐라 뭐라 종알쫑알 재잘대며 좁다란 비탈길을 내려왔었다.

눈 내리는 깊은 밤. 인적 드문 골목길을 내려오면서, 그는 눈 내리는 가로등 불빛 아래서 환한 모습으로, 한번 껴안아보고 싶다는 충동을 느꼈었다. 아마도 분위기에 취해서였을 것이다. 그가 '에라~ 모르겠다!'는 생각으로 다가들어 보려고 류리의 얼굴을 빤히 쳐다보고 확 끌어안아 보려다가, 갑자기 물씬 풍겨오는 담배 냄새에 그만 - 지금 생각하면 고맙게도(?) 천만다행일 테지만 - 양미간을 찌푸리며 뒤로 물러섰었다.

「이르기를~!」

자꾸만 더 먼 과거를 향해 뒷걸음치려는 그의 멱살을 움켜쥐고 되끌어와서, 딴생각 말고 공연에나 집중하라고 주의를 잡아당기려는 듯이, 투실투실한 왼 팔목에 염주를 기다랗게 칭칭 감아 두른 승려 원호가 허공을 향해 소맷자락을 한번 떨쳐내 보이더니, 목소리에 억센 힘을 주어 끊어졌던 말허리를 이어나갔다.

「'백두白頭 일맥一脈이 함흥부咸興府 서북쪽에서 불쑥 떨어져 검문령劍門嶺이 되었고 남쪽으로 내려와 노인치老人峙가 되었는데, 이것이 두 가닥으로 나누어져 하나는 남쪽 삼방치三方峙를 지나 조금 끊긴 듯하다가 다시 솟아 철령鐵嶺이 되었고, 다른 하나는 서남쪽으로 뻗어 곡산谷山을 지나 학령鶴嶺이 되었다. 그리고 이 학령이 다시 세 가닥으로 나누어지매, 그 중 한 가닥이 토산兎山, 금천金川으로 쫓아와 오관산五冠山, 송악산松嶽山이 되었으니, 임진북臨津北 예성남禮成南 정맥正脈이 서쪽으로 달려 내려오는 천마天摩, 진봉進鳳, 송악松嶽의 맥이 바로 고려의 오백 년 도읍 개성 땅이다.' 하였사옵니다. 보십시오, 나으리. 나으리께서 눈여겨보시던 저 산이 바로 만월滿月을 품에 안은 송도의 진산鎭山 송악으로, 좌우 동서에 솟은 용수龍岫와 진봉進鳳을 좌청룡우백호左靑龍右白虎로 삼은 명산 중의 명산이옵니다. 이르기를~!'송악의 맥은 백두로부터 수水와 목木이 뿌리와 줄기가 되어 내려온 수모근간水母根幹의 마두명당馬頭明堂으로 가깝게는 북의 오관산으로부터…'」

「에~ 나으리…! 그러니까, 이 소인이 그 오관산에 대해 세세 상세히 말씀 올리자면 말씀입지요. 에헴헴헴~!!」

앞서 이미 한 차례 당했던 터라 끼어들 틈을 주지 않으려고 말을 타고 달리듯이 냅다 말을 뱉어나가던 승려 원호가 객석 너머를 가리키며 말 숨을 바꾸고 한 호흡 누그러뜨리려는 찰나에, 호리호리한 지관 이극도가 바로 이때를 기다렸다는 듯이, - 그러나 이 타이밍은 결코 자기 차례가 와서 들어간 것이 아니어야 한다. 기다리다 들어가느냐 맞부딪치고 들어가느냐, 아니면 자르거니 치고 들어가느냐, 상대편의 호흡과 리듬을 받아주고 들어가느냐 자기에게 가져오느냐에 따라서, 인물이 가진 힘의 크기와 인물간의 역학관계가 들어나는 것이기에 - 외려 아닌 척 모른 척 영악스럽게 말꼬리를 자르고 들어오더니, 콩 본 당나귀마냥 콧구멍을 흥흥거리며 갈기를 더펄더펄 거려대는 것처럼 목청을 가다듬으며 손바닥을 맞비비고는, 자기 말머리를 들이 밀고 냅다 내달리기 시작했다.

「오관五冠의 모봉母峰은 수성水星이요, 줄기는 목성木星이라. 오행五行의 이치로 보건데 수생목水生木이라, 물이 나무를 살리듯이 항시 봄처럼 새로운 기운이 솟아나는 그런 곳이로구나··! 헤헤헤~! 여하튼간에 나으리··! 이 오관이 크게 끊어져서 송악이 되었는뎁쇼. 이 송악은 자남산子男山과 오공산蜈蚣山을 내국內局의 좌청룡우백호로 삼고, 덕암봉德巖峰과 진봉산進鳳山을 바깥 형국의 외청룡외백호로 삼았으며, 동남향의 남산男山, 그러니까 자남산을 안산案山으로 삼았습죠. 그런데 이··, 남산이라는 곳의 지기가 워낙에 세나서, 옛날 옛적 고려 적에 무신武臣 최충헌崔忠獻이라는 난신적자亂臣賊子가 살던 터가 아직까지 남아 있습니다요. 그리고 또 이··, 형국形局으로 보자 치면···! 동서남북 사방으로 남 주작이라, 남쪽의 주작현에 이르는 용수산龍岫山, 북쪽의 천마산天摩山, 국사봉國師峰, 제석산帝釋山, 동북쪽의 화장산華藏山, 동남의 진봉산, 고려의 일곱 왕릉이 있는 서북쪽의 만수산萬壽山이 서로 연이어 외곽을 둘러싸고 있어서 그 모양이 꼭 연잎으로 겹겹이 둘러싸인 연화연대蓮花連帶 형상이옵니다요. 그런즉, 딴에는 풍수 깨나 안다는 작자들이 말하길, '진봉산은 옥녀玉女가…, 나으리~, 옹녀가 아니라 옥녀올습니다요, 헤헤~~'」

실학자 신경준申景濬의 『산경표山經表』와 청화산인靑華山人 이중환李重煥의 『택리지擇里志』에서 발췌한 구절들을 응용하여 휘갈겨 쓴 대사를 침방울 튀겨가며 읊어대던 이극도 역할의 배우 정재성이 몸을 굽실거리며 손바닥을 비벼대고 입술에 침을 동그랗게 바르더니, 쥐알봉수마냥 흥감을 피워대기 시작했다.

「아~ 이 옥녀가 화장대化粧臺를 향한 형국이기에 고려의 임금이 누대累代에 걸쳐 상국上國의 공주와 짝을 하게 되었다고도 하고, 또 진봉 아랫자락에‥, 그러니까 저쪽 저 아래쪽에 기방妓房이 많이 자리 잡은 것도 다 옥녀의 음기陰氣 때문이라고들 합지요. 그러니까, 이 옥녀의 형국이라는 것을 하나하나 짚어가며 말씀 올려 보자면요. 응~ 아니‥! 아니, 거기! 옳지…! 고 앞에, 거기, 고짝 나리님 앞으로‥! 오냐, 오냐! 수고했다!」

아진이가 무대 안쪽에서부터 가슴높이로 받쳐 들고 온 술상을 – 그러니까 김치를 썰어 올린 묵무침이나 얇게 썬 달걀지단과 실고추고명을 올려놓은 생선찜 따위가 놓여 있다고 상상해 볼만한, 텅 빈 소반을 – 건네받으려고 어정쩡하게 몸을 트는 가련이에게 모가지를 길게 빼고 두리번두리번 거려대는 수탉마냥 토막토막 끊어지는 리듬으로 술덤벙물덤벙 참견하다가 문득 제 깐에도 민망하다 싶었는지, 호리호리한 지관 이극도가 군기침을 "흠흠~!"하고서 곁눈질로 승려 원호를 흘깃 훔쳐보더니, 끄덕이는 가련이의 고갯짓을 알아듣고서 다시 무대 안쪽으로 총총히 발걸음을 옮겨 가는 아진이에게 잘 들으란 듯이 목청을 돋우었다.

「에~ 그러니까, 이 옥녀에는 뭐가 있냐면 말씀입죠. 머리 푼 모양 옥녀산발玉女散髮, 단정히 앉은 옥녀단좌玉女端坐, 거문고 타는 옥녀탄금玉女彈琴, 아~참··! 나으리! 소인이 미리 말씀드리는 것이지만서도요···, 여기 가련이가 뜯어내는 거문고 가락도 일품이랍니다요. 헤헤~ 흠흠···! 어디 보자, 나리님 앞에 또 뭣이 있을라나? 옳거니··! 비단 짜는 옥녀직금玉女織錦, 금 소반 들었다 옥녀금반玉女金盤, 춤을 추니 옥녀무상玉女舞裳, 내려왔다 옥녀하강玉女下降, 잔 올린다 옥녀헌배玉女獻杯에, 음기陰氣 충만 당 중 명당明堂, 명기名技 명당明堂, 명당明堂 명기名器, 벌어진다 옥녀개화玉女開花에, 옥녀 거시기 옥녀옥문玉女玉門이 있는뎁쇼. 아~ 이놈의 양택陽宅이라고··! 산 자를 위한 터에 옥녀가 옥문을 턱 하니 잡았으니, 거기에 뭣이 들어서겠습니까? 안 그렇습니까? 자네는 아니 그런가? 키키킥···!」

기름독에 빠졌다 나온 사람마냥 반질반질한 얼굴로 짐짓 젠체하며 언거번거 야지랑을 떨어대던 호리호리한 지관 이극도가 가련이에게 엉큼한 눈짓을 하며 말꼬리를 틀었다.

「이보게 가련이, 자네 오늘 몸 보중해야 할 것이야. 드나드는 손(客)이 없어 적적한 옥문玉門에다가 귀하신 우리 나리님께서 손수 혈穴을 집으시고 후끈허신 양물陽物로 심히 뻑적지근하게 양택陽宅을 하실 테니 말이야. 아니 그러실랍니까요, 나으리~.」

「허허~ 이 사람, 짓궂기는··! 가련이라 하셨는가? 우리 지관께서 실없이 농弄 한마디 던진 것이니, 부디 괘념치마시게.」

「천녀가 한잔 올립지요.」

새하얀 비단 두루마기 차림의 왜소한 사내 정시후가 호리호리한 지

관 이극도에게 가볍게 헛웃음 섞인 타박을 주고서 점잖게 한마디 건
넸다. 그러자 가련이는 복숭아 꽃눈마냥 어여쁘게 치뜬 듯이 보이도록
살포시 웃어 보이더니, 왼손으로 오른 소맷자락을 붙잡으며 오동통한
손가락으로 술병을 살며시 집어 들었다.

「노…, 농이라굽쇼?」

호리호리한 지관 이극도가 쪽 째진 뱁새눈을 놀란 토끼눈으로 동그
랗게 바꿔 뜨며 말머리를 커다랗게 내더니, 어깨를 으쓱이며 몸을 움
츠렸다가 모가지를 쭉 빼 내밀고서, '나를 가리킨 것이야?'라고 묻기
라도 하려는 것처럼 주변을 두리번두리번 거려댔다.

다소 과장된 몸짓을 보이는 이극도 역할의 배우 정새성을 보고서 그
는 "~굽쇼." "~입죠." "~입니다요." "~랍니까요." 등의 말투와 마찬
가지로, 정시후를 대할 때와 원호와 가련이 그리고 김병연을 대할 때
보여주는 몸가짐과 짓거리에서 단순히 이극도라는 캐릭터만의 독특
한 버릇이라고 개인적으로 한정되어질 것이 아닌 것, 그러니까 사회적
행위로써의 게스투스Gestus처럼 - 예컨대 일호재락—呼再諾 : 주인이 한번 부르는
데 "예, 예!" 하고 거듭 대답하는 것으로, 공손하다 못해 지나치게 굽실거리는 모양이나 협견첨소脅肩諂
笑 : 옆구리와 어깨를 간들거리고 아양을 떨고 웃는 모양처럼 - 아랫것들의 몸에 배인 태도
나 몸짓이라고 할 만할 것들과, 이와는 반대로 힘없는 자들을 업신여
기며 쥐 잡듯이 굴어대는 아전나부랭이의 오만불손함과 위세 부리는
모양 따위를 전형적으로 보여줄 만한, 그래서 인물 간의 사회적 관계
가 드러날 만한 신체언어를 표현했으면 좋았겠다고 생각했다.

「아니, 나으리~! 지금은 비록 가는 세월에 빛이 좀 바래긴 하였어
도요…, 소싯적엔 개성 사는 남정네들이 저 치마폭 한번 열어보자고 얼
마나 애썼는뎁쇼! 희멀거니 면상에다 분칠이나 해대고 뒤만 번지르르

…, 가랑이에서 비린내 풀풀 풍겨대는 하찮은 것들하고는 아예 그 근본부터가 다릅니다요. 기방비화妓房秘話에 전해지는 바, '몰락한 양반의 후손이야말로 명기(名妓/名器) 중의 명기라! 꽃내음 살내음, 아무나 오를 수 없는 유방산乳房山이라 봉긋하니 봉래蓬萊요, 아무나 들이지 않는 습처濕處라 영묘靈妙한 고로 영주瀛州다.'하여…, 신선神仙의 동부洞府요, 시든 꽃 돌아가는 선연동이 바로 거기일 것이라 하였습니다요.」

이극도가 가련이의 가슴에 비유한 '봉긋하니 봉래蓬萊'와 촉촉히 젖어있을 신밀神密한 그곳에 빗댄 '영묘靈妙한 고로 영주瀛州'라는 곳은, 방장산方丈山과 더불어 발해만渤海灣 어딘가 존재한다는 전설 속의 삼신산三神山으로 신선이 살고 불사약이 있다는 곳이며, 선연동嬋娟洞은 평양성平壤城 칠성문七星門 밖 골짜기에 있던 기생들의 묘지를 일컬은 것이다. 그런즉, 이런 표현은 아는 대로 되는 대로 죄다 갖다 붙이며 밀물 들어오자 좋다고 팔짝대는 꺽저기마냥 우쭐대며 꽤나 아는 체를 해대는 캐릭터, 그러나 그만 그쯤 적당한 선에서 멈추면 될 것을 꼭 안다니 똥파리마냥 한 걸음 더 나아가려다 어설프고 시원찮은 견식이 들통 나는 – 약빠른 체하는 밉상이되 그렇다고 영 밉지만은 않은 – 어정뜨고 에부수수한 캐릭터임을 드러내기 위한 장치로서 그가 고안한 것이었다.

「내 자네에게 괜한 농짓거리로 하는 말이 아니야. 오늘밤 우리 나리님을 꽃밭에 뉘이고 진한 꽃물을 들여야 할 것이야. 그렇지 않으면 내 치도곤을 낼 터이니!」

이극도가 제 무릎을 치고서 꺼드럭거리듯이, 그러나 장난치려는 의도가 농후하도록 가련이에게 눈알을 부라렸다. 그러자 가련이 역할의 황수정은 수줍어하거나 아양을 부리는 몸짓을 보여주는 대신에 가느다란 입술 끄트머리를 묘하게 틀어 올리며 소리 없이 웃어 보이더니,

옷깃을 살며시 여미었다. 그 모습을 본 새하얀 비단옷 차림의 왜소한 사내 정시후가 숨을 들이키며 구부정한 허리를 뒤로 젖혀버릴 만치 바로 세우고 몸을 빼기라도 하려는 것처럼, 몸의 중심을 이극도 반대 쪽으로 기울였다.

「허허~ 이 사람이…!」

「꽃이라~! 꽃밭이니, 꽃밭이 화처(花處/花妻)로다! 여기가 거기냐, 거기가 여기냐. 꽃이라, 꽃 중의 꽃, 설중군자雪中君子, 세외가인世外佳人, 빙자옥질氷姿玉質 매화梅花로다! 종내 종당 종국에는, 우리 나리님께서 매화를 볼 것이니‥, 매화 떨어진 매화낙지梅花落地, 매화만발梅花滿發, 매화만개梅花滿開…」

노래 머리에 나오는 '화처'는 '꽃피는 곳(花處)'이라는 의미와 '젊고 아름다워서 노리개처럼 데리고 노는 첩(花妻)'이라는 두 가지 의미를 가진 말이고, '매화梅花'는 궁궐에서 '똥'을 이르던 말로써 '나리님께서 매화를 볼 것'이라는 말은 정시후가 '임금이 될 것'이라는 뜻으로, 이극도의 들뜬 바람을 나타낸 말이었다.

그가 연출자로서 배우들과 이 부분을 연습했던 당시, '관객 대다수가 알아듣지 못하고 생각조차 못하고 넘어갈 텐데 괜히 쓸데없이‥, 지나치게 내밀한 뜻을 심어둔 것 아닐까?'하고 고개를 갸웃거렸다가도, '아니다‥! 지관 이극도가‥, 배우 정재성이 그것을 알고, 그 생각과 감정을 가지고 연기한다면 틀림없이 다를 것이다. 그것으로 제 신명과 흥의 크기와 호흡과 말투와 리듬이 달라질 것이고, 그렇다면 그것을‥, 아마도 눈꼴사납고 거슬리겠지만, 듣고 느끼는 상대방의 반응 또한 달라질 것이다. 거꾸로 생각건대 상대편이 다르게만 받아준다면, 그 의미와 의도가 충분히 살 것이다.'라고 결론 내렸던 생각의 과정을 찬찬히 더듬어 볼 겨를도 주지 않으려는 것처럼, 이극도 역할의 배우 정재성이 굿 들은 무당에다 재齋 들은 땡추마냥 영산야지산야 신이 나서 어깨춤을 추어댔다.

「날 때부터 싹이 달라 생이유상生己有想 면상희이面相喜怡, 화중군자花中君子 연꽃 연잎이로세! 옳다구나! 여차저차, 뭣이 있나 보자꾸나‥! 물에 떴다 연화부수蓮花浮水, 물에 이른 연화도수蓮花到水, 반쯤 폈다 연화반개蓮花半開, 금소반의 연잎이라 금반하엽金盤荷葉이라 이르고‥! 이슬 머금은 연화함로蓮花含露에 벌 나비가 훨훨 하니, 연화봉접蓮花蜂蝶이라‥! 에헤라~ 이화梨花는 배꽃이로세, 배꽃 떨어져 이화낙지梨花落地요, 국菊 중 황국黃菊이려니‥, 반쯤 피어나 황국반개黃菊半開, 반반 취하여 황국반취黃菊半醉, 함박 쌈박 작약芍藥 난란爛爛 피어나니, 작약미발芍藥未發에⋯! 복숭아 꽃잎 도화낙지桃花落地, 붉은 꽃잎 홍도낙반紅桃落盤, 살구 떨어진 행화낙지杏花落地, 칼처럼 생긴 잎이라‥, 장수將帥께서 나서시니 버드나무에 버들꽃 양화낙지楊花落地요, 물과 버드나무는 상생相生하라, 물에 이른 양화도수楊花到水, 화중지왕花中之王이 목단牧丹이라, 꽃술은 목단화심牧丹花心, 칡이라 갈꽃 떨어진 갈화낙지葛花落地, 물에 둥둥 칡꽃은 갈화부수葛花浮水라 이르고⋯! 꽃 따는 아이 선동채화仙童採花, 꽃 찾는 벌 비봉탐화飛蜂耽花‥, 너만 노냐 나도 놀자, 늙은 벌도 꽃에 노니, 노봉농화老蜂弄花 노봉탐화老蜂耽花⋯」

「허허~! 우리 지관께서는 색업色業에 눈이 트여 그러시는가? 결국엔 꽃 찾아 꽃 위로 꿀 따먹는 봉봉蜂蜂이만 보시려는 게로구만⋯!」

단조롭기는 하였으나 나름 구성지고 제법 멋들어진 가락을 듣자니, 배우 정재성이 연습 초반에 각진 턱 선이 도드라져 보이도록 껌을 질겅질겅 씹어대며 이극도를 좀 더 코믹하고 눈에 띌 만한 캐릭터로 만들고 싶다며 수차례 툴툴거리며 요구했었던 특정 지역 사투리를 쓰지 않았던 것이 – 배우에게는 쉽고 편한 방법이라 정재성에게는 아직까지 아쉬운 마음이 남아 있을지도 모르겠지만, 어쨌거나 – 썩 괜찮은 판단이었다고 생각하려는 그 찰나에, 딴에는 밉살스레 비아냥거리겠다고 이기죽거린 것이었겠으나 목표가 정확히 어딘지 모르게 모호하도록, 다소 과장된 승려 원호의 목소리가 객석 쪽으로 방사_{放射}되었다.

「그럴 리가 있겠사옵니까? 헴헴~!」

승려 원호 역_役을 맡은 러시아 유학파 배우께서 동료의 눈과 귀가 아니라 관객을 향해 뻗으려는, 목청을 돋우어서 낱말 하나하나를 어색하리만치 정확히 씹어가며 객석을 향해 읊어대는 꼬락서니를 보고서 그가, '아··! 아마도 저 치는 대극장용 배우신가 보구나. 그래서 소리를 저렇게 내는가 보구나.' 싶어서 입가에 웃음 아닌 웃음꽃, 그러니까 비웃음꽃을 한 송이 "피식~"하고 흐드러지게 피워 올리려는데, 이미 주도권을 틀어쥔 지관 이극도 역할의 정재성이 가볍게 받아치고서는 더 큰 흥으로 말머리를 내었다.

「용_龍이다! 봉_鳳이다! 왕후장상_{王侯將相} 용봉이로다! 하늘 난다 비룡등천_{飛龍騰天}, 물에서 나온 비룡출수_{飛龍出水}, 꽈리 튼 반룡이 뒤로 돌아 회룡고조_{回龍顧祖}에, 드러누운 와룡_{臥龍}에다, 엎드려 누운 복룡_{伏龍}이요, 강 건너서 와룡도강_{臥龍渡江}, 물 건너서 황룡도하_{黃龍渡河}, 구름 뒤로 숨었다가 놀았다가 구름물결 차고 노니 잠룡농파_{潛龍弄波}로다···! 놀다보니 목말라서 물마시자 갈용음수_{渴龍飮水}, 대가리 치켜든 쌍룡거두_{雙龍擧頭}, 구름 나온 청룡출운_{青龍出雲}, 여의주 다투는 둘, 넷, 다섯, 일곱, 아홉, 구룡쟁주_{九龍爭珠}에다가···, 흠흠~~ 배 짊어진 황룡부주_{黃龍負舟}에 여의주 물고 놀아보니 유룡농주_{遊龍弄珠}라···! 꽈리 틀고 놀아보고 누운 채로 놀아보자 반룡농주盤龍弄珠, 와룡농주臥龍弄珠! 비 뿌리는 먹장구름 용 모양에 용 꼴이라 운룡토우雲龍吐雨에 흑룡토우黑龍吐雨, 아홉 룡은 구룡九龍이요, 아 홉 뱀은 구사九蛇로세, 망아지새끼 용 됐으니 마화위룡馬化爲龍에, 용꼬리 용미龍尾, 용눈깔 용안龍眼…! 으랏차~! 용이 나니, 봉이 뛴다! 봉이다~! 봉봉…! 채란자봉綵鸞紫鳳 난상봉저鸞翔鳳翥 날자꾸나 비봉飛鳳이요, 슬퍼마 라 비비봉非悲鳳아! 알 품으니 비봉포란飛鳳抱卵, 금봉이니 금봉포란金鳳抱卵, 둥지 위로 봉봉 귀소歸巢, 붉은 봉이 주둥이에 서신 물어 단봉함서丹鳳含 書, 아침에 울어 봉면조양鳳鳴朝陽, 숲에 잠든 비봉투림飛鳳投林, 오동나무엔 오동봉서梧桐鳳棲, 봉황둥지 봉소鳳巢에 봉꼬리 봉미鳳尾…」

「난鸞 새! 봉鳳 새! 접接하여 흘레하니 난봉이라, 천하난봉꾼 예 있었 구나! 직신 작신 알을 까니 털 없는 난작鸞鵲이 아작아작··, 니 에미 지 에미 어린놈의 개 젖통은 구유낭狗乳囊이요, 귀두龜頭라 대갈통에, 밑구 녕은 귀미龜尾라 이르고··! 미끈 매끈 맨둥맨둥 거북이 등짝이 물 위에 둥둥, "어여차~ 부귀(浮龜/富貴)라…!" 보지락 보지락 젖은 진흙에 풀 없 는 구녕으로 음탕 방탕 자지락자지락 흘레가 벌떡벌떡 들고나며 오입 誤入하고, "옛다~ 영화榮華로구나!" 으핫하하~! 배산임수背山臨水 장풍득 수藏風得水! 옥룡자玉龍子 도선道詵이의 혜안慧眼에 못잖을 게눈깔에다가…, 게거품, 게발가락, 게거시기하려니··! 천자지지天子之地는 천자 자지요, 제왕지지帝王之地는 제왕 보지라!! 으하하하하~!!」

「…!…?!…?…」

제 시러베장단에 맞춰 활개를 벌리고 어깨춤에 발림으로 손모가지 를 뒤집고 젖히고 휘적휘적 거려대는 이극도를 한 순간에 얼어붙게 만드는 우렁찬 목소리가 산 벚나무마저 뒤흔들었다. 술 냄새 풍기는 음색이었지만 몸 전체를 공명통共鳴筒으로 써야 나올 수 있는, 무대가

쩌렁쩌렁 울릴 만치 묵직하고 힘 있는 중저음의 목소리였다. '연기演技의 기技는 곧 술術이니, 배우는 철저하게 신체적으로, 기술적인 측면에서 접근해야 할 것'이라고 강조했던 배우 강두한의 눈동자가 무대 위에서 칼날처럼 광채를 내뿜었다.

「풍수선생이라는 작가는 본래부터 허망한 사람이라, 남南이다 북北이다 손가락질하며 부질없이 혓바닥만 놀리는구나. 만약 청산靑山에 공후公侯의 명당자리가 있다면 어찌하여 네 애비부터 당장 파묻지 않는 것이냐!」

평상 위에 둘러앉아 있는 세 사내는 물론이거니와 가련이조차도 어안이 벙벙하여서 일순 말을 잃고 어찌 해야 할지 몰라 눈만 껌벅이고 있으려는데, 본채 큰 마루에 있던 김병연이 이번에는 싸늘한 목소리를 날려 보냈다. 그리고는 취중醉中이라 얼큰하게 취기醉氣가 오른 탓에 어디선가 고린내 지린내 취기臭氣마저 느꼈다는 것인지, 코를 틀어막는 시늉을 해보였다.

'대놓고 조롱했던 시詩 조지관….'

<嘲地官>

風水先生本是虛
指南指北舌飜空
靑山若有公侯地
何不當年葬爾翁

방금 전 김병연이 지관 이극도와 그 무리들에게 비아냥거리며 날려 보낸 대사의 원문이 되는 짧은 한시漢詩를 그가 머릿속에다 어렵지 않게 떠올려보았다. 여담이지만 조선 후기에는 묏자리의 길흉吉凶을 따지는 음택풍수陰宅風水가 민간에까지 널리 퍼져서, 명당자리에 조상의 묏자리를 잡기위한 다툼이 꽤나 많았었다고 한다. 그래서 남의 묏자리에 자기 조상 묘를 쓰는 투장偸葬과 타인의 매장을 막는 금장禁葬, 밤에 몰래 와서 남의 분묘에 묻는 야장夜葬과 남의 분묘에 봉분 없이 평평하게 몰래 묻는 평장平葬, 심지어 남의 묘를 파헤치기까지 하는 굴거掘去 등 온갖 사례가 나타났고, 그로 인해 묘지에 관한 송사訟事 그러니까 산송山訟이 기하급수적으로 늘어났는데, 이러한 다툼은 가문의 위신과 직접 연계되었기 때문에 제법 행세 꽤나 한다 싶은 사대부들은 임금의 만류에도 아랑곳하지 않고, 좀처럼 그 다툼을 멈추지 않았었다고 한다.

일화로 전해지는 바, 사십대 초반이었던 김병연도 경상도 문경聞慶에서 뜻하지 않은 산송에 휘말려 제 딴엔 억울하다 할 만한 옥살이까지 했었는데, 헌종憲宗이 승하하고 철종哲宗이 등극한 후에야 특사로 풀려날 수 있었다고 한다. 그렇기 때문에 풍수지리에 대해 뭘 좀 안다는 듯이 이러쿵저러쿵 똥 본 오리새끼마냥 지절거려대는 이극도에게 김병연이 가히 좋은 감정을 갖지는 않았을 것이라고 나름 감정이입을 하여서, 그는 이 부분을 가벼운 마음으로 가뿐하게 쓸 수 있었던 것이다.

게다가 상황으로 보아 그야말로 기생집이다 보니, 사내들이 새롱새롱 거려대며 지분지분 거려대는 것도 당연한 것일 테지만, 지레 터진 개살구마냥 꼴같잖게 나대며 까불대는 꼬락서니가 고깝기도 하고 아니꼽살스럽기도 하여 – 옆자리에 누워 코고는 소리처럼, 자신에게 크게 잘못한 것이 없었음에도 불구하도 - 은근히 부아가 치밀어 오르고 심술마저 돋우어졌을 것이다. 그래서 두루춘풍마냥 훈훈한 낯빛이었던 김병연이 불그죽죽해진 얼굴로 비웃듯이 삐딱하게 쏘아붙여야 할 것이라고 그는 생각했던 것이었다.

「뭐⋯뭐⋯?? 뭣이라~!!!」
잠시 잠깐 어리벙벙하였으나 약빠른 잔나비답게, 자신을 조롱하는 말이라는 것을 알아차리자마자 반사적으로 발끈 혹은 왈칵 하여서 튕기듯이, 호리호리한 지관 이극도가 모가지를 빼 내밀고 갈퀴눈을 뜨며 앙칼지게 외쳤다.
「허허~ 핏대 세우는 꼬락서닐 보니 영 틀리지는 않은 것 같으네 그려⋯. 내 일찌기 코흘리개 적부터 풍수가라 일컫는 꼴상들의 뻔한 수작질을 수두룩하게 봐 온 바, 그 행태와 작태들을 한번 읊자시면⋯!」
보아 하니 주인 믿고 왈왈대는 똥개로만 보여서 같잖다는 듯이, 이극도에게는 눈길조차 주지 않은 채 고개를 비스듬히 틀고 눈높이로 들어올린 술잔을 만지작만지작 손목을 비틀어가며 돌려보던 김병연이 그 술잔을 술상 위에 "탁!" 소리가 나도록, 마치 장기판에서 "장將이야!"하고 외통장군 부르는 것처럼 힘차게 내려놓더니, 고개를 한차례 끄덕이고는 거침없이 말머리를 내어 달리기 시작했다.
「우선, 큼지막한 정자관에 돈 푼 깨나 있어 보이고 방귀 꽤나 뀌어 대는 근엄 삼엄 지엄하신 나리님들께 번들번들 웃는 낯짝부터 은근슬쩍 들이밀고서 여기에 이빨이 좀 들어가겠다 싶으면 초장부터 초전박살 자못 심각하게 현하구변懸河口辯으로다⋯, "집터와 묏자리가 불길不吉이요, 흉처凶處에 화처禍處, 망처亡處에 살처殺處, 패가망신처敗家亡身處려니⋯,

유출유괴愈出愈怪로되 원원유장遠源流長이라, 허허~ 목하目下 목전目前 큰일
이 날 것이로세~!"하고, 살기등등 살기충천 과장하고 비장하여 알듯
모르듯 모르고도 아는 듯, 신통방통 온갖 지혜 신묘기묘 갖은 지식, 가
지각색 종종색색 견문見聞 지견知見 문견聞見 식견識見, 변화막측 변화불측,
갖은 재주 동원하여 영악하게 어르고 또 뺨 쳐가며 능갈치고 후려치
고 높으신 대감님들 정신모가지를 쏙 빼어놓고서‥! 종국終局엔 풍상風
霜에 깎이고 짐승에 밟히고 사람 손길 발길 스쳐 났을 산 모양 들 모양
물길 모양을 그저 생겨먹은 대로 어금버금 어금지금 기기묘묘하게 형
국形局대로 어반於半에 어상반於相半 가당찮게도, "용이다, 봉이다, 거북이
대가리, 닭대가리, 말콧구멍, 소콧구멍…," 산쟁이도 못되는 것이 "이
거다 저거다. 요모다 조모다." 갖다 붙이긴 도나캐나 어슷비슷 잘도
같다 붙여가며 산을 용이라 혈穴을 찾고 봉이라 맥脈을 짚는 시늉으로
"득수위상得水爲上에 장풍차지藏風次之라‥!" 흐르는 바람부터 먼저 얻어 젖
을 담아 가두시고, "생혈生穴, 사혈死穴, 정혈精血이니 몸엣것은 생리혈生
理血이라!" 사방四方 사우四隅 팔방八方 시방十方 상하 전후좌우를 두루두루
쑤셔가며 바람 지나고 물 돌아가는 길 들고나니, 이런 명당明堂 저런 길
처吉處, 요기조기 혈처穴處 혈장穴藏, 개기름 미끈한 감언이설甘言利說에 달
착지근한 화언교어花言巧語, 이설異說, 괴설怪說, 사설邪說, 무설誣說, 뜨뜻미
지근하여 헷갈리는 중언부언重言復言에 협박脅迫에다 겁박劫迫으로 느꼈다
땡겼다 조였다 풀었다, 죽은 조상 잘 모시자고 산 후손을 괴롭히며 뒷
구녕으로 날름날름 밑구녕으로 야금야금 자기 배만 벌름벌름 채우고
서 얼씨구나 두들기니…, 이것을 음양陰陽에 감여堪輿라, 풍수쟁이들 하
는 작태가 아니고 또 무어라 하겠는가?」

　김병연 역할의 배우 강두한이 이극도 역할의 배우 정재성이 떠벌였

던 것과 엇비슷한 가락으로 읊어가다가 사설을 늘어놓듯이, 조금 더 말하기에 가깝게 풀어나갔다.

물론 작가인 그가 캐릭터 간의 차이를 드러내기 위해서 비슷하지만 어디서 얼마쯤씩 다르게 – 그러나 미세하고 미묘한 그 차이가 바로 '본질적 다름'인 것을 보여주도록, 제 딴에는 음수율音數律과 음보율音步律과 음위율音位律이라고 할 만한 것까지 셈하여서 – 썼기에 연기자가 그렇게 읊었을 것이었으나, 연습 초반부에 굳이 이렇다 저렇다 구저분한 설명이 없었음에도 그것을 본능으로 감지하고 구현해낼 수 있는, 타고난 배우로서의 감각이 있었기에 강두한이라는 배우가 지금 저 자리에 서있는가 보다고 감탄하면서 그가 가만히 고개를 끄덕였다.

「뭣이? 자자자…, 작태? 저…, 저자가 감히 어느 안전이라고~!!」

「뉘 앞이시겠는가? 구멍이라 혈穴 찾은 색업色業에 밝으신 음양가 나리 앞이겠지. 그것이 아니라면 장차 왕후장상 나오실 천하명당이라도 얻어 후천後天의 보름달 아래 은금銀金 깃발 휘날리실 나리님 앞이라도 된다는 겐가?」

뻣성이 인 채로 듣다보니 열이 뻗쳐서 붉으락푸르락 자기도 모르는 사이에 낯빛이 도둑놈 볼기짝마냥 시푸르죽죽하게 변한 이극도가 당장이라도 물고物故를 내겠다는 듯이 팔소매를 걷어붙이고 황급히 몸을 일으키려는 몸짓을 보였건만, 김병연은 배꼽이 하품이라도 할 것처럼 몸을 뒤로 젖히며 – 말인즉슨 풀어보면 위험한 뜻을 갖고 있었으나, 아무렇지도 않게 코웃음 치면서 – 같잖다는 듯이 비웃적거려댔다.

「내…, 저 방자한 자를!」

「그만두시게.」

왕방울 행세하는 과부댁 종놈마냥 매부리코 콧구멍으로 거센 콧김을 "킁~!"하고 모가 나게 내뿜고서 몸을 후딱 일으키려는 호리호리한 지관 이극도를 배리배리하고 왜소한 정시후가 나직하고 묵직한 소리로 주저앉혔다.

「나으리, 저 발칙한 자가 감히 진인眞人을 능멸…!!」

'아차…!' 하는 생각에 이극도가 말꼬리를 얼른 되삼켜버렸다. 저도 모르게 튀어나온 말이었으나 입 밖으로 함부로 내어서는 아니 될 말로, 조선 후기 민간에 널리 유포되었던 정감鄭鑑의 참위讖緯한 글, 이른바 『정감록鄭鑑錄』에서 '조선을 무너뜨리고 새로운 세상을 열어 백성을 구제할 사람'이라고 예언한 '진인眞人'이라는 말을 내뱉고서, 제 방귀에 놀란 노루새끼마냥 눈을 동그랗게 뜨고 살피듯이 두릿두릿 정시후를 치어다보았다.

「……」

「…!…」

왜소하고 배리배리한 정시후가 한 호흡 머금어가며 턱 끝을 느긋이 틀어 올리더니만, 외려 감정이 드러나 보이지 않도록 눈을 가느다랗게 뜨고서 이극도를 물끄러미 아니, 빤히 바라보았다. 그러자 정시후의 그런 태도에 오금이 저렸는지 이극도는 딴청을 부리지도 못하고 어쩔 줄 몰라 하다가, 눈을 내리깔고는 두어 차례 콧김만 "킁! 킁~!" 내뱉어댔다.

「뉘신가?」

「송도 초입初入의 지나가는 주객酒客이옵니다. 나으리.」

「……」

냉랭해지려는 분위기를 무마시키려는 마음이었을 것이다. 나지막한 소리였으나 무게감이 느껴지는 목소리로 정시후가 김병연에게 물었던 것이었는데, 가련이가 나긋나긋하게 웃음기 어린 목소리를 내며 끼어들었다. 그러자 무엇이 생각나고 또 무엇이 느껴졌는지, 정시후의 눈알이 찰나지간 섬뜩하리만치 차갑게 반짝였다.

순간, 객석의 그가 '아…! 저걸 나만 본 건 아니겠지?'라고 생각하며 재빨리 고개를 돌려서 관객들을 살펴보았다. 까딱하면 단순하고 진부하며 상투적이고 평면적일 수도 있을 호인형好人形 캐릭터를 다양한 감정을 지닌 살아있는 인물로, 입체적인 캐릭터로 만들려는 배우 차유석의 의도가 엿보였기 때문이었다.

「내, 더불어 술 한잔 나누고 싶은데…, 괜찮으시겠는가?」

이미 관객의 눈길을 충분히 모은 정시후가 누구에게나 항시 그래 왔던 것처럼 자연스럽게, - 마치 자기 아랫사람을 대하듯이, 느긋하면서도 은밀한 하대下待로, - 묵직한 위엄이 은근하게 서려있는 목소리를 부드럽게 내었다.

「그리 못할 것이 뭐 있겠소? 내 그리로 가리다.」

김병연이 "끄응차~!"하고 왼손으로 마룻바닥을 짚고 몸을 일으키더니, 섬돌 위에 내려서서 짚신에다가 발가락을 후비적후비적 우겨넣는다. 헤지고 구멍 난 짚신이라서 신는다기보다는 발등에 걸치게 한다는 표현이 적합할 것이다.

마음이 앞선 탓에 산 벚나무 쪽으로 벌써감치 몸을 틀고 있었건만, 아직까지 버선코에 짚신을 얹혀 놓았다가 떨어뜨렸다가를 반복하는 김병연 역할의 배우 강두한을 바라보며 그가 생각했다.

'이제 짚신을 신고서 뱃가죽이 땅 두께쯤 되는 사람마냥 성큼성큼 아니, 걸친 신발을 질질 끌며 마당을 휘적휘적 가로지르겠지? 그리고

는 산 벚나무 아래 평상 위에 올라와서는 배짱 좋게 술상머리에 넙죽 앉겠지?'

　맨 꼭대기 객석에서 웅크리듯이 의자에 몸을 파묻고 앉아 있는 그는, 지금 눈앞에 펼쳐지는 공연과 자신이 희곡을 썼던 그 당시 머릿속에다가 혼자 그렸었던 장면들, 그리고 저만 아는 인물들과 연습하면서 만들고 싶었던 장면을 생각나는 대로 비교해보면서 - 극중 캐릭터에 소소하게 투영된 아무도 모를 저 자신의 모습을 찾아 즐겨보고, 혹은 캐릭터의 모델이 되었던 주변 인물들과 배우들이 구현해내는 캐릭터들을 비교해보면서 - 때론 흡족해하면서 미소 짓고 때론 불만족스러워 찡그리고 있는 것이다.

　'......'

　꽃이 없던 꽃병에 꽃이 꽂히면 꽃병은 사라지고 꽃병만 남을 것이다. 그를 꽃이라 할 수 있을까? 아니면 꽃병? 모르겠다. 아니다. 무엇이든 상관없다. 무엇으로건 그는 바로 저기에, 그가 있어야 할 그 자리에 있어야만 했었던 것이다.
　한 고비 쉬어가려는 김에 이야기하는 것이지만, 그가 연출자로서 그나마 거칠게 동선動線이라도 그었던 것은 여기까지였다. 전체 텍스트 분량과 예상 공연시간을 놓고 봤을 때 얼추 대충 절반쯤은 되거니와 동선 그리기에 앞서 진행된 텍스트 분석 작업도 그가 주도했었기에, 총 연습 기간과 그가 참여했던 시간을 나란히 펼쳐놓고 보면 연습을 거반 절반가량 이끌었다고 할 수 있을 것이다.

그러나 그럼에도 불구하고 그가 굳이 자신이 연출자로 참여했던 것이 작업 초반에 불과하다고 생각하는 것은 무대 전체에 대한 구상과 조명, 음향, 의상 등 제반 분야에 대해 디자이너들과 완전한 협의가 끝마쳐지기 전이었기 때문이었다.

그래서 혹시라도 여러분들 중 몇몇은 혹은 누군가는 그가 초반에 그렸었을 동선과 그다지 큰 차이가 없지 않겠느냐고 생각할 수도 있겠으나, 무대 전체의 구성과 캐릭터들의 배치와 움직임을 통한 정밀한 구도의 변화 그리고 소리와 빛으로 시간과 공간을 변용시키고 캐릭터의 정서와 심리 변화를 보여주는 타이밍에서 미묘하지만 본질적으로 달라진 리듬을 보였으며, 아울러 조명의 색감과 밀도와 명암 그리고 음악과 음향도 그의 구상과는 적잖이 달랐기에, 예컨대 귀가 예민한 그는 조선시대가 배경이라고 해서 악기가 반드시 국악기國樂器일 필요는 없을 거라고 생각했다. 오히려 가야금, 대금, 단소와 해금, 아쟁 대신 플루트나 피콜로, 오보에, 클라리넷 같은 목관 악기와 여타 현악기를 사용하여 윤이상尹伊桑 씨가 〈플루트, 바이올린, 오보에를 위한 트리오Trio〉, 혹은 〈플루트와 오보에를 위한 4개의 인벤션Invention〉에서 들려주었던 것처럼, 장면의 분위기나 캐릭터들의 심리를 동양적 감각과 선율로 드러내는 것이 나을 것이라고 생각했었기에, 애초 그가 구상했던 공연과는 사뭇 다른 느낌을 보이며 공연되어지는 것을 나름 흥미로운 눈으로 바라보고 있는 것이었다.

발붙일 곳을 몰라 외딴 산골 암자에 자기 발로 기어들어간 앉은뱅이 은둔자마냥 도서관 한쪽 구석에 속절없이 처박혀서, 현란眩亂하게 담벼락에 드리었다가 더디더디 사라져 가는 현란絢爛한 햇살 여운을 시리도록 어두운 눈으로 아득하게만 바라보다가도, 오가는 사람을 생각 없

거기. 그가. 있다. 175

이 하나 둘 민망하리만치 빤히 뚫어져라 쳐다보고 요모조모 뜯어보고 이따금 멍하니 넋을 놓고 앉았다가도, 난파 중인 머릿속에 불현듯이 부사 하나 느닷없이 동사 하나 떠오르면 무슨 대단한 보물이라도 건져 올린 것처럼 혹은 대문장가大文章家의 비결秘訣과 비기秘技를 발견한 것처럼 뿌듯해하며 저 혼자 미친놈처럼 만판으로 히죽히죽 샐쭉샐쭉 기뻐하면서도, - 어느 친절한 평론가와 선배 연극인은 그의 문장이 길고 간결치 못하여 눈으로 읽기에도 숨이 딸릴 만치 너더분하고 장황스런데다가 지나치게 수사적이고 현학적이어서 난해하기까지 하다며, '근자에는 누구도 이렇게 쓰지 않으니까, 요즘 대세인 누구누구 작가처럼 간결하고 명료한 문장으로 읽기 쉽게 써보라.'고 충고했었다. 물론 그도 자기 글에 그런 부분이 전혀 없지 않다는 것을 절대 인정하지 아니한 것은 아니었으나, 현재의 작업이 아직 정립되지 않은 자신만의 스타일을 만들어가는 과정이라는 생각에다가, 남의 나라(조趙나라 한단邯鄲) 사람들의 멋스러운 걸음걸이를 배우고 싶었던 다른 나라(연燕나라 수릉壽陵) 젊은이가 남의 나라 사람들을 흉내내어 걸으려다가, 그 걸음걸이는커녕 본래 자기의 걸음걸이마저 잃어버리고 무릎걸음으로 겨우겨우 기어서 돌아왔다는 옛이야기를 잇대어 놓고서, 외곬으로 걸으려는 자기 걸음걸이가 휘청거리려고 할 때마다, '호랑이와 표범에게 무늬가 없다면, 그것은 개나 양의 가죽과 다를 바 없을 것이다.'는 언화彦和 선생님의 명구名句 '호표무문즉곽동견양虎豹無文則鞹同犬羊'을 진언眞言처럼 입안에서 읊조려가면서 아등바등 지극히도 고집스레 자신만의 스타일과 색깔을 가지려고 노력했던 것이다. 그렇기에 끝에 가서는 결국 거기서 거기일지도 모르겠으나, 어쨌거나 아무튼지 좌우지간 - '달라져야 한다.' '변해야 한다.' '얽매이지 말고 편안해야 한다.' '흔들리지 말고‥, 이만하면 됐다 말고 한 걸음만 더‥, 거기서 다시 한 걸음만 더 가야 한다.'는 강박증에 내몰리어서, 오히려 그나마 여태껏 있는 힘껏 끙끙대며 끼적였던 글월과 낱말들을 다시 원점에서부터 분해하고 조립하는 지극히 고단하고 소모적이되 필수불가결하다고 여겼던 퇴고작업에 머리통을 이리 굴리고 저리 굴리며 식은땀을 삐질삐질 흘려대는 저 자신을 발견할 때마다, 그는 '수도승이 되어 고통에 내재된 쾌감을 즐겨가며 이처럼 험난한 구도求道의 길을 걷고 있는 것 아닐까?' 혹은 '짓는 것으로 짖어야 함에‥, 짊어진 업業(Karma)의 다른 말인 죄罪를 씻어내는 속죄贖罪의 노정 중에 있는 것 아닐까?'라는, 어쩌면 황당무계함에 비웃어버리거나 고개를 갸우뚱거려댈 만치 어마어마한 착각에 빠지곤 했었던 것이었다.

그의 이런 시크름한 자아도취적 착각 혹은 떨떠름한 과대망상적 착란 현상은, '채우는 것보다 비우는 것이 천만 배 더 어렵다.'는 짭쪼름한 조언助言과 '말과 글이라는 것이 작가인 저 자신을 드러내기도 하지만, 거꾸로 숨기고 감추며 심지어 왜곡시키기까지 한다.'는 역설力說 아닌 역설逆說의 끈적끈적한 구렁텅이에 빠져 허우적거리기 시작하면서부터 발생했을, 어쩌면 새콤달콤한 자가당착적 자기과시와 연관된 씁쓰름할 조울증적 자학증상에서 유래했을 것인지도 모를 일이었다.

실로 그랬다. 팔만대장경 목판본을 몽땅 그러모아 가지고 싹 다 짜부라트리고 바스러뜨려버리면 '마음 심心' 하나 남거니와, 그마저도 불쏘시개로 아궁이에 처넣으면 모락모락 '빌 공空' 자를 그리며 부옇게 사라져버릴 것이라는 것을 머릿속에 그려보고서, '비워야 한다.' '덜어내야 한다.' '넘치는 것은 모자란 것만 못하다.' 틈나는 대로 다짐하듯 중얼거려댔음에도, ─ 비워야 한다는 생각에 비우고도 싶었건만 비울만치 무엇을 가진 것이 없어서 슬프기만 하였고, 그런고로 비우기 전에 무엇을 우선 좀 채워놔야 할 것 같아서, 뿐만 아니라 기억을 되새김질하는 김에 고자질하건대, 욕심을 버리기 전에 제 욕심의 끝이 어디인가를 보고 싶은 지독한 자기애自己愛에 사로잡혀 있는데다가, 별같이 반짝이는 문장과 달 같이 매끄러운 문체를 찾아 헤매는, '나 같이 미친놈도 하나쯤은 있어야 하지 않을까…?'하는 난 체하는 태도와 '이것이 바로 세상을 바꿀 것이다.'라는 허황된 공명심 탓으로 '번화손지繁華損枝 고유해골膏腴害骨 : 지나치게 많은 꽃이 가지를 손상시키고, 과도한 지방이 뼈를 상하게 한다.'는 경구警句와 '문이재도文以載道 : 문장은 도를 담아야한다. 그런즉, 글이란 표현이나 문장이 아름답고 독특하기보다는 글의 뜻이 잘 표현되어야 한다.'라는 금언金言을 금과옥조로 삼겠다고 마음먹었음에도, ─ 그는 자신이 가진 것 전부를, 그야말로 피 한 방울 땀 한 방울 눈물 한 방울까지 모조리 쏟아 붓는 것이야말로 참된 진정성眞情性이라고 생각하는 단순무식한 사람이었기에, 정작 대본에다가는 백분지 일도 쓰지 못할 만큼 엄청난 양의 자료들을 틀어쥐고 앉아서 만지작만지작 거려대기만 하며 적절히 써먹지도 못하고, 그렇다고 과감히 버리지도 못하고, 한 달에 절반가량을 제자리에서 맴맴 고심에 고심을 더해가며 고달피 매암 돌기만 했던 적이 한두 번이 아니었으니 말이다.

"왜 그러시냐면요…!"

대본을 쓰는 데 얼마나 걸렸냐고 물었던 이극도 역할의 배우 정재성에게 이것저것 자료 수집하는 데 일 년 육 개월 정도 걸렸고 본격적으로 쓰기 시작해서는 사오 개월쯤 되니까 도합 이십 개월가량 걸렸나

보다고 이야기하는데, 평론가 류리가 뭘 안다는 듯이 끼어들었었다.

"시선이 깊은데다, 완벽주의자여서 쉽게 못 쓰시는 거예요."

"……"

붉고 더운 피가 가슴팍에 몰려 있는 작가 나부랭이들과는 달리 먹물마냥 검고 차가운 피가 뇌혈관을 타고 흐르는 평론가다운 말이라고 생각했던가? 그가 팔짱을 끼며 탁자 아래로 짧은 다리를 길게 쭉 뻗고 몸을 미끄러뜨려서 의자등받이 아래로 몸을 낮추더니, 고개를 삐딱하게 치켜들었었다. 그러자 평론가 류리는 술잔을 손에 든 채 배우 정재성 뒤를 사붓이 돌아서 그와 마주 앉더니, 언제나 그랬던 것처럼 도도한 척, 왼손으로 턱을 괴고 오른손에 들었던 술잔을 내려놓고는 손가락 끝으로 "타다다닥~!" "타다다닥~!" 탁자를 소리나게 두들겨대며 도톰한 입술을 윤기가 나도록 달싹여댔었다.

"음…, 뭐랄까? 하나하나 정성들인 언어가 보석 같고요, 고요한 리듬이 시적으로‥, 맞다‥! 리듬이 조선시대 시조를 현대적으로 느끼게 해줬고요, 또오~! 징슈필Singspiel처럼 노래가 많다거나, 바그너Wagner의 악극처럼 스펙터클하진 않지만, 음악적이고‥, 뭐 또, 고전이 현대로 이어지는 맥락에서 연극성을 살렸다는 것이 대단하다고 할 만하지요."

그녀가 어깨를 한 차례 크게 으쓱이고서 팽팽한 이마빡에 주름살이 두어 줄 굵게 잡히도록 눈을 동그랗게 뜨고 눈꺼풀을 삼박삼박 거리며 고개도 몇 차례 끄덕끄덕 거려대더니, 웃어 보이려고 감쳐문 입술이 더욱 도드라져 보이도록 혓바닥을 굴려서 입술에다 침을 반들반들하게 발랐었다.

"저도 처음엔 배우가 되고 싶었답니다."

술을 마신다기보다는 윗입술을 적셔본다는 표현이 어울릴만하게, 평론가 류리가 술잔을 입술에 대고 홀짝거렸었다.

"그런데 자아가··, 아니! 껍질이 두꺼워서였거나, 알몸을 드러낼 용기가 없었거나, 아니면 음···, 감추고 싶었던 깊은 사연 비슷한 게 있어서였는지는 모르겠지만요."

싱긋 웃어 보이고서 허공에다 띄우듯이 말머리와 말꼬리를 이어나가던 류리가 눈웃음치듯이 - '당신은 그 사연을 알고 있지 않아?'라고 말하려는 듯이 - 왼쪽 눈을 깜박거리고는, 딴청을 부리려는 어린아이처럼 주둥이를 삐죽삐죽 거려댔었다.

"뭐··, 내가 누구처럼 재능이 특출한 것도 아니고···."

어깨를 으쓱이면서 바뀐 호흡으로 가볍게 툭 뱉어본 말이었으나, 그렇다고 빈정대는 말투는 아니었었다.

"나도 내가 꽤나 특별난 줄 알았는데, 갈수록 클리쉬cliche하게 조악해지기만 하고 시시해지고 유치해지고··,"

그녀가 턱 끝을 들어 숨을 들이마시며 윗몸을 꼿꼿이 일으켜 세워 앉더니, 고개를 가로젓는 대신에 몸을 좌우로 비틀어가며 말머리를 틀었었다.

"그런데 연출님 대본의 표현들을 보면요··"

"······"

그가 티 나지 않게 살짝, 기대감으로 뭉쳐졌을 거품 많을 침 덩어리를 목구멍 너머로 '꿀꺽~' 삼키고서 류리의 눈을 쳐다봤었다.

"차라리 배우가 안 된 게 다행이라는 생각도 들어요."

"······"

"양심도 없지. 이걸 어떻게 외우라고··, 핏~!"

"……"

"이건 정상이 아니니까….."

"……"

그는 류리의 말을 들으며 내심 우쭐했었다. 과찬에 가까울 말의 내용뿐만 아니라, 그녀의 서툰 몸짓과 말투가 엿보여준, – 그래서 그로 하여금 저 하고픈 말은 다 해놓고서 말끝에다가 꼭 "아님 말고!"라는 후렴구를 붙여넣으며 햇땅콩 같은 덧니를 환히 드러내 보였던 말괄량이 소녀를, 바삐 뛰어나오느라고 신발을 짝짝이로 신은 줄도 몰랐다며 까르르 웃어댔던 바로 그 주근깨투성이 소녀를 떠올리게 만든 – 감추지 못한 호감 탓이었을지도 모르겠지만 말이다.

"그런데, 그럼에도, 아직까지 욕심으론 해보고 싶은데‥,"

"……"

"그러나, 그렇기에, 멍청이처럼 망설이며 해볼 수가 없으니….."

류리가 입술을 찌긋거리며 웃는 표정을 지었었다.

"부럽네요. 솔직히…. 많이….."

"……"

"에고! 내가 괜히 술자리에서 연출님이 싫어하는 재미없는 작업얘길 꺼냈다. 그쵸? 자~! 우리 즐겁게 한잔해요!"

평론가 류리가 먼저 잔을 치켜들었었고, 그도 그러자는 대꾸마냥 피식 웃어 보이며 잔을 집어 들었었다. 그러자 여태껏 옆 사람과 딴짓하고 있던 이극도 역할의 배우 정재성도 "오케이, 오케이~!" 건들건들거려가며 잔을 들어올렸었다.

"모든 것이 흘러가도 글은 남는답니다. 글은 죽음보다도 강해요. 그런즉, 그래서, 그러므로, 그런고로‥! 쓸 수 있는 그대께서는 위대하시답니다. 자 즈다르비예! 자 드루지바~! 다 드나 네 아스타블라이체 즐로~!!"

지금 다시 생각해보면 몽환적으로 아니, 몽롱하게 들려야만 할 것 같았던 목소리였다. 대본에 쓰인 옛말투를 흉내 내고 – 나중에 그녀의 깔깔거리는 목소리를 통해서 "건강을 위하여!" "우정을 위하여!" "재앙을 남기면 안 되니까, 한 방울도 남기지 말라!"라는 뜻이었다는 것을 알게 된 – 러시아 말을 외치며 술잔을 높이 치켜들었던 그녀의 빨간 입술을 말끄러미 바라보면서 그는 침을 꿀꺽 삼켰었다.

그날 늦은 시간. 적당한 취기를 느끼고 적잖은 아쉬움(?)을 남긴 채 집에 돌아온 그는 잠자리에 누워서, 희뿌연 담배 연기 너머로 아렴풋하게 보였던 류리의 불그스름한 목덜미와 반짝였던 눈자위, 그리고 야릇하게 느껴졌던 – '아무도 모르고 우리 두 사람만 아는··, 서로에게 특별하면서도 비밀스런 관계를 가져보는 건 어떨까요? 그러면서도 각자의 사생활에는 간섭하지 않고, 어느 한쪽이 그만두길 원한다면 다른 한 쪽은 언제든지 받아들여야 하는··, 아주 깔끔한 게임을 즐겨보는 건 어떨까요?'라고 당돌한 제안을 할 것만 같아 가슴을 콩닥거리게 했었던 – 눈웃음을 떠올렸었다.

확신할 수 없으나 확신이 필요 없는 감정을 – 생각해보면 저만의 착각이었음에 틀림없겠지만, 그래도 그때에는 그런 거라고 생각했을 만한 것을 – 느꼈었기 때문이었을까? 그러고서는 짜릿할 것만 같은 일탈을 – 벌거벗은 그녀의 알몸을 떠올려보고 몸 구석구석을 어루만져보고 핥아보며, 깨끗이 제모됐을 겨드랑이에다가 혀끝도 까끌까끌하게 대어보고, 잘 그려지지 않았던 마른 몸의 가냘픈 곡선과 제 손길에 민감하게 휘어지고 감겨올 몸짓과 비릿한 소리들을 떠올려보며, 만져볼 수 없었던 형체를 대신하여 '도톰하고 새빨간 입술을··' '한손에 움켜쥘 작고 단단한 가슴과 손바닥에 찰싹찰싹 달라붙을 탱탱한 엉덩이를··, 보드랍고 매끄러운 허벅지를··' '그리고 더··, 더 아래 우거진 수풀 속에 감춰진, 움푹 파인··,'이라고 입안에서만 맴도는 단어들로 이미지를 그려가면서 부둥켜안고 뒹굴 때, 그녀의 귓불에다 간지럽게 불어넣어 줄 만한 이야기들을, 그러니까 '까무잡잡한 피부가 곱다.' '가슴이 예쁘다.' '앙증맞은 꼭지가 빨간 좁쌀마냥 귀엽다.' '콧소리가 자극적이다.' 등등을 떠올려보다가, 절정에 이를 바로 그 순간에 벌떡 일어나 가랑이 벌리고 어정쩡하게 서서 새하얀 시트 위에 진갈색 물똥을 뿌직뿌직 퍼질러 싸고 미친놈처럼 날뛰어보는 자신의 모습을 – 상상했었다.

그가 그렇게 는실난실하고 추잡한 상상을 흥미롭게 하고 있던 중에 – 경적을 울려대는 것으로 그를 야릇하고 망측스런 망상에서 깨워주려는 것처럼 – 바로 곁에 잠들어 있던 그의 아내가 잠결에도 배에다가 힘을 주어 방귀를 힘껏 "뿌웅~!" 뀌고 뒤척이며 돌아누웠었고, 그런 아내의 모습을 어이없다는 듯이 쳐다봤던 그가 피식 웃고는 홑이불을 끌어다 아내의 가슴 위에까지 덮어주고 뺨에 입 맞추며 뒤에서 사랑스레 꼬옥 안아주었었던 기억을 떠올렸다.

'그때는 왜 그렇게 싱숭생숭했던 걸까?'

학자연하며 가르치려 드는 돼먹잖은 버릇이 없어서 그나마 봐줄 만하다고 여겼었지만, 그래도 말참견하는 것은 질색이었기에 그는 그때까지 그녀에게 까칠한 태도를 견지했었다. 그랬기에 이제와 꿰맞춰보면, 아마도 서툰 애무와 거친 삽입 그리고 강렬한 자극에만 몰두했었던 이십대 후반이나 삼십대 초반의 싱싱한 젊음이 그리웠었거나, 충분히 만족스러웠던 아내와의 관계에서 유일하게 부족했던 '설렘'이라는 풋풋한 감정을 느끼고 싶어서 그랬었는지도 모르겠다고 생각하려는 찰나였다.

「자 왔소이다! 술 한 잔 주시겠소?」

김병연 역할의 강두한이 허튼 생각 말라고 그의 귀싸대기를 후려갈기는 것처럼 제 허벅지를 "짝!" 소리 나게 치고서 정시후 역할의 차유석을 떠보듯이 쳐다보았다. 그러자 오른편 의자팔걸이에 몸을 기대어 틀고서 왼다리를 오른다리 무릎 위에 꼬아놓고 맵시 좋게 앉아 있던 그가 다리를 바꿔 꼬아 몸을 왼편으로 비스듬히 기울여 앉으며 김병연이 정시후에게 잔을 내미는 광경을 내려다보았다.

'불꽃이 튀어야 할까? 아니, 아직은 아닐 테지?'

정시후가 별다른 표정이나 호흡 혹은 리듬의 변화 없이, 가장假裝하거나 과장誇張하는 것 없이 덤덤하게, 그러나 그것이 어딘지 자연스러운 긴장감을 조성하는 것처럼 느껴지도록, 김병연의 빈 잔을 채워주는 것을 보면서 그가 생각했다.

「자, 받으시겠습니까?」

목구멍에 불이 난 아귀마냥 벌컥벌컥, 정시후가 따라준 술을 단숨에 들이마신 김병연이 정시후의 면전에다 잔을 들이밀었다. 아마도 관객에게 김병연이 정시후를 깔보고 있다는 느낌을 주고 싶어서 그랬나보다. 강권强勸이 아님에도 은근한 호기豪氣를 부려보는 것 같다고 느껴지도록, 김병연 역할의 강두한이 술을 따르며 턱을 살짝 들어서 정시후 역할의 차유석을 눈 아래로 내려다보는 동작을 해보였다.

「대사께서는 어떠신지요? 비생비비생非生非非生 축생畜生과 다름없는 이 중생衆生이 봉양하는 걸쭉한 반야탕般若湯 한 사발 아니 드시겠습니까?」

정시후가 천천히 술잔을 비우는 동안이었다. 김병연은 정시후가 목구멍으로 술을 넘기거나 말거나 관심 없다는 듯이 보는 둥 마는 둥 해보이더니, 몸을 옆으로 기울여 투실투실한 승려 원호의 눈앞에다 술병을 흔들어 보였다.

"아…! 이런…. 잘못 앉혔구나."

별안간에 탄식하듯이, 그가 저도 모르게 입 밖으로 나직한 소리를 내뱉었다. 평상에 올라앉은 캐릭터들의 위치는 지금처럼 객석에서 보기에 왼편에서부터, 이극도, 가련, 정시후, 원호, 김병연 순서가 아니라 이극도, 정시후, 가련, 원호, 김병연 순으로 앉혔어야 했다고 생각했기 때문이었다. 그래야 김병연이 평상에 올라와 정시후와 마주보고 앉음에 우선 객석 중앙을 향해 등을 덜 보이게 할 것이고, 이극도는 가련이를 정시후와 원호 사이에 앉힘으로써 두 사람 사이를 갈라놓고 멀리 떼어놓으며 아울러 자신이 정시후의 최측근이자 오른팔임을 보일 것이고, 또 가련이는 정시후와 김병연이 마주하는 가운데쯤 앉음으로써 굳이 나서지 않고도 소소한 반응이나 표정의 변화를 보이는 것만으로도, 두 사람이 주고받는 힘의 크기와 성격을 드러내고 전체 분위기를 바꿔줄 수 있을 것이었기에 말이다.

아쉬워하는 마음에 그가 몸을 뒤로 젖히며 양손으로 머리카락을 쓸어 넘기더니, 뒤통수에다가 손깍지를 끼고서 "후~우~!"하고 숨을 크게 내뱉었다. 그리고는 고개를 뒤로 젖혀서 숨을 입안에 머금더니, 왼쪽 오른쪽 볼따구니를 번갈아 부풀리도록 옴직옴직 거려댔다.

미루어 짐작하건데, 무대도 그렇게 썩 마음에 들지 않는 모양이었다. 그도 그럴 것이 계절이나 하루의 시각으로 보건데 분명히 화사한 봄밤이어야 하거늘, 무대는 내추럴 모티베이션natural motivation과는 상관없이 어느새 쇠락한 가을 밤빛으로 물들어 있는 것처럼 보였고, 몇 개의 엘립소이달 스포트라이트Ellipsoidal spot light에서 나온 부드러운 빛 뭉치들이 달 주변에 환하게 어우러져 있어서 밤하늘은 외려 어둑어둑하게 보였기 때문이었다.

'자연광自然光의 느낌으로 자연스럽게…, 관객이 언제 어떻게 조명이 바뀌었는지도 모르게끔 고요한 변화를 주겠다고 했었는데…, 혹…, 조명 디자이너가 바뀌었나?'

그가 주먹을 꼭 쥐어 접히는 집게손가락마디께로 눈자위를 비비적 비비적 예닐곱 차례쯤 눌러대더니, 누군가를 찾기라도 하려는 것처럼 몸을 앞으로 기울여서 객석 아래쪽을 내려다보았다. 그리고는 몸을 다시 뒤로 물리며 왼손 팔꿈치를 의자 왼쪽 팔걸이에 올려놓고, 왼손 집게손가락과 가운뎃손가락을 왼쪽 관자놀이에 갖다 대고서 지그시 눌러보았다. 그러다 손끝에 힘을 주어 네댓 차례 문지르더니, 목탁을 두드리는 것처럼 리드미컬하게, 들리지 않는 소리를 행위로 보여주려는 것처럼, 손가락 끝으로 관자놀이를 일정하게 "똑똑똑똑…" 두들기며 눈길을 무대로 돌리었다.

「불가佛家에서는 술을 한잔 마시면 서른여섯 가지 허물이 일어나고, 술을 즐기는 사람은 지혜종자가 없어져 똥물지옥에 떨어질 것이라 하여‥, 차라리 펄펄 끓는 구리 쇳물을 마실지언정, 술이라면 풀잎 끝에 떨어지는 이슬방울만큼도 입에 대어서는 아니 될 것이라 하였습니다. 허나, 귀인께서 굳이 권하신다면…,」

「……」

「소승이 한번…,」

러시아에서 화술을 전공했다는 연기선생님답게 허리를 꼿꼿이 펴고 맞춤법에 유의하여 또박또박 듣기 좋은 목소리를 허공에다 던져놓던 승려 원호 역할의 풍채 좋은 배우가 관객의 괜한 주의를 끌어보고자 거듭 쓸데없이 말꼬리를 머금어댔다.

「받아…, 마셔보지요.」

「그러시겠습니까? 핫~!」

고루하게 뜸을 들렸던 유학파 배우께서는 - 못마땅하여 찌푸렸었던 그의 이맛살과는 대조적으로 - 사람 좋아 보이는 웃음을 지어 보이며 김병연에게 술잔을 내밀었다. 그러자 김병연이 몸을 뒤로 젖히면서 웃음도 아니고 웃음이 아닌 것도 아닌 소리를 내더니, 큰 동작으로 오른 팔소매를 걷어붙이고 술잔에다 술병을 가져다 대었다.

「어~? 어라? 이런··! 술이 떨어졌구만 그래.」

술을 따르던 김병연이 술병을 제 입에 갖다 대고 탈탈 털어보고 눈으로 술병 주둥이 속을 들여다보더니, "후~후~" 불어대고 입을 떼며 고개를 돌리었다.

「보시게, 가련! 여기 술 좀 내오지 않으시겠는가? 우리 까까머리 부처님과 음양에 달통하신 나리께서도 가련이 술맛을 한번 봐야, 그나마 감응하야, 감여堪輿건 감창甘唱이건 뻑적지근하고 달착지근하게 해보실 것 아니겠는가?」

「뭐··뭐라?? 감창?? 아니, 이자가 정녕…!!」

「허허~ 우리 음양가나리님께서는 하도 음택 양택 하시기에 그 구멍만 잘 파시는 줄 알았더니만··, 비강鼻腔 비공鼻孔에 콧구멍이 흥성흥성 흥분마저도 잘 하시네 그랴…! 허나, 아무리 음양의 이치만을 밝히셔도 그렇지, 명색이 일원一元, 양의兩儀, 삼재三才, 사상四象, 오행五行에 육갑六甲을 떨고··, 어이쿠~! 이거 미안하게 됐네. 육갑이 아니시라 육합六合에 능통 달통이요, 칠성七星, 팔괘八卦와 구궁九宮에 시방十方까지 무불통지로 사발허통 화통하게 도통하신 대풍수가께서 겨우 이 정도 농짓거리로 기분 상해하시다니··, 그래서야 어디 그 거뭇거뭇한 체모(體貌/體毛)가 발딱발딱 곤두서시겠는가?」

운우지락雲雨之樂에 몸을 떨며 숨 막히듯이 내지르는 여인네 소리를 감창甘唱이라고 하는 것이니, 부러 비웃적거리고 놀려대는 말투에 이극도가 모가지에 핏대를 세우며 발끈했으나, 갈수록 태산泰山이요 태산 너머 수미산須彌山이라고, 김병연은 외려 한 술 더 떠서 능치듯 야지랑스럽게 웃으며 받아넘겼다.

눈치 빠른 관객에게는 잔소리가 될지도 모르겠지만, 음양의 이치만

을 밝힌다는 말은 여색女色만을 밝힌다는 말이기에, 김병연 역할의 강
두한이 은근히 깐죽거리듯이 – 대놓고 드러내는 것보다 그 의미가 더
잘 엿보이게끔, 음흉한 눈짓을 살짝 지어 보이는 것으로 – 그 체모가
거뭇거뭇한 거웃임을 드러내줬기에, 그것을 받아주는 이극도 역할의
정재성도 눈썹을 비틀듯이 치켜뜨고 눈알을 부릅떠 디굴대며 받아줘
야만 했다. 그래야만 체모가 체모體貌가 아니라 거웃인 체모體毛가 될 것
이기 때문에 말이다.

　「나으리, 고정하시지요. 천첩이 한잔 올리겠사옵니다.」

　경기까투리 같은 저가 보기에도 뻔뻔스럽기가 양푼 밑구멍 같았을
것이다. 이극도 역할의 정재성이 하도 기가 막혀서 막힌 둥 만 둥 입을
쩍 벌리고 나름 꽤나 어이없어 하는 표정을 지어 보이자, 가련이 역할
의 황수정이 분위기를 환기시키려고 – 바로 그 타이밍을 놓치지 않으
려고 – 재빨리 끼어들었다.

　「진아! 아진아~! 작년 가을 담가 놓은 국화주 좀 내오너라!」

　이극도에게 나긋나긋이 눈웃음 지어 보인 가련이가 무대 안쪽에 대
고 소리쳤다. 그러자 정주간이라고 여길 만한 곳에서 아진이 역의 초
짜 배우 연옥이가 얼굴을 빼꼼히 내밀었다.

　「네, 아씨~! 곧 대령하겠사옵니다요.」

　아진이가 앳된 소리로 싹싹하게 대꾸하자, 개똥 씹은 얼굴이었던 이
극도가 목을 움츠리고 곁눈질로 슬쩍 정시후의 눈치를 살피더니, "흠
흠~!"하고 괜한 군기침 소리를 내었다.

　'뭣도 모르고 촐랑거리며 덤벼보려는 지관 이극도는 차치하더라
도, 지체 높은 정시후나 노회老獪하고 의뭉스런 승려 원호에게 김병연

거기. 그가. 있다.　189

의 첫인상은 어땠을까? 행색은 남루하나 말하는 것을 들어보니 글줄깨나 읽은 것도 같고‥, 그래서 한때는 입신양명을 꿈꾸며 과거에 응시했을 것이로되, 번번이 낙방하여 술주정으로 투정을 부리거나 쓸데없는 호기를 부리면서 볼멘소리나 일삼는 비렁뱅이로 보였을까? 아니면 재주는 있으나 세상에 쓰이지 않은, 벼슬길에 오를 수 없는 불우不遇한 선비쯤‥? 그래서 가진 자에 대한 열등의식을 공격적으로, 세상에 대한 증오와 원망을 싸늘한 냉소와 치기稚氣어린 조소로 거침없이 표현하는 불손한 선비로‥? 그런즉, 어쩌면 혹시라도 자기편으로 끌어들이고 싶은 생각이 들었을라나? 그것도 아니라면‥, 가지고 싶은 것을 가질 만한 능력이 있었음에도 가질 수 없는 자가, 제가 갖고 싶었던 것을 갖고 있는‥, 저보다 못나 보이고 못해 보이는 자를 봤을 때 느끼는 눈꼴시림과 아니꼬움을 짐짓 호탕함과 대범함으로 꾸며가며 허세와 다르지 않을 과장된 웃음으로 부질없는 칼질이나 해대는 비딱한 풍류객 정도로 보였을까?'

짧은 순간이나마 정시후와 승려 원호 눈에 비쳐질 김병연의 이미지를 – 그것이 곧 관객의 눈에 보일 것이기에 – 정리해보려는데, 김병연 역할의 강두한이 "으랏차~!"하고 무릎을 짚으며 몸을 일으키더니, 정시후 앞에 놓여있는 술병을 거리낌 없이 덥석 집어 들었다.

「아~! 여기 아직 술이 남아 있었구만, 그래‥! 자~! 우리 음양가나리님께서도 어서 한잔 받으시게나.」

「…!!…」

자못 무례하게 보이는 행동에, 깜짝 놀란 가련이는 물론이거니와 어처구니없어 하면서도 눈만 동그랗게 뜰뿐 누구 한 사람 감히 끼어들지 못하고 하나같이 얼떨떨한 표정을 지어 보이고 있는 사이. 김병연이 집어든 술병을 제 눈앞에서 찰랑찰랑 흔들어 보더니, 왼손으로 제 앞에 놓여있던 술잔을 들고 거기에 술을 따라 이극도 앞으로 쭉 밀어 놓았다. 그리고는 승려 원호 앞에 놓여있던 술잔을 가져와 거기에도 술을 가득히 따라서 "후루룩~!"하고 언청이 굴회 마시듯 소리까지 내며 단숨에 들이마셨다.

「캬아~! 좋구나‥! 아아~! 그렇게 고양이 쥐 잡아먹을 듯이 노려보지 마시게. 내 비록 지금은 폐문廢門의 잔인殘人으로 침윤沈淪하야 비루먹은 초상집 견공마냥 촌촌걸식村村乞食하고 있지만은‥, 그래도 소싯적엔 방귀깨나 뀌어대던 명문거족 가운데 한 가지였다네. 킥킥…! 그것도 제법 튼실하니 가운데 큰 가지로 말일세.」

김병연이 '씨익~' 웃으며 손사래 치더니, 사타구니 앞에서 평상 위로 불쑥 솟아올라 덜렁덜렁 거려대는 팔뚝질을 - 시쳇말로 주먹감자 먹이는 팔짓을 - 익살스레 해보였다.

「나는 청북 정주 땅의 정시후라 하오이다만, 귀인께서는…?」

청북清北이란 평안도 청천강清川江 이북以北 땅을 말하는 것이다. 여태껏 잠자코 지켜보기만 하던 왜소한 체구의 배우 차유석이 묵직하게 입을 떼었다. 느릿한 어조로 상대편을 높이는 말투였으나, 억양은 묘하게도 사람을 내리누르는 느낌을 주었다.

「귀인이랄 것까지야…. 그저 김金이라 합니다.」

술기운에 휘둘린 것은 아니었으나 술기운에 호기豪氣가 살짝 돋워졌다는 것을 드러내듯이, 강두한의 말투도 어딘지 달라져 있었다.

「소승은 원호라 합지요. 나무 관세음보살.」

승려 원호가 수초 같이 덥수룩한 수염 위로 바람같이 주름진 미소를 잔잔히 띠우며 굵다란 염주를 칭칭 감아 두른 왼손과 짧고 뭉뚝한 오른손바닥을 가슴께 모아 합장해보이더니, 어글어글한 눈길을 이극도에게로 돌리었다. 그러자 여전히 아니꼽고 못마땅하여 가래 터 종놈마냥 떨떠름한 얼굴을 하고 있던 이극도가 콧김을 "킁~!"하고 내뿜고서 퉁명스런 목소리를 내던졌다.

「개성 사는 이극도요. 그래, 댁은 풍수에 대해 뭣 쫌 아슈?」

같잖은 개떡수제비에 입천장이 그만 홀랑 데인 것만 같았던지, 이극도가 "쯥~!"하고 입술끄트머리를 움찔거리더니, 곧 대거리질을 할 것마냥 팔짱을 끼고서 턱 끝으로 겨누기라도 하려는 것처럼 데설궂게 꼬나보았다.

「내 어찌 자네만큼이야 알겠는가? 그저 이리저리 표랑漂浪하며 동가식서가숙하다 보니‥, 귓구멍이 도자전 마룻구멍이라 동냥 삼아 몇 자 주워들은 것뿐이지.」

「귀인께서 보시기에 이곳 개성은 어떻습니까?」

비록 너절하고 구차한 차림새일망정 엄연히 신분이 다를 것임에도, 저는 잘난 백정으로 알고 남은 헌 정승으로만 알아, 평교平交 : 나이 비슷한 벗 간에서나 쓰는 '댁'이라는 말을 입에 올리는 것으로 은근슬쩍 감히(?) 맞먹어보려는 이극도에게 김병연이 자기 호흡과 리듬으로 넌지시 - 듣는 아랫사람을 높여 이르는 '자네'라는 말로 - 하대下待하며 웃어넘기는 여유를 보이려는데, 승려 원호가 사근사근한 목소리로 말꼬리를 낚아채며 끼어들었다.

「항간의 뉘라도 송악은 임신한 여인네가 머리 풀고 하늘 보며 누운 형국이요, 만월대는 금돼지가 누어있는 곳이고 메기장을 심는 밭이라

하며, 거스름 말에 개경은 신하가 임금을 폐廢하는 망국亡國의 터라는 흉언凶言이 떠돌기는 떠돌았다고 하였더이다만은…,」

네가 아는 것쯤은 나도 안다는 듯이, 김병연이 웬만한 풍수가라면 누구라도 알 만한 대수롭지 않은 이야기를 한번 건드려 보더니, 느긋하게 말을 이어나갔다.

「전조前朝의 백운거사白雲居士께서는 천문만호千門萬戶가 이무기 비늘처럼 엇물리었고 머리빗처럼 즐비하여서 형세가 흡사 용이 꿈틀거리고 봉이 춤을 추는 것 같다 하셨으며, 청화산인靑華山人께서도 다만 천리에 이르는 기름진 평야가 없을 뿐이지 내기불설內氣不洩의 천부명허天府名墟임에 틀림이 없다고 하셨으니…, 아무렴 송도가 어디 터가 글러 망했겠습니까? 허나~! 글쎄요…. 무릇 풍수風水라는 것이, 산수山水와 사방사우 팔방시방 주변 풍광을 살펴보되 무엇보다 사람과의 어우러짐을 보아야 할 것임에…. 시속時俗의 암울함과 피폐함에 작금昨今 세태가 고을마다 석호리石壕吏가 우글우글, 길목에는 거린린車轔轔에 마소소馬蕭蕭라 병거행兵車行이 지레 바글바글 거릴지도 모를 일이라 민심 또한 흉흉하니…. 비록 이곳저곳이 하늘이 내리고 땅이 허락한 명당이라고는 하나, 그나마 이런 시절 목숨이나마 온전히 부지하고 싶으시다면 용이다 봉이다 뜬구름같이 헛된 명당 공연한 혈처穴處 찾아 떠돌 것 아니라, 차라리 가솔과 더불어 삼남三南 아래 안온한 십승지 산비탈이나 갈아붙이며 무지렁이 농투성이로 착하게 사시는 것이 어떻겠습니까?」

고려의 문장가 이규보李奎報가 황성皇城인 개경을 찬양하며 지었다는 싯귀와 이중환이 『택리지擇里志』에 기술했던 글귀를 앞뒤로 번갈아 빌어 타고 흥얼흥얼 달려가던 김병연이 말끝에 굵은 힘을 빠르고 세게 주었다가 느리고 여리게 빼내면서 씨익 웃어 보였다.

'거린린車轔轔'은 수레가 덜컹덜컹 굴러가는 소리와 모양이고 '마소소馬蕭蕭'는 말이 히힝히힝 우는 것을 묘사한 것이다. 그리고 〈석호리石壕吏〉는 시인 두보杜甫가 낙양洛陽에서 화주華州 가는 길에 머물렀던 석호촌石壕村에서 목도한 광경을 소재로 삼은 오언고시五言古詩로, 안록산安祿山의 난亂을 진압하기 위해 닥치는 대로 장정壯丁을 징집코자 밤에 사람을 잡으러 와서 호통치는 관리(吏)와 울며 애원하는 할머니의 모습을 담담히 묘사한 것이고, 형식상의 변화가 다양하며 걸음걸이가 달리는 듯하고 탁 트여 막힘없는 '행류行類'에 속하는 〈병거행兵車行〉은 끊이지 않는 전란 탓에 변방으로 끌려가 덧없이 죽임을 당할 장정들의 모습과 이들을 보낼 수밖에 없는 가족의 슬픔을 극적으로 묘사한 두보杜甫의 사회시社會詩이다. 둘 가운데 〈석호리石壕吏〉의 원문과 풀이를 참고삼아 가져와 보면 다음과 같다.

<石壕吏>

暮投石壕村　有吏夜捉人　老翁踰墻走　老婦出門看
吏呼一何怒　婦啼一何苦　聽婦前致詞　三男鄴城戌
一男附書至　二男新戰死　存者且偸生　死者長已矣
室中更無人　惟有乳下孫　孫有母未去　出入無完裙
老嫗力雖衰　請從吏夜歸　急應河陽役　猶得備晨炊
夜久語聲絶　如聞泣幽咽　天明登前途　獨與老翁別

날이 저물어 석호촌에 머무는데 한밤중에 관원(吏) 하나가 사람을 잡으러 왔다. 할아버지는 담을 넘어 달아나고 할머니가 문밖으로 나섰다. 관원의 호통은 얼마나 노엽고 할머니의 울음은 얼마나 괴로웠던가? 할머니가 앞으로 나서서 하는 말을 들어보니, 아들 셋이 업성鄴城에서 수자리살고 있는데(戌 : 국경을 지키는 일을 하고 있는데), 아들 하나가 부쳐준 편지로 얼마 전 아들 둘이 죽었음을 알았다고 했다. 살아남은 자는 그래도 구차하게나마 살아가겠지만 죽은 사람은 영영 끝난 것일 터. 집안에 다른 사람은 없고 오직 젖먹이 손자가 있을 뿐이라. 손자에게 어미가 있으나 어딜 가지 못하는데, 입을만한 온전한 치마조차 없기 때문이라네. 늙은 할머니가 기력은 비록 쇠약하나 청컨대, 나리를 좇아 밤에라도 가게 하여 달라는 구나. 급히 하양河陽의 부역負役을 응한다면 그래도 아침밥은 지을 수 있을 거라며 말이다. 밤은 깊어 말소리 끊어졌으나 소리죽여 흐느끼는 울음소리 들리는 듯하고, 날이 밝아 길 떠나갈 적에는 할아버지하고만 외로이 작별했다네.

이처럼 힘없는 백성들의 피폐한 참상을 절절히 묘사한 두보杜甫의 사회시社會詩를 희곡작가인 그가 빌려 썼던 것은 김병연이 살았던 19세기가 이른바 민란民亂, 혹은 민요民擾의 시대라 불릴 만치 어지러운 시대였기에 가능했던 것이었는데, 전정田政과 군정軍政과 환곡還穀의 문란은 물론이고 중앙권력을 차지한 경화거족京華巨族이라는 명문벌족名門閥族과 결탁하여 그들의 비호를 받는 지방 관리들의 수탈과 학정이 얼마나 극심했던가는, '근세 부세가 무겁고 관리가 탐학하여 백성들이 편히 살 수가 없어 모두가 난亂을 생각하고 있기에, 요사스런 말이 동쪽에서 부르짖고 서쪽에서 화답하니, 만약 이들을 법에 따라 모두 죽인다면 백성으로서 살아남을 자가 하나도 없을 것이다.'라는 믿고 싶지 않은 풍설風說과 '삼남三南지역은 대부분 다른 뜻을 품고 있고, 서북西北 지역은 전부가 난亂을 생각하고 있다.'는 철종 9년(1858). 7월 26일자 『우포도청 등록右捕盜廳 謄錄』 기록만 보아도 능히 짐작할 수 있을 것이다.

기왕 이야기가 나온 김에 밝지 않은 샛길로 가볍지 못한 발걸음을 한 걸음 침울하게 내디뎌보는 것이지만, 철저한 신분사회였던 조선시대에도 백성들이 자신들의 억울함을 하소연할 수 있도록 '정소呈訴 : 신분과 성별의 제한 없이, 심지어 부녀자나 노비도 각종 민원을 관청에다 제출하고 청원할 수 있었던 행위'와 '상언上言 : 임금이 행차할 때 앞으로 나아가서 자신의 억울한 사정을 아뢰는 행위' 그리고 '격쟁擊錚 : 부당한 일을 당한 사람이 궁궐 담장 위에 올라가거나 대궐에 뛰어 들어가서 그 억울함을 호소하는 행위'이라는 소원제도訴冤制度가 있었다고 한다. 그리고 무엇보다 흥미로운 사실은 산에서 집단적으로 벌였던 횃불시위인 '거화擧火'라는 것이 있었다는 것인데, 성격에 있어서는 그것도 역시 격쟁의 연장이었다고 역사학자들이 말한다는 것이다.

『승정원일기承政院日記』에 기록되어있는 철종 13년(1862) 4월 22일 함평민咸平民들이 서울 남산에서 일으킨 횃불시위와 『일성록日省錄』에 기록된, 같은 해 6월 현감縣監 이계순李啓淳의 탐학貪虐에 항의하는 충청도 부여夫餘에서의 횃불시위, 그리고 같은 해 9월 황해도 봉산鳳山에서의 횃불시위도 봉기蜂起 직전의 농민들이 임금에게 자신들의 의사를 전달하려는 나름의 방편이었다는 말이다.

'봉건사회였던 조선시대에도 백성이 자기네 생각을 밝히고자 횃불을 들었었는데 하물며 지금은? 이름일랑 틀림없이 그 시대의 것이건만, 권력욕에 눈깔이 벌개져서 민의를 왜곡하고 진실을 호도하며 민족을 팔아먹고 없는 일도 지어내는‥, 빨간색이라면 경기를 일으키고 게거품을 뿜어대며 자다가도 일어서는 노인네들을 대상으로 온종일 호전적인 어투로 선동질이나 해대는 썩어빠진 미디어 자본과 더럽게도 붙어먹은 똥내 나는 정권政權이, 착하고 순한 백성의 여리고 가냘픈 목줄을 움켜쥐고서 "너도 빨간색이다." "너는 노란색이다!" 쥐락펴락 공갈협박 일삼는 개떡 같은 현실에서라면‥?'

　그가 이렇게 공연과는 직접적으로 상관없는 오늘을 - 그 시대와 똑같은 이름 가진 음험한 미디어 권력이‥, 대가리에 든 거라고는 삽자루와 시멘트 가루요, 재주라고는 남 등쳐먹고 속여 먹고 후려 먹기뿐이면서도, 온갖 탈법과 갖은 불법과 알랑수로 긁어모은 냄새 나는 돈뭉치를 자수성가의 표본으로 둔갑시켜 놓고서 자화자찬 이빨이나 까고 다니며 후손에게 오롯이 물려줘야 할 아름다운 산하山河까지 파헤쳐가며 갖은 지랄을 해대던 날강도 같은 작자와 손을 잡고는, 또 시월 유신維新적 녹슨 그네에 올라타 죽은 아비의 피 묻은 깃발과 살점 박힌 훈장을 현재와 미래의 유일한 자산으로 삼으려는 무식쟁이 아주머니와 발맞춰가며 도도히 흘러야 할 역사의 물줄기마저 거꾸로 되돌려버린 끔찍스런 현실에 회의감을 느꼈던 것을 - 씁쓰레하게 떠올리려는데, 승려 원호 역할의 유학파 배우가 물기 없는 눈알을 반짝이고서 굵다란 눈썹을 꿈틀대더니, 나직한 목소리로 물었다.

　「십승지라…. 허면 귀인께서는 그곳에 가보셨습니까?」
　「떠도는 말들이 하도 그럴 듯하여 한번 둘러보기는 하였지요.」
　「떠도는 말이라 하심은…?」
　'십승지十勝地'란 '삼재불입지지三災不入之地'라고도 하여, 화재火災 · 수재

水災·풍재風災의 대삼재大三災와 전란戰亂·질병疾病·기근饑饉의 소삼재小三災가 들어오지 못하는 피란避亂과 보신保身의 장소 열 곳으로 '피장처避藏處'라고도 하는데, 이에 대한 기록들은 『징비록懲毖錄』 『유산록遊山錄』 『운기귀책運奇龜責』 『도선비결道詵秘訣』 『서계이선생가장결西溪李先生家藏訣』 『격암유록格庵遺錄』 『토정가장결土亭家藏訣』 등의 문헌文獻과 참서讖書들에서 찾아볼 수 있다.

어지러운 세상을 부평초마냥 떠도는 사내, 그러니까 앞에 앉은 수상한(?) 사내가 이를 모르진 않을 거라고 생각하였지만, 조심성 많은 능구렁이 승려 원호가 그래도 한번 내밀하게 떠보려는 것처럼 낮은 목소리로 묻는 것이었다.

「조선은 세 번의 변란變亂으로 무너질 운수를 타고났으니, 임진년壬辰年 왜놈들의 난리가 첫 번째요, 병자년丙子年 엄동설한 되놈들의 호란胡亂이 두 번째로구나…! 그런즉, 하나 남은 셋째 것은 무엇일런가? '일사횡관一士橫冠이라~! 선비가 관을 삐뚜로 쓰고 귀신이 옷을 벗으며, 십필十疋에 일척一尺을 더하고 작은 언덕에 다리가 둘 달리면 그리 될 것이다…!' 허튼소리들을 하였거니와·, 그런대로 저런대로, 하여 되는 대로 마는 대로 참서讖書가 말하는 참 뜻은…! 농투성이, 밭투성이, 논이다! 밭이다! 콩이다! 팥이다! 콩팥이나 갈아 처먹고 죽쒀먹는 버러지 같은 민초들의 원한 맺힌 울음! 울음…! 땅의 울음, 사람의 울음, 하늘의 울음이라…! 일월개벽日月開闢, 천지개벽天地開闢, 음양개벽陰陽開闢의 한가운데 미륵彌勒의 법신法身께서 화신化身함에 잠방이 속의 좆대가리 마냥 '삐주룩~!'하고 튀어나올 터…! 마침내 정씨鄭氏 성姓의 진인眞人께서 출현하사 계룡산자락에다가 팔백 년을 이어갈 도읍을 세울 것이다. 바로 이 말씀 아니오니까?」

「……」

　김병연이 능청스레 호기에 객기까지 더하여 거침없이, 거기에 여유까지 부려가며 언부럭거려댔으나, 승려 원호는 그늘진 바위처럼 굳은 얼굴을 하고서 아무런 대꾸도 하지 않았다.

　당시 백성들에게는 고달픈 현실에서 벗어나고픈 열망이 가져온 희망처럼, 지복至福의 낙원이 막연하게나마 남녘땅 어딘가에 있을 거라고 믿었던 남조선신앙南朝鮮信仰과 『정감록鄭鑑錄』류의 도참설圖讖設들이 널리 퍼져 있었던 바, 김병연이 언급한 '선비가 관을 삐뚜로 쓰고 귀신이 옷을 벗으며 십필十疋에 일척一尺을 더하고 작은 언덕에 다리가 둘 달리면'이라는 아찔한(?) 구절은, 홍경래洪景來가 1811년 거사를 일으키기 전에 김창시金昌始를 시켜 퍼뜨렸던 참요讖謠로, -『정감록鄭鑑錄』에는 '십필十疋에 일척一尺을 더하고 작은 언덕에 다리가 둘 달리면'이라는 구절 대신 '주변走邊을 달리다 몸을 기대고 성인의 이름에 여덟 팔八 자를 더하면'이라고 쓰여 있는데, 어쨌거나 이 구절을 풀어보라고 적어놓은 대로, 선비 '사士' 자에 관을 삐뚜로 씌우고 또 귀신 '신神' 자를 옷 벗기듯 좌측 변을 없애보면 각각 '임壬' 자와 '신申' 자가 되고, 십필十疋은 그 합한 모양이 달릴 '주走' 자이며 거기에 일척一尺 되는 몸(己)을 더하는 것이나, '주변走邊을 달리다 몸(己)을 기대는 것' 모두 일어날 '기起' 자를 이르는 것이요, 작은 언덕(丘)에 다리를 두 개 그려 넣는 것이나 성인이라고 받들던 공자孔子의 이름 '구丘' 아래에다 여덟 '팔八' 자를 그려 넣는 것이나 모두 '병兵'이라는 군졸을 뜻하는 글자임에, 이것들을 조합하면 바로, -'임신기병壬申起兵'이라는, 한 번 더 풀어 말하자면 '임신년에 군사를 일으키니 조선이 망할 것이요, 정씨 성을 가진 진인眞人이 나타나 계룡산을 도읍 삼아 새로운 나라를 세울 것이다.'라는 발칙한 이야기라는 것이다.

그가 '이 구절을 어디서 봤더라‥?『도선비결道詵秘訣』이었나? 아니면
『격암유록格庵遺錄』인가? 아‥, 『감결鑑訣』이었던가? 또 뭐라고 했었지?
별이 별을 범犯함에 어쩌고저쩌고‥, 대중화大中華인 중국과 소중화小中華
인 우리나라가 한꺼번에 망할 것이라고 했던가?'하고 뒤죽박죽인 머
릿속을 잠시 더듬거리고 정리하여 보려는데, 어느 순간 사립문 가까운
담장 위로 명조체 글자가 - 그러니까 객석에서 보기에 큰 마루 오른편
으로, 그가 '시간이 빚어낸 윤기로 반들대는 항아리나 싱그러운 물풀
이 살랑살랑 거려대는 돌확이 올망졸망하게 있었더라면 어땠을까?'
라고 생각했었던 바로 그 자리 위쪽으로, 방금 전에 그가 머릿속에 떠
올렸던 임신기병壬申起兵이라는 참언과 그 뜻풀이가 - 꾸물꾸물 먹빛 몸
뚱이를 드러냈다.

"아‥. 이런 젠장‥."

그가 자기도 모르게 입을 벌리며 목을 뒤로 꺾더니, 뒷목이 뻐근한
사람마냥 뒷덜미에 한껏 힘을 주어서 자근자근 밟아주듯이 눌러가며
객석 천장을 올려다보았다.

"극의 추진력이 연극적이라기보다는 명상적이고 은유적이며 시적
인 것에 있고, 하여튼 쫌 독특한 대본이라서‥. 커피 드실래요?"
커피에 담배를 곁들인 수다스런 휴식시간이 끝나고 '이제 본격적으
로 동선을 그려볼까?'하며 왼손 검지와 중지로 관자놀이를 문지르고

있었는데, 평론가 류리가, 아니! 지금 이 공연의 연출자께서 다가와 종이컵을 건넸었다.

"이건 순전히 제 생각인데요. 만일 제가 연출을 한다면 저는 자막을 사용해보겠어요. 외국 극단 공연이나 오페라처럼‥, 관객에게 이색적일 수 있는 리드미컬한 언어들을 음미하게하고 감상적으로 가깝게 느껴지도록 말예요. 그럼 자막은⋯"

"뭐요? 자막?"

"네~."

그가 오른손으로 받아든 종이컵을 입에 가져다 대다가 눈을 동그랗게 뜨며 황당하다는 듯이 물었건만, 그녀는 생긋 웃으며 발랄하게 고개를 끄덕였었다.

"여섯 번째 감각이 느껴야 할 것을 눈한테 빼앗기라고요?"

"뺏는 게 아니고요, 눈요기 하나 첨가한다는 의미예요. 아주 은밀하고 회화적인 방법으로 보일 듯 말듯 무대 전체를 방해하지 않게 만들거나 아예 무대장치의 일부로⋯"

"보는 것이~!"

목소리에 들어간 힘과는 상반되도록 그가 종이컵을 테이블 위에 가만히 내려놓더니, 오른손 엄지와 검지 그리고 중지로 종이컵의 주둥이를 쥐고 종이컵 밑바닥을 테이블에 "탁! 탁! 탁!" 자못 신경질적으로 부딪혀보고 손끝으로 빙글빙글 돌리듯이 매만져댔었다.

"⋯!⋯"

확실히 눈에 띌 만했던 그의 이런 행동은 - 단순히 몇 차례 반복하는 것만으로도 - 치솟아 오르는 감정을 다스리려는 의식적인 행동으로 보였을 것이다. 아주 짧은 순간이었지만, 평론가 류리의 눈에서 싸늘한 경계의 빛이 반짝였었다.

"보이는 것과 들리는 것이 오히려 느껴지고 상상되어져야 할 것을 방해할 수도 있을 텐데요?"

"읽을거리가 있어야 상상의 폭이 넓어지죠. 이 대본은 그런 식으로 가야 성공할 거예요. 알아듣지 못하는 외국 오페라에 사람들이 열광하는 경우 있죠? 그건 음악이··, 레치타티보Recitativo에도 나름의 리듬이 있기 때문이죠. 연출님이 쓰신 대본처럼 말이죠. 그렇죠? 안 그런가요? 그런데 자막이 있는 경우라면 그 상상의 폭이 배가 되겠죠. 뭐···, 아무튼··, 저의 생각입니다."

가라앉으려는 듯이 나직해지고 건조해진 그의 목소리가 위압적으로 느껴졌을 것이었으나, 그럼에도 그녀는 전혀 위축되지 않고서 나긋나긋한 손짓을 섞어가며 - 연습실로 모여드는 배우들을 야무져 보이는 얼굴로 쳐다보고 생글생글 웃어가며 - 자기 의견을 피력했었다.

"글쎄요. 저는 회의적인데요."

그가 종이컵 만지작거리던 것을 그만두고서 뭐라 대꾸해야 할지 생각해보려고 팔짱을 끼며 마룻바닥을 묵묵히 내려다보려는데, - 원래 승려 원호 역에 캐스팅됐었으나 지금은 러시아 유학파 배우와 교체되어서 볼 수 없는, 보이지 않는 쇳덩이를 발목에 매단 사람처럼 늘상 무겁게 발을 질질 끌고 다녔던 사십대 후반의 - 살집 좋았던 그 배우의 투실투실한 목소리가 들렸었다.

"···?!?!···"

평소에 말이 적었던지라, 깜짝 놀란 그를 포함한 모두의 시선이 그 배우에게 쏠렸었다.

"희곡의 묵직함은 고요함에서 찾아지고, 거기에 관객의 감각이 발

동해야 깊은 의미와 해석을 찾을 수 있을 거라고 생각합니다. 자막 없어도 선명한 제스처나 정확한 행동을 기호로 만들어서 읽히게 하고, 각각의 지점들을 목적에 잘 맞게 포진시키면 되지 않을까요?"

제법 논리정연하고 조리 있게 말하려고 애썼던 모습이었고, 내용인 즉 얼추 이런 이야기였던 것으로 기억된다. 그러자 문득, '혹시 이런 생각의 차이 때문에 류리가 연출을 맡게 되자 중간에 떨어져나간 것인가?'라는 서툰 의혹이 얼핏 그의 머릿속에 떠올랐다.

"행간의 의미가 크고 문장이 어려워서 즉각적인 이해에 어려움이 많다는 것을 인정하셔야 해요. 우리가 안다고, 우리끼리 알고 만든다고 해서 관객이 알아듣는 건 아니니까요. 그리고 자막 있어도 방해되지 않아요. 배우분들께서는 언어의 리듬을 살리는 것에만 충실하면 되고요, 내용은 무대 이미지와 자막을 통해 설명해도 꽤 볼 만할 거예요."

친절하게 가르쳐 주듯이 평론가 류리는 생글생글 거렸댔었다. 그러나 이성적인 말의 내용과는 사뭇 다르게, 말투는 다분히 감정적으로 차갑게 느껴졌었다.

"맞아요. 현대인들은 시각매체에 길들여져 있어서 깊이 있는 해석을 못해요. 인간의 뇌가 점점 퇴화 중이니까요."

사적으로든 공적으로든, 어떻게든 평론가 류리의 호감을 사고 싶어 하던 이극도 역할의 정재성이 편을 들듯이 옆에서 끼어들었었다.

"행간의 여백이 관객의 상상과 사유의 여백인데 그걸 없애고 정확한 문자적 의미, 사전적 의미만 전달하라는 말인가요?"

그가 이맛살을 찌푸렸었다.

"그것도 안 되는 것보다는 낫잖아요?"

이극도 역할의 정재성이 어깨를 으쓱하며 가벼이 대꾸했었다.

"그럼 여태껏 그런 생각을 갖고 연기했던 거예요?"

그가 찡그린 얼굴에 어울릴만하게 눈을 부릅뜨며 물었었다.

"아~ 흥분하지 마세요, 연출님. 자막 있어도 여백은 안 없어져요. 오히려 사유에 도움이 되죠. 제가 언젠가 레제드라마Lesedrama를 말씀드렸던 연유를 생각해보시면…"

"맞아요! 대사는 사유가 발생하기도 전에 흘러가 버리니까, 객석에서 어어~~ 그러다 끝난다니까요."

류리가 곁에서 끼어들며 한마디 거들어주자, 정재성이 얼른 맞장구 쳤었다.

"말이 어려워 자막이라니 그런 바보 같은·· !"

관객이 느끼게 해주는 것이 먼저고 생각은 나중에 그 후에 할 수 있는 것이라 여겼었기에, 그가 답답하다는 듯이 짜증스레 큰소리를 내었었다.

"연출, 잠깐만! 자막을 무대효과로 쓴다면 그것도 그럴듯할 것 같은데?"

잠자코 살펴보기만 하던 극단 대표 마장동도 끼어들었었다.

"막내야! 막내는 어떻게 생각해?"

잠자코 듣고 있다가 기회를 봐서 간혹 한마디 끼어드는 것으로 자기 존재를 드러내며 자기 힘의 크기를 확인하고 싶어 했던 제작자 마장동에게 연출자의 따끔한 눈총이 쏘아지기 전에 타깃을 돌리려는 것처럼, 이극도 역할의 정재성이 아진이 역할의 초짜 배우 연옥이에게 물었었다.

"네? 저요?"

"괜찮아. 말해봐. 여기가 공산당 전당대회는 아니니까."

제 딴에는 우스갯소리라고, – 그러나 연출자인 그에게 독재나 전횡이 있어서는 안 된다고 은근히 경고(?)하려는 것처럼 – 정재성이 막내 배우 연옥이에게 재촉 아닌 재촉을 했었다.

"아‥, 예…. 선배님, 저는‥, 제 생각에는….."

초짜 배우 연옥이가 우물쭈물거렸었다.

"객석에서‥, 시선이‥, 분산되니까…, 더‥ 어려울 것 같아요."

"뭐가?"

"집중이요."

"에이~! 못 알아듣는 게 더 집중이 안 되지! 안 그래?"

그건 정말 아니라는 듯이 이극도 역할의 정재성이 몸의 중심을 뒤로 빼며 말을 던지더니, 가련이 역할의 황수정에게 눈길을 돌렸었다.

"왜…? 나?"

손거울을 보며 입술에 립스틱을 바르고 주둥이를 오므렸다 폈다 하던 황수정이 왼손에 쥔 손거울을 오른쪽 가슴팍에 얹고서 눈을 동그랗게 떴었다.

"나는 대사가 별로 없어서‥."

어깨를 으쓱거리고서 말을 이었었다.

"나는 별로‥ 아무래도 상관없어요."

말을 마친 황수정이 다시 거울을 보며 짙은 브라운 칼라로 번들대는 주둥이를 벙긋벙긋 거려댔었다.

그 말이 진심이었건 아니었건, 타성에 젖어있고 안일함에 빠져 있는 한심한 배우라고 생각하며 그가 이맛살을 찌푸렸었다. 복잡한 것 싫어하고 생각하는 것도 싫어하는 다수의 대학로 배우들이 그렇다는 것을 잘 알면서도 말이다.

"외국어도 아닌데 자막은 좀⋯."

정시후 역할의 차유석이 입술을 오물대며 한마디 던졌었다.

"에이~ 형⋯! 정확히 말해서 한자도 원래는 짱깨 꺼지 우리 꺼는 아니잖아. 이거 뭐⋯, 죄다 한문투성이라 어디, 나랏말싸미 듕국(中國)에 달아 어린 백성이 문자와로 서로 사맛디할 수 있겠어?"

"친절해야 해~!"

이극도 역할의 정재성이 뭘 좀 아는 체하며 까불대자, 여태껏 연습실 왼편 벽의 전면 거울 앞에서 허리를 휘휘 돌리며 몸을 풀고 있던 김병연 역할의 강두한이 한마디 던졌었다.

"한자들을 자막에다 풀어서 보여주는 게 도움이 될지도 몰라요. 요즘은 나처럼 어리석은 관객들이 아주 많아요. 언어가 감정을 담고 있기에 호흡에 우선적으로 집중해야 한다는 연출 생각엔 나도 원 헌드러드 퍼센트 동의하지만⋯, 그렇다고 이성과 전혀 무관한 것도 아니니 말이야. 연출이 한번 잘 생각해봐요."

"그럼요, 선배님! 당근 빳다로 지당하신 말씀입죠. 관객 수준은 물론이거니와 관객을 향한 친절한 배려가 있어얍죠! 아니 그렇사옵니까요, 나으리?"

정재성이 강두한에게 몸을 수그리면서 대꾸하더니, 정시후 역할의 차유석에게 말끝을 돌리고 연습 때처럼 굽실굽실, 그러나 깐죽거리고 이죽거리듯이 말했었다.

'근데 저건 뭐지? 설마 머저리마냥 그냥 슬라이드slide를 사용한 건가? 고딕체로 찍어낸 거야, 뭐야? 이런, 젠장⋯! 기왕 쓸 거라면 그럴듯하게나 만들어 볼 것이지! 필순 따라 먹으로 휘갈기며 써내려가듯이, 멋들어진 필체라면 그나마 봐줄 만할 텐데….'

　김병연이 가련이의 묵난墨蘭을 품평하며 화론육법을 이야기하던 부분이었던가? 짧은 순간 그가 '관객의 이해' 운운云云하며 자막을 사용하는 게 어떻겠냐는 의견이 처음 나왔던 그 당시를 - 그리고 이야기 말미에다, 세상과 적당히 타협하고 쉽게 가라며, 그렇게 하면 주류가 되고 권력도 가질 텐데 연출님은 그걸 안 하고 못하는 게 문제라며, 하긴 또 그것이 매력이기도 하다면서, 칭찬과 핀잔이 절반씩 섞인 혀 찬 소리를 내고 돌아섰던 평론가 류리의 새치름한 얼굴까지 - 머릿속에 떠올려보고 혼잣말로 투덜거렸다.

　폄훼하려는 의도는 아니지만 예기豫期, expectancy와 전조前兆, foreboding, 그리고 긴장緊張, tension이 무대 장치의 핵심이라던 어느 디자이너가 보면 헛웃음을 보일 만큼이나 무미건조하고 밋밋하게, 그냥 호리존트horizont에다가 영상을 띄운 것에 불과하였기에, 그가 종이컵을 "우직~!"하고 꾸겨버렸던 그때처럼 손아귀에 힘을 주어 의자팔걸이를 꽉 쥐어 잡으려는데, 너털웃음이 "핫하하하~!" 그의 귓전에 거북살스레 부딪혔다.

「핫하~! 허허~ 이것 참…! 새로이 도읍을 세우신다니….」

　호탕하게 들썩였던 웃음의 끝자락을 어색하게 가라앉힌 승려 원호 역할의 유학파 배우가 굵다랗게 힘을 줬던 목소리를 지긋이 눌러가며 말을 건넸다.

「귀인께서는 참으로 담대하기도 하십니다, 그려. 그리 위험한 말씀을 이리 쉽게 하시니 말입니다.」

「내 가진 입으로 하지 못할 말이 어디 있겠습니까? 그나마도 못한
다면 이건 사람 사는 세상이 아니지요. 아니 그렇습니까?」

「……」

김병연 역할의 강두한이 은근히 떠보듯이 부드러운 말끝을 던지며
씨익 웃어 보였건만, 정시후 역할의 차유석은 미동도 않고 - 비록 구
부정하고 왜소하게는 보였을지언정 우두머리답게 자기 생각이나 감
정을 쉽게 드러내 보이지 않는 얼굴을 하고서 - 묵묵히 술잔을 내려다
보기만 하는 몸맨두리를 보였다. 그러자 승려 원호가 족제비마냥 쪽
째진 눈을 더욱 가늘게 뜨면서 김병연의 눈길을 낚아채듯이 재빨리
끼어들었다.

「허면, 귀공의 생각은 어떻습니까?」

「무엇을 말씀이십니까?」

김병연이 정말 모르겠다는 듯이 - 그러나 다 알고 있으니 말 돌리지
말고 할 말 있으면 바로 하라는 능청스러움이 드러나도록 - 자못 어리
둥절한 표정을 지어 보였다.

「……」

「염려 놓으십시오. 해어화解語花라, 듣기는 하여도 전하지는 못하는
꽃이옵니다. 그렇지 않으면 소인이 나으리님을 예까지 모시고 왔겠습
니까?」

승려 원호가 뭐라 말을 꺼내려다 도로 삼키듯이, 멀리서도 목울대
도드라지는 소리가 들릴 만치 침을 '꿀꺽~' 삼키고 몸을 뒤로 빼며 움
츠리더니, 수염을 기다랗게 쓰다듬으며 입술에 힘을 주어 꾹 다무는
모습을 보였다. 그러자 제 딴에도 뭔가 짚이는 것이 있었는지, 지관 이

극도가 거드럭거리며 약빠르게 아는 체를 해댔다.

「……」

「……」

갑자기 마가 뜨려는 – 연극판에서 쓰는 이 말을 무엇으로 바꿔야 할까? 뭔가 혹은 왠지, 어딘가 흐름이 끊어져 생기는 어색한 상황이라고 해야 할까? 어쨌거나 그런 – 어궁語窮한 사이를 메워주려는 듯이, 초짜 배우 연옥이가 무대 안쪽에서 마당으로 나섰다.

「에고~에고~, 조심…, 조심…. 아진이 힘들어라. 꽃잎들이 잘 띄어졌을까 모르겠네요.」

「수고하였다. 어서 이리 가져오너라. 나으리님들 말씀 나누시는 자리이니, 아진이는 그만 물러가 있도록 하고.」

작고 동그스름한 술항아리를 깨어진 요강단지 받들 듯이 받쳐 들고 이제 막 큰 마당을 가로질러 온 초짜 배우 연옥이에게 중견 배우 황수정이 목소리를 높였다.

'어서 가져오라 해놓고 타이밍도 안 맞게, 그걸 건네받기도 전에 그만 물러가라고 하다니…. 저렇게 부자연스럽게 갑자기 몸을 틀고 당황한 호흡으로….'

그가 머릿속에 떠올려본 생각의 끄트머리에 입술 삐죽대는 소리를 "쯥~!"하고 이어붙여 보더니, 가련이 역할의 황수정도 성깃한 사이 혹은 생경한 분위기를 느꼈던 탓에 자기도 모르게 저렇게 서둘렀나 보다고 추정했다.

「예? 예‥! 네, 아씨 그럼…!」

대사의 타이밍과 말이 주는 느낌이 연습 때와는 사뭇 달라서였을 것이다. 팽글팽글하고 복스러웠던 초짜 배우 연옥이의 얼굴이 순간적으로 이지러지며 당혹스러워하는 빛을 보이더니, 잰걸음으로 다가와 엉거주춤하게 서서 엉덩이를 뺀 채 손만 길게 뻗어 가련이 엉덩이 옆에다 술항아리를 내려놓고는 이내 도망치듯이 무대 안쪽으로 들어갔다.

「허허~ 녀석 참‥! 꼭 무엇에 놀란 듯이 깜찍하기는…. 발 딛는 곳 하나하나에 개나리 꽃잎이 피어날 것 같으니….」

김병연 역할의 강두한이 서둘러 총총히 걸음을 옮겨가는 아진이를 바라보면서 사랑스러운 듯이 흐뭇한 얼굴로 웃어 보였다.

'뭐야? 놀란 듯이‥? 깜찍? 구태여 저런 말을 할 필요가…?'

그가 입안에서 텁텁한 뒷말 대신 떨떠름한 물음표를 굴리며 고개를 갸웃거렸다. 미처 어색한 사이가 뜨기도 전에, 경험 많은 배우 강두한이 대본에 없는 대사를 - 초짜 배우 연옥이의 당혹스러워하는 태도와 어색했던 연기를 무마시켜주는 것은 물론이거니와, 외려 그것을 정당화시켜 줄 만하게 - 즉흥적으로 쳐줬기 때문이었다.

「나으리, 천첩이 한잔 올리겠사옵니다.」

강두한의 애드리브ad lib에 의해 분위기가 그럭저럭 자연스럽게 정리되자 황수정도 자기 리듬을 찾았는지, 한층 밝아지고 여유로운 모습으로 정시후 역의 차유석에게 말을 건네며 술병을 집어 들었다. 그리고는 처음 그의 구상대로였다면 캐릭터의 존재감과 중요도에 따라서, 그 순서대로 술을 따라야 할 것이었으나, 그랬었던 그의 생각이 무색하게 끔 - 그랬기에 역시 평상에 앉은 자리를 잘못 배치했다는 생각이 다시 들게끔 - 가련이는 자신과 가까운 거리에 있는 이극도에서부터 정시후와 원호, 그리고 김병연의 순서대로 술을 따랐다.

「오호~! 이런‥! 그리고 보니 내, 자네에게 술 한 잔 주지 못하였구만 그래‥! 자~ 내 술 한잔 받으시고, 꽃술에 취한 꽃이 되어 그 꽃향기 한번 날려주시게.」

김병연이 찰랑찰랑한 술잔에다 제 말꼬리를 폭 담그고서 훌쩍 들이키더니, - 수작은 수작일 뿐이지 꿍꿍이속이 아니기에, - 좋이 불콰해졌을 것이라고 생각될 만한 낯빛과 그것에 걸맞을 몸짓으로 가련이에게 술잔을 권하였다.

「허면 천녀, 미천한 재주나마 한 곡조 올리겠사옵니다.」

가련이가 술잔을 받는 대신에 생긋 눈웃음치면서 입술 끄트머리를 묘하게 틀어 올리더니, 고갯짓으로 수긋이 인사하고는 몸을 일으켜 평상 아래로 내려섰다.

'원래 대본에도 이때 여기에 아진이가 없었던가? 만약 아진이가 퇴장하지 않고 여기 있었더라면 어떻게? 어떤 변화를 줬을까? 특별한 대사나 행위 없이 어색하게 서있기만 할 초짜 배우 연옥이를 위해서 연출자인 류리가, 가련이 역할의 황수정으로 하여금 연옥이에게 거문고를 가져오라고 시키게 만들었을까? 그건 아니겠지? 그렇게 해서 가져온 거문고를 놓고 줄을 뜯을 만한 자리도 마땅치 않거니와‥, 괜히 자리를 만들겠다고 술상을 옆으로 치우거나 앞뒤로 밀어두고 일어섰다 앉았다 부산을 떨어대면 어수선하기만 하겠지? 아…! 그렇다면 차라리 지금처럼 가련이를 큰 마루에 오르게 하고 아진이가 뒤따라가도록 하는 것이 낫겠구나. 아진이를 큰 마루 위에 올려서 거문고 켜는 가련이 옆에다 나란히 앉히거나, 아니면 저 섬돌 위에다 발을 가지런히 올려놓고서, 아니면 옆으로 비스듬히‥, 아‥! 아니, 아니지…! 섬돌은 큰 마루 한 가운데니까 구도를 좀 따져보고‥, 그럼 큰 마루 가장자리에 걸터앉게 하여서 가련이가 뜯고 켜는 거문고 가락에 맞춰서…'

「오호라~! 동기童妓는 답화踏花라, 어여삐 내딛는 걸음 걸음이 꽃잎을 밟는 듯하더니‥. 예기藝妓는 능파凌波라, 물 위를 스치듯이 미끄러져 가는구나‥! 부딪히며 흐르고 부수어진 달빛에 흔들리는 꽃 그림자‥, 향기 짙은 거문고 가락이라…! 허허~ 향음香音에 취하여 어질어질해지려는 것이‥, 내 오늘은 오류선생五柳先生 도잠陶潛이가 부럽지 않겠네 그려! 핫하하~!」

무대 한가운데를 가로질러 큰 마루 아래 섬돌 가까이로 사뿐사뿐 발걸음을 옮겨 가는 황수정의 뒷모습을 내려다보며 그가 예상되는 배우들의 움직임과 그에 따른 무대 밸런스와 구도를 머릿속에 그려보려는데, 김병연 역할의 강두한이 묶이거나 매인 것 없는 산조散調가락으로 – 송시宋詩의 완성자로 불리는 황정견黃庭堅의 칠언시七言詩 〈수선화水仙花〉에 나오는 싯귀 '능파선자생진말凌波仙子生塵襪 수상영영보미월水上盈盈步微月 : 물결 위를 걷는 선녀가 버선으로 물방울을 일으키듯이, 희미한 달빛 아래에서 물 위를 찰랑찰랑 걷는다.'에서 착안했던 대사를 목청 돋운 소리로 – 시원스레 한가락 뽑아보더니, 호탕한 웃음소리로 가볍게 마무리하고는 가련이를 향하여 술잔을 들어보였다.

'엥? 뭐…? 뭐야 저건? 건배하자는 거야? 양놈 스타일로?'

　그 모습을 보고 그가 찌푸려진 자기 눈썹마냥 삐딱했던 몸을 바로 일으켜 세워 앉으려는데, 김병연 역할의 강두한이 "옳거니~!"하며 무릎을 치더니, 가련이가 뜯어낼 거문고 가락에 어울릴 만한 소리를 뽑아내기 시작했다.

　「종고鐘鼓는 뚜드려 패야 하는 것이요, 생황笙簧은 후후~ 불어서 취吹하고, 금슬琴瑟은 좋이 뜯고 켜는 탄彈이여라~! 슬기덩 슬기둥~ 살키덩 살키둥…! 궤범軌範이 진기한 가락으로 위 덩더둥셩 이르기를…! '동動하려는 양陽의 가락이 여섯이요, 정靜하려는 음陰의 가락도 여섯이니, 합하여 열두 가락을 율려律呂라 하는 것임에…!' 이는 곧 '해와 달이 대대유행待對流行으로다, 한 해 열두 번을 만나기 때문이구나.' 하였은즉…. 옳거니…! 젖히고 굽히고 널따랗게 도는 것이 사시四時와 같은 것이었구나~! 그런즉, 그런고로, 율동律動에 여정(呂靜/女情)이 동정(動靜/童貞)으로 조화일세나, 그려…! 에헤라~ 어여차! 궁宮이다! 상商이다…! 아울러 각치角徵에 우음羽音까지 합이 다섯이로고…! 궁상窮狀스레 각刻하고서 치우癡愚까지 하려나니, 오행五行인즉 토금목화수土金木火水일세! 만물이 합하여 울리는 소리를 궁宮이라 하나니, 이는 한결같은 가색稼穡이라 흙(土)을 뜻하고…! 상음商音이라 불로 인하여 멀리 퍼져있는 것들을 밖에서 에워싸고 안으로 끌어안듯 수렴收斂하니, 종혁從革이라 가을…, 곧 쇠(金)를 말하며…! 각음角音이라 뿔이 뻗치듯 땅속에서 땅위로 솟구쳐 오르는 힘이니, 뻗다가 움츠려 마디를 이루고 그러다 다시 틀어 뻗치니 곡직曲直이라…, 나무(木)를 뜻하는구나…! 치음徵音 또한 징徵이라 하나니, 위로 올

라가 흩어지며 번지고 피어올라 만물이 빛을 발하는 염상炎上이라·., 이
는 불(火)을 뜻하고~! 우음羽音은 깃털처럼 위에서 아래로 떨어지고 가
라앉아 흐르듯이 부드러우니, 일컬어 윤하潤下라·., 물(水)을 뜻하는 것임
에···! 황況이라! 경卿이라! 순부자荀夫子께서 가로시되~! "악자樂者가 낙
야樂也라!" 악(樂/惡)은 즐거운 것이라 하였음에, 좋이 쉬이 슬이량愻易良에
부드러이 금부호琴婦好로···, 소리의 청명함은 하늘을 상象하려 드는 것
이고, 그 광대함은 땅을 상象하려 하였음 즉···! 하물며, 아울러, 궁본극
변窮本極變이 바로 악지정樂之情이라 하셨던고로··!」

　김병연이 언급한 궤범은 악서樂書 『악학궤범樂學軌範』을 말하는 것이
다. 꼬리에 꼬리를 물고 잇달아 떠오르는 생각을 흥에 겨워 도나캐나
뱉어내던 김병연이 - 율려律呂를 이르던 중에 '여정呂靜'과 '동정動靜'이
라는 낱말이 '여정女情'과 '동정童貞'이라는 낱말로 들리게끔 얄궂은 목
소리에 능글능글한 표정을 덧칠하였음은 말할 필요도 없었고 - 궁상
각치우宮商角徵羽 다섯 음계에 오행五行의 토금목화수를 맞춰보고는, 『순
자荀子』〈악론樂論〉편에 나오는 구절을 띄엄띄엄 기억나는 대로 건성건
성 마구잡이로 가져다붙이더니만, 호흡을 바꾸려는지 침을 꿀꺽 삼키
고 호흡을 머금었다.

　그러자 그가 김병연이라는 캐릭터를 조금 더 강화시키기 위해 『순
자荀子』에서 - 이름이 황況이요 자가 경卿이었던 순자荀子는 공자와 맹자
를 절대시했던 조선의 유림에서 이단異端으로 배척당했었다. 그래서 시
대와 불화했던 김병연의 기질과 어울릴 만하다고 생각했었기에 - 더
많은 구절을 인용해볼까 하다가, 정치담론이 나오는 뒷부분이 낫겠구
나 싶어 한걸음 뒤쪽으로 물러났던 기억을 떠올리고서 실없이 웃어
보려는데, 김병연이 여러 도참류圖讖類 서적에서 쉽게 찾아볼 수 있었던

당대의 키워드 '궁을_{弓乙}'이란 낱말을 갑작스레 내뱉더니만, 그것을 올라타고 박차를 가하며 달려 나가듯이 낭랑한 목소리로 읊어대기 시작했다.

「궁窮이라 궁은 궁弓이요, 궁은 곧 을乙이니, 을은 곧 궁弓이라, 이재궁궁利在弓弓하려니, 궁궁弓弓에 을을乙乙, 궁을弓乙에 을궁乙弓이니라! 그런즉 참서讖書가 이르기를‥! '살아자수殺我者誰는 소두무족小頭無足이요, 활아자빈活我者貧은 혈하궁신穴下弓身이라!' 나는 죽이려는 자는 대가리가 작은 데다 발도 없는 자라 하였으나, 구멍 아래 활과 몸이 나를 살려준다는 구나‥! 궁리窮理하자니, 이 또한 궁窮이라 다름 아닌 궁할 궁窮이니‥, 가진 것 없어도 즐거운 이 몸께서는 궁역락窮亦樂이라~! 하여, 가설나무네‥! 궁窮은 궁弓이요, 궁은 또 궁宮이니, 이는 곧 다하여 없어지는 것! 궁窮은 무無라, 무無는 유有요, 유무有無는 상통相通 상관相關 상생相生 상극相剋이라, 유야무야有耶無耶 비유비무非有非無 유약무有若無에 무약유無若有, 무여유無如有에 유여무有如無라, 무불여유無不如有하고 유불여무有不如無하나니‥, 없는 것 같지 않은 있음과 있는 것 같지 않은 없음‥, 있으나 마나한 있음과 없으나 마나한 없음이여! 아아~ 있거나 말거나, 없거나 말거나‥! 사람들아, 내 오가는 곳 묻지를 말지어니! 내 발길 이르는 곳마다 고향이요, 취하여 눕는 곳마다 묏자리일 터…! 오호라~! 물에 뜬 검불 같고 풀끝의 이슬 같은 삶이여‥! 인생 백년에 무엇이 추오醜好려나? 황량득상구초초黃粱得喪俱草草라‥, 모두가 덧없는 것…! 이래 뵈도 이 몸께선 불행 중에 다행으로 주무량酒無量에 불급난不及亂이신지라‥, 한단邯鄲의 기장밥을 물에 말아 훌훌~ 술에 말아 술술~ 목 메인 듯 넘기나니‥, 유시몽有時夢에 유시각有時覺, 혹각或覺에 혹몽或夢이요, 꿈꾸고 깨어남이 불이不二로다, 둘 아님에‥, 사는 것이 꿈꾸는 것이라, 어찌 자고 또 일어남을

수고롭게 할 것인가? 사대부土大夫 공경대부公卿大夫, 진수성찬 금의錦衣 옥
관玉冠, 천추千秋의 명성마저도 귀할 것 없어…, 다만 백 년 삼만육천 일
동안 매일 삼백예순 잔의 술에 취하여 언제나 깨어나지 않기만을 바
랄 뿐이로다….」

깊은 탄식 이후에 눈자위가 물기로 순간 반짝이는가 싶었는데, 김병
연 역할의 강두한이 잔에 술을 부어 훌쩍 마셨다. 그리고는 씨익 웃으
며 주변을 둘러보았다.

「허허~! 이런! 이런…! 이번에도 나 홀로 즐거운 것인가? 내, 무엄
히 방자하게도 귀하신 분들을 앞에다 모셔두고 큰 결례를 범했습니다
그려. 자, 모두 드십시다~!」

숨을 마실 때와 뱉을 때와 머금어줘야 할 때를 정확히 계산하여 말
하고 움직이며, 저 혼자나 알까 싶은 어려운 대사를 토씨 하나 틀리지
않고 – 설혹 틀렸다손 치더라도 그것조차 의도된 연기로 보이게끔 맛
깔나게 – 뱉어내는 강두한을 보면서 그는 다시 한 번 정말 대단하다고
생각했다. 그러나 그러면서도 '지나친 언어유희 아니었을까? 생동감
넘치는 대사이기는커녕 너무나 기름진 말잔치에 혹시나 관객이 동맥
경화에 걸려서 뒷덜미를 부여잡고 쓰러지는 건 아닐까? 더 많이 잘라
내고 덜어냈어야 하지 않았을까?'하는 의혹과 두려움이 머리와 가슴
에서 스멀스멀 일었다. 그러자 그 순간에, '그런데 만약 내가 계속 연
출작업을 했었더라도 과연 이 대사들을 쳐냈을까?'라는, 절대로 장담
할 수 없는 불확실한 상상이 일어나더니, 꼬물꼬물 거려대려는 앞선
의혹과 두려움을 한순간에 통째로 깔아뭉개주었다.

김병연이 대사를 읊어가는 동안에 강단 있는 초보 연출가께서는 호
리존트horizont에다가 검은 먹으로 – 정묘호란丁卯胡亂을 예언했다는 서계

西溪 이득윤李得胤이 남긴 『서계이선생가장결西溪李先生家藏訣』에 나오는 '살아자수殺我者誰 소두무족小頭無足 활아자빈活我者貧 혈하궁신穴下弓身'이라는 구절을 쓰인바 그대로 - 귀신 '귀鬼' 자를 띄워 놓고 위아래 획을 없애 밭 '전田' 자를 만들어 보였고, 구멍 '혈穴' 자 아래에다 활 '궁弓' 자와 몸 '신身' 자를 그리듯 써넣어서 궁할 '궁窮' 자를 만들어 보였다.

그나마 '궁宮'·'상商'·'각角'·'치徵'·'우羽'처럼 한 글자씩 차례로 슬라이드 필름을 띄운 것이 아니라 그 과정을 보여준 동영상이어서 다행이라는 여겼으나, 그래도 여전히 그는 이렇게 풀어주는 것이 좋은 방법이라고는 생각하지 않았다. 이미 언급했다시피, 말의 내용을 정확히 이해하기 위해 관객이 자막 쪽으로 시선을 돌리는 것보다는, 차라리 모르더라도 배우와 배우가 보여주는 호흡과 감정에 집중하는 것이 나을 것이라는 생각 때문이었다.

'가련이가 큰 마루에 올라가서 거문고를 뜯으니까 긴병연도 마당 어디쯤에서‥, 아, 아니다! 그렇게 하면 만들기 위해서 만드는 것‥, 움직이기 위해서 억지로 움직이는 것이 되겠구나. 지금처럼 그냥 제자리에 있는 것이 낫겠어.'

가련이가 뜯어내는 거문고 가락에 맞춰 족지도지足之蹈之하고 수지무지手之舞之하는 김병연의 모습을 보았으면 했었기에 그가 김병연의 동선을 머릿속에 잠깐 그려보다가 지우려는데, 승려 원호 역할의 러시아 유학파 배우께서 몸뚱이를 술상 가까이로 구부리더니, 고개를 틀며 김병연 역할의 강두한을 올려다보았다.

「혹…,」

그리고는 못된 버릇마냥 쓸데없이 호흡을 또 머금었다 풀었다.

「계룡산에도…,」

「……」

「가‥, 보셨습니까…?」

「조선 땅에서‥, 말 갈 데나 소 갈 데나…, 이 내 발길 스치지 않은 곳이라고는 없으니…, 물론‥, 가 보았겠지요?」

「허면 혹‥, 산이나 들에‥, 무슨‥, 변화나‥, 조짐이라도…?」

뭐랄까? 말투를 흉내 내는 것으로 은근히 야유하고 그것을 즐긴다고나 할까? 김병연 역할의 강두한이 승려 원호의 말투와 억양을 따라 하듯이 호흡을 머금었다 풀며 입술 끄트머리까지 비틀어 보였건만, 그것을 눈치 채지 못한 것인지 아니면 알고서도 오기부리는 것인지, 유학파 배우께서도 물러서지 않고 더욱 띄엄띄엄 숨을 머금어 보였다.

「희게 변한 계룡산 바위와 청포淸浦의 흰 대나무를 말씀하고 싶으신 겝니까?」

「봤소??」

김병연이 술잔을 들어 입에다 가져다 대면서 차분하게 가라앉은 목소리로 말했다. 그러자 눈꼴시기가 산개미 똥구멍 같은지라, 입때껏 주둥이를 삐죽여가며 쏘아보기만 하던 이극도가 돌연 눈알을 디굴거려댔다.

「글쎄…, 보았다면 보았달 수 있고‥, 아니라면 아니랄 수 있고,」

「이런 제길! 아~ 봤으면 본 거고, 못 봤으면 못 본 거지. 아닌 것도 아닌데다, 아닌 것도 아닐 것은 또 뭐요?」

의뭉한 두꺼비가 옛말하는 것처럼 보였을 것이다. 김병연이 마파람에 돼지불알 놀듯이 몸을 건들건들 거려가며 말을 던지자, 이극도는 아니꼬워서 못 봐주겠다는 듯이 – 그가 이극도 역할의 정재성에게 극의 초반부에 보여줘야 할 반응은, 얼러 키운 후레자식마냥 저 잘난 줄만 아는 이 비렁뱅이 사내가 자신보다 훨씬 더 잘난 것만 같다는 불편한 기분과 제 머리 꼭대기에 올라앉아 자신을 가지고 놀고 있다는 느낌, 그래서 속이 부글부글 끓고 머리꼭지가 핑핑 돌아버릴 것 같은 열등감에서 나와야 한다고 말했던 것을 이행하듯이 – 이마빡에 '내 천 川'자를 세로로 굵직하게 그리며 세모난 매부리코 콧구멍으로 콧김을 뾰족하게 "킹~!" 내뿜더니, 눈알에도 잔뜩 힘을 주었다.

「천지 일월 심신 개벽 후천後天의 흰 바위는 보지 못하였으나, 민초들이 하나 둘 산에 올라와 옹기종기 자리 잡고 치성을 드리는 모습들이 멀리서 보기에 흰 바위와도 같았으니…, 글쎄·, 그것도 흰 바위라 할 수 있으려나?」

「…!!…」

내려놓은 술잔을 손가락 끄트머리로 만지작만지작 거려가며 짐짓 뻔죽거리듯이 내던진 말이었으나 놀라운 뜻을 담고 있었나보다. 찰나 지간 작고 가느다란 눈에서 자기도 모르게 불을 번쩍 일으켰던 정시후가 얼른 그 빛을 감추더니만, – 굽은 듯이 구부정하게 웅크리고 있던 왜소한 몸뚱이를 거대하게 일으켜 세우려는 것처럼, – 천천히 숨을 들이켜 가슴을 펴면서 고개를 바로 세우고 앉았다.

「……」

승려 원호가 입을 꾹 다문 채 왼손 엄지손가락으로 염주를 하나하나 누르듯이 돌려가며 – 무엇인가 알 듯도 하고 모를 듯도 하게 – 고개를 서너 차례 끄덕이더니, 오른손등으로 수염을 점잖게 쓰다듬으며 느긋이 말문을 열었다.

「민초들이 하나 둘 엎드린 채 치성을 드리는 모습이 흰 바위를 닮았다…. 흰 바위…, 백석白石…. 백죽白竹….」

당시, 그러니까 조선 후기 민간에서는 흰 바위를 석가모니 다음으로 현신하사 중생을 구제할 것이라는 미래의 부처 '미륵불彌勒佛'이라고 믿었거니와, '계룡산 바위가 희게 변한다.(鷄龍石白)'는 말은 '청포의 대나무가 희게 변한다.(清浦竹白)'는 참언과 '초포에 물길이 나서 배가 다니게 될 것이다.(草浦潮生行舟)'는 말과 더불어 정씨 성(鄭姓)을 가진 진인眞人이 복된 나라를 열 것임을 알리는 상서로운 조짐이라고 여겼었다. 승려 원호가 그 구절을 나직하게 읊조리면서 고개를 끄덕여보더니, 숨을 크게 들이마시고는 말을 덧붙였다.

「한 마리 개가 그림자를 보고 짖되 모든 개들이 그 소리를 따라 짖는다고 하였으나, 일인一人인즉 전허傳虛라 하여도 만인萬人이면 전실傳實일 수 있나니…. 미륵이 천지를 개벽하고 중생을 해방하되 중생이 저마다 부처고 미륵이요, 흰 연꽃이라…! 허면, 엎드린 뭇 중생 하나하나가 저마다 미륵이요, 제각각 바위요, 제각기 흰 연꽃 아니겠습니까?」

본래 '일견폐형一犬吠形 백견폐성百犬吠聲'은 동한東漢의 왕부王符가 지은 『잠부론潛夫論』에 나오는 글귀로 '일인전허一人傳虛 만인전실萬人傳實'과 짝을 이뤄 '한 사람이 무엇을 그럴듯하게 꾸며서 퍼뜨리면, 수많은 사람이 그것을 거짓인줄도 모르고 사실인양 믿고 따라 떠든다.'는 뜻이었건만, 승려 원호가 이것을 교묘하게 바꿔서 - 그러니까 '한 사람이 그렇다는 것은 거짓이라고 하더라도, 많은 사람이 얘기하는 것이 바로 사실 아니겠냐?'고 거꾸로 풀이한 속뜻을 내비치듯이 - 궤변을 늘어놓더니, 그것만큼 기묘한 미소를 빤질빤질한 주름살 위에다 야지랑스레 띄워 올렸다.

「우하하하핫~!! 대…, 대사~! 대사께서는 거··, 꿈보다···, 해몽이
좋으십니다, 그려~! 남의 방울 소리만 듣고 따라 다니는 눈먼 강아지
새끼들이 미륵이고 연꽃이라니··, 우하하하~!!」

갑자기 김병연이 말 그대로 배꼽이라도 빼버리겠다는 듯이 아랫배
를 부여잡고 몸을 뒤로 젖혀가며 과장되게 소리 내어 웃어 보였다.

「아니, 아니··! 아니지! 암··! 그도 그럴 만할 수 있을 것이···,」

좀처럼 멎을 것 같지 않게 한참을 웃어젖히던 김병연이 웃음은 어찌
가라앉혔으나 여전히 웃음기가 배어 있는 호흡으로 손사래까지 쳐가
며 말을 이어나갔다.

「도시 도처 방방곡곡 처처處處에 개 불佛이라, 개 같이 성난 개소리
들이 부처님 말씀이요, 일체중생一切衆生 개놈들이 실유불성悉有佛性이려
니··, 실悉은 실實로, 개놈는 개個요, 개새끼인즉···, 그 개새끼들로 말미암
아 개 유有 불성佛性이라··. 하야, 그 개놈의 새끼들이 실성失性을 불不 할
즉, 비루먹은 개새끼 또한 처처悽悽라 불쌍 불상不詳 부처됨이 틀림없을
터···! 아울러, 더불어, 가리켜 직지直指에 인심人心하니 견성犬性이라면
성불成佛할 것이로되! 손가락질 받으면서 발가락질 맞으면서 떠들어대
는 뭇따래기 개새끼들··! 그 개새끼, 개 같은 성질 또한 부처를 이루심
에 틀림이 없으렸다? 그렇지? 암~ 그래···! 우하하하~ 하지만··! 하지
만, 미륵이 어찌 생겨먹었는지 나는 들은 바도 본 적도 없으니··, 말발
타 살발타로 살불殺佛에 활불活佛, 갸륵하고 기특하신 미륵인지, 수리수
리 마하수리 수수리 사바하로~! 비쩍 마른 계륵鷄肋에 귀면鬼面 마불魔佛
인지 내 어찌 알겠는가? 아니 그렇습니까, 대사?」

'처처處處에 개 불佛'이라는 말은 '모든 것이 부처'라는 '처처개불處處

'皆佛'을 소리는 같으나 뜻이 다른 우리말과 한자어를 섞어서, 우리말 개(犬)와 '발끈하며 성낸다.'는 한자어 '불艴'로 치환하여 비아냥거린 것이고, '개 유有 불성佛性'과 '그 개놈의 새끼들이 실성失性을 불不 할 것'이라는 구절, 그러니까 '개가 불성을 가졌다.'와 '개놈의 새끼들이 실성하지 않았다.'는 구절은 '모든 중생은 각기 불성을 지니고 있기에 모두 성불할 것이다.'는 의미의 '일체중생一切衆生 실유불성悉有佛性'과 '개유불성皆有佛性 개실성불皆悉成佛'을 - '실悉'과 '개皆'가 '모두' 혹은 '낱낱이' '다' 라는 뜻의 한자어라는 것에서 착안하여 - 비웃적거린 것이며, '사람의 마음(人心)을 가리키니, 개의 본성(犬性)이라면 부처가 될 것이다.'라는 뜻의 '직지直指에 인심人心하니 견성犬性이라면 성불成佛할 것'이라는 구절은 선종禪宗의 종지宗旨 '직지인심直指人心 견성성불見性成佛'을 한데 묶어서 비틀고 조롱한 것이다.

술 냄새 풍기는 목소리로 실컷 농弄짓거리 해대던 김병연이 말미末尾에 어린아이처럼 환한 얼굴로 천연덕스레 웃어 보이자, 승려 원호가 찌푸려지는 제 얼굴을 보라는 듯이 희끗희끗한 왼쪽 눈썹을 굵다랗게 꿈틀거려댔다.

「허허~! 계륵에 귀면‥, 마불이라니…. 아무리 취중이시어도 부처님께 그런 말씀은‥, 소승 듣기 거북하오이다.」

「허면 대사께서는 미륵을 보셨습니까?」

눈살은 비록 찌푸렸으나 웃음기 머금은 털털한 소리로 점잖게 타이르는 승려 원호에게 김병연이 깐죽거리듯이 삐딱하게 물었다. 그러자 김병연 맞은편에 앉아 있던 지관 이극도가 무심코 - 정시후가 바로 그들이 믿고 따르는 미륵이라는 것을 부지불식간 드러내듯이 - 눈길을 정시후에게 돌리었다. 그것을 따라 김병연의 눈길도 정시후에게로 향하였다.

「…!…」

저를 따라 옮아가는 김병연의 눈길에 순간 '아차…!' 하였는지, 이극도가 얼른 "험험~!" 하고 딴청부리는 헛기침을 하면서 속내를 감추듯이 눈길을 술상 위로 돌리었다.

「허허~ 귀하신 분들이 남섬부주南贍部洲 용화수龍華樹 아래께서 낮잠이라도 주무셨는가? 하여, 아직 그 꿈이 덜 깨어 그러시는 것인가? 아니면, 진정 지 에미 오른쪽 옆구리로 하생下生하신 미륵이 여기 계시다는 것인가? 나는 내전보살內殿菩薩로만 알고 있었는데?」

『미륵상생경彌勒上生經』·『미륵성불경彌勒成佛經』과 더불어 '미륵삼부경彌勒三部經'이라 불리는 『미륵하생경彌勒下生經』에서는, 보살菩薩의 몸으로 도솔천兜率天에 머물던 미륵불彌勒佛이 수범마修梵摩를 아버지로 하고 범마월梵摩越을 어머니로 하여 세상에 나오되 어머니의 오른쪽 옆구리로 나올 것이고, 용화龍華라는 큰 나무아래에서 깨달음을 얻게 될 것이라고 했다.

김병연이 짐짓 시치미를 떼려는 호리호리한 지관 이극도와 투실투실한 승려 원호, 그리고 자그마한 차돌처럼 단단하게 앉아 있는 왜소한 정시후를 차례로 훑어보더니, - 꼭 배꼽에다가 어루쇠를 붙인 사람마냥, 그들이 미륵으로 여기고 있을 것이라고 짐작되는 정시후를 '기껏해야 알고도 모르는 체 시치미나 떼고 있는 사람' 이라고 낮춰 보고는 - 네놈들의 시커먼 속을 환히 다 알고 있다는 듯이 능글능글하게 웃어 보였다.

「나무 관세음보살….」

목젖이 꿀렁이도록 덩어리진 침을 '꾸울~꺽…!' 삼켜 넘긴 승려 원호가 둔중한 목소리로 말문을 묵직하게 열었다.

「입은 화禍의 문이요, 혀는 몸을 베는 칼이라 하였습니다. 귀인께서는 어찌 그리 함부로 말씀하시는 것입니까?」

「함부로라 하였습니까? 허면 어찌하여 귀하신 나으리님들께서는 번들거리는 반적叛賊의 두 눈을 감추지 아니 한 것이요?」

「무어라~? 반적?? 이자가 정령 죽고 싶어 환장한 게로구나!」

「네 이놈~!!!」

「…!!…」

눈구석에 쌍가래톳을 세우며 품속의 비수를 꺼내들고 맹렬하게 달려들려는 호리호리한 지관 이극도를 그대로 얼어붙게 만들 만큼 벼락같은 김병연의 호통이었다.

시간이 멈춰버리고 흐름이 멎어버린 것처럼 깊은 울림을 드러내는 휴지休止가 이어진다. 아마도 대본에는 '거문고 가락과 어우러져 은빛으로 넘실대던 달빛이 베어진 그 자리에는 창백한 얼굴의 정적靜寂이 - 시뻘건 핏물이 뚝뚝 떨어지는 새시퍼런 긴장緊張의 칼을 물고서 - 가녀린 몸뚱이를 파르르 떨어대고 있다.' 라고 쓰여 있을 것이다.

'백거이白居易…, 비파행琵琶行, 무성승유성無聲勝有聲…. 소리 없음이 소리 있음을 이긴다. 바흐Bach의 무반주 첼로 곡을 처음 들었을 때 받았던 그 충격…! 끊어질듯 이어지는 소리와 소리의 부재라 생각되던 그 순간을 가득 채웠던 텅 빈 소리! 그렇다…! 소리 중에서 가장 아름다운 소리는 어쩌면 침묵의 소리일런지 모른다.'

희곡을 쓰고 무대에 형상화시키는 작업을 하고팠던 자신에게 소리

와 소리 사이의 침묵沈默과 움직임과 움직임 사이의 휴지休止가 얼마나
큰 울림과 의미를 던져주는지 일깨워주었던 백거이白居易의 〈비파행琵琶
行〉 구절을 그가 소리 없이 읊조리듯이 눈앞에 떠올려보았다.

<琵琶行>

… (上略) …

輕攏慢撚撥復挑　初爲霓裳後六么

大絃嘈嘈如急雨　小絃切切如私語

嘈嘈切切錯雜彈　大珠小珠落玉盤

間關鶯語花底滑　幽咽泉流氷下灘

氷泉冷澁絃凝絶　凝絶不通聲暫歇

別有幽愁暗恨生　此時無聲勝有聲

… (下略) …

　… (상략) … 가벼이 누르고 느긋이 매만졌다가 뜯으며 튕기나니, 처
음엔 예상우의곡霓裳羽衣曲이로되 나중엔 육요六么를 연주한다. 굵은 줄은
세찬 소나기소리요, 가는 줄은 절절한 귀엣말소리 같음에‥, 세찬 소리
와 절절한 소리를 엇섞어 튕겨보니, 큰 구슬 작은 구슬이 옥쟁반에 떨
어지는 듯하고, 사이사이 꾀꼬리소리가 꽃잎 아래로 미끄러져 내리고
흐느끼는 샘물은 얼음 아래 여울처럼 흐르는 듯하구나. 얼음 같던 샘
물이 얼어붙어 막히듯이 비파 줄도 뭉치어 끊어졌는가? 엉기고 끊어
져 통하지 않으니, 소리도 잠시 쉬어가려는가 보다. 별안간 그윽한 시
름이 솟으며 남모를 한恨이 생기나니, 이런 때는 소리 없는 것이 소리

있는 것보다도 낫기만 하구나. … (하략) …

　'이렇듯 숨이 막힐 듯한 긴장감은 어떻게 풀어야 할까? 아주 가볍게, 가벼운 리듬과 호흡으로, 아진이가 무대 안쪽 정주간에서 고개를 빼꼼히 내밀고 방울 같은 눈알을 반짝이거나 눈을 크게 깜빡거리면 분위기 환기가 될라나?'

　조명과 음향의 별다른 변화가 없었기에 그가 이런 생각을 하면서 긴장된 순간을 조금 더 즐겨보려는데, 김병연 역할의 배우 강두한이 "키약~!"하고 녹슨 경첩이 빠개질 때나 들을 수 있을 기묘한 웃음소리를 내더니, 말문을 훨쩍 열어젖혔다.

　「것 보시게! 지관地官이라, 땅을 보되 멈춰볼 것이니‥! 멈출 '지止'라 함은, 산란한 마음과 상념 번뇌를 모두 끊고 멈추어 적정寂靜의 상태를 견지하는 것이고, 보다 '관觀'이라 함은 자신의 본래 마음과 사물의 본성을 철저하게 꿰뚫어 보는 것이라‥! 그런즉, 그러하야, 그런고로‥, 구궁九宮에 팔문八門! 암만 길吉한 휴문休門, 생문生門, 경문景門, 개문開門과 흉凶하디 흉한 상문傷門, 사문死門에 두문杜門, 경문驚門을 팔푼이마냥 들락날락 손가락을 꼽아가며 없는 정신머리로 가리산지리산 거려대지 말고 그대로 딱~!! 멈춰(止)서서…! 따 '지地'을 똑똑 두드리다보면 마음이 고요해져 욕심을 떠날 것이고, 관 뚜껑을 반질반질 닦으시며 옹알옹알 염불들을 외우시면 널널하니 반야般若의 대지혜가 열릴 것인즉…, 허면 곧장 무명無明에서 벗어날 수 있을지도 모르겠다 하였으니‥, 안팎을 꽂

꽂이 관觀하고 깐깐이 찰察하는 것이 눈알에다 두릿두릿 정기精氣를 두 시옵고 사등이뼈를 뻔뻔스레 세우심에··, 응당 지금과는 꼭 달라야 하지 않 겠는가? 아니 그렇습니까? 핫하하하~!」

지관地官 이극도의 매부리코 콧잔등이에다가 구궁九宮에 맞춰 길흉을 점치는 음양가陰陽家의 여덟 문을 펼쳐 보이던 김병연이 불가의 수행법 '지止'와 '관觀'으로 삐뚜름히 덧칠한 말머리를 비꼬듯이 들이밀며 승 려 원호의 조쌀한 얼굴 위로 얄미우리만치 빤질빤질한 물음표를 던져 올리더니만, 수리가 병아리 채듯이 가볍게 술병을 집어 들어보였다.

「어이구~ 속 터져···!」

「보시게, 이지관!」

귓구멍이 얼얼하리만치 우렁찬 목소리에 흠칫거리고 곱송그렸던 이극도가 눈을 껌벅껌벅 거려가며, 뒤로 고개를 잔뜩 젖힌 채 목구멍 에서 꿀렁꿀렁 소리가 날 것처럼 들입다 술을 퍼붓는 김병연을 쳐다 보기만 하다가, 불현듯이 더는 못 봐주겠다는 생각이 든 것처럼, 그래 서 짐짓 의도된 큰 동작으로 네댓 차례 가슴팍을 치더니, 평상 바닥을 딛고 벌떡 일어섰다. 그러고는 빠져나갈 구멍을 찾던 사람이 '오냐, 이 때다!' 싶을 만한 타이밍을 찾은 것처럼 - 붙잡아 앉히려는 힘에 대한 반발력으로 튕겨나가듯이, 승려 원호의 부름소리에 외려 탄력을 받아 평상에서 내려선 것처럼 - 씩씩거리며 마당 가운데에서 사립문 쪽 담 벼락을 몇 차례 잰걸음으로 왔다갔다 거리더니만, 큰 마루에 걸터앉아 서 억지로 분을 참는 듯이 그리고 그것을 봐달라는 듯이 콧구멍을 벌 름거려댔다.

이극도 역할의 배우 정재성이 뭐라 뭐라 중얼거리면서 큰 마루에 오 른 것과 그것에 앞서 평상을 내려왔던 것은 나쁘지 않은 선택이라고 생각했다. 그다지 넓지 않은 평상 위에 나란히 붙어 앉아 대사전달에 치중하느라고 눈에 띌 만한 움직임을 보여주지 못했었기에, 관객의 주의의 환기시켜 줄 만한 어떤 변화가 있어야 하지 않을까 생각하던 참이었기 때문이었다.

'사립문 안쪽 담벼락 가까운 쪽에다가‥, 그러니까 아까 자막을 투영시켰던 그 아래 어디쯤에다가 뭘 좀 만들어두었더라면 어땠을까? 거기에 올망졸망한 항아리나 동글동글한 돌확을 몇 개 올려놓은 대臺나 단壇이 있다면, 그래서 이극도가 그쪽으로 움직이고, 거기서 엉거주춤하게‥, 시쳇말로 똥간자세로 앉은 채 눈 흘겨준다면 공간이 변용될 뿐만 아니라, 동선動線의 길이나 방향, 각도로 봤을 때‥, 음~ 그래‥! 그게 그러니까, 그 공간이동이란 게‥, 무대 위에서 구도를 통해 힘의 균형을 맞춰가는 것이고, 동선은 이동 방향과 속도와 거리의 변화를 통해 캐릭터 간의 역학관계를 드러내는 것이니까‥, 결대로 움직이는 동선의 자연스러움을 보이려면‥, 그러려면 상대가 밀면 미는 대로 그 크기와 방향만큼 밀려주면 될 것이고, 빗겨가게 하겠다면 방향을 정해서 비스듬히 틀어주는 것으로 움직이거나 움직이게 하면 될 것이고‥, 거꾸로 맞서고 싶다면 정한 만큼의 힘으로 부딪혀보고 예각銳角일지 둔각鈍角일지를 계산해서 튕겨 보내거나 튕겨나가게 하면 될 테니까‥, 그래, 그렇지‥! 그러니까 항아리나 돌확을 놓아둔 장독대 같은 게 있다면‥, 그래서 이극도가 그리로 옮겨간다면, 이극도가 가졌을 감정의 종류와 크기를 시각적으로 드러내기에 훨씬 효과적일 수 있을 테고, 객석에서 보기에도 편하지 않을까? 아‥! 아니! 아니다‥! 그걸 만들 거라면 애초부터‥, 앞에서 아진이를 무대 밖으로 내보내지 말고 무릎 높이쯤 되는 거기 어디쯤에다 쪼그려 뜨려 놓고 아니, 앉혀두고서 아예 평상 쪽을 지켜보게 했더라면 어땠을까? 그래서 김병연과 세 사내가 벌이는 일을 조마조마 지켜보고 그들이 맞부딪히는 힘의 크기를 그들의 반의 반이나, 그 반의 반의 반 정도 늦은 템포로··, 그 리듬과 템포로 반응하게 하여, 관객에게는 되레 강하게 느껴지도록 표현하게 하는 건 어땠을까?'

  그가 이렇게 연거푸 생각의 꼬리에 두미없이 꼬리와 머리를 덧붙여 보는 중에, 김병연 역의 강두한이 입에서 술병을 떼며 "캬~ 좋구나!" 하고 큰소리를 내더니, 허공에다 말을 던져 올렸다.

  「뭔···, 개뻑다구 같은 개벽開闢이고 용쓰다 죽을 놈의 용화龍華 세상이고··, 다 같이 잘 처먹고 잘 살자고 하는 짓일 텐데···. 이런 비렁뱅이 산멱통에다가 식은 술 한 모금, 쉰 밥 한 덩어리 못 넣어줄망정, 되도 않을 비수로 멱을 따려 들다니··. 허면, 그리하여 이룰 세상이 과연 후천의 새로운 세상이란 말인가?」
  「허나, 한 사람의 목숨으로 백 사람의 목숨과 천 만인의 목숨을 구할 수 있다면 그리 못할 것도 없지요.」
  「···!···」
  술기운을 타고 오르며 더워지는 소리를 차갑게 식혀버린 – 큰소리는 아니었으나 단호함이 느껴질 만큼 – 무덤덤하고 단단한 소리였기에 당황하기도 하였을 것이나, 김병연은 숨을 들이마시며 허리를 펴고 마음을 가라앉히더니, 턱 끝을 들며 눈을 가늘게 뜨고 목소리의 임자를 쏘아보았다.

「내가 지옥에 가지 않으면 누가 지옥에 가리오.」

「……」

「나무 관세음보살.」

승려 원호가 정시후에게 겨눠진 김병연의 싸늘한 눈총을 자신에게 가져오려는 것처럼 - 그러나 여전히 중간에서 한 호흡 먹는 것으로 뭔가를 강조하려는 러시아 유학파 배우답게 - 굵직한 목소리를 내면서 고개를 수그렸다.

「물외인物外人이라··, 머리를 깎는 것은 당금當今 세상을 피하고 번뇌를 없애기 위함이라 들었거늘….」

「허나 수염을 남기는 것은 바로 장부丈夫임을 드러내고자 함이라 아니하셨습니까?」

출가한 수행자가 세상일에 참견하는 것은 마치 똥덩어리로 향초를 만들고 구정물로 백옥을 만들려는 것과 같은 일이라 여겼기에, 김병연이 들으라는 소리로 중얼거리며 힐난하는 듯하였으나, 원호는 외려 싱긋 웃으며 간능스레 맞받아쳤다.

"매월당…. 한림학사…."

김병연과 원호가 섞어가며 주고받은 구절 '삭발피당세削髮避當世 유수표장부留鬚表丈夫 : 머리를 깎음은 세상을 피하는 것이나, 수염을 남김은 장부임을 드러낸 것이다.'는 매월당梅月堂 김시습金時習이 했다는 말이고, '삭발제번뇌削髮除煩惱 유수표장부留鬚表丈夫 : 머리를 깎음은 번뇌를 없애는 것이나, 수염을 남김은 장부임을 드러낸 것이다.'는 원元의 한림학사翰林學士 명천연明天淵이 머리를 깎고 '내복來復'이라는 법명法名을 얻었을 때 썼다는 글귀이다.

시대를 나란히 놓고 보자면 아무래도 매월당께서 한림학사의 문장을, 좋게 말하면 존경의 마음으로 오마주hommage한 것이겠고, 나쁘게 말하면 정확히 칠 할을 베껴 썼거나 끌어다 쓴 것이니, 이걸 어떻게 이해하고 받아들여야 할지 몰라서 난감함에 입맛을 떨떠름히 다셨던 기억을 그가 되새김질하여 보려는데, 김병연 역할의 강두한이 느릿하게 몸의 중심을 뒤쪽으로 옮기고는 은근히 뾰족한 목소리를 내었다.

「허면 귀인들께서는 진정 오얏나무를 베어 버리는 도끼자루가 되겠다는 것이오?」

오얏나무는 조선 왕가의 성씨姓氏인 '이李'를 뜻하는 것이니, 오얏나무는 조선을 상징하는 것이다. 의뭉스러우면서 음흉한 꼴이 가히 역적逆賊의 기물器物이라고 생각했던지, 김병연이 눈에다 힘을 주어서 쏘아 보았다.

「……」

「……」

김병연이 승려 원호와 정시후를 빈틈없이 살피듯이 번갈아 쳐다보았건만 두 사람은 이렇다 할 반응이 없었다. 그러자 잠잠히 비어있는 그 사이로 "쏴아아~!"하고 바람소리가 쏟아져 들어오더니, 떨어져 날리는 산 벚나무 꽃송이와 꽃 그림자가 무대 위에 환히 드리어졌다. 바야흐로 정시후와 김병연 두 사람이 프로타고니스트protagonist와 안타고니스트antagonist로서 팽팽하게 대립하는, 이른바 '첨예한 갈등의 고요한 클라이맥스'로 치닫는 장면이 펼쳐지려는 것이다.

「아침에 피었던 꽃, 어느덧 시들어 버렸으니…,」

정시후가 은은한 조명이 드리운 산 벚나무를 올려다보더니, 불그스

름한 바람결에 흩날리는 꽃잎들을 바라보는 것처럼 혼자 나직이 읊조
려보듯이 입을 떼었다.

「아직 피지 않은 저녁 봉오리, 떨쳐 일어나도록 해야 할 터…」

대구對句 한 구절 더 뱉어내고서 침을 "꿀꺽~!" 삼켜 넘긴 정시후가
고개를 반대쪽으로 틀더니, 오른편 객석 너머 먼 곳을 바라보았다. 그
러자 그의 머리 뒤편 호리즌트horizont에 떠있던 창백한 달이, 그의 시선
을 좇아서 누렇게 황토 빛깔을 띠었다.

「비가 오려는가? 산에 구름이 가득하구만…」

「……」

「어떻습니까? 그리 되지 않겠습니까?」

「……」

정시후가 검기울어진 하늘을 바라보고 평온한 얼굴에 차분히 가라
앉은 호흡으로 건넨 말이라 별다른 의미가 없는 듯하였으나 - 글에 능
한 자일수록 반어反語에 반어를 더하고, 의미에서 의미를 덜어내는 것
에 능숙한지라 - 여지없이 뭔가 숨은 뜻이 있는 것처럼 들렸던 것이
다. 김병연이 그 말의 속뜻을 안다는 듯이 눈을 가느다랗게 뜨더니, 차
가워진 눈으로 정시후를 쏘아보았다.

「야도화쟁발野渡花爭發이라, 바야흐로 새로운 봄을 맞아 들과 나루에
꽃들이 다투어 피어나니‥, 마침내 때가 되었지요.」

김병연의 반감 어린 눈초리를 아는지 모르는지, 승려 원호가 환하게
미소 띤 얼굴로 수염다발을 쓸어내리며 고개를 끄덕여댔다.

「허나, 밀운불우密雲不雨라 하였은즉, 구름이 잔뜩 끼었다고 반드시
비가 오는 것은 아니지요. 하물며, 동편 하늘에서 저녁 무지개를 보시
고도 그런 말씀을 하시는 겝니까?」

「…!…」

　저도 모르게 '움찔…!' 거렸던 승려 원호의 가느다란 눈매에 호흘지 간 살기殺氣 같은 것이 싸늘히 내비쳤다. 김병연이 가벼이 턱을 당기고 눈도 살짝 치뜬 채 아닌듯한 태도로 나긋나긋하게 건넨 말투라 거슬 리기도 했겠지만, 무엇보다도 '동편 하늘의 저녁 무지개'라는 말이 ─ 『역통정경秌通政經』에 나오는 '홍예단현어서즉위우虹霓旦現於西則爲雨 모현 어동즉우지暮現於東則雨止'에서 빌려온 것으로써, '무지개가 아침에 서쪽 하늘에서 보이면 비가 올 것이고, 저녁에 동쪽 하늘에서 보이면 비가 그칠 것이다.'라는 뜻이었으니, 이것은 곧 '하늘을 보고서도 그런 말 을 하느냐. 네가 틀렸다.'고 말하는 것과 다르지 않았기에 ─ 찬물을 끼 얹을 만한 혹은 속을 꿰뚫을 만큼 매서운 말로 들렸기 때문일 것이다.

「허나, 메마른 세상….」

　김병연의 주의를 끌어오는 것으로 돌연히 표출된 원호의 살기를 감 추어주려는 섣부른 계산과는 무관하게, 정시후가 묵직하고 울림 있는 소리를 허공에다 던져 올렸다.

「오랜 한기旱氣에 목말라하는 고단한 풀잎사귀 적셔줄 단비가‥, 언 제라도 오기는 와야 하지 않겠습니까?」

　결연하고 자신만만한 목소리를 유연悠然히 말아 올린 말꼬리처럼 입 술 끄트머리로 가벼이 틀어 올리며 빙긋 웃어 보인 정시후가 서글서 글한 눈으로 김병연을 바라보았다. 그러자 김병연도 정시후를 빤히 바 라보더니, 같잖다는 듯이 피식 웃어 보이며 입을 떼었다.

「가뭄에 말라비틀어진 풀포기를 적셔줄 고마운 단비인지, 애써 가 꾼 옥토나 휩쓸어버릴 사나운 물벼락인지, 거 누가 알겠습니까?」

　정시후나 원호의 대꾸를 기다리는 말이 아니었기에, 김병연이 자기

거기. 그가. 있다. 233

리듬대로 숨을 내쉬었다가 들이마시는 것으로 모가지를 꼿꼿이 세우고서 말을 이어나갔다.

「나무가 흔들리면 가지 위 둥지가 떨어지고, 둥지가 떨어지면 알이 깨지는 법입니다. 어찌하여 공연한 나무를 건드려서 애꿎은 알을 깨뜨리는 우愚를 범하시려는 겝니까?」

「자그마한 바람에도 흔들거리고 둥지 위태롭게 할 나무라면 이미 가지와 줄기는 물론이거니와 뿌리까지 썩어버린··, 언제 넘어갈지 모를 나무일 터. 허면, 어차피 새들도 떠나고 싶어 할 것인데··. 차라리 깨끗이 베어버리고 둥지를 다른 곳으로, 다른 나무로 옮겨보는 것이 어떻겠습니까?」

언제 그랬냐는 듯이 섬뜩했던 살기를 흔적도 없이 감춰버린 승려 원호가, 무색무취라고는 하나 보는 것만으로도 알코올 냄새가 알싸하게 느껴질 보드카처럼 차갑고 투명한 눈알을 반짝거리며 눈웃음을 부드러이 지어 보였다.

「어느 곳 말입니까? 계룡산으로, 전읍奠邑으로 말씀이십니까?」

전읍奠邑의 고을 '읍邑'자는 우부방(阝)이기도 하기에, 전읍은 붙여서 곧 '정鄭'자가 된다. 그러니까 오얏나무(李)가 이씨李氏가 세운 나라 조선朝鮮을 뜻하듯, '전奠'과 '읍(邑/阝)'이 합하여 만들어낸 '정鄭'이라는 글자는 – 참고로, 대다수 도참서에는 '전읍奠邑'이라고 표기되어 있으나, 남사고선생南師古先生의 『격암유록格庵遺錄』에는 '전奠'이라는 글자가 한 번 더 파자破字되어서 '추대읍酋大邑'이라고 쓰여 있다. 여하튼 '전읍奠邑'이란 – 정씨鄭氏 성姓을 가진 진인眞人이 계룡산을 도읍삼아 일으킬 새로운 나라를 의미하는 것인 것이다. 뾰족하게 힘준 목소리로 따지듯이 물었던 김병연 역의 강두한이 왼 아래턱이 도드라져 보이도록 어금니를 꽉 깨물어 보였다.

「깃들어 먹고살기만 좋다면··」

이런 비유가 무대의 자막 위에 딱딱한 명조체로 친절하게 그려지는 것을 보며 그가 떨떠름한 얼굴로 '이런 젠장! 아주 재미 들렸나 보군···.'하고 혼잣말하고서 다리를 꼬아 몸을 삐딱하게 틀어 앉은 동안에, 생각을 가다듬듯이 숨을 차분히 머금어 보았던 승려 원호 역할의 유학파 배우가 나직하게 말머리를 내더니, 말허리와 말꼬리를 짚어가듯이 또박또박 이어나갔다.

「그럴 것이라면 어느 곳의 어떤 나무, 어떤 가지면 어떻겠습니까? 숲 우거지고, 둥지 내어 알 낳기 적합한 튼실한 나무면 되지 않겠습니까? 구태여 풍양의 쥐새끼들과 안동의 금 버러지들에게 다 뜯어 먹히고 껍데기만 남은 오얏나무를 고집할 이유가 무엇이겠습니까? 미천한 날짐승일지언정 그 또한 중한 목숨일진데···, 속절없다, 못 본 척 그대로 두기에는 참으로 몰인정하고 위험천만할 일 아니겠습니까? 아니 그렇습니까?」

풍양의 쥐새끼와 안동의 금 버러지는 순조純祖 이후 세도정치를 펼쳤던 풍양豊壤 조씨趙氏 일가와 안동安東 김씨金氏 일족을 일컫는 것이다. 승려 원호가 자기 속생각을 아예 몽땅 내비치려는 것처럼 누런 이빨을 드러내며 히죽이 웃어 보이더니, 숨을 들이키는 것으로 어투를 바꾸어서 말을 이어나갔다.

「유명불우상惟命不于常이라··, 천명天命은 변치 않는 것이 아니려니, 민심民心 또한 무상無常이어라! 세상의 운수運數는 세상과 더불어 돌아가는 것! 한양에 뿌리를 둔 오얏나무는 이미 그 운세運勢를 다하였음이니···.」

짐짓 넨다하는 태도를 보이던 승려 원호가 말꼬리를 머금더니만, 고개를 들고서 하늘 끝과 땅 귀퉁이를 바라보듯이 객석 상단 너머 멀리를 바라보았다.

「절실하고 간절함에 날이 오래고 달이 깊어 일구월심日久月深⋯. 명운命運 다한 오얏나무를 떠나고 싶어 하는 가엾은 짐승들의 울음소리가 팔도에 가득하거늘⋯. 귀인께는 그 소리가 들리지 않는다는 것입니까?」

승려 원호가 김병연에게 대답이 필요 없는 물음을 던져놓고는 고개를 꼿꼿이 세운 채 – '머리의 자세에서 인물의 정신적 상태가 분명하게 드러난다. 신체의 맨 위 기관을 어떻게 하고 있느냐를 통해서 자기 자신에 대한 태도를 드러내 보이는 것이다. 머리가 꼿꼿이 세워져 있을 때는 자부심을 드러내는 것이고, 머리가 숙여져 있을 때는 자부심이 없는 것이다.'고 말했던 어느 연출가의 각진 옆얼굴을 홀연 떠올리게 해놓고는, 그래서 툭하면 객석을 바라보며 주둥이만 나불대던 유학파 배우로부터 그가 처음으로 '만족스런 신체언어를 발견할 수 있을까?'하는 헛된 기대감을 갖게 해놓고는, 도로 아미타불마냥 – 중생에 대한 애틋한 자비심이 느껴질 만하게, 곧 그렁그렁해질 것 같은 눈에다 떨리는 목소리로 말을 이어나갔다.

「소승에겐 들리오이다. 말소리 끊기고 개 우는 소리조차 잦아진 밤⋯. 소소한 바람소리⋯. 밤새소리와 한데 섞인⋯, 말라비틀어진 젖을 물고 배고파 우는 소리⋯. 고을고을 떠도는⋯, 입 가리고 섧게 우는 소리⋯. 혀 깨물고 소리죽여 흐느끼는 울부짖음⋯. 울다 지쳐 힘도 없이 가르랑가르랑⋯, 애달프고 구슬피 아우성치는 그 소리가 귀청을 울릴 만치 너무나도 또렷이 들리오이다. 낮에는 검게 타버린 해를 따르고,

밤에는 붉게 일그러진 달을 따라서‥, 삼세三世 삼계三界, 삼계이십팔천
三界二十八天‥, 삼천대천세계三千大天世界에 사무칠 신음소리가⋯! 소승에겐
보이오이다. 어둑어둑 멀리 더 멀리‥, 깨어지고 무너져가는 검은 산‥,
메말라 바스러진 흙투성이 강을 건너 흐릿흐릿, 어스름 달빛에 휘청이
는 야윈 그림자⋯. 머리 위에 별을 이고 어깨 위로 달을 업고‥, 침침矏
矏히 침침沈沈히‥, 산으로, 산으로‥, 죽음보다 깊고 어두운 산속으로⋯!
가동대는 계집아이, 곱작대는 젖먹이‥, 찢겨지고 뜯겨진 살덩이를 메
고‥, 안고‥, 풀포기 하나 없는 돌투성이 들판 지나 허정허정‥, 마을 어
귀 넘어가는 고단한 뒷모습이⋯! 모로 누워 물컹이는 육신보다 또렷
하게 보이는‥, 굼실대며 비트적거리고 쇠곤衰困스레 일어서는 누더기
진 그림자들이⋯! 아아~ 아아‥! 나무 관세음보살⋯!」

　　고조되어가는 비장감으로 진심이라는 것을 표현하고 싶었는지, 원
호 역할의 유학파 배우께서는 말머리에서부터 큰 호흡을 머금고 어금
니를 앙다물어가며 대사를 입안에서 짓이기듯이, 가슴께서 억지 악지
숨을 눌러가며 부자연스럽게 짜내는 듯이, – 배우인 자신이 움직일 수
있는 힘은 상대방으로부터 받은 것이라, 마찬가지로 저 자신도 상대방
이 움직일 수 있도록 상대방을 위해서 봉사해야 할 것임도 불구하고,
자신을 드러내고 증명하고만 싶었는지 줄곧 객석 쪽을 향하여 발표發表
하듯이, – 그러면서도 어떤 판에 박힌 것처럼 기계적이고 반복적으로,
강약 혹은 강약약의 율격律格으로 일정한 조調를 만들어가며 대사를 씹
어뱉었다.

　　'저렇게 보란 듯이 쥐어짜는 건 뭐지‥? 중요한 것은 배우가 느끼는
감정이 아니라, 연기하는 배우를 보면서 관객이 느낄 감정이 어떤 것

인가, 그리고 그 크기가 어느 정도일 것이냐는 것이다. 배우가 저 혼자 다 느껴버리면 관객이 들어갈 자리가 없어질 것이다. 배우가 다 느껴 준다면 관객은 무엇을 느끼고 무엇을 떠올릴까? 자기 자랑에 불과한 배우의 기교에 박수를 보내야겠다는 생각? 아니다! 외려 거부감이 들 것이다. 그렇기에 배우는 무대에서 자신이 느낀 감정을 절제해서 팔 할 정도만 표현해야 할 것이다. 그래야 나머지 이 할을 관객이 (능동적 으로) 채울 수 있을 것이기에 말이다.'

쭈그리고 앉아 끙끙거려가며 묵을 똥을 뽑아내려고 애쓰는 변비환 자마냥 팽팽한 아랫배에 잔뜩 힘을 주어 이상한 억양으로 대사를 눌 러가며 뱉어내던 승려 원호 역할의 유학파 배우가 복받쳤던 감정을 다스리려는 듯이 팔목에 감아 두른 염주 알을 왼손으로 쥐더니, 지그 시 눈을 감고 두툼한 엄지손가락으로 하나씩하나씩 돌려대기 시작했 다. 그 모습을 보며 그는 자신이 무대 위에 구현하고 싶었던, - 글쓰기 작업에다가도 무던히 적용해보고 싶었건만, 앞서 언급했던 여러 이유 탓에 번번이 실패하고야 말았던, - 제 딴에는 '팔 할의 미학'이라고 그 럴 듯하게 명명한 나름의 연기관演技觀을 떠올려보았다. 그때였다.

「이런 젠장~! 마른하늘에 저 혼자만 소낙비 맞으셨나? 뭘 그리 쫑 알쫑알 괭이 뽕알 앓는 소리마냥 빙빙 돌려가며 구시렁거려대는 게 야?」

두어 걸음 옆으로 빗겨나간 그의 생각과 눈길을 붙잡아두려는 것처 럼, 투덜투덜 목청 돋운 소리가 그의 귓전을 때렸다. 큰 마루에 걸터앉 은 채, 가련이가 튕겨주는 거문고 가락을 듣는 듯하면서도, 예민한 더듬이는 줄곧 평상 쪽에다 곤두세우고 있던 지관 이극도의 카랑카랑한 목소리였다.

「아~ 이보슈! 아아…아니! 아니~! 자네는 여기 그냥 계시게.」

제 무릎을 치며 몸을 일으키려던 이극도가, 허벅지 위에 올려놓았던 거문고를 마룻바닥 위에 내려놓고 좇아 일어서려는 가련이를 손사래 치는 것으로 주저앉히더니만, 팔소매를 걷어붙이고 바짓가랑이에서 "후두둑~!"하고 청메뚜기 날갯짓 소리가 날만치 잰걸음으로 후다닥 평상에 다가들었다.

「……」

김병연에게 다가드는 이극도의 꼭뒤에 대고 뭐라 한마디 하고 싶었던 걸까? 가련이가 숨을 들이쉬면서 윗몸을 살짝 들어 앞으로 기울였었으나 이내 생각을 접은 듯이, 머금었던 숨을 내쉬고는 손안의 술대를 꼭 쥐며 거문고 쪽으로 눈길을 돌리었다.

'그때 어느 타이밍에, 어디쯤에서 가련이를 보이려고 했었지…?'

큰 마루에 도로 주저앉은 가련이 역할의 황수정을 내려다보며 그는 어지러웠던 지난 가을 어느 늦은 오후를 기억했다. 변화는커녕 존재감도 없이 언제까지 저렇게 큰 마루에 앉혀둘 수만은 없는 일이라, 어디선가 변화를 주기는 주어야 할 텐데 어느 부분에서 어떻게 줘야 할지 시원스레 정하지 못하여서, 이때냐 저때냐 여기냐 저기냐 애꿎게 빈 머리통만 쥐어짜고 조바심을 내어가며 고민에 궁리를 거듭하고 있던 때였다.

몇 날 며칠을 끙끙대다가 '작품에 임하여 각각의 캐릭터들이 선명해지는 것은 오로지 글을 쓰고 있을 때뿐이다.'라던 네미로비치 단첸코_{Nemirovich Danchenko}의 도움말이 불현듯이 떠올라서, 무턱대고 이면지裏面紙를 꺼내놓고 2B 연필을 손에 쥐고 생각나는 대로 마구잡이로 끼적이다가, 어느 순간에선가 생각지도 않았던 대사와 동선이 아무렇지도 않게 그려지는 것을 보고는, '아…! 처음부터 머릿속에다가 완벽하게 구상하고 일사천리로 일목요연하고 일사분란하게‥, 그것대로 만들어가는 게 아니었구나. 그러니까 작품은‥, 종이와 연필의 결합으로 생명을 얻은 불완전한 존재는 저 스스로 완전해지도록, 자기 캐릭터답게 제 힘껏 알아서 구현해가는 것이구나…!'라고 대단한 깨달음이라도 얻은 양 뿌듯해하고서 - 그리고는 어근지금하지 않을까 싶어, 유종원柳宗元이 〈종수곽탁타전種樹郭橐駝傳〉에 기술한 구절 '기시야약자其蒔也若子 기치야약기其置也若棄 즉기천자전이기성득의則其天者全而其性得矣 : 심을 때는 자식을 돌보듯이 하고, 심고 나서는 내버린 듯이 둡니다. 그렇게 하면 그 천성이 온전해지고 그 본성이 얻어지게 됩니다.'를 아는 척 뒤적거려 엉뚱스레 가져다 붙여보고서 - 괜히 그것을 핑계 삼아 대낮부터 술 퍼마시고 정신까지 잃었었던 그날을 말이다.

「아~ 그러니까, 차시此時 당금 시방 세상이 우중충함에‥, 기린麒麟은 주무시고 스라소니가 춤을 추니…!」

마룻바닥에 놓인 거문고를 말끄러미 내려다보고 있는 가련이 역할의 황수정이 앞으로 어떤 액션을 취할까 기대해 볼 사이를 주지 않으려는 것처럼, 평상에 걸터앉은 이극도 역할의 정재성이 목소리에 힘을 주며 말꼬리를 치세웠다.

「어촌서 물질하시던 강화도령님께서 용상龍床에 오르신 이후 안동김가 놈들이 방약무인傍若無人하여 대나무통발을 밟고 넘는 꼬라지가 차마 눈뜨고는 보지 못할 가관 중의 가관이라··, 임금이 임금이 아니고 신하가 신하가 아니려니, 세상이 뒤죽에 박죽, 박죽에 뒤죽으로 거꾸로 돌아가 곤죽으로다 감탕에 흙탕, 비역질과 요분질로 백성들의 피고름이 가히 하루도 마를 날 없는 쌩 도탄지경 아니오?」

강화도령님은 홍국영洪國榮의 역모와 연루되어 강화江華에 유배됐던 은언군恩彦君의 후손 이원범李元範으로, 김조순金祖淳의 딸이자 순조純祖의 비妃였던 순원왕후純元王后의 명命으로 궁에 들어와 덕완군德完君에 책봉되고, 후에 헌종憲宗의 뒤를 이어 즉위한 임금 철종哲宗을 말하는 것이며, 대나무통발을 밟고 넘는다는 말은 『후한서後漢書』〈양기전梁冀傳〉에 나오는 '발호跋扈'라는 말을 풀이한 것으로, 아랫사람이 윗사람을 우습게보고 제어할 수 없을 정도로 제멋대로 날뛰거나 하극상을 저지르는 것을 이르는 말이다.

제법 의기가 돋았던지 뿔그죽죽하게 상기된 얼굴로 목꼬리에 힘을 주던 호리호리한 지관 이극도가 아니나 다를까 잘 나가다가 꼭 삼천포로 빠지는 버릇이 나오듯이 - 사소해 보이지만 이것이 바로 캐릭터의 본질을 드러내주는 것이기에 - 남색男色을 이르는 '비역질'이라는 낱말과 남녀가 사랑을 나눌 때 여인네가 지나치게 흥분하여 아랫도리를 요리조리 놀려대는 '요분질'이라는 낱말을 상황에 어울리거나 말거나 그저 그럴듯하게 써먹으려고 내뱉더니만, 평상에 올라앉아서 리듬을 바꾸듯이 말투를 바꾸어 새로 말머리를 끄집어내기 시작했다.

「그러니까 이···, 이 도탄釜炭이, 진흙이라는 게 흙이고, 흙이 바로 토土니까··, 오행의 이치로 따져 보면 토생금土生金이라! 즉, 흙이 쇠를 낳는 것이니···, 쇠는 쇳가루 바로 엽~쩐을 뜻하고··! 하여, 진흙탕에서 쩐錢 캐내는 세상이 작금의 모진 시절이란 말이올시다~! 그럼 이건 또 뭔 소리겠소? 꼴상이 버러지만도 못할 놈의 사모 쓴 도적놈들이 글겅이질에 걸태질로다 두견이 목구멍에서 피 내어 먹듯이‥, 벼룩이 가 꿇어앉으려다가 발톱이 빠질 만한 땅만도 못한데서‥, 그 벼룩이 놈 의 간을 빼잡수겠다고 약탈에 수탈, 강탈, 늑탈, 박탈, 창탈에다 겁탈까 지…! 불쌍한 백성의 늑골 파먹고 등골 빼먹는 아수라도가 바로 목하目 下 현금現今 세상 아니냔 말이오!」

「허허~ 보시게, 이 지관…!」

「아아~! 상관 없읍니다요. 언놈이건 밀고를 하겠다면 까짓 것, 해 보라지요! 똥구멍에서 동취銅臭나는 그깟 놈들…!」

저가 듣기에도 소리가 높아 담장을 넘어가겠구나 싶었는지, 승려 원 호가 이극도의 목소리를 눅잦히려고 저가 먼저 누그러진 목소리로 넌 지시 불렀건만, 이미 핏대가 오를 대로 오른 이극도가 고갯짓에다가 손사래까지 쳐대며 말을 이어나갔다.

「손아귀에 돈 몇 푼 쥐어주면 아예 눈깔들이 싹 다 뒤집혀가지고‥, 아~ 아진이가 부처님 똥구멍에다가 쇠말뚝을 박았다 해도 대가리 까 닥대고 동네방네 떠들어댈 겝니다. 비전불행非錢不行이라고‥, 돈 없으면 되는 일 없는 세상이지만, 돈만 있으면 두억시니도 부릴 수 있는 세상 아닙니까요? 이런 염병…! 보시오! 이런 소오줌에 말똥 같고 개오줌에 쥐똥 같은 세상‥! 쥐불에 들불 놓듯이 아예 불을 확 다 싸질러 놓고, 그 참에 새로 다시 시작함이 낫지 않겠소?」

「……」

「내 말이 틀렸소??」

「……」

「아~ 그쪽도 팔도를 돌아다녔다니 본 것이 있을 테고! 본 것이 있다면 느낀 것이 있고, 느낀 것이 있으면 뭔가 허고픈 것이 있을 것 아니요~!!」

아무 대꾸 없이 빤히 바라보기만 하는 김병연에게 삿대질이라도 할 것처럼 이극도가 목에 핏대를 세우며 눈알을 부라렸다. 평소에는 젓가락으로 젓국을 떠먹을 만치 변변치 못하고 졸렬하면서도 허풍 심한 사내로 보였던 지관 이극도가 - 자신이야말로 참으로 부당한 대우를 받고 있다고 허공에다 바락바락 악을 쓰다가도, 또 금시수時 제 팔자 사나운 탓이려니 치부하고 낙심천만으로 한숨을 쉬다가도, 이러쿵저러쿵 옳으니 그르니 저 혼자 찌그럭거리다가도, 저보다 못 나고 못 배운 탓에 가진 것도 없고 보잘 것도 없어서 억울하게 당하기만 하는 힘없는 무지렁이를 보면 자기도 모르게 어금니 깨물고 주먹 쥐는 이가 바로 어진이(仁者)라고 생각했기에 - 적어도 의기와 결기를 보이는 이때만큼은 누구 못잖게 가슴 뜨거운 사내요 멋진 사내로 보여야 할 것이라고, 그래야 이극도라는 캐릭터의 인간적인 면모가 보일 것이라고 그는 생각했었다.

「이런 젠장! 당최 이 양반은…,」

이극도가 잔뜩 찌푸렸었던 눈살을 펴며 눈알을 부라렸다.

「도대체 이슬에다 구름 말아 자시고, 바람 똥만 싸시는가?」

「하여…,」

「하여…, 라니…?」

입을 떼려던 김병연이 가만히 한 호흡 먹어버리자, 매부리코 콧대 위에 바늘을 거꾸로 세울 만큼 골이 진 얼굴을 하고 있던 이극도가 내뱉듯이 되물었다.

「하여 임신년에 관을 삐뚜로 써본 것만으로는 부족하야, 다시 먼지

바람을 일으켜 하늘을 옮기시고 해를 바꿔보시겠다?」

　김병연 역할의 강두한이 거리를 둔 채, 그러나 차갑지만은 않은 어조로 비웃적거리듯이 말을 건네고는, 왼 입술 끄트머리를 가볍게 틀어 올렸다.

　「아예 하늘을 바꾸고 해를 옮겨 버리는 것이 어떻겠습니까?」

　「…!…」

　승려 원호의 말이 채 끝나기도 전에, 김병연의 동공이 커다랗게 팽창되며 얼굴이 무섭게 굳어졌다. 임신년壬申年에 관冠을 삐뚜로 써봤다는 구절은 홍경래의 난亂을 가리키는 것이고, 먼지바람을 일으킨다는 말은 풀이 흔들린다는 말과 더불어 '초동풍진기草動風塵起'라고, - 이백李白이 〈유야랑증신판관流夜郎贈辛判官 : 야랑으로 유배되어 신판관에게 드립니다.〉이라는 칠언시七言詩에 썼던 싯귀로 - '난리를 일으키는 것' 혹은 '난리가 일어남'을 일컫는 것이며, 하늘을 옮기고 해를 바꾼다는 말은 '이천역일移天易日'이라는 말로, 간악한 신하가 정권을 쥐고 제멋대로 행사하는 것을 뜻하는 것이었기 때문이었다.

　그런고로 듣는 것만으로도 심장이 오그라들 만도 할 텐데, 승려 원호는 아무 거리낌 없이 외려 한술 더 떠서 간 큰 도적놈이 농지거리하듯이 - 감히 하늘을 바꾸겠다니 말 그대로 '역천逆天'이었건만 - 낄낄거리며 천연덕스레 말을 뱉어내더니, 그것에 어울릴 만한 미소를 의미심장하게 지어 보였다.

　「천하비일인지천하天下非一人之天下 천하지천하天下之天下!」

　「…!!…」

　「천하는 공물公物이라! 한 사람의 천하가 아니라, 천하의 천하‥! 모든 이의 천하이거늘, 어찌 주인이 따로 있겠는가!」

새로운 세상을 꿈꾸는 역당逆黨의 우두머리 정시후 역할을 맡은, 다소 왜소해 보이는 배우 차유석의 까랑까랑한 목소리가 무대를 쩌렁쩌렁하게 울렸다.

「실로 천하가 모두의 것일 진데, 천하를 짊어질 인물 또한 그 가운데 세워진 사람이어야 하지 않겠는가? 허면‥! 받들어 누구를 섬기건 임금이 아닐 것이며, 살피어 누구를 다스리건 백성 아니겠는가! 아니 그렇습니까?」

천하와 백성에 대한 굳건한 신념만큼이나 강건한 위엄이 서려 있는 말을 거침없이 내뱉던 정시후가 도발적으로 묻듯이, 김병연에게 비쩍 마른 얼굴을 내보이며 말끝에다 힘을 주어 삐딱하게 틀어 올렸다.

「……」

사뭇 달라진, 정시후의 뻔뻔스럽게도 보일 만한 얼굴과 자신만만한 말투에 잠시 말을 잃은 듯이 보이던 김병연이 승려 원호에게로 고개를 돌리었다.

「나무 관세음보살…」

승려 원호가 고개를 꼿꼿이 세우고서 부처님 같이 자비로워 보이는 미소를 지어 보이더니, 이내 수그리고는 - 셰익스피어Shakespeare가 『리차드 3세Rivhard Ⅲ』에서 캐릭터의 포악함과 인간적 결함을 비유적으로 시각화하기 위해서 꼽추임을 강조했듯이, 작가인 그는 승려 원호의 속세를 향한 의지와 탐욕을 반어적으로 청각화하기 위해서 필요할 때마다 "나무아미타불" 혹은 "나무관세음보살" 읊어대야 할 것이라도 생각했었다. 아니나 다를까, 그런 그의 기대에 부합할 만한 순간에 유학파 배우께서는 - 다소곳이 합장하며 나직한 소리로 명호名號를 읊조렸다.

「……」

「……」

「하여, 말인즉슨…!」

이윽고, 잠깐의 사이를 지나 김병연이 입을 떼었다.

「어차피 죽어날 것! 연꽃 연못 박차고서 띠 울타리 걷어차고 뛰쳐 나온 김에, 아예 세상천지 송두리째 뒤집을 큰 개벽··, 거슬러 발바닥 을 하늘에 붙이고서 용트림으로 소란스런 야단질이라도 한번 뻑적지 근하게 해보자는 말씀들이신가?」

목구멍 아래께 어딘가에 석얼음이 끼었다고 여겨질 만치 싸늘한 목 소리였다. 앞서 승려 원호가 이러쿵저러쿵 세상 운수 운운하며 미륵의 도래와 개벽을 주창하는 것을 보니 뭔가 짚이는 게 있었던 것이, 이제 확연히 그 정체를 드러냈다고 생각한 것이다.

「…!…」

「…!!…」

떠보듯이 던진 말에 정곡이 뾰족하게 찔린 탓인지, 고드름처럼 차갑 고 단단한 말투에 머리통이 얼어버린 탓인지, 짧은 순간 눈에 띄게 움 칫거렸던 승려 원호와 지관 이극도는 - 잠자코 있는 정시후와는 사뭇 다르게 - 서로의 눈치를 살피는 것처럼 혹은 감추려는 것처럼 자못 긴 장된 얼굴빛을 보였다.

연꽃 연못, 즉 '연담蓮潭'은 김병연과 비슷한 시기를 살았다고는 하나 정확한 생몰연대를 알 수 없는 이운규李雲圭라는 인물을 가리키는 것으 로, 세종世宗의 열여덟째 아들인 담양군潭陽君의 후손인 그는, 후천後天의 역리易理인 정역正易의 이치를 규정했다는 사상가로서, 동학東學을 일으킨 수운水雲 최제우崔濟愚와 정역正易의 체계를 확립한 일부一夫 김항金恒 그리 고 남학南學을 창시한 광화光華 김치인金致寅의 스승이었다고 한다.

그리고 띠 울타리는 연담 이운규가 기거하며 제자들에게 가르침을 전했다는 충청남도 논산論山의 작은 마을 '모촌리茅村里'를 가리킨 것으로, 그런 즉 '연꽃 연못 박차고서 띠 울타리 걷어차고 뛰쳐나왔다.'는 말은 김병연이 정시후와 승려 원호와 이극도가 당대의 사상가였던 이운규의 가르침을 받았던 것은 아닌지 넘겨짚어 본 것이고, 한 발짝 더 나아가 '스승의 품에서 겨우 뛰쳐나온 너희들이 고작 정씨鄭氏가 임금 되는 새로운 세상을 열기위해 기어이 헛된 반란을 획책할 것이냐?'고 매섭게 몰아붙이는 말이었기 때문이었다.

　'공백이 아닌 여백으로써의‥, 정적의 순간이다….'

　텅 비어있는 모든 것을 빨아들일 진공상태와 같은 순간이었으면 했다. 바람소리와 동시에 뭉실뭉실한 구름장들이 빠르게 지나가는 영상이 무대 위에 드리어지듯이 비쳐졌다. 강렬한 이미지를 던져주는 그 순간에, – 반짝이고 쫑긋대는 객석의 모든 눈과 귀를 자신에게 가져가려는 것처럼, – 김병연 역할의 배우 강두한이 가슴을 부풀리며 숨을 크게 들이마셨다 내뱉으면서 허리를 곧추세우고 앉았다.

　「진여眞如와 진심眞心은 그 오묘함으로 말미암아 해량解量키가 심심난득甚深難得하기도 하거니와 차라리 오입(悟入/誤入)질을 개시(開示/開始)함이 공반야空般若의 방편方便이라 하시더라니…, 기어코 부처님 머리통에다가 물찌똥을 싸시겠단 말씀이로군.」
　오입질을 개시한다는 말은 『법화경法華經』〈방편품方便品〉에 나오는 '개시오입開示悟入' – '개開'는 '개제開除'로, 미정迷情을 깨뜨리고 제법諸法

의 실상을 보이는 것. '시示'는 '현시顯示'로, 번뇌가 사라지고 지혜가 나타나 우주의 만덕이 밝게 나타나 보이는 것. '오悟'는 '각오覺悟'로, 우주의 본체 그대로가 현상이고 현상 그대로가 본체임을 깨닫는 것. '입入'은 '증입證入'으로, 진리를 깨달아 부처의 경지에 들어가는 것 – 가운데서 '오입悟入'이라는 두 글자를 소리는 같으나 뜻이 다른 낱말 '오입誤入'으로 바꾸어서 삐딱하게 꼬아본 것이다.

다시 말해 마음이 얽매임을 떠나고 속세에 대한 그리움이 없는 고로, 다툼 속에 있어도 다투지 않고 사나움 속에 있어도 성내지 않으며 연잎 위의 물방울 같고 바늘 끝의 겨자씨 같이 욕심에 물들지 않은 이들을 출가인出家人이라 하였음에, 빤질빤질한 얼굴로 속세를 향한 더러운(?) 의지를 스스럼없이 드러내는 승려 원호가 마뜩치 않았을 김병연이 불경을 인용하여 성적 뉘앙스가 풍기게끔 야릇한 어감으로 깐죽거리며 쏘아붙인 것이다.

「사문沙門에는 자심중생自心衆生에 자심불성自心佛性이라 하여, 마음속의 중생을 알아야 마음속의 불성佛性을 보게 된다는 말이 있습니다. 말인즉슨, 부처를 보고자한다면 중생을 먼저 알아야 한다는 말이니, 이는 중생이야말로 보살의 뿌리요, 사바세계가 정토淨土에 다름 아니라는 가르침 아니겠습니까?」

승려 원호도 이미 드러낸 발톱을 구태여 감추려 하지 않으려는 것이리라. 기세를 빼앗기지 않으려는 것처럼, 그러나 차분한 목소리로 맞받아쳤다.

「하늘이 보고 듣는 것이 백성이 보고 듣는 것이라, 속일 수 없는 것이 바로 인심人心이요 거스를 수 없는 것이 천명天命인즉…」

거리감이 멀찍이 느껴지게끔 정시후 역할의 배우 차유석이 나직한 목소리를 내더니, 말끝과 호흡을 머금으면서 턱 끝을 살짝 들어 눈 아래로 김병연을 가직이 내려다보았다.

「하늘과 땅이 바뀌어 사시四時를 이루듯이··」

승려 원호도 고개를 수그리면서 눈을 치켜떠보였다.

「탕무湯武가 하늘의 뜻을 따르고 사람의 바람에 응하여 명命을 바꾸나니, 그 바꿈이 크다고 하였다지요?」

「······」

더 지껄여보라는 듯이, 김병연은 잠자코 아무 말도 하지 않았다.

「천하의 이로움을 일으키고 천하의 해로움을 없애려는 것이니··! 일지기 순부자荀夫子께서는, '하늘이 백성을 낳은 것은 임금을 위한 것이 아니요, 하늘이 임금을 세운 것은 백성을 위한 것이다.' 아니하셨습니까?」

「옳거니~! 왜 아니겠소? 맹부자孟夫子께서도, 자 왈···! '민民이 가장 귀하고, 사직社稷이 그 다음이고··, 임금은 되레 가장 가벼운 것이다!' 했습죠.」

승려 원호가 구절 첫머리에 힘을 주어 순자荀子 쪽으로 말을 몰아가자 '너만 덩더쿵이냐 나도 쿵더쿵이다' 싶었는지, 이극도가 맹자 왈孟子曰하며 한마디 거들었다.

「임금을 무엇이라 하겠습니까? 가로되 '능군能羣이라··!' 많은 사람을 잘 돌보는 것이라 하지 않았습니까?」

「옛사람들도, 나를 살살 어루만져주고 곱게 쓰다듬어주는 이가 임금이지, 못살게 굴고 해치면 원수라고 했다지요?」

「임금은 배요, 백성은 물이라 하였음에…」

가물치 따라서 덩달아 첨벙대는 옹달치마냥 덜렁거리며 제 속을 있는 대로 드러내 보이는 지관 이극도와는 달라야 하기에, 주도면밀하고 음흉한 캐릭터임을 드러내기 위해서, 굳이 제 입으로 '물은 배를 띄우기도 하지만 뒤집어버리기도 할 것이다.'라는 말은 하지 않는 편이 나을 것이라고 그는 생각했다. 그런즉 승려 원호가 지금처럼 '당신도 잘 알고 있지 않냐?'는 듯이, 뒷말을 머금고서 미소 띤 얼굴로 김병연을 쳐다보며 고개를 끄덕이고 있는 것이다.

「가히 사랑할 만한 것이 임금 아니겠으며 두려워할 만한 것이 백성 아니겠습니까? 나무 관세음보살⋯.」

승려 원호 역할의 유학파 배우가 눈을 가늘게 반짝이며 얼굴빛을 온화하게 바꾸더니, '두려워할 만하다'라는 말에 힘을 주어서 은연중 자기 생각을 암시하여 주었다. 그리고는 왼손으로 턱수염을 기다랗게 쓰다듬고서 팔목을 칭칭 감아 둘러 손바닥에 걸치듯이 쥐고 있던 염주를 왼 엄지손가락으로 하나 둘 셋 넷 굴려보았다.

「천하흥망에는 필부匹夫도 필시 책임이 있을 것인즉⋯」

「그래서요?」

하는 짓거리와 꼬락서니를 보니, 짐짓 도력道力 깨나 높은 승려인 척하는 것만 같아 눈꼴이 시리고 배알이 곤두서건만, 공자 왈 맹자 왈에 순자 왈까지도 모자라서, 명말明末 청초清初의 사상가 고염무顧炎武가 설파했던 '천하흥망天下興亡 필부유책匹夫有責'까지 들먹이려는 승려 원호에게 김병연이 얼음처럼 차가운 물음표를 뒤집어 던졌다.

「그래서, 그런즉, 그런고로~!」

띄엄띄엄 말을 잇던 승려 원호가 말끝에 힘을 주면서 오른 소맷자락을 털고 입을 떼었다.

「갈喝 일갈一喝 할 것이요, 할 일 할 것이니⋯. 가서 하고 하고 감이,

모쪼록 그리 저리 해야 하지 않겠습니까?」

「허허~! 중은 중이로되 절 모르는 중님이시로고. 마음은 뱀의 것이로되 입만 열면 부처님말씀 운운하는 자가 있다더니, 내 오늘 개성 땅에서야 보게 되는구나!」

승려 원호의 대사, '사문에는 자심중생의 자심불성' 어쩌구부터 '갈 일갈 할 것이요, 할 일 할 것이니‥,' 저쩌구까지는 원래 대본에 없는 것이었으나, 그가 연습을 하던 중간에 새로 집어넣은 – 몇 년 사이 나라 꼬라지가 하도 개판이 되어 버려서, 옛것을 들춰보고 나랏일 하겠다는 머리 좋은 잡것들이 백성을 생각하며 가져야 할 마음가짐이 무엇일까 뒤적대고 끼적여 본 – 장면이다.

그런즉 그 속 내용을 잘 알고 있을 승려 원호가 자신의 말투와 말본새를 흉내내며 눈가와 입가에 능글맞아 보이도록 야릇한 웃음을 지어 보이자, 김병연은 어이없어하면서도 가당찮다는 듯이 잠시 뚫어져라 쳐다보다가 큰 숨을 들이마시고서 천천히 말꼭지를 틀었다.

「하긴‥, 기껏 찾아 어렵사리 읽으셨다는 비기秘記들이 오로지 대역무도한 비기조基에 관한 것들인지라, 원력願力과 인연因緣으로 성불成佛하사 활불活佛과 생불生佛이 되는 것만으로는 부족하실까 하여‥, 바라건대 일세一世의 목탁木鐸이 되어 보임으로써 기어이 그 헛된 공명功名을 죽백竹帛에 드리우고 싶으신 게로군. 그런즉…!」

앞에 나온 '비기秘記'는 도참서를 가리키는 것이고 뒤에 나온 '비기조基'는 여러 임금 대대로 물려 내려오는 왕업王業의 기틀, 그러니까 나라를 세우는 큰 사업인 '홍업洪業'과 '제왕의 자리'라는 두 가지 의미를 가진 말이다. 김병연이 나오려던 말머리를 목젖 너머로 도로 "꿀렁~"삼켜 넘기더니, 비스듬히 턱을 들고서 원호를 흘겨보았다. 그리고는 가만히 눈길을 돌려 정시후와 이극도를 아래위로 훑어보고 삼켰던 말머리를 다시 내기 시작했다.

「여기 나란히 앉아계신 도반道伴나으리님들께서도 청정무구치 못한 마음으로 앉을 자리를 아예 홀러덩 뒤집어서 기꺼이 역도逆徒가 되셨다는 겐가? 아아~! 아니! 아니지‥! 부화뇌동하야, 옳다구나…! 거꾸로 뒤집은 것은 아니실 테지‥! "대인자大人者 불실기적자지심자不失其赤子之心者라!" 무릇 큰 사람이라는 놈들은 발칙스럽게도 적자赤子의 마음을 잃지 않는 종자들이라 하였은즉‥, 날 때부터 타고 난 것이 불충불효不忠不孝 적자賊子의 팔자인지라, 갓난쟁이 때부터 꼭 도적놈마냥‥! 영 글러먹은 짓거리들을 하게끔 하지 않으면 아니 되지 아니할 만한 배포와 심보들을 타고났을 터! 그런고로 위로는 하늘을 벼리로 삼고 아래로는 땅을 바탕으로 삼아, 언필칭 문필칭 시답잖게 시끌벅적 가당찮게 왁자지껄 "천하라! 백성이라~!" 하늘을 헤아리고 땅을 살펴가며 그 가운데 사람을 근본으로 삼아 "무슨 세상! 무슨 개벽!" 어눌한 달변에다 개벽다구 같은 타령으로 은밀 내밀 신밀하게 꾸며가며 횡설수설 비밀스레 이르기를…, "헛 미륵 참 미륵! 백성들을 구제한다. 천명이다! 민심이다! 선천에 중천, 후천으로…! 하늘이 밝아지니 개똥이네 개버릇이 개 똥구멍 같은 개 벽癖이로다!" 딴에는 붉은 수염(赤髥) 휘날리며 종횡무진 좌충우돌 주둥이에서 단내를 풍길 만치 청산유수로 말랑말랑 까실까실 외쳐대지만‥, 결국 알맹이는 소싯적 잠시잠깐 발심發心한듯, 소 발바닥 찾아 나섰던 흑의정승님과 작심作心하고 사슴 쫓던 풀대가리천자님께서 손으로 발목 잡고 발가락에 손목 묶어 성씨姓氏 바꾸고 혁파革罷 명命하여, 자기네가 임금 자리에 오르겠다는 바로 그 이야기 아니신가!」

소 발바닥 찾아 나섰다는 말은 불가佛家에서 자기의 본성本性인 불성佛性을 소에 비유하고 (깨달음을 얻기 위해) 그것의 자취를 찾아 나선다는 '심우尋牛'와 '견적見跡'이라는 두 말을 섞어본 것이고, '흑의정승'은 승려의 신분임에도 정치에 큰 영향을 행사하는 '흑의재상黑衣宰相'을 뜻하는 것이며, 사슴을 쫓는다는 말은 권좌를 놓고 다툰다는 '축록逐鹿'을 의미하는 것이고, '풀대가리천자'란 도적놈을 장난삼아 높이 이른 '초두천자草頭天子'를 살짝 비틀어 풀어놓은 것이다.

이것들은 『맹자孟子』〈이루장구離婁章句 하下〉에 나오는 구절 '대인자大人者 불실기적자지심자不失其赤子之心者 : 대인이란 갓난아이의 마음을 잃지 않는 자이다.'에서 '깨끗하고 거짓 없는 갓난아이'를 의미하는 '적자赤子'라는 낱말을 '부모나 임금의 뜻에 어긋난 행동을 하는 사람'을 뜻하는 '적자賊子'와 '붉은 수염'을 뜻하는 '적자赤髭'라는 동음이의어로 바꾸어 말장난한 것과 한가지로, 정시후와 승려 원호와 이극도를 싸잡아 비아냥거린 것이다.

「……」

가소롭기 짝이 없다는 듯이 김병연이 콧방귀를 뀌며 쏘아보았으나, 왜소한 정시후와 투실투실한 승려 원호와 호리호리한 지관 이극도 세 사람은 그것에 걸맞을 만한 어떠한 반응도 보이지 않았다. 갑자기 호흡의 중심을 잃고 집중이 흐트러진 것처럼 - 언제, 어디서, 어떻게 어긋났는지도 모르게 - 정확한 타이밍을 잃어버리고 서로 맞춰 가기에 급급해하는 그런 모습을 보일 뿐이었다.

「그런즉! 그리하야! 그런고로~! 주상主上께서 걸주유려桀紂幽厲도 아니건만 감히 방벌을 하시겠다!?」

걸桀과 주紂는 하夏나라와 상商나라를 망친 폭군들이고, 유幽와 여厲는 오랑캐 칼에 맞아죽은 서주西周의 유왕幽王과 백성들의 봉기로 쫓겨났던 여왕厲王을 말하는 것이며, '방벌放伐'은 덕을 잃은 군주는 토벌해 쫓아내야 한다는 옛 중국의 역세혁명관易世革命觀을 말하는 것이다. 마가 뜨려는 그 순간을 보다 못해 저가 다시 나서야겠다고 생각했는지, 김병연 역할의 배우 강두한이 숨을 크게 한 모금 들이마시며 몸을 살짝 뒤로 물리는 몸짓으로 관객의 시선과 주의를 끌어오더니, 고개를 과장되게 가로 저어가며 그 고갯짓에 어울릴만한 가락으로 말을 흘려보냈다.

「아는知 것으로 앓다疒 보면 되레 그 모양대로 어리석어지기만痴 한다더니…. 헛허~! 참으로 답답하기도 하여라. 스스로 대활인大活人이라도 되는 양, 입으로는 여시아문如是我聞‥, 귓구멍에 들었나니 석가모니 말씀이요, 더하여 가라사대, 공부자 맹부자에 육경주아六經注我 아주육경我注六經으로다 자왈子曰하고 시운詩云하야, 인의예악仁義禮樂 온량공검溫良恭儉 들먹이며 하늘의 명命을 받들어 교화를 이루고 인륜을 돕는답시고 눈알을 이리 부라리고 그 불알을 저리 덜렁거려대고 있으나 실은 청맹과니와도 같으니‥, 이르고 가로되 사해지내四海之內가 개형제야皆兄弟也…! 실로 고단할 것은 이 땅의 개만도 못할 어린 백성들뿐이겠구나‥. 이오전오以誤傳誤에 이화구화以火求火‥, 꼬리에 꼬리를 무는 헛소문에, 불로써 불을 끄려들다니. 쯔쫏….」

'안다는 것知'과 '병들어 기대는 것疒'을 결합시켜서 '어리석을 치痴' 자를 만들어 읊어댄 김병연이 '마음이 곧 이理'라는 '심즉리心卽理' 설說을 주창했던 상산象山 육구연陸九淵의 명언 '육경주아六經注我 아주육경我注六經'을 - 마음에 천지만물이 갖춰져 있기에, 육경六經은 마음의 주석注釋이 되고, 마음이 육경의 주석도 된다는 말을 - 소리만으로 비꼬아보더니, 천하백성을 모두 개새끼로 만들고서 눈을 가늘게 뜨며 세 사내를 쳐다보았다.

'……'

세 사내의 입을 빌어 역성혁명의 정당성을 드러내고자 두어 달가량
뒤적거려 모았던 동양정치사상에 관한 자료들을 이렇게 저렇게 머리
굴려가며 꿰맞춰보던 그가 홀연 - '아차…!'하며 '밤꽃 향기를 물씬물
씬 풍겨대는 미끌미끌하고 밍밍한 꿀물에, 혹은 미약_{媚藥}처럼 끈적끈적
하고 달착지근한 타액_{唾液}에 뒤범벅되어 있는 선인_{先人}들의 아찔한 고준
담론_{高峻談論}에서 뽑아낸 몽롱한 담즙_{膽汁}보다는, 내 살 찢고 뽑아낸 핏덩
이와 그 피딱지 속의 싯누런 고름과 물긋한 진물을 먹물 삼아서 담담
히 써내려가야 하지 않을까?'하는 생각으로 - 눈앞에 펼쳐놓았던 자
료들을 그대로 싸매가지고 쓰레기통에 몽땅 처박아버리고서 도서관
밖으로 터벅터벅 걸어 나와 푸른 하늘을 바라보며 허허로운 충만감을
느꼈었던 그 당시를 잠깐 생각해보려는데, 그제야 다시 집중하게 되었
는지 승려 원호 역할의 유학파 배우께서 입가에 미소를 띠우며 고개
를 살며시 끄덕였다. 그러자 지관 이극도 역할의 정재성도 김병연의
눈길을 피하듯이 눈을 내리깔며 평상 바닥을 내려다보았고, 정시후 역
할의 차유석은 영리하게 눈을 반짝이며 다시 '관계 맺기'를 시작하려
는 것처럼 김병연 역할의 강두한을 빤드롬히 쳐다보았다.

「가만 보니 부처님말씀을 씨줄로 삼고, 공부자_{孔夫子} 맹부자_{孟夫子}에
순부자_{荀夫子}님 말씀까지 날줄로 삼으며…, 참서의 기이한 글귀들을 귀
바늘 삼아, 들쑥날쑥 꼼꼼히도 엮어 짜 맨 그물로다 사바세계 중생들

을 죄다 건져내고 모조리 옭아매실 요량이신 것 같으신데‥, 허나…!」

정시후 역할의 차유석이 바라봐주는 눈길로부터 힘을 받았을 김병연 역할의 강두한이 몸을 건들건들 좌우로 흔들거리더니, 다시 가벼이 말머리를 내었다.

「허허~ 백성을 위한답시고 먼지바람 일으키고 앞다퉈 일어남이 외려 백성을 곤란케 하는 일이거늘. 그대들은 앙급지어殃及池魚, 지어지 앙池魚之殃의 고사를‥, 연못 속의 구슬을 찾기 위해 못을 물을 모두 퍼냈지만 구슬은 얻지 못하고 애꿎게 죽은 물고기들만 건져 올렸다는 이야기를 모르시는가?」

「물고기들이야 못에 물이 차면 다시 돌아올 일‥. 바닥의 예토穢土가 햇살 머금은 정토淨土가 될 터이니…, 못의 물이 더욱 맑아지지 않겠습니까?」

「…!…」

대수로운 일도 아니라는 듯이, 왜소해 보이는 정시후 역할의 차유석이 의외의 편안한 호흡으로 자분자분하게 말했다. 그러자 어처구니없어 하며 잠시 말을 잃었다는 것을 보여주려는 것처럼, 김병연 역할의 강두한이 입을 쩍 벌리고 눈을 휘둥그렇게 떠보였다. 그러고는 고개를 쳐들고서 "허허~"하고 허공에다가 헛웃음을 띄우더니, 새끼손가락과 집게손가락으로 번갈아 귓구멍을 후벼댔다.

「허허~ 이것 참…. 누구마냥 영천수로 귓구멍을 씻을 수도 없는 일이고‥. 자지가 탈주를 한다더니만, 낟가리에 불질러 놓고서 저들끼리만 손발 쬐일 양반들 아니신가?」

김병연이 말한 '누구'는 고대 중국 전설상의 인물 허유許由를 가리키는 것이고 '영천수穎川水'는 요堯 임금이 찾아와 임금의 자리를 물려주겠다고 하자, 더러운 소리를 들었다며 허유가 귀를 씻었다는(洗耳) 물이다. 그리고 '자지가 탈주를 한다더니'라는 말은 『논어論語』〈양화陽貨〉편에 나오는 '자지탈주紫之奪朱'라는 말을 풀어서 기롱譏弄 부린 것으로, 춘추시대에 간색間色인 자주색이 정색正色인 붉은색을 능가할 만큼 인기가 많았다는 데서, 진짜보다는 가짜나 사이비가 판치는 어지러운 세태를 이르는 것이다.

저가 보기에 참으로 엎드려 하늘을 핥으려 하고 목매단 사람을 구하겠다고 발모가지를 잡아당기는 사람만 같았던지, 김병연이 마뜩잖아하는 얼굴로 혼잣말처럼 뇌까렸으나 들으라는 듯이, 그것으로 주의를 끌 만한 어투와 어조로 더 잘 들리게끔 객석 쪽에다 말을 내뱉었다. 그러자 정시후가 빙긋이 웃어 보이더니, - 네가 어찌 감히 내 큰 뜻을 알겠느냐고 깔보는 태도가 엿보일 만치 오만하게, - 짐짓 느긋하고 여유작작한 태도를 보이며 말을 꺼냈다.

「전하여 이르기를, 지연중어자불상知淵中魚者不祥이라…. 못을 알되 그 안의 물고기까지 아는 자는 상서롭지 못하다 하였나니….」

이 구절은 한비자韓非子가 했다는 말로서 '사물의 구석구석까지 너무 세세하게 알려고 하거나 사소한 일까지 지나치게 추궁하려 들면 백성이 고달프다.'는 뜻이었으나, 정시후가 이를 교활하게 - 그 말의 뜻을 잘 알고 있을 것임에도 불구하고, 권력을 탐하는 자의 야비함과 냉혹함을 드러내보이기 위해서 작가인 그가 - 비틀어 놓은 것이었으니, 이제까지의 정시후답지 않은, 승려 원호에게나 어울릴 법한 궤변이라고도 할 수 있을 것이다.

「그런즉…, 중요하다 할 만한 것이 과연…!」

「……」

정시후가 한 호흡 머금자 김병연 역할의 배우 강두한이 - 적절한 리액션reaction으로 곧 이어질 대사가 중요하다는 것을 관객에게 귀띔이라도 해주려는 것처럼 - 온 신경을 모으듯이 미간을 찌푸리면서 눈에 힘을 주어 쏘아보고 귀 기울이더니, 왼손으로 입 주변과 듬성듬성한 턱수염을 어루만졌다.

「물고기이겠습니까? 아니면, 연못이겠습니까?」

「……」

「'물고기야 물을 떠나면 죽지만, 물고기가 없어도 물은 여전히 물이라.' 하셨음에….」

「…!…」

「연꽃이 물 위에 거꾸로 서니 물고기가 나비 되고, 달빛이 바다에 드리우니 구름 또한 땅이 되는 것이거늘….」

「……」

'물고기는 물을 떠나면 죽지만 물고기가 없어도 물은 여전히 물이다.(魚失水則死 水失魚猶爲水也)'라는 구절은 원래 공자가 제자인 자하子夏에게 임금과 임금 노릇이 무엇인지 물었던 것에 대하여 자하가 대답했던 것으로, 백성을 물에 비유하고 임금을 물고기에 비유한 것이었다. 그러나 정시후는 이것을 교묘히 비틀어서 - 김병연이 억울한 죽음을 당한 물고기를 백성에 비유한 것을 기화奇貨로 삼아서 - 물고기를 백성에 비유하고 연못의 물을 나라(國)에 비유한 것이었으니, 이 또한 기막힌 왜곡이며 궤변이라고 할 수 있을 것이다.

그리고서도 그것만으로는 부족하였는지 한술 더 떠서, 자기네들이 꿈꾸는 개벽, 그러니까 나라의 뿌리인 백성이 세상의 주인으로 피어날 세상을 - 허경虛境에 빗대어서 실경實境을 드러내 보이듯이 - 하늘과 땅이 거꾸로 자리바꿈하는 것으로 노래한 『동경대전東經大全』〈영소詠宵〉편의 싯귀 '연화도수어위접蓮花倒水魚爲蝶 월색입해운역지月色入海雲亦地'에 덧대고 빗대어 읊어보더니, 허허로운 눈으로 하늘가 먼 곳을 올려다본 것이었다.

'……'

진공 상태에 머문 듯이 앉아 있는 김병연을 내려다보며 그가 '쓰르라미 울음소리? 아니면 풀벌레소리가 있으면 어떨까?' 생각하다가, '아‥, 아니구나! 이충명추以蟲鳴秋라 하였은즉, 벌레소리는 깊은 가을밤에나 어울리겠구나‥!' 싶어서, '그럼 뭐가 있으면 좋을까?' 생각하려는데 갑자기 바람이, 아마도 산꼭대기에서부터 "쏴아아~!" 달려 내려왔기에 소리도 없이 헐떡거릴 바람이, 산 벚나무 가지에 매달려서 꽃잎사귀를 "우수수~" 흔들어댔다.

그 소리에 이끌려 그가 고개를 들고 산 벚나무를 자세히 살펴보려는데, – 눈이 시려지기라도 한 것처럼 눈을 가느다랗게 뜨면서 콧잔등이를 찌긋찌긋 거려대는 김병연의 마른 얼굴 위로 꽃 그림자 무리가 어른어른 거려려는가 싶었는데, – 정시후가 숨을 크게 들이마시고 자세를 고쳐 앉는 것으로 객석의 주의를 잡아끌었다.

「공께서는 혹…,」
「……」
정시후가 넌짓 더듬어보듯이 무덤덤한 태도로 말을 건네 보았으나, 김병연은 멍한 얼굴을 보일 뿐이었다.

「현금의 사가史家들이 신미년 관서지방 홍가의 난을 진승과 오광의 그것에 비하고 있음을 알고 계십니까?」

「…?!…」

'신미년 관서지방 홍가의 난'이란 홍경래의 난을 가리키는 것이고, 진승陳勝과 오광吳廣은 진秦나라 말기에 '왕후장상의 씨가 어찌 따로 있겠는가!(王侯將相 寧有種乎!)'라는 기치를 내걸고 반란을 일으켜 진나라의 몰락을 앞당겼던 인물들이다. 돌연한 물음에 뜨끔하였는지, 김병연의 동공이 커다랗게 팽창됐다.

「…?!!?…」

'설마? 나를…?'이라고 말하는 듯이 김병연 역할의 강두한이 눈까풀을 파르르 떨어대며 흔들리는 눈으로 바라보자, 정시후 역할의 차유석은 가만히 아니, 살며시 눈을 감더니, 느릿느릿 고개를 끄덕여댔다.

「…!!!…」

일종의 알아차림(anagnorsis)의 순간이며 급한 변화(peripeteia)의 기점이라고 여길 만한 이 순간에 무대는 수묵화水墨畵처럼, – 생각 게으른 연출가들은 생각도 못했을 것이고, 설혹 생각했었더라도 딴엔 강렬한 시각적 이미지를 보인답시고 틀림없이 케케묵은 붉은 빛으로 부담스럽게 물들였을 무대를, 초짜 연출가께서는 새하얀 호리즌트horizont에다가 새까만 먹물방울을 하나 둘 점점點點이 떨어뜨리고, 크고 작은 먹물방울이 번져가며 점차 흐릿해지는 그 위에 다시 또 먹물방울들을 점점漸漸이 떨어뜨려 내리는 영상을 비춘 것으로, – 담백한 정적靜的 이미지를 보여주었다.

'수묵화에서 채색화彩色畵로 바뀌는가 싶었는데 도로 수묵화로 바뀌는 것처럼, 떨어지는 물방울들을 진한 파란색으로 썼으면 어땠을까?
내면과 외면이 미묘하게 교차하는 것을 암시하듯이, 새하얀 호리존트
에다가 새파란 물방울을 떨어뜨리고, 그것이 흐릿해질수록 거무스름
하게 변하며 사라지게끔 하는 것은 어땠을까? 그리고 거기에 포인트
로 하나 더···! 비어 있는 느낌을 자아내는 효과음을 첨가했더라면 어땠
을까?'

　여하한 움직임이나 음향효과가 없었음에도 김병연의 흔들리는 마
음을 흑백의 대조를 통해, 그리고 절제를 통해 충분하게 그려낸 무대
를 내려다보며 그가 잠깐 딴머리를 딴 쪽으로 또르르 굴려보려는데, ─
어쩌면 빗나간 방향일지 모를 곳으로 굴렸던 그 참견머리가 미처 제
자리로 돌아오기도 전에, ─ 김병연 역할의 강두한이 덜덜 떨리는 손을
앞으로 내미는 모습이 그의 눈에 들어왔다.

　「······」
　당황스러워하는 모습을 들키지 않으려고 애쓰는 모습을 적극적으
로 표현하고 싶었던 모양이다. 술잔을 들고 입에 가져다 대려다 비어
있음을 알게 된 김병연 역할의 강두한이 술잔을 부르쥐더니, 어쩔 줄
몰라 하며 몸을 부르르 떨어댔다. 그리고는 부자연스럽지 않으려고 애
쓴 탓에 되레 눈에 띄게 부자연스러울 수밖에 없는 움직임으로 술병
을 '덥썩!' 움켜쥐었다. 벌컥벌컥 들이켜고 방울방울 털어놓았으나 그
래도 바싹바싹 말라버리고 까끌까끌한 입천장의 느낌이 남아 있었는
지, "쩝쩝···! 쩝! 쩝~!"하고 혓바닥을 서너 차례 다셔보더니, "탁!" 소
리가 나도록 술상 위에 거칠게 내려놓은 술병 모가지를 비틀듯이 쥐

어짰다.

「……」

잠자코 그 모습을 지켜보던 정시후 역할의 차유석이 오른손으로 제 앞에 놓인 술병을 집어 들었다. 김병연이 멍한 아니, 퀭한 듯이 보이는 눈으로 정시후를 물끄럼말끄럼 빤히 쳐다본다. 그러자 말없이 권하듯이, 정시후가 왼손으로 치렁치렁한 소맷자락을 붙잡은 오른팔을 뻗어서 김병연에게 술병을 기울여 보인다. 김병연이 얼른 술병 모가지에서 손을 떼더니, 자기 앞의 술잔을 집어 든다. 어깨를 으쓱하여 목을 집어 넣고서 윗몸을 살짝 구부정하게 하더니, 손을 뻗어 잔을 앞으로 내민다. 정시후가 절간 부처마냥 온화한 미소를 지어 보이며 김병연에게 술을 따른다.

「……」

술잔을 뚫어져라 쳐다보던 김병연이 술잔에 닿아있던 술병 주둥이가 떨어지자마자, 정시후에게 술을 한 잔 받기가 무섭게 단숨에 들이켠다. 그리고는 빈 술잔을 든 채 – 마치 걸식하는 어린 거지가 쪽박을 품는 것처럼, 두 손으로 그러모아 쥔 빈 술잔을 가슴께 들고서 – 자신을 어떻게 알아봤냐고 묻기라도 하는 듯한 눈으로 정시후를 바라본다.

「옥을 감춘 베옷은··,」

정시후가 몸을 젖히듯 뒤로 물리면서 묵직하게 입을 떼었다.

「되레 그 옥을 돋보이게 하는 것이지요. 허나~!」

눈이 보이지 않을 만치 가느다란 눈웃음을 빙긋 지어 보인 정시후 역할의 차유석이 뭐랄까··? 대인의 풍모를 보이고 싶어서 그런 걸까? 왜소한 체구에는 어울리지 않을 단단하고 힘 있는 목소리로 이어질 말허두를 떼더니, 가슴을 펴고 눈길을 멀리 던져 놓고서 생각을 가다

듣는 듯한 모습을 보였다. 그러자 김병연 역할의 배우 강두한은 몸뚱이가 삶아 놓은 지 오래된 개다리마냥 뻣뻣하게 버드러져 버렸음을 표현하고 싶었는지, 모가지에서 "빠드득…!" "뿌드득~!" 소리가 날만큼 어깨와 뒷목에다 힘을 주어서 두 바퀴 - 반대 반향으로 한 바퀴씩 - 돌려보고는, 갑자기 경련이 이는 것처럼 윗몸을 부르르 떨어댔다.

「허허~ 이것 참…!」

정시후가 고개를 들고 허공을 바라보더니, 흐르는 물 위에 비쳐질 뜬구름처럼 허허로운 말소리를 뱉어냈다. 그리고는 멀리 있는 사람을 떠올리고 어디선가 그 사람을 찾아보려는 듯이, 고개를 비스듬히 내려서 객석 상단을 수평으로 죽 훑어보았다.

「세상의 이치란 참으로 묘하기도 하구나. 한때 백성들의 원성怨聲을 도끼자루 삼아 썩어빠진 오얏나무를 찍어 넘어뜨리고자 뜻을 모았던 선천방어사 김공金公의 후손께서는 이제 그 나무를 지키고자 하시고‥, 곧 쓰러져버릴 나무를 보존코자 헛된 충의忠義를 방패삼아 부끄러이 목을 바친, 지의금부사知義禁府事 오위도총부부총관五衛都摠府副摠管 충렬공忠烈公의 손자 놈은 외려 그 반대의 편에 서서 나무를 베어내려는 쇠붙이가 되어 있으니….」

정시후의 조부 정시鄭蓍에게 추증追贈된 관직과 하사받은 시호謚號를 읊으며 자조 섞인 한숨을 내뱉는 배리배리한 배우 차유석이 안타까워하는 마음을 보여주려는 것처럼, 입술 끄트머리에다가 씁쓰름해 보이는 미소를 떠올리며 고개를 가로 저었다.

「허허…, 참으로 부처님의 뜻이란 알 수 없는 것이로구나. 아니 그렇습니까, 대사?」

「나무관세음보살….」

듣는 이의 마음 한 구석이 아리게끔 허희탄식獻欷歎息하듯이 말끄트머리에 한숨을 묵직하게 매달아 뱉어낸 정시후 역할의 차유석이 고개를 돌리며 말머리를 치올리자, 승려 원호 역할의 유학파 배우가 두 손을 경건하게 가슴께 모으더니, 나직한 목소리로 명호를 읊조렸다.

　「……」

　「……」

모두 말을 잊은 채 멈춘 듯이 머문 듯이, 그림처럼 석상처럼 앉아 있다. 물리적으로는 짧은 순간에 불과할 것이나, 역사적 사건으로서의 사실이 아니라 - 상상력이 일궈 놓은 만남과 헤어짐이 실현되는 - 연극적 진실이 드러나는 아득한 만남의 순간인 것이다.

'여기서 김병연은 어떤 반응을 어느 정도의 크기로 보여야 할까? 앞에서 이미 정시후가 자기가 누군지 알아보았기 때문에, 벌써 아찔하게 했을 그것의 완충작용으로 말미암아 지금처럼 덜 놀란 모습을 보여야 할까? 아니면 앞에서의 놀람은 자기만 알아본 것에 기인한 것이고, 지금의 놀람은 정시후가 누구인지 알게 된 것까지 포함하기에 이번 놀람의 크기가 더 커야하는 걸까? 그래서 너무 놀란 나머지 아무런 반응조차 보이지 못해야 하는 걸까? 아…! 아니다‥! 앞의 놀람이 훨씬 더 클 것이다. 예상치 못했던 것이라, 감정적 측면에서의 충격이 더욱 클 것이고‥, 자신을 그저 "김金"이라 소개한 것의 기저基底에는, 비록 즉석에서 나왔던 말인 바, 의도했던 것은 아니라 할지라도, 감추고 싶은 개인사가 있었을 것임을 배제할 수 없음에‥, 심지어 자신이 그토록 칭송했던 가산군수嘉山郡守 정시鄭蓍가 지금 눈앞에 있는 정시후의 조부

요, 그 손자라는 작자가 역모를 꾀하고 있다는 것을 알았다손 치더라도, 제 치부恥部가 드러나는 것만큼 쓰라리지는 않을 것이기에, 앞의 놀람과 당혹스러움이 훨씬 더 클 것이다. 그렇기 때문에 여기서는 이미 앞에서 놀란 것의 연장으로‥, 그저 지금처럼 당황하여 어찌할 바를 몰라 하는, 하나의 호흡과 감정으로 길게 이어져야 할 것이다.'

　고두리살 맞은 멧새마냥 어쩔 줄을 몰라 하는 김병연 역할의 강두한을 내려다보며 그가 홀로 대본작업을 했을 때 고민했던 캐릭터의 반응을 떠올려보는데, 갑자기 산 벚나무를 제외한 무대 전체가 어두워지기 시작했다.

　'저렇게 단순하게 기계적으로 조도照度를 낮추는 것보다는 숲 그림자가 무대를 짓누르듯이 혹은 바람무늬가 넘실거리며 드리워지듯이‥, 어떤 모티베이션motivation과 관계된 모양을 가지고 색채와 밝기에 차이를 보이게끔 변화를 주었더라면 어땠을까?'

　큰 마루가 있는 본채 뒤편 숲에서 산새 날갯짓소리가 "호드득~!" "후득…!"하고 들려오자, 그가 이미 검푸른 어둠에 잠겨있는 호리존트를 바라보며 생각했다.

　「불비불명不飛不鳴에 불원천不怨天 불우인不尤人…!」
　산새 날갯짓소리를 듣고서 무대 위에 어둑하게 드리었더라면 어땠을까 싶었던 숲 그림자를 떠올려본 그처럼, 정시후도 그 분위기에 어울릴 만한 목소리로 자기 소회所懷를 읊어댔다.

「날지도 울지도 않으며 하늘과 사람 또한 탓하지 않거늘‥, 어찌하야 백천일百千日이 불성취일不成就日이란 말인가…! 때를 만날 수 없기에 그저 초목草木과 더불어 시들어 가고 있으니….」

탄식하듯이 말을 뱉어내던 정시후가 입을 꾹 다물며 말끝을 머금더니, 술상을 가만히 내려다보았다. 그리고는 다시 뭐라 말을 꺼내려다가 아래턱 어금니에 힘을 주어 무엇을 - 아마도 머뭇거리는 제 마음일 것을 - 씹어보듯이 움찔움찔 거려대더니, 앞에 놓인 술잔을 오른손에 쥐고 만지작만지작 거려대다가 단숨에 들이키고서 술잔을 가만히 내려놓으며 고개를 높이 쳐들었다.

「자자한 그 명성에…, '붓을 들매 바람이 일고 검은 서리가 내리며, 낙필落筆이라‥, 붓을 내리면 아름다운 꽃들이 다투어 피어나는 것만 같아, 사람은 물론이거니와 귀신도 놀랄 것이다!'하더라니…. 이제와 눈으로 보건대 헛되지 않은 이름이라…. 허나~! 움츠린 비늘은 연약한 살가죽을 파고들어 두터운 귀갑龜甲으로 굳어버렸고, 이미 꺾이어 늘어진 날갯죽지는 겨우 진흙탕의 검불이나 더듬대는 촉수觸手가 되었나니…. 허허~! 이제 다시는 나는 것을‥, 하늘을 바라봄을 바랄 수조차 없게 되었는가…? 참으로‥, 참으로 안타까울 따름이려니! 그런 즉 그 마음을‥, 마음속 그 분기忿氣를 어찌 술로 씻을 것인가? 어찌…??」

그무러져버린 마음에 눈물이 그렁그렁 해야 할 것 같은 목소리로 우렁우렁 읊어대던 정시후 역할의 차유석이 지그시 눈을 감았다. 그러자 달빛이 내리비치는 물 낯 위로 잔잔히 번져가는 동그란 물결무늬마냥 반짝이는 청각적 이미지가 - 아련하게 들려오는 소리가 외려 적막함을 드러내주는 것처럼, 들리는 듯이 마는 듯이 배경 효과음에 불과했던 산새울음소리가 - 고요지려는 무대 위에 "소쩍~!" "소쩍…!" 또렷이 아로새겨졌다.

"없게 되었는가? 되었는가‥? 되었는가가 맞지??"

그가 객석의자에 붙어 있는 엉덩이를 들썩여서 몸을 앞으로 살짝 기울이더니, 이맛살을 찌푸리면서 제 입안에서나 겨우 굴러다닐 만한 소리를 읊조렸다.

어쩌면 대다수의 연출가나 배우들은 사소한 것이라고 여길 지도 모르겠지만, 음표音標 하나를 넣고 빼는 것만으로도 곡曲의 느낌이 달라질 거라고 생각했던 그는, "바라봄을 바랄 수조차 없게 되었는가?"와 "바라봄을 바랄 수조차 없게 되었구나…" 라는 대사를 한나절이나 앞에 두고서 ‒ "~조차 없게 되었구나…"는 단정하는 탄식歎息이라 숨이 가라앉아 말줄임표를 먹으며 자기 안으로 들어가는 것이고, "~조차 없게 되었는가?"는 떠오른 생각을 바깥쪽에다 던지는 영탄詠嘆이라고 생각했었기에, 비록 그것이 상대방에게 직접 대답을 구하는 물음의 형태는 아닐지라도, 김병연에게는 어떤 자극을, 예컨대 자신이 그러했으며 또 그러하고 그러할 것인가를 생각하며 혼란스러워하거나, 방사放射된 에너지와 어투에 담긴 미묘한 뉘앙스만으로도 스스로를 더욱 비참하게 여기게끔 조금이나마 작용하지 않을까 싶어서 ‒ 고쳐 쓰고 도로 또 바꿔 쓰기를 반복했었기 때문이었다.

그 역시 '희곡은 공연을 통해서 완성되는 것이다.'는 말에 동의하지 않은 것은 아니었으나, 자기가 쓴 희곡을 자신이 직접 연출한다고 해도, 제작 여건이나 현실적인 부분들을 감안할 때, ‒ 맹세컨대, 결단코 혼자 잘났다고 누구를 의도적으로 매도하거나 함부로 험담하여 모멸감을 주려는 것이 아님을 밝히고서, 욕먹을 각오를 하고 참담한 심정으로 어처구니없는 실상을 폭로하는 것이지만, 기술적이거나 재정적인 측면의 문제가 아니라, 치밀하지 못하고 치열하지 않으며 게을러 터진데다 무감각하고 무책임하여서 생각할 줄도 모르고 생각해야겠다는 생각조차 하지 않는 엉터리 연극배우들의 능력과 자질과 태도를 알고부터는, - 그가 희곡을 쓰면서 드러내고자 했던 이상理想을 무대 위에 완전하게 구현할 수 없을 것이라는 체념 같은 한계를 확신하였고, 그랬기에 희곡으로나마 완벽한 작품을 남겨야겠다는 욕심과 극장에서 공연을 보는 것으로 경험하게 될 그 이상의 것을 지면紙面에서 보여주겠다는 한갓된 생각에 사로잡혀서, 미친놈처럼 혼자 글쓰기에만 열중했었다.

그런즉, '만일 연기演技가 이미 문장文章이 달성한 모든 것을 복제하는 데 그친다면 의도하지 않았던 군더더기가 될 것'이라는 수잔 랭거Susan Langer 여사님의 야들야들하고 까칠까칠한 경고와 '연기자들의 상상력을 위한 여지를 남겨두지 않은 채, 모든 것을 자기 혼자서 미리 확고하게 계산하는 태도는 연극을 마비시키게 될 것'이라는 앙리 게옹Henri Ghéon의 몽실몽실하고 꼬장꼬장한 충고조차 시퉁스레 무시하고는 - 공연을 위해서라면 연출가나 연기자들이 창의적으로 작업할 수 있도록 적절히 성글게 썼어야 했음에도 불구하고, 오로지 자기 자신이 그려낼 감정의 정확한 전달과 확실한 포착을 위해서, 캐릭터(연기자)가 어느 방향으로 얼마만큼의 힘으로 어떻게 움직여야 하는지, 어느 타이밍에서 숨을 들이 마시고 머금고 뱉어내는 것으로 어떤 정서의 리듬을 가져야 하는지, 심지어 객석에 들릴 말소리들의 느낌과 활자가 되었을 때 보일 글자들의 모양과 개수까지 섬밀하게 계산하여서 - 말소리들을 혓바닥으로 일일이 굴려보고 글자들을 종이 위에 하나하나 그려가면서 머리가 지끈거리고 어지럼증에 구토가 치밀어오를 만치 정교하고 정밀한 밑그림을 그렸었다.

그뿐만이 아니었다. 그는 호흡의 차이를 통해서, 가령 "아휴~!"라거나 혹은 "휴…!"라고, 자기도 모르게 오래된 버릇처럼 무의식적으로 한숨을 내쉴 때 캐릭터가 구사하는 모음의 차이를 통해서 – 제 판에는 모음의 크기와 비례하는 호흡과 감정의 크기는 물론이거니와 캐릭터의 소심함과 대범함의 차이와 정도까지 드러낼 것이라는, 어쩌면 게스투스Gestus의 언어적 측면에의 적용이라고도 할 수 있을 그럴듯한(?) 가설假說을 세워 놓고서 – 감정과 호흡과 신체의 유기적 관계를 주도면밀하게 헤아리고 가늠하여서, 연기자가 옴짝달싹할 엄두조차 내지 못할 만치 세밀하고 빈틈없어서 숨이 막혀할 만큼이나 지나치게 디테일한 무대지시문과 대사들을 썼었다.

기왕 그의 작업에 관한 이야기가 나온 김에 흠구덕할 요량으로 – 이렇게 갑갑하고 무거운 차꼬를 발목에다 채워 놓고는, 깃털처럼 가볍게 놀아달라고 배우들에게 웃으며 요구하는 것 자체가 아니꼽살스럽고 밉살머리궂다는 느낌을 주기에 충분하기에 – 한 걸음 삐딱하게 움직이며 주둥이를 삐죽거려 보는 것이지만, 그는 덜떨어진 또라이가 아닐까 싶을 만큼, 어쩌면 실속 없이 들뜨기까지 하다고 할 만한, 기이하고 기발한 언어표현 찾기에도 집착했었다.

저 스스로도 '혹시나 서툴고 모자란 생각이 야기한 강박증强迫症은 아닐까‥?'라고 생각했었을 정도로 과도했던 그의 집착은, 호메로스Homeros가 저술한 걸작 서사시敍事詩의 동명同名 속편이랄 수 있을 삼만 삼천 삼백삼십삼행行으로 이루어진 또 다른 서술체의 장시長詩 〈오디세

이아〈Odyssey〉에서 니코스 카잔차키스Nikos Kazantzakis가 보여준 기교技巧에
– 예컨대 어떤 대상을 묘사함에 있어서 그것을 사람과 사람의 신체부
위와 날짐승과 들짐승 그리고 여타 사물에 빗대어 다채롭게 그려내는
능력으로, 가령 태양은 으쓱거리는 동양의 군주君主이고, 술에 취해 얼
굴이 벌겋게 달아오른 영주領主이며, 금빛 창을 휘두르는 창병槍兵이고,
벌떡 일어나서 적이 다가오는 것을 알리는 잠들지 않는 파수꾼이며,
이 산에서 저 산으로 봉우리를 굴러다니는 유령의 머리통이고, 타오
르는 모래밭을 천천히 굴러다니는 잘려나간 모가지며, 어제와 오늘이
하늘을 따라 굴리는 불타는 굴렁쇠이고, 녹아내리는 청동이며, 불타는
황금방패이고, 쏟아져 내리는 꿀이며, 진홍빛 집게발이 달린 바다가재
이고, 낮을 태어나게 하는 황금알이며, 황금빛 볏이 달린 알록달록한
수꿩이고, 통통하고 귀여운 암양들과 줄줄이 흘레붙고 불알이 축 늘
어진 지친 숫양 같다며, 이렇게 은유와 직유의 기법으로 다양한 이미
지를 창출해내는 비범한 표현력에 – 매료되어 움튼 것이었는데, 그는
'가히 기교의 끝을 보았구나!'라는 경외감에 사로잡혀서, 보는 사람(관
객)이나 읽는 이(독자)로 하여금 탄성을 불러일으킬 만한 시각적이고
청각적인 언어를 구사해야겠다고 마음먹었었던 것이었다.

'끽해야 남의 걸음걸이나 흉내 내는 것 아닐까?'
'넘쳐나는 이미지 홍수의 시대에, 혹자는 비주얼-커뮤니케이션
Visual-Communication 시대라는데‥, 굳이 낡아빠진 말과 글로 무엇을 해보겠
다고 허황된 꿈을 꾸며 헛된 만용을 부리는 건 아닐까?'

사실 이런 불안감에 빠져들지 않았던 것도 아니었으나, 그는 우중충

한 불빛에 머리카락이 하얗게 바래질 도서관이라는 갱도坑道에 자발적으로 틀어박혀서 억센 곡괭이질로 원석을 캐내는 광부鑛夫 닮은 광부狂夫마냥, 눈에 불을 켜고 반짝이는 낱말과 문장들을 골라 캐보며 가운데 손가락 첫째마디에 굳은살이 박이도록 손으로 끼적거려 보기에 - 이른바 좋다는 고전古典을 뒤적대며 그 표현기술을 익히려 일일이 베끼어 써 보기에 - 몰두했었다.

어두운 것만 볼 줄 아는 눈뜬 장님마냥 인물과 인물들이 엮어가는 서사구조에 대한 분석과 고찰, 그러니까 인간에 대한 깊은 이해와 인간관계를 바라보는 애정 어린 태도는 접어두고, 오로지 기발하고 진기한 언어표현을 습득하고자 별도 들지 않는 어둡고 외딴길을 더듬더듬 낑낑거리며 젠체하고 걷기만 하던 그가, 타력楕力에 이끌리듯이 자그마한 언덕길 하나를 맥없이 넘어가던 어느 늦은 오후에 커다란 전환점을 맞이하게 되는데, 그것은 〈말씀 절간〉이라는 글자가 고풍스럽게 인각印刻되어 있는 허름한 산사山寺의 푸석푸석한 현판懸板을 발견하고서, 그 산문山門 앞을 지나쳐 가다가 - 이 〈말씀 절간〉이란 말은 그가 '시詩'라는 한자를 '말씀(言)'과 '절(寺)'로 파자破字해본 것으로, '시인들의 언어가 스님들의 마음가짐이나 수행하는 태도와 다르지 않아야 하기 때문에 글자가 저렇게 이루어진 것 아닐까?'라고 생각해본 것임을 참고 삼아 밝혀두고 - 한가로이 숲을 거니는 허름한 차림새의 협수룩한 노인네를 발견한 것에서 말미암은, 말하자면 아래의 산문시 〈내가, 아는 것 많은 천문학자의 말을 들었을 때〉에 나타난 월트 휘트먼Walt Whitman이라는 위대한 시인이 도달했을 - 미문美文과 선어善語를 넘어선 - 삶의 태도로부터 받은 인상 때문이었다.

When I Heard the Learn'd Astronomer

When I heard the learn'd astronomer,

When the proofs, the figures, were ranged

in columns before me,

When I was shown the charts, the diagrams,

to add, divide, and measure them,

When I sitting heard the learned astronomer

where he lectured with much applause in the lecture room,

How soon unaccountable I became tired and sick,

Till rising and gliding out I wander'd off by myself,

In the mystical moist night–air, and from time to time,

Look'd up in perfect silence at the stars.

내가, 아는 것 많은 천문학자의 말을 들었을 때

증거와 수치들이 내 앞에 줄지어 나열되었을 때

더하고 나누고 측정한 도표와 도해가 눈앞에 제시되었을 때

그 천문학자가 강단 안에서 어마어마한 갈채를 받으며

강의하는 것을 앉아서 들었을 때

나는 알 수 없게도 금방 따분하고 메스꺼워져서

자리에서 일어나 밖으로 빠져 나와

신비로운 밤의 촉촉한 대기 속을 홀로 거닐며

이따금 완전한 침묵에 쌓여 별들을 올려다보았다.

어떤가? 그가 이 시를 처음 접했을 때 그랬었던 것처럼, 한적한 오솔길을 사박사박 거닐던 덥수룩한 수염의 노인네 한 분이 홀연 무르춤하더니, 가만히 뒷짐 지고 구부정하게 서서 하늘을 올려다보고 오글쪼글한 얼굴위로 어린아이같이 해맑은 '자득自得의 미소'를 지어 보이는 장면이 떠오르지 않는가?

그가 상상 속에서 이 광경을 목격했을 때의 심정은 뭐랄까? 화려하게 꾸며대고 세밀하게 덧붙이는 '유위有爲로서의 교巧'와는 다른 차원의 것으로, 가능한 꾸미지 않고 덜어낸 '무위無爲로서의 졸拙'이 성취한 안일安逸하고 간솔簡率한 경지이자, 노자老子가 『도덕경道德經』에서 언급했던 '대교약졸大巧若拙 대변약눌大辯若訥'이라는, - 뛰어난 기교는 (외려) 서툰 듯이 보이고, 노련한 말솜씨는 (되레) 어눌한 것처럼 보인다는, - 뭉툭뭉툭하고 투박할 서체의 글귀가 떠오르면서 갑자기 몸의 힘이 쭉 빠지고 그야말로 속이 메스꺼울 만치 어질어질한 느낌이 들었다고나 할까?

그러나 차마 다행스럽게도, 이렇게 서로 엇갈리는 갈림길 앞에 멍하니 서있던 그가 어느 쪽으로 가야 할지 고개를 갸웃대며 한참을 망설거릴 사치스런 여유를 느껴볼 겨를도 없이 이내 선뜻 발걸음을 옮겨 갈 수 있었던 것은 우연찮게 또 다른 갈래 길을 발견했었기 때문이었는데, 그것은 당나라 문인文人 유종원柳宗元이 〈답위중립서答韋中立書 : 위중립에게 답했던 글〉에서 보여줬던 것으로, 글을 지으려는 자가 가져야 할 마음가짐과 기교를 취하는 방법이 길 안내 표지판처럼 곳곳에 두루두루 선명하게 누각鏤刻되어 있는 평평탄탄한 길이었다.

<答章中立書>

… (上略) … 始吾幼且少 爲文章 以辭爲工 及長乃知文子 以明道. 固
不苟爲 炳炳爛烺 務采色夸聲音 而以爲能也. … (中略) … 故吾每爲文章
未嘗敢以輕心掉之 懼其剽而不留也 未嘗敢以怠心易之 懼其弛而不嚴
也 未嘗敢以昏氣出之 懼其昧沒而雜也 未嘗敢以矜氣作之 懼其偃蹇而
驕也. 抑之 欲其奧 揚之 欲其明 疏之 欲其通 廉之 欲其節 激而發之 欲其
淸 固而存之 欲其重 此吾所以 羽翼夫道也. 本之書以求其質 本之詩以求
其恒 本之禮以求其宜 本之春秋以求其斷 本之易以求其動 此吾所以取
道之原也. 參之穀梁氏 以厲其氣 參之孟荀 以暢其支 參之莊老 以肆其端
參之國語 以博其趣 參之離騷 以致其幽 參之太史公 以著其潔 此吾所以
旁推交通而以爲文也. … (下略) …

… (상략) … 제가 어리고 미숙했을 때는 문장을 지음에 문체에다 공
을 들였으나, 나이가 들자 글이란 (성인의) 도를 밝히는 것임을 알게
되었습니다. 진실로 문장이란 구차히 겉만 아름답고 화려하게 짓거나
지나치게 문채에 힘쓰고 성률을 꾸미는 것을 능사로 삼아서는 안 되
는 것입니다. … (중략) … 그런즉 저는 문장을 지음에 감히 가벼운 마
음으로 짓지 않았으니, 글이 경박하여 오래가지 않는 것을 두려워한
때문이고. 감히 태만한 마음으로 쉽게 여기지 않았으니, 허술하여 엄
숙하지 않음을 두려워한 때문이며. 감히 혼미한 정신으로 짓지 않았
으니, 애매모호하여 번잡해지는 것을 두려워한 때문이고. 감히 오만한
자세로 짓지 않았으니, 제멋대로 하여 교만해지는 것을 두려워하였기
때문입니다. (또한) 억누르는 것은 깊은 뜻을 갖게 하려 함이며, 북돋

는 것은 밝게 드러내려 함이고, 성글게 하는 것은 통하게 하려 함이며, 살피는 것은 절제하려 함이고, 세차게 하여 드러내는 것은 맑게 하려 함이며, 단단하게 하여 보존케 하는 것은 무게감 있게 만들려고 하는 것이니. 이것이 바로 제가 '도道'를 보좌하는 방법인 것입니다. (그리고) 『서경書經』에 뿌리를 두어 바탕을 구하며, 『시경詩經』에 뿌리를 두어 변하지 아니함을 구하고, 『예기禮記』에 뿌리를 두어 마땅함을 구하며, 『춘추春秋』에 뿌리를 두어 한결같음을 구하고, 『역경易經』에 뿌리를 두어 움직임의 이치를 구하니, 이것이 제가 도道의 근원을 찾는 방법입니다. (아울러) 공량적穀梁赤의 『춘추곡량전春秋穀梁傳』을 참고하여 기운을 닦고, 『맹자孟子』와 『순자荀子』를 참고하여 뻗어나감에 막힘이 없게 하며, 『노자老子』와 『장자莊子』를 참고하여 실마리를 늘어놓고, 좌구명左丘明의 『국어國語』를 참고하여 정취를 넓히며, 굴원屈原의 〈이소離騷〉를 참고하여 그윽함에 이르게 하고, 사마천司馬遷의 『사기史記』를 참고하여 간결함을 분명하게 하려니, 이것은 제가 여러 가지를 널리 참작하고 두루 통찰함으로서 글을 짓는 방법입니다. … (하략) …

여담이지만 그가 유종원의 〈답위중립서答韋中立書〉를 읽으며 고개를 끄덕거릴 수 있었던 것은, 아마도 그 즈음 마흔 줄에 접어들었기 때문이었을 것이다.

마흔은 일컬어 '불혹不惑'이라, 의혹을 갖지 않을 것이요, 세상일에 허투루 흔들리지 않을 나이요, 이른바 '부동심不動心'을 가질 나이라 하였은즉, 이것은 박학博學과 다식多識을 통해 얻어지는 것이 아니라, '순리順理'라는 것을 생각하며 주어진 모든 것들을 있는 그대로 받아들일 줄 아는 삶의 태도를 갖춰가는 것으로 도달하게 되는 것이리라. 그렇기에, 그럼으로, 그래야 머잖아 하늘의 명을 안다는 '지천명知天命'에 이를 것이니 말이다.

그런즉, 어언간 마흔 줄에 접어들었던 그도 역시 대조적인 양극단에 위치할 만한 자세와 병치된 여러 가지 방법들을 별 다른 놀라움이나 의구심 없이 고개를 끄덕여 보고서, 자신이 추종하고 추구했던 방법이 옳다 그르다 판단해 볼 필요도 없이 '아‥, 그럴 수도 있겠구나.'하고 담담하게 받아들일 수 있었던 것이었으리라.

그리고 여기에 슬며시 하나 더 끼워 넣고 넘겨짚어 볼 만한 것을 덧붙이자면, 그때까지 그가 해왔던 일련의 노력들이 - 그러니까 표현의 기교를 습득하기위해 그가 해왔던 나름의 짓거리들이 - 선대 작가의 것에서 장점을 취하고자 했던 유종원의 방법과 별반 다를 것이 없다는 생각에 닿아서, 결코 헛된 짓이 아니었다는 뿌듯함도 한 몫 거들었던 것이다.

'…|…'

짧은 순간 작가인 그가 겪었던 변화과정을 잠깐 더듬어보려는데, 정시후 역할의 차유석이 옷깃을 바루고 몸을 일으키는 것으로 그의 눈길을 잡아끌었다.

「……」

원호 역할의 유학파 배우와 이극도 역할의 정재성도 재빨리 자리에서 일어섰다. 그러자 우두망찰하여 앉은뱅이 말뚝마냥 오도카니 앉아 있던 김병연 역할의 강두한이 두 사람의 움직임에 이끌린 듯이, 하여 고개를 들고 멍한 눈으로 정시후 역할의 차유석을 쳐다보았다.

「……」

정시후가 무심하게 고개를 돌려서 큰 마루 귀퉁이에 놓여있는 김병연의 바랑과 삿갓에다 눈길을 던졌다. 그러자 그 느릿한 움직임에 이끌린 듯이, 김병연도 정시후의 눈길을 좇아 자기 삿갓과 바랑을 허리 망당한 눈으로 바라보았다.

「내 비록 정씨鄭氏 일족의 몸을 빌려 이 땅에 나왔으나…,」

등지고 선 채 뒷짐 지고 있던 정시후가 가슴을 펴고 턱 끝을 살짝 들어 올리며 큰 숨을 들이마시더니, 숨을 차분히 가라앉혀가며 낮은 목소리를 굵다랗게 내었다.

「단지 그 이유만으로 스스로를 진인이라 생각지는 않소이다. 이르기를…, '왕후王侯와 장상將相조차 그 씨가 따로 있는 것은 아니다.'하였음에…, 하늘의 뜻이 어찌 성씨 따위에 담겨 있겠습니까? 풍진風塵에 오탁악세五濁惡世…, 어지럽고 더러운 세상을 가지런히 하고 바르게 세우며, 사념邪念 없는 마음으로 깨끗이 씻어내어 삼가 다스림으로 편히 살 수 있도록 하게 함이 바로 '정'이려니…. 그것이 다름 아닌 하늘의 뜻이요, 땅의 뜻…, 만백성의 마음을 받드는 진인의 책임일 터…. 누구이건 그 일을 하는 자가 곧 정성(鄭姓/精誠)을 가진 진인 아니겠습니까? 아니 그렇습니까? 바로 훌륭하신 공公의 왕고장王考丈처럼 말입니다.」

가지런히 한다는 것은 한자로 '정整'이라고 쓰고, 바르게 세우는 것은 '정正', 깨끗이 씻어내는 것은 '정淨'이라고 쓰며, 삼가 다스림으로 편히 살 수 있도록 하는 것은 '정定', 혹은 '정政'이라고 쓴다.

정시후가 소리는 같되 뜻이 다른 한자들로 제 나름의 '정성鄭姓 진인

眞人'을 풀이해 보이더니, 오래된 상처를 어루만져 주려는 듯이, 은근한 태도와 부드러운 목소리로 김병연에게 말을 건넸다. 그러자 김병연은 모가지를 '움찔…!' 거리고서 뒷목을 눌러가며 비틀어보더니, 몸을 잔뜩 움츠리고는 숨 한번 크게 내쉬어 보지 못하고 살았던 사람마냥, 숨도 쉬지 않을 것 같은 얼굴로, 정시후를 쳐다보았다.

「……」

「……」

두려움이 서려있고 고통이 스며 있는 김병연의 눈을 그윽이 뚫어보던 정시후가 부드러운 미소를 희미하게 지어 보였다.

「……」

「……」

'휴지休止(pause)'가 공연의 리듬과 템포를 조절한다는 것을 모르지 않을 것이건만, 대본에 '… (휴지) …'라고 쓰여 있는 것을 발견하기만 하면, 무엇을 떠올리고 뭐가 또 그리 우스웠는지, "휴지…!" "휴지~!" "얼릉 코풀어야지~!"라고 장난치듯이 외쳐가며 낄낄거렸었던 연습 초반과는 딴판으로, 김병연 역할의 강두한은 역시 베테랑답게 자기 호흡을 조절하는 것으로 상대방과 밀고 당기는 리듬과 템포를 만들어 보였다.

「자, 이만 가세나.」

정시후가 평상 아래로 성큼 내려섰다.

「예, 나으리~! 명을 받잡사옵니다요, 나으리~!」

지관 이극도가 얼른 고개를 조아리며 굽실굽실 일호재락—呼再諾의 몸짓으로 대답하더니, 승려 원호보다 한 발 앞서 얼른 평상 아래로 내려섰다.

「감여가 나리~! 벌써 가시려고요?」

정시후가 태사혜太史鞋에 발을 집어넣고 비비적비비적 거리대는 짧은 사이. 정주간이라고 여겨질 만한 무대 안쪽에서 간간히 동그스름한 얼굴을 삐주룩이 내밀고 호기심 많은 눈알을 반짝거리던 아진이 역할의 초짜 배우 연옥이가 마당 한가운데로 쪼르르 달려 나왔다. 그러자 큰 마루에 앉아 있던 가련이 역할의 황수정도 월자 드린 머리타래를 오른 손과 왼손으로 번갈아 매만지고는 몸을 일으켜 섬돌 아래로 내려섰다.

'평상 위의 사내들이 수공水攻에 화공火攻을 더하듯이 입으로 침방울을 튀겨대고 눈구멍으로 불꽃을 쏘아가며 언쟁을 벌이고 있는 동안에, 그 시간 내내 가련이는 어디서, 무엇을, 어떻게 하고 있을 것인가 고민했었지?'

가련이 역할의 황수정이 섬돌에 올라 선 것을 보며, 그가 연습 초반에 혼자 끙끙거렸었던 ─ 어쩌면 사소하다고도 할 수 있겠지만, 강박증에 가까울 만치 꼼꼼했던 그에게는 매우 까다로웠었던 ─ 문제를 떠올렸다. 그러나 그것이 쓸데없는 걱정이었다는 것을 확인시켜 주듯이, 색깔 있는 여배우 황수정은 참여자이자 일차적 관찰자로서의 역할을 십분 수행하게끔 평상에서 벌어지는 역학관계, 그러니까 힘과 리듬의 변화에 제법 집중하고 나름 교감해가며, 지나치게 크지 않은 몸짓과 호흡으로 적절한 추임새를 보여주고서 ─ 저러다 다리가 마룻바닥에 뿌리를 내리는 게 아닌가 싶을 만큼의 긴 시간을 잘 견뎌주고서 ─ 저렇게 낭창낭창한 몸을 일으켜 서붓서붓 마당으로 내려서는 것이었다.

「그래, 아진이도 잘 있거라. 내 다음에 또 들르도록 하마.」

「예, 나리.」

「그리고 오늘 것은…,」

아진이 머리통을 쓰다듬어줄 것 같던 지관 이극도가 "흠흠~!"하고 군기침을 하더니, 섬돌에서 내려와 마당 가운데께로 다가드는 가련이를 흘깃 쳐다보았다.

「……」

가련이가 한 호흡 머금듯이 그 자리에 '멈칫…!' 거리고 서더니만, 거리를 둔 채 샐긋 웃어 보이며 넌지시 고개를 끄덕였다.

「내 다음에, 응…? 함께 치르도록 할게야. 알겠지?」

「아무렴요, 나으리. 그리 하도록 하시어요.」

「그래그래~, 자 그럼 또 보세.」

아진이와 가련이에게 까딱까딱 가벼운 고갯짓과 그것에 어울릴 만한 손짓을 해보인 지관 이극도가 아진이의 눈길이 닿으려는 곳으로 - 벌써 예닐곱 걸음가량 뒤처진 걸음을 재촉하듯이, 서둘러 사립문 가까이 서있는 정시후와 승려 원호에게로 - 잰걸음을 옮겼다.

「……」

김병연에 대한 연민이라기보다는 먹먹해진 가슴에서 배어나온 한숨 때문이어야 할 것이다. 정시후 역할의 배우 차유석이 고개를 쳐들고 산 벚나무를 한 차례 '휘~' 올려다보더니, 소낙비 맞은 수탉마냥 혹은 대통 맞은 병아리마냥 풀이 죽은 채 몸뚱이를 옹송그리고 앉아 있는 김병연 역할의 강두한에게로 눈길을 돌렸다. 그러나 뜨거웠던 눈자위가 어느새 식어버렸던지, 그사이 싸늘해진 눈길을 가느다랗게 떼어내 버리더니, 미련 없이 사립문 바깥쪽을 향해 궐연한 발걸음을 떼었다. 그러자 승려 원호 역할의 유학파 배우와 지관 이극도 역할의 정재성이 줄 따르는 거미마냥 휘적휘적 지체 없이 냉큼 뒤꽁무니를 좇아 사립문 밖으로 나섰다.

「……」

「……」

돌담벼락을 끼고 구부러지듯이 휘어졌을 가상의 고샅길을 거슬러 올라가던 지관 이극도가 고개를 돌리고서 담장 너머를, 마당 안쪽을 내려다본다. 나란히 서있던 가련이와 아진이가 두 손을 다소곳이 모으고서 고개 숙여 공손히 인사한다. 그러자 그만 들어가라는 것인지 아니면 자기가 가겠다는 것인지, 이극도가 쑥스러워할 만한 손짓을 어색하면서도 수선스럽게 해보이고는, 발씨 익은 길 위로 발걸음을 횡허케 옮겨 가기 시작한다.

'저 가상의 고샅길이 높이가 있는 굽이진 가풀막이었더라면‥, 그래서 저기 오르는 사람들의 그림자가 무대 위에 살짝 거뭇하게 드리어졌더라면 어땠을까?'

그가 이렇게 잠깐 동안, 윗무대(Up–stage)에 경사덧마루(Ramp)를 설치하였을 때 보여줄 수 있을 이미지를 상상해보려는데, 가련이 역할의 황수정이 느리고 깊은 숨에다 고갯짓을 얹어서 세 사람을 삼켜버린 어둠의 목덜미에서 빛나고 있는 달을 - 오래 묵은 종기에서 방금 짜낸 신선한 고름덩어리마냥 싯누런 달덩이를 - 그윽이 바라보았다.

「아씨…,」

살피듯, 아진이의 조심스러워하는 말투다.

「……」

「아씨…?」

「……」

「……」

「진아, 오늘은 이만 등燈을 내리는 것이 좋겠구나.」

달에 머무른 눈길마냥 어슴푸레한 가련이의 목소리다.

「고단할 터이니 너도 그만 들어가 쉬도록 하고….」

「……」

「……」

「예, 아씨, 그럼….」

둘이 동시에 한 호흡 먹는 것으로 리듬과 의미를 만들어내는, 이른
바 '휴지休止'의 순간이 지났다. 아진이 역할의 초짜 배우 연옥이가 반
지빠르게 고분고분한 말씨로 대답하더니, 총총히 사립문으로 향했다.
문설주에 걸려있는 초롱불을 까치발을 들고 내리더니, 몸을 낮추고서
제 발밑을 비추듯이 앞에 들고 마당을 가로지른다.

「아차차…!!」

가련이 앞을 지나 정주간 쪽으로 종종걸음을 옮겨 가던 아진이가 뒤
통수를 긁적이더니, 다시 사립문께로 가서 사립문을 닫는다.

「아씨, 그럼 소녀는 이만….」

두어 걸음 채 되돌아오기도 전에 가련이 발치께 멀찍한 데서 지레
'꾸벅~!'하고 고개를 수그리더니, 다시 걸음을 뗀다. 초롱불을 앞세우
고 가련이 앞을 지나쳐 몇 걸음 걸어가다가 '멈칫…!' 거리며 몸을 살
짝 틀더니만, 자기가 싼 똥을 깔고 앉아 눈만 멀뚱멀뚱 거려대는 어린

아이처럼 가랑이 벌리고 앉아 있는 김병연을 쳐다본다.

「……」

아진이가 힘주어 제 입술을 꾹 눌러내며 고개를 갸우뚱거리더니, 해맑은 눈으로 빙긋이 웃어 보이고는 "박박주! 박박주~!" "승다탕! 승다탕~!" 높은 소리로 쫑알쫑알 거려대며 정주간으로 향한다.

'박박주 승다탕, 또 뭐였지? 추추…, 추처와 악첩…,'

'박박주薄薄酒 승다탕勝茶湯'은 '아무리 밍밍하고 맛없는 술일지라도 차 끓인 물보다는 아무렴 낫다.'는 뜻으로, '거칠고 조잡한 베옷이라도 없는 것보다는 나으며, 못나고 못된 처첩이라도 빈 방에 혼자 있는 것보다는 나을 것'이라는 구절 '추추포鹿麤布 승무상勝無裳 추처악첩醜妻惡妾 승공방勝空房' 앞에 놓인, 동파東坡 소식蘇軾이 썼던 싯귀이다.

총명하고 영특하기에 그 뜻을 잘 알고 있을 아진이가, 저라면 그렇게 할 터이니 나리님께서도 어서 그렇게 해보라고 김병연에게 알려주려는 듯이 맑은 소리로 쫑알쫑알 거려댄 것을 객석의 그가 이어받아서 조근조근 낮은 소리로 중얼거려 보았다.

아마도 관객 대다수는 그 말뜻을 알지 못할 테지만, 천연덕스럽게 쫑알대며 퇴장하는 아진이를 보는 것만으로도 – 분위기를 환기시켜주는 힘의 변화를 감지할 수 있는 것만으로도 – 어떤 변화의 단초가 던져졌다는 것을 충분히 알아차릴 것이라고 그는 생각했었다. 그랬기에 아진이가 관객의 주의를 끌어오게끔, 앞에서 익히 보여주었던 아이다운 가락에다 살짝 높은 소리로 읊어가며 퇴장해 주기를 초짜 배우 연옥이에게 요구했었던 것이다.

어느새 잦아진 아진이의 노래 여운과 비례하여 무대는 휑하게만 느껴졌다. 김병연 역할의 강두한은 세 사내가 사라져버린 고샅길 위쪽, 그러니까 객석에서 보기에 무대 안쪽 오른편 깊은 구석에다가 성근 그물 같은 눈길을 던져놓고는, 걸리지도 않을 무엇이 걸려들기를 바라지도 않는 것처럼 멍하게만 앉아 있다.

가련이 역할의 황수정이 평상 쪽으로 다가들었다. 그녀가 평상으로 다가드는 동안, 산 벚나무에 드리었던 빛의 조도가 낮아지고 평상 주변이 상대적으로 밝아진 느낌을 주었다. 연기영역acting-area을 좁히는 것으로 포커스를 주려는 의도일 것이다.

평상에 올라선 가련이가 김병연 맞은편에 섰다. 어느새 핼쑥해진 얼굴로 허공을 좇는 듯이 멍한 표정을 짓고 있던 김병연이 그제야 고개를 돌려서 가련이를 쳐다본다.

'감파르족족한 호리존트Horizont에다가 변화를‥, 예컨대 호롱불이나 동방화촉洞房華燭마냥 꿀물 같은 호박색(amber colour) 빛무늬가 아래에서 위로 수놓아지듯이 드리어지거나, 살랑바람에 하늘대는 갈대를 실루엣으로 투영시켰더라면 어땠을까? 둥글넓적한 달이 저렇게 싯누렇게 떠 있어서 어울리지 않으려나? 그래도 뭔가 변화가 있었더라면 좋았을 텐데‥.'

가련이를 외면하려는 것처럼 객석을 향해 몸을 비트는 김병연과 호리존트 위쪽에 떠있는 누리끼리한 달덩이를 내려다보면서 잠깐 동안이나마, 그가 있을 법한, 혹은 있음직한 이미지 변화를 머릿속에 그려보려는데, 새콤한 술내음이 알싸하게 배어 있는 낭랑한 목소리가 기억의 외진 구석에서부터 난데없이 또르르 굴러들었다.

"자기 언어가 아니어서 기억을 못하시는 거예요."

살짝 삐친 것처럼 그러나 부드러이 쏘아붙인 목소리였었다. 그는 뭐라 한마디 대꾸도 하지 않고서 고개를 삐딱이 틀고 목소리의 주인공을 빤히 쳐다보더니, – 머리를 굴릴 때마다 잠깐씩 해보는 버릇인양, – 맥주 캔 주둥이를 엄지손가락과 집게손가락 그리고 가운뎃손가락 끄트머리로 둥그렇게 쥐고 가볍게 기울여서 옆으로 빙글빙글 돌려가며 만지작거리기만 했었다.

그러나 답답하게도 거기까지였다. 그는 그녀가, 그 당시에 평론가 류리가 어떤 이유로 자신에게 그런 말을 했었는지는 기억하지 못했다. 그리 오래지 않고 멀지도 않은 저쪽 건너편 기억이었으나, 그가 머릿속을 한번 휘적거려 보기라도 할라치면, 이상하게도 또렷이 뻗쳐오르던 생각의 줄기가 흐리터분한 연기처럼 맥없이 흐트러져버리거나 갑자기 다른 곳으로 새어나가고, 맥주 캔을 만지작거리려댔던 그 하나의 장면만 되풀이하여 떠오르는 것이었다.

'뭐였지? 뭐가…, 또 무슨 일이 있었지?'

그가 오른편 관자놀이에다가 오른손 집게손가락과 가운뎃손가락 끄트머리를 가져다 대더니, 눈을 감고 지그시 눌러보며 눈썹 사이로

애써 그날의 기억을 모아보았다.

'그러니까 거기가…'

연극집단 [반향反響]의 연습실이 떠올랐다. 그가 흐릿하게 드러난 형적을 조금 더 자세히 어루만져보듯이, 머릿속 어느 한켠을 구체적으로 더듬어보았다.

'좁고 비탈진데다가 중간에 한 번 꺾이기까지 했었던··, 그···, 어두침침한 계단을 내려오면 불투명한 미닫이 유리문과··, 거기, 그 아래에는 짝이 맞지 않는 싸구려 슬리퍼들이 늘 뒤집어지고 젖혀진 채 시멘트바닥에 뒤죽박죽 널브러져 있었고··, 에···, 또··, 안으로 들어서면 사방 벽마다 목탄木炭더미가 차곡차곡···,'

극단 단원이었던 누군가가 공기정화와 냄새제거, 원적외선방출과 음이온방출, 습도조절과 전자파제거까지 해주는 것이라고 설명해줘서, '그 효능을 곧이곧대로 믿자면 거의 만병통치 아니, 만병예방에 가까운 것 아니겠냐?'고 웃어넘겼던 참숯더미가 여기저기 빼곡히 가능한대로 빈틈없이 시커멓게 쌓여 있었던 것을 기억해냈다.

그리고 열어젖힌 미닫이 유리문 왼편에 있던 허술한 철제 선반까지 더듬어 생각해냈는데, 맨 아래 칸에는 이전 공연에 사용했던 갖가지 소품들이 먼지를 뽀얗게 뒤집어쓰고 너저분하게 방치되어 있었고, 위칸에는 찌그러진 놋쇠 꽹과리와 습기 먹고 손때 묻은 북과 장구, 그리고 아래 칸 구석빼기에는 낡아빠진 난로가··, 아···! 맞다! 그랬다! 혹시라도 공연소품으로 쓸지 몰라서 보관하고 있었다던, 그가 사용하기 전까지는 아무도 건드려보지 않았다던, 절반쯤 부수어지고 떨어져나간 심지조절 손잡이 위에 〈안방난로〉라는 금박 스티커가 단단히 붙어있었던, 요즘엔 누구도 쓰지 않을 풍로風爐 닮은 석유난로가 처박혀 있던 것도 기억해냈다.

군데군데 녹이 슬어 있었던, 제조된 지 족히 삼십년은 되어 보였던 허름한 그 난로를 발견하자마자 그는 눈을 휘둥그렇게 뜨며 어린애처럼 좋아했었다. 골동품마냥 운치 있어 보였을 뿐 아니라 - 머리 위에다 종일 헤어드라이어를 틀어놓은 것과 다름없기에 머리카락이 푸석푸석해지고 눈알이 뻑뻑해지고 콧구멍과 목구멍도 컬컬해지고, 심지어 '이러다 내 감정까지 메말라가는 것은 아닐까?'라는 다소 황당한 걱정까지 들게끔 해줬던 천장의 최신식 냉난방 겸용 시스템장치와는 다르게 - 원통형 철망을 살짝 들어 올려서 심지에 불을 붙이면 주변을 아늑하게 덥혀주려 애쓰느라고 머리통이 벌겋게 달아오르는 석유난로에게서 그는 훈훈함과 친밀감을 느꼈었기 때문이었다.

게다가 까칠까칠하고 뻣뻣한 계수나무 껍데기와 매끌매끌하고 말랑말랑한 생강덩이를 뭉텅뭉텅 썰어 넣은 동글납작한 주전자가 새뽀얗게 뿜어대는 알싸한 향기를 좋아했었기에, 그는 연습기간 내내 자바라로 - 일본어라는데, 이걸 우리말로 뭐라고 해야 하나? 주름대통호스? 여하튼 이것으로 - 직접 석유를 넣고 불을 피웠었다.

어느 날엔가 하루는 그가 연습실 바닥에 신문지를 깔아놓고 자바라의 빨간 머리를 "푸식~ 푸식~"일정한 템포로 리드미컬하게 눌러가며 연료통에서 난로로 백등유를 옮겨 넣고 있을 적에, 겨우 제 앞 일 미터만 따뜻해지는 선풍기 닮은 전열기 앞에 쪼그리고 앉아 손바닥을 비벼대던 여배우 황수정이 '귀찮게 그런 일을 왜 하시는 거죠?'라고 물었던 것도 기억났다.

아~참…! 그리고 그날, 그러니까 평론가 류리와 늦은 시간까지 연습실에 남아 있었던 그날은, 미닫이 출입구 위쪽 귀퉁이에 달린 환풍기 아래 편의 선반과 테이블 위에다 촛불을 대여섯 개가량 켜뒀던 것도 생각났다.

아아…! 그러나 오해는 마시라! 야릇한 분위기 연출을 위해서가 아니라, 온종일 환풍기를 틀어놓아도 빠지지 않는 지하실 특유의 퀴퀴하고 꿉꿉한 느낌을 환기시키고, 그녀가 피워댈 담배연기를 제거하기 위해서 켜놓았던 것이었으니까 말이다.

'무슨 이야기를 했더라? 맞아…! 메소드$_{method}$~!!'

물살 거센 여울목에서 펄떡거리는 쏘가리를 건져내듯이, 흙탕물마냥 흐리터분한 머릿속을 뒤적대던 그가 부서진 기억의 쪼가리 하나를 퍼뜩 움켜잡아 올렸다.

추운 날이었으나 과감하게도 - 손톱 끄트머리로 살짝 한번 긁어보면 "투두둑…!" 소리 내며 갈라 터지지 않을까 싶었을 만큼 네모진 모눈이 큼직큼직하고 성글었던 - 검정색 눈꽃 무늬 망사 레깅스에 가죽 숏 팬츠 차림이었던 것으로 기억된다. 윗도리가 은빛 주름으로 반짝이는 패딩재킷이었는지 빨간 모직코트였는지까지는 모르겠지만, 어쨌거나 꽁꽁 싸매듯이 무릎담요로 아랫도리를 야무지게 감싸두르고 앉았던 그녀는 평론가답게, 자못 호기심 어린 눈을 반짝이면서 '희곡작가이자 연출가로서 자신만의 스타일이나 방법론이 무엇이냐?'고 물었었고, 그런 그녀에게 '아직은 확립된 것이 없을 뿐더러 죽을 때까지 과정 중에 있을 것이기에 확립될 것도 없을 테지만, 대답을 강요하니 굳이 꼽아 말하자면, 본질과 핵심을 정확히 파악하고 또 드러내기 위해서, 반대편에서 바라보고 거꾸로 생각하려고 애쓴다는 것'이라고 그가 대답했었다.

그러고서는 뭐랄까? 희곡을 쓰거나 연출작업할 때의 마음가짐이랄까? 아니면 작업에 임하는 태도? 뭐··, 여하튼간 그가 그런 것들을 그렇게 생각할 수 있게끔 머릿속을 훤히 밝혀주었던 '난산장고사蘭山藏古寺'에 얽힌 옛이야기를 마음과 다르게 삐딱한 자세로 – 시건방지게 보일 만치 의자 팔걸이에 팔을 얹고 다리를 꼰 채로 – 턱을 치켜들고서 꺼냈었다.

"옛날 중국에요,"

그때 자신이 했었던 말과 그것에 어울릴 만한 – 마치 저가 배우가 되어 연기한 것을 제 눈으로 봤던 것처럼, 그래서 그랬음직한 – 말투와 리듬 그리고 제 나름의 표정과 몸짓을 머릿속에 그려보았다.

"글씨 잘 쓰고 그림 좋아하는 왕이 있었는데요….."

마르고 가늘며 날카롭지만 강함과 부드러움 그리고 표일飄逸함이 내재된 자기만의 독특한 서체書體, 수금체瘦金體를 가졌던 송宋나라 휘종徽宗에 관한 이야기였었다.

"아~! 중국이니까 황제라고 해야 하나? 어쨌거나…..,"

캔 맥주를 한 모금 들이키고서 말을 이었었을 것이다.

"가끔 궁에서 화원畵員을 새로 뽑을 때, 자신이 직접 유명한 시詩에서 한 구절 골라내 화제畵題로 삼았었는데요. 그래서 한번은 '난상장고사亂山藏古寺'라고‥, '어지러운 산이‥,' 아마도 수목이 울창한 산이겠죠? '오래된 절을 감추고 있다.'는 싯귀를 내놓고서 응시자들에게 그림을 그려보라 일렀는데, 나중에 뽑은 그림이‥, 화폭 어디에도 절은 보이지 않고 숲속 조그마한 오솔길로 물을 길어 올라가려는 중만 하나 있는 그림이었는데요. '절은 없고 물 길러 나온 중만 보이는데, 도대체 이 그림이 왜 뽑혔을까?' 하고 고개를 갸우뚱거리던 신하들이 어찌하여 이 그림을 뽑으신 거냐고 여쭙자 휘종이란 그 왕이 대답하기를‥, '중이 물을 길러 나왔으니까 틀림없이 어딘가에는 절이 있을 것이다. 단지 어지러운 산이 감추고 있어서 보이지 않는 것뿐이다.' 했다네요. 젠장‥! 지랄 맞게 기가 막히죠?"

"……"

"에~ 그러니까 요점인즉슨‥! 그림의 주제가 요구했던 '장藏~!' '간직하다' '감추다'라는 핵심을 잘 드러냈다는 거예요. 물론 여타 화공畵工들은 울창한 수림에다가 어지러운 봉우리들과 깊은 계곡‥, 또 화폭 모퉁이 어디엔가는 다 쓰러져가는 절 모양을 고색창연하게 그렸음은 말할 필요도 없고요. 그리고 물으셨으니까 기왕 꺼낸 김에 하나 더 말하자면요‥,"

은근히 과장된 목소리로 '난산장고사'에 얽힌 이야기를 주절거리더니, 어깨를 으쓱거리고는 다음 이야기로 넘어갔었을 것이다.

"어느 건축가가 지은 책에서 읽었던 건데요‥. 혹시 웅장하고 멋지게 세워 놓고 보는 것만으로‥, 그러니까 영구히 보존하여 되새김하고 기리는 것이 아니라, 기껏 세웠다가 없애는 것으로 치유까지 해줬다는 탑 이야기 들어보셨어요? 반-기념비적인 기념비로 우뚝 솟은 기념비 같은 기념탑이야긴데요…,"

1986년 미술가 요헨 게르츠Jochen Gerz와 에스터 게르츠Esther Gerz 부부가 디자인한 '파시즘에 저항한 하르부르크 기념탑Harburg Mahmal gegen Faschismus'에 관한 이야기도 꺼냈었다.

"작은 광장 모퉁이에 처음 세울 때는 가로 일 미터 세로 일 미터에 높이 십이 미터짜리 단순한 입방체 기둥이었는데요, 해마다 이 미터씩 땅속으로 가라앉게 디자인했대요. 파시즘과 전쟁에 반대한다는 기념탑이라는데·, 솟아올라 있던 그 탑이 땅속으로 꺼져 들어가는 동안에 시민들은 탑의 표면에다가 파시즘으로부터 받았던 박해와 고통, 길고 짧은 글귀들과 선언문·, 심지어 아무개 이름이나 욕설까지도 낙서처럼 마음껏 기록하게 했대요. 술에 취하면 오줌도 갈기고··, 갈겼을라나? 에고~ 그건 아니겠구나. 뭐, 어쨌든 그러니까··, 과거의 기억이 그들에게서부터 떨어져 나와 탑에 새겨지게 하고, 궁극적으로는 슬프고 아픈 기억들이 땅속에 파묻혀 버리게끔 의도했던 거지요. 그래서 일천구백구십이년…! 육년 후에 그 탑은 정말 완전히 땅속으로 가라앉아버렸고, 그 자리엔 그런 탑이 있었다는 기억만 남게 되었데요. 그래서 그렇게 치유 받은 시민들은 서로 화해하고 용서할 수 있었다고 하고요."

"……"

"발상의 전환~!"

알아들었다는 듯이 가만히 고개를 주억거려대는 류리라는 평론가를 똑바로 쳐다보고서, 오른손 집게손가락을 곧추세워 절도 있게 한

차례 까닥거리는 것으로 포인트를 주며 목청 돋은 소리를 내었었을 것이다. 그리고서는 뭐랄까? 괜스레 멋쩍어하는 태도를 보이는 것으로 외려 뿌듯해하는 모습을 보여주고 싶었다고나 할까? 어쨌거나 입을 꾹 다물고 빤히 쳐다보고는 어깨를 으쓱대며 눈썹을 치켜올렸었을 것이다.

"근데요~!"

좋아하는 라틴어 경구 'De Omnibus dubitandum est (모든 것은 의심해 봐야 한다.)'까지 이야기하고 싶었으나, 괜히 잘난 척하는 것만 같아서 그만 두고 말머리를 바꿨었다. 그래서 아마도 팔짱을 끼고 다리를 쭉 뻗으며 엉덩이를 미끄러뜨려서 의자 끝부분에 걸치게끔 몸을 낮춰 앉고는, 개구쟁이마냥 얄궂은, 혹은 짓궂은 표정을 지어 보였었을 것이다.

"요것 덕분에 바뀐 제 일상 습관 하나 말씀드릴까요?"

눈을 동그랗게 뜨고 빤히 쳐다봤었을 것이다.

"소변을 보고나서가 아니라, 보기 전에도 손을 씻는다는 거지요. 아주 깔끔하게~!"

씩 웃어 보이고는 몇 차례 고개를 끄덕거렸었을 것이다.

"아아~ 이상하게 생각하진 마세요."

양손으로 의자를 짚고 몸을 일으켜 앉으며 말을 이었었다.

"그게 얼마나 중요한 건데! 그러니까 꺼내려면 만지기 전에 손을 깨끗이 씻고 만져야지요. 왜 더러운 걸 만진 것처럼 볼일 보고 나서 씻는 거냔 말이죠. 그러려면 차라리 만지기 전후로 두 번을 씻든가! 아~ 그게 낫겠구나…! 한 번은 자기 자신을 위해서, 또 한 번은 다른 사람들을…, 다른 사람? 다른 사람 누구? 왜? 뭐…, 어쨌든 어느 누군가를 위해서…."

"……"

수수꾸려는 말이 싱겁게 들렸던지 그녀는 피식 웃기만 했었다.

"제가 좀··, 짓궂은 소릴 했나요?"

살피듯이 모가지를 으쓱대며 쳐다봤었을 것이다.

"괜찮아요. 원래 예술가들이란 전 생애 동안을 어린아이나 젊은이로 산다잖아요. 자기가 예술의 충동을 받았던 바로 그 지점에 머물러서요··. 음~, 그렇다면 우리 연출님은 몇 살이나 되시려나? 열일곱? 열여덟? 스물하나?"

농지거리를 여유롭게 되받아치듯이 평론가 류리가 몸을 좌우로 흔들어서 무릎담요 양쪽 귀퉁이를 엉덩이 밑에 깔고 앉더니, 눈웃음을 쳤었다.

"그래도 너무 심하셨어요. 그렇게 대놓고 면박주신 건."

화제를 바꾸려고 꺼냈던 것인지, 아니면 중간에 그가 기억하지 못하는 또 다른 대화가 있었는지는 모르겠지만, 어쨌거나 어느 때인가 그녀는 새치름한 얼굴로, 세로 주름이 쭈글쭈글하게 잡히도록 새빨간 입술을 삐죽거려댔었다.

'왜 그랬더라? 누구한테…? 아~!!'

그가 몸을 뒤로 젖히며 이마 위에 흘러내린 머리칼을 양손으로 쓸어넘기려는데, 이따금 그의 뒤통수에다가 못마땅한 눈길을 흘기듯이 쏘아 보냈었던 길쭉한 얼굴이 시커멓게 떠올랐다. 극단 대표인 마장동과는 영혼의 파트너이자 현실의 동반자로서 형제 이상의 우의가 있다고 시시때때로 뻐겨대던 이극도 역할의 배우 정재성이었다.

툭하면 거반에 절반쯤 진담 가까운 농담으로 자칭 극단 [반향反響]의
수석 배우랍시고 매부리코 콧구멍으로 콧바람을 "킹! 킹~!" 뿜어대며
극단 후배들 앞에서 뭘 좀 아는 척 거들먹거려대는 꼬락서니는 차치
하고서라도, 깐깐한 선배 강두한이나 연극판에 이름깨나 알려진 여배
우 황수정 앞에서는 친근한 얼굴과 다정다감한 목소리로 알랑방귀 뀌
면서도, 수더분한 선배 차유석이 연습 중에 작은 실수라도 할라치면
간접적으로 제삼자에 빗대어 비웃적거리거나 어쩔 때는 아예 대놓고
맞먹으려는 야비하고 비열한 태도를 보였던 탓으로, 동료로서도 인간
적으로도 썩 마음에 들지 않았던 사람이었다.

객석 등받이에 몸을 눕히듯이 기대고 엉덩이를 쭉 미끄러뜨려서 절
반쯤 걸친 듯이 휘우듬하게 앉아 있던 그가 몸을 일으켜 세워 앉으며
세수하듯이 양 손바닥으로 얼굴을 싹싹 문지르고 두어 차례 눈자위를
'꾹, 꾹' 눌러보더니, 다시 머리카락을 넘기고서 뒤통수에다 손깍지를
끼었다.

"그런 인간은 배우하면 안 돼요."

"……"

"자기 소품도 하나 제대로 관리 못하는 멍청한 자식이…!"

"……"

"밥 처먹으러 오는 건지, 연습을 하러 오는 건지‥, 분장실에서 냄
새 풍기고 컵라면 처먹는 게 뭐가 자랑이라고….."

"……"

"한심하기 짝이 없는‥, 부끄러움을 모르는 놈…!"

"……"

"자기밖에 모르고 잔머리나 굴리는 개똥같은 놈!"

"……"

"즉흥적인 것과 마구잡이도 구별 못하는‥, 돌팔이에 머저리 등신 같은 놈!"

어금니에 힘을 주어가며 이런 감정 섞인 말들을 연이어 내뱉었던 것이 기억났다.

"남의 대사는 이러는 게 어떠냐고‥, 그럴 수도 있는 거니까 쉽게 생각하고 즐겁게 가자고, 그러려고 연습하는 거 아니냐고, 제 멋대로 잘라먹으면서‥, 어쩌다 연옥이가 자기 대사라도 자르고 들어오면 타이밍이 이렇고 에너지는 저렇고, 동료에 대한 배려가 또 어쩌고저쩌고, 상대편 반응 속도와 크기까지 요러쿵조러쿵 게거품을 품어가며 짖어대는 똥개 같은 놈! 그것도 순둥이 같은 차유석 선배나 어린 연옥이한테나 왈왈거리지, 강두한 선배나 황수정한테는 찍소리도 못하고 눈치나 살살 보는 거지발싸개 같은 놈이…!"

어쩌면 이보다 더 심한 육두문자나 상스러운 욕설을 썼었는지도 모르겠지만, ‒ 연습할 때는 동료 연기자로서 계급장(!) 떼고 불꽃이 튀도록 대가리를 맞부딪혀야했으나, 정재성은 매 장면마다 '이렇게 하면 될까요?' '어땠나요?' '괜찮습니까?' '아니면 바꿔볼까요?' '그럼 그냥 이렇게 갈까요?'라고 강두한에게 인정받고 싶어 하는 욕구 어린 물음표를 굽실거리며 건넸었고, 반면에 무르고 무던한 선배 차유석이나 어린 연옥이에게는 얕잖아 보고 만만히 보는 태도를 내비쳤었기에, ‒ 그가 뭐 대충 이런 말들을 뱉어냈었을 것이다.

작업을 하면서 누구 한 사람을 특별히 좋아하거나 싫어하게 되면 판단이 흐려질 뿐 아니라 팀 전체의 앙상블이 깨진다는 것을 알고 있었기에 그러지 않으려고 애썼고, 또 설혹 그렇게 되더라도 들키지 않으려고 주의했었던 - 그러나 자신도 모르는 사이 틀림없이 마뜩찮아 하는 기색을 내비쳤을 것이고, 그래서 약삭빠른 정재성도 충분히 느끼고 있었을 - 까칠한 반감과 혐오감마저 서슴없이 드러낸 것으로 보아서는, 그날 술을 너무 많이, 그것도 급하게 한꺼번에 마셔서 그랬을 거라고 그는 생각했다.

각설하고, 평론가 류리의 말처럼 그날 그가 즐거웠어야 할 회식자리에서 뭐라 뭐라 대놓고 면박을 줬었다는 정재성의 태도 혹은 행동은 예컨대 이런 것이었다.

정재성은 자신이, 그러니까 극 중 지관 이극도가 왜 김병연과 조금 더 오래 평상平床에서 맞붙어보지 않고 일찍감치 - 그러나 겉말과는 다르게 속생각인즉슨, 관객의 시선이 머무는 무대의 중심으로부터 자기가 너무 일찍 떨어져 나와 - 가련이가 있는 큰 마루로 올라가야 하는가를 두고서, 당시 연출이었던 그의 자세한 설명이 있었음에도 불구하고, 극단 대표 마장동과 평론가 류리에게 답답함을 토로하듯이 어처구니없어하는 표정을 지어 보이고 시큰둥한 얼굴에다가 비열한 웃음을 덧칠해가며 의견을 피력하곤 했었다.

그렇게 술자리에서 별것 아닌 것을 안주삼아 괜히 한번 투덜거려 보거나 우스갯소리삼아 푸념해보는 형식으로 - 그러나 한 사람 건너 맞은편 바로 옆자리에 앉아 있었기에 그런 이야기가 귀에 들릴 수밖에 없었던 그에게 간접적으로 의견을 전달하려는 방법으로 - 연출자였던 그로부터 직접 날아올 화살을 피해가려는 교활함을 보인 것이며, 그렇게 은근히 힐난해보는 것으로 제작자와 평론가 두 사람이 행여 그에게 영향력을 행사해주지나 않을까 하는 기대감을 갖고서 치졸한 잔꾀를 부리는 것인가 보다고 생각하여서, 그가 불쾌감을 느꼈었던 것이었다.

욱하고 치밀어 오르는 마음에 그는 눈알을 부라리고 목소리를 높였었다. 슬쩍 찔러보고 엉겨붙어보다가 아니다 싶으면 재빨리 꼬랑지 내리고 깨갱거리는 얍삽한 캐릭터요, 상대방을 봐가며 깐죽거릴 만치 눈치 빠른 캐릭터라고 누누이 말했는데 왜 그걸 받아들이지 못하냐고, 아울러 연기자의 모든 행위는 작품의 가상假想 속에 동화되어야 하고, 그 가상은 사실이 아니라 가상 그 자체로 받아들여야 한다고까지 말이다.

그리고는 『햄릿Hamlet』을 예로 들어서, 혼자 기도하는 클로디우스를 발견하고 뒤로 몰래 다가가 죽일 수도 있었으나 그러지 않았던 것은, 기도하다 죽으면 천국에 갈 것이니 가장 나쁜 짓을 할 때 죽여서 지옥에 보내겠다고 그랬던 것인데, 어느 멍청한 연기자가 답답하게도 왜 당장 안 죽이는지 모르겠다고, 자기라면 그런 생각 안 하고 죽여 버릴 테니까, 그냥 죽이는 게 적당하지 않겠냐고, 지금 바로 죽여 버리는 것으로 대본을 고치자고 억지 부리면 덴마크 왕자 햄릿이라는 캐릭터가 제대로 나오겠냐는 이야기까지 덧붙여서. 그러니까 멍청하게…! 그게 바로 햄릿이라는 캐릭터인데…, 하나의 캐릭터가 특정 상황에서 다른 캐릭터와 부딪혀 반응하는 모양새가 바로 행동이요, 캐릭터 그 자체인 것인데, 왜 그건 생각하지 못하냐고 짜증 섞인 목소리로 쏘아붙였던 것이었다.

"앞에서는 꼬리치고 뒤로 돌아가 발뒤꿈치 물어뜯을 놈!"

"……"

"제 얼굴에는 분粉 바르고 남의 얼굴에는 똥 바를 놈!"

"……"

"등신 같은 게 대가리에 똥만 들어가지고…"

"지나치게 섬세한데다, 완벽을 추구하는 성미시라…,"

이야깃거리를 바꾸는 것으로 분위기를 바꾸고 싶었던 모양이었다. 그의 말꼬리 끄트머리께를 삭둑 자르고 들어온 그녀가 가지런히 정리된 짙고 긴 눈썹을 움찔거리며 빙긋 웃어 보이더니, 새까맣게 칠해진 – '까만색…? 까만색 맞나? 아니, 짙은 자주색이었나?' 하고 그가 객석에서 잠깐 고개를 갸웃거리게 만든 – 오른손가락 손톱 끄트머리로 연습실 테이블을 "타다다닥~!" "타다다닥…!" 리드미컬하게 두들겨대며 눈알을 반짝였다.

"까다롭고 까칠하고 예민한데다 진지하기까지 하셔서 뭐 하나 대충 넘어가주는 게 없으니, 배우들과 친해지지가 쉽지는 않겠구나 싶었는데…"

그녀가 절레절레 고개를 흔들었었다. 그러고는 고개를 살며시 갸웃거리고 곁눈질로 슬쩍 흘겨보며 꼬리치듯이, 나긋나긋한 눈웃음을 지어 보였었다.

"사람이 꼬장꼬장, 대쪽 같으셔서…"

"……"

뜬금없이 자기한테 이야기하는 건가 싶어 잠깐 얼떨떨하기도 하였거니와 게다가 또 뭐라 할지 알 수 없었기에 그저 실실 웃기만 하고서, 그가 잠자코 입을 꾹 다물었었다.

"연극이란 게 공동 작업일 수밖에 없으니까. 자기 생각대로만‥, 사람들과 부딪히지 않고 자기 혼자 할 수 있는 게 절대 아니니까‥."

"…!…"

어쨌거나 공연을 올리려면 필요한 건 배우들이니까, 잘 좀 다독이셔서‥"

"…!!…"

갑자기 불에 덴 것처럼 가슴팍이 뜨끔했던가? 아니면 머릿속이 하얗게 비워졌던가? 뒤이어 나온 그녀의 말이 무엇이었는지는 기억나지 않았다. 다만 눈을 가늘게 뜨고 까칠까칠하게 일어난 오른손 검지손톱 거스러미만 내려다보며 어떤 생각에 잠긴 것처럼 비비적비비적 매만져대기에 앞서서, 짧은 순간이었겠지만 눈동자가 반사적으로 팽창되었다 수축되면서 틀림없이 미간을 찌푸렸었을 거라고 그는 자기 모습을, 아니 자기 반응을 상상해보았다.

그 무렵 그는 그녀의 말과 어느 정도 관계있는 생각에, 그러니까 '내가 사람들과 잘 섞이지 못하는 모난 사람이라 공동작업에 어울리지 못하는 것인가?' 라는 회의감에 빠져서 침울하게 허우적거려대고 있었기 때문이었다.

실로 그랬었다. 연습 내내 그는 멀리 떨어진 곳에 홀로 앉아 깊이 정진하고픈 마음과 사람들과 어우러져 함께 즐기고픈 마음 사이에서 갈등했으며, 불완전한 세상과 어설프게 관계 맺는 것을 피하여 혼자서만 머릿속에 그려보는 것으로 그 '완전함'을 간직하고픈 - 고백컨대 애써 희곡을 망치고 싶지 않았기에, 차라리 중간에서 그만 엎어져버렸으면 했던 - 지독한 이기심과 '되어야 할 대로 될 것이니, 그냥 놔두어야 한다.' '욕심을 버려야 한다.' '공물公物인즉, 내 것이 아니기에‥, 세상 한가운데다 던져버려야 한다.' '지금은 비록 저 따위지만 공연이 올라가면 달라질 것이다.' '어쩌면 이 사람들이 나와 연극판을 이어주는 마지막 끈일지도 모른다. 그런즉, 그런고로, 공연은 반드시, 무조건, 올려야 한다.'라는 현실을 고려한 위선적 태도와 삿된 믿음 사이에서 갈등했었다.

제법 명석한 두뇌와 나름 뜨거운 가슴을 지녔지만 그는 사람을 다룰 줄 아는 기술, 까놓고 말해서 자기감정을 숨긴 채 남을 이용해 먹을 만한 영악함과 눈 하나 깜박 않고 남의 목줄을 쥐고 흔들 줄 아는 냉혹함이 턱없이 부족했다. 거기다가 가끔은 정도를 넘어선 괴팍한 격정激情이 순수한(?) 광증마냥 치밀어 올라서 일말의 걸러짐도 없이 – 그것에 휩싸이거나 압도당할 때는, 꼭 눈깔이 뒤집힌 미친놈처럼 제 성질을 못 이겨 지랄 발광하는 것처럼 – 맹렬하게 표출되어서, 연출가와 감정적인 교류를 원하며 공동작업 안에서 캐릭터를 자유로이 창조할 수 있도록 기다려주고 도와주기를 원하는 배우들에게는 거리감과 위압감을 주는, 조금 심하게 말하자면, 치명적인 결함을 지닌 연출가로 보였었던 것이다.

아…! 물론 그렇다고 그에게 그런 무지막지하고 심각한 흠결만 있는 것은 아니었다. 희곡의 작가이자 연출자로서 자기 생각과 아이디어를 우선적으로 주입시키고 관철시키려고 다소 우월하다할 만한 위치에서 독선적이고 권위적인 태도를 취하긴 했었지만, 그래도 이따금 그는 뒤돌아서서 '생각이 다른 건데‥, 다를 수도 있을 거고, 다른 것이 당연할 텐데‥, 아무것도 아닌 일로 괜한 상처준 것 아닐까?' '어쩌면 내 의도보다 더 좋은 것을, 내가 쓰면서 미처 생각지 못했던 것들을 저들이 발견할 수도 있지 않을까?'하는 생각과 '믿음을 갖고, 시간을 갖고 기다려줘야 하는 건데 그러지 못하고‥, 겨울의 끝자락에 서서 이렇게 추운데 언제 따스한 봄바람이 불어오겠냐고 섣부른 판단을 내린 건 아닐까‥?'라거나 '배우의 개성과 고유한 특질을 이해하고 그것을 살려주고 써먹어야 하는 건데, 그걸 깡그리 무시하고 무조건 내가 원하는 색깔을 입히고 내가 원하는 모양으로 만들려고만 해서 배우를 망치는 건 아닐까?' 그러니까 '눈 나쁜 사람이 눈 좋은 이에게 안경을 벗어 건네며, 이것을 써야만 세상이 또렷하게 보일 거라고 억지 부리는 건 아닐까?'하고 스스로에게 물어볼 줄도 아는 남모르는 수줍을(?) 장점도 가지고 있었다.

'미친놈‥. 저가 무슨‥, 고난과 비난으로, 고통과 비통으로 점철된 광야의 선지자라도 되는 줄 알고 꼴값잖게 꼴값은‥! 머리 좋은 놈처럼 혼자서만 바삐바삐 빨리 말고, 마음 좋은 놈처럼 더불어서 더디더디 멀리 가야 할 것을‥. 대가리가 나쁜데다 성질마저 개떡 같은 놈이 뭐가 그리 급하다고‥, 뭘 또 증명하시겠다고‥. 쯔쯧‥!'

떨떠름한 혼잣말의 끝자락을 털어내리는 듯이 그가 가벼이 혀끝을 찼다. 연출작업 초반의 제 모습이 – 겨우 한 달 반쯤 전이라 기실 지금과 별반 다를 것도 없을 테지만, 당시 그는 경험이나 기술은 변변찮은데 저만의 특출한 감각을 막무가내로 내세우려고 우겨대는 시원찮은 연출가였다. 그런즉, 자기가 쓴 희곡을 무대화시키는 서투른 작업에 참여해준 배우와 디자이너에게 당연한 고마움을 느끼고 겸손한 태도를 가졌어야 할 것이었으나, 외려 '배우라는 존재는 내 작업을 위한 질료質料 · material에 불과할 뿐이다.'라는 덜 떨어진 생각과

'이런 걸작을 올리는 데 참여하도록 선택되어진 당신네들이야말로 영광스러워하고 나에게 고마워해야 할 것이다.'라는 시건방진 생각으로 모가지가 뻐근해지도록 억지힘을 줬었던 우스꽝스러운 얼굴이 - 떠오르자 헛웃음이 나왔기 때문이었다.

"연극하면서 도 닦으세요?"

어느 순간 언뜻, 평론가 류리가 머쓱하다는 듯이 고개를 갸웃거리고 생글생글 웃어 보였던 모습이 떠올랐다.

"연극은 플레인데, 피P 엘L 에이A 와이Y, 플레이~! 그냥 노는 거. 다 같이 즐겁게…! 호모 루덴스Homo ludens요! 노는 인간…! 놀 줄 아는 인간!"

"……"

"근데 뭐…, 그럴 수도 있겠네요. 사람마다 다를 테니까. 근데, 아무리 확실히 그래도요~!"

류리가 앞의 말꼬리에서 뺀 힘을 뒤의 말머리에 갖다 붙였었다.

"너무 혼자서만 반짝반짝 닦으셔서 남들이 손대보기는커녕 쳐다보지도 못하게, 눈도 뜨지 못하게 만들지는 마세요. 깔끔하게, 보드랍게, 윤기 있게, 맨들맨들하게 만들어서 누구라도 가까이 와서 '아이, 참 예쁘다~!'하고 만져보고 쓰다듬어볼 수 있게끔, 어느 정도만큼만 적당히 닦아주세요."

"…!…"

무엇에 머리통을 크게 한방 얻어맞은 기분이었었다.

"배우들이 뭘 원하지도 모르시면서…."

"……"

"알려고 하지도 않으시면서…."

멍한 표정을 짓고 있느라고 중간에 무슨 말을 하는지 귀담아 듣지 못하고 있었건만, - 그래서 그저 알아듣는 체하며 고개를 끄덕이고 있었건만, - 그녀는 뽀로통한 체 양 볼을 깜찍하게 부풀려 보이고 생각을 고르듯이, 말을 골라가며 덧붙여 나갔었다.

"억지로 해서 잘 되는 건 잘못밖에 없다던데…. 다른 사람들 이야기를 쪼오~끔 받아들인다고 해서 연출님이 무너지는 건 아니잖아요?"

"…!…"

그녀가 턱을 괴려고 몸을 앞으로 기울이면서 내뱉은 작은 소리였기에 더욱 또렷이 들렸었을 것이다. '혹시나 저만의 엉성한 세계를 뾰족하게 감싸 두른…, 베이기 쉽고 깨지기도 쉬운 유리가시덩굴 안에다 스스로를 위리안치圍籬安置시켜 놓고서, 혹시라도 손상되거나 다치기라도 할까봐 두려움에 벌벌 떨며 아예 귀까지 틀어막고 있는 건 아닐까?' 라는 생각이 들자, 부끄러움을 느끼고 아무런 대꾸도 하지 못했던 기억이 떠올랐다.

"정 싫다면 뭐…, 들어주는 척만이라도 해주면 되잖아요? 배우라는 이기적인 존재들에게 그렇게 높은 기대치를 갖고 계시다니, 의외로 참 순진하시네요."

"…!…"

병 주고 약 줬던 그녀에게 언짢은 듯이 눈썹을 꿈틀거리며 어김없이 뭐라 삐딱하게 대꾸했었을 것이건만, 아쉽게도 뭐라 그랬었는지는 기억나지 않았다.

"수난곡을 좋아하셔서 작품이 절절한가 보죠?"

글쓰기가 잘 되지 않을 때 바흐Bach의 곡들을, 글렌 굴드Glenn Gould가 연주한 피아노곡을 듣거나 빌렘 멩겔베르크Willem Mengelberg가 지휘한 마태 수난곡Matthäus Passion을 왕왕 듣는다고 했더니, 그녀가 환하게 웃으며 입 꼬리를 왼쪽으로 살짝 틀어 올렸었다.

"정말 아이러니하네요. 배우들에게는 '당신들이 무대에서 얼마나 행복한지 보여주세요.'하시면서, 정작 자신은 지독히도 힘들어 하시니까요."

"……"

"변변치 못하게…."

"…?…"

바뀐 말투마냥 뜬금없는 소리라고 생각했었다. 앞서 던진 핀잔과 타박에 대한 깔끔하고 산뜻한 마무리처럼 그녀가 손바닥을 맞비비며 실쭉 웃어 보이더니, 연습실 안쪽 벽에다 기대어 세워둔 곰팡내 나는 무대세트를 턱짓으로 가리키면서 어깨를 들썩였다.

"저것들 말예요. 꼭…,"

움푹 파인 쇄골 위로 은빛 목걸이가 찰랑이며 담아지는가 싶은 찰나에, 그녀가 오른손 집게손가락 끝으로 윗입술을 톡톡 두들겨댔었다.

"꼭 우리네…, 사람 같아요. 멀리서…, 곁에서 보면 그럴듯하지만 막상 가까이서…, 뒤로 돌아가 보면 속은 겨우 볼품없는 판자때기일 뿐이니 말이에요…."

그녀가 기지개를 펴고 몽롱하게 보이는 눈을 반짝였었다.

"외롭지 않으세요?"

"…??…"

딱히 할 말이 없어서도 아닐 테고, 말머리를 딴 데로 돌려야 할 만치 분위기가 서먹한 것도 아니었건만, 돌연 그녀가 앞의 대화들과 어울리지 않은 물음을 던졌었다.

"진짜 외로운 사람은 자기가 외로운지를 모른다나 봐요. 하긴 뭐··, 그러니까 외로울 수밖에 없는 거겠지만···."

"···|···"

지금 다시 떠올려 봐도 확실히 달뜬 표정이었다고 생각했다. 묘한 뉘앙스를 풍겼던 그녀의 말에 적잖이 당황했었다.

"아아~! 제가 아는 어떤 바보 같은 사람 얘긴데요··. 외톨이라 외로움에 몸서리를 치면서도, 꼭 외톨이가 될 수밖에 없는 상황을 만들어가는 게 아닌가 싶어서요."

아무것도 아니라는 듯이 - 그러나 정 깊은 사람 특유의 외로움이 느껴진다고 - 말끔했던 옷깃을 털어내며 슬쩍 흘겨보고 빙긋 웃었던 그녀의 양 볼따구니가 어쩌면 꿉꿉해진 촛불 탓이었는지도 모르겠지만, 어쨌거나 발그스름하게 보였었다.

'······'

그때의 기억이 이렇게 하나 둘, 그러나 시간의 흐름을 따라 간결하게 하나의 선으로 관통되어지는 것이 아니라, 덩어리진 어떤 기억은 방금 전의 것처럼 또렷하고, 또 어떤 기억은 내 것인지 남의 것인지도 모를 만큼 가물가물하고, 또 다른 기억은 생뚱맞게 툭 튀어나왔다가 꼬랑지만 떨구어 놓고 도망쳐버리고, 또 다른 어떤 기억들은 멀리 떨어져서 앞서거니 뒤서거니 서로 다투듯이 소리치면서 새록새록 혹은 조각조각 또는 뜨문뜨문 떠올랐다.

그날은 강두한 선배가 모某 방송사와 인터뷰가 잡혀서 녹화를 뜨러 가야 하는 바람에, 연습은 쉬고 맥주나 한잔 하자며 초저녁부터 맥줏집에 모여 술잔을 부딪혀가면서 이런저런 이야기들을 - 정재성이 그랬던 것처럼 작업에 관한 뒷이야기는 물론이고, 작업과 상관없는 일상의 소소한 잡담까지 - 소시지 야채볶음과 프라이드치킨에다 대구포까지 곁들여서 뜯어보고 씹어가며 주고받았었던 날이었다.

왁자지껄하게 한창 떠들어대던 술판이 파장에 가까워질 무렵에, 연극인의 헝그리 정신과 거지발싸개같은 근성을 강조하던 극단 대표 마장동은 나랏돈 타먹을 수 있게끔 힘써 줄 만한 누군가를 만나러 가야 한다며 서둘러 일어섰고, 이따금 여자친구와 둘이 몰래 연습실에 들어와 분위기 있게 난로 피워놓고 오붓한 시간을 보낸다고 떠벌이던 야살이 정재성은 가련이 역할의 황수정을 데려다주겠다며 마치 먹잇감을 포착한 육식동물처럼 눈알을 반짝이며 부축하여 데리고 나갔으며, 아진이 역할의 막내 연옥이는 밤새도록 해야 하는 영화관 안내 아르바이트 때문에 아까 참에 사라졌었고, 술이 약했던 정시후 역할의 차유석은 진작 뻗었기에 일찌감치 택시 태워 보냈으며, 쓸데없이 호흡을 머금어대는 지저분한 버릇을 지닌 목청 좋은 유학파 배우가 아니라 작업 초반에 그가 섭외했었던 원호 역할의 살집 좋은 그 배우는 근처에 누가 와있어서 한잔 더 하러 가야한다고 비틀대며 먼저 일어나 헤어졌었다.

아…! 그리고 몇 사람 더! 그러니까 눈꺼풀에 제록스를 붙여둔 것도 아니고 귓구멍에 녹음기를 넣어둔 것도 아니었건만, 연출의 디렉션 direction을 하나도 놓치지 않고 세세하게, 뿐만 아니라 연습실에서 일어난 온갖 사소한 짓거리들을 흥미로운 에피소드마냥 작업일지에 꼼꼼히 기록하는 놀라운 능력을 보여줬던 예쁘장한 조연출도 있었는데 그…, 이름이 뭐였더라…? 청하? 하정이? 하영이? 여하튼간 헷갈리는 이름의 까무잡잡한 조연출은, 홍보 일을 하게 됐다고 인사하러온 이십대 후반의 빨간 머리 여자애와 닭날개가 맛있다느니 닭가슴살이 좋다느니 티격태격 거려댔던 같은 극단 남자 단원과 더불어 또래끼리 셋이서만 한잔 더 하겠다고 맥줏집을 나서자마자 어디론가 재빠르게 사라졌었다.

"말이 말 같잖으면 개나 돼지새끼고 원숭이새끼인가? 킥킥~! 아무려면 뭐…, 그럼 좀 어때? 풀밭 같은 종이 위에서건, 돼지우리 같은 무대 위에서건, 어찌됐건 제멋대로 저 놀고 싶은 대로 뛰어 놀게 하면 되는 거지. 안 그래요?"

이런 경위로 그렇게 단 둘이서만 있었던 연습실에서, 말 같잖은 말을 던져놓고 저 혼자 좋다구나 - 사실인즉 감정을 감추려고 과장되게 - 키득키득 거려댔던 자신의 밉살스러운 모습을 떠올렸다.

"뭐가 어째…? 등신! 말이 어려워 관객이 알아듣지 못하니까 무책임하다고?"

웃음을 멈추었으나, 여전히 웃음기 머금은 얼굴이었을 것이다.

"당치않은 말씀! 그야말로 천만의 말씀이요, 만만의 콩떡이올시다! 평론가입네, 학자입네, 품격 있는 양반들의 고상하신 이성 언어, 독자들은 모르고 자기네끼리만 알아먹을 전문용어로 새까맣게 빤짝대는 현학적인 문장들에 비하면, 그야말로 시장판에서도 들을 만한 살아있는 말소리요, 코흘리개도 알아먹을 선명한 감정 언어올시다."

"……"

"비평이라는 게 결국엔 좀 배웠다는 머저리들의 감상문 아닌가? 그게 뭐‥, 끽해야 일반 관객의 인상비평보단 좀 나으려나? 안 그렇게 생각해요?"

"……"

"대가리에 남의 것이‥, 이름자 짜하다는 것들이 지껄인 말들이 많아지면 자기 생각이 적어지는 법이에요. 잣대라고 들이대는 게 겨우 철 지난‥, 수십 년 된 양놈들의 구닥다리 미학 이론이어요? 화석처럼 딴딴하게 굳어버린 지식으로 벽돌을 만들어서 그것으로 성城을 쌓아 올리고, 그 안에 들어앉아 임금 노릇하고 싶은 건가요?"

"……"

"숙제공책에다가 '참 잘 했어요!' 동그라미 도장 파랗게 찍어주는 선생님마냥, 위에서 내려다보고 별점 주고 점수 매기는 게‥, 그딴 게 평론가가 할 일이에요? 자기 취향이 아니더라도 거기서 미적 가치를 찾아내고 창작자와 관객을 위해 현재와 미래 가치를 도출해내야지, 그걸 못하고 안 한다면 그게 평론가예요? 자기 지식을 드러내는 것으로, 작품을 자기 틀에 넣어놓고 난도질하는 것으로 자기 존재와 권력을 확인하는 게 평론가냐구요!"

"……"

먼저 느꼈던 부끄러움을 상쇄시키고 자위하려는 꽁한 마음에서 나왔을 공세적인 말투였을 것이다. 그녀가 막아내는 행위를 취하듯이 무릎담요를 가슴께로 바짝 추어올리더니, 어깨를 으쓱거려 보는 것으로 "뭐, 글쎄요‥."라는 말을 대신했었다.

"쓰면서 제일 힘든 게 뭐냐고요? 음~ 그러니까 그게…, 하긴, 평론
은 창작이 아니니까 잘 모르시겠지만…, 아차차…! 진리는 오로지 해석
일 뿐이라고…, 해석을 떠나서는 세계라는 것도 존재치 아니한다고 혓
바닥 꼿꼿이 세우시던 전문가님이나, 최상의 평론은 또 다른 예술작
품이 될 수 있다고 능글능글 짖어대던 어느 평론가께서는 비평도 글
쓰기작업이니까 일차 질료의 유무와 상관없이…, 틀림없는 창작활동
이라고 주둥이로 게거품을 뿜어대실 테지만, 뭐…, 어쨌든 간에 이해하
실지 몰라도, 그게 내 이야기가 아닌 것처럼, 남 얘기하듯이 써야 한다
는 거죠. 물론 말은 이렇게 쉽게 해도, 저 역시 아직 턱없이 부족하기
때문에 잘 안 되는 것이긴 하지만은 서도요…. 심각하지 않게, 가볍게,
감정이입이 지나치지 않게 거리를 두고서…! 자기 안에서 체화(體化)시킨
답시고 끙끙대며 어렵사리 숙성시켰더라도, 배설할 때만큼은 시원하
고 가뿐하게…, 구질구질하게 게워내는 게 아니라 쉽게 술술 퍼질러 싸
야 한다는 거죠."

"……"

"기술적인 부분으로 들어가자면 우선 생각나는 것이…, 에~ 예컨대
펜을 들지 않고 있는 일상에서도…, 그러니까 길을 걸을 때나, 뭘 먹을
때나, 머리를 감거나 잠자리에 누웠거나 똥을 쌀 때도, 느닷없이, 불현
듯이, 뜬금없이 문득문득 떠오르는 단어나 문장, 하나의 행위나 장면
들이 스토리가 되도록…, 자연스럽게 이어지도록 연결고리를 만드는
거지요. 물론 번뜩이는 아이디어도 필요하지만 그보다는 훨씬 많은 시
간이…, 아…! 물론 오래 고민한다고 반드시 좋은 글을 쓰는 건 아니라
는 의견에 저도 동의하기는 하지만요…, 그래도 자연스러워지려면 얇
고 가벼운 생각과 깊고 무거운 생각이 서로 간섭하고 통섭하고 제한

하고‥, 아예 거꾸로 '나 너 모르고, 너도 나 몰라. 그러니까 될 대로 되고, 갈 데까지 가보자'고 방임까지 하면서 수십 차례 이어보고 떼어보고 또 다시 고쳐 엮어보기를 되풀이하는 시간이 필요하기에‥, 또 굳이 아리송하게 말하자면‥, 문제가 아닐 것을 문제 삼으니 답이 없는 것이 당연할 것일 테지만, 그럼에도 불구하고 혹시라도 나올지 모를 답을 찾겠답시고, 미련하게 혼자 끙끙거려가며 지루하다 할 만한 그 고달픈 시간을 마음 졸이지 않고서, 아니‥! 조바심이 나더라도 견뎌낼 수 있는‥, 느리게 갈수 있는 마음의 기술이 필요한 거지요."

어리석은 줄 모르고 속까지 좁았던 그는 평론가 혹은 비평가는 작가가 아니라고 생각했었다. 그들은 기생寄生하는 자. 작가와 작품에 빌붙고 예술계와 시장권력 주변을 맴돌며 고약스런 방귀나 심술궂게 뽕뽕 뀌어대는 자. 자신의 맨얼굴을 세상에 온전히 드러낼 배짱은 없으면서 남에게 인정받고 싶어 하며 남을 인정해줄 힘은 갖고 싶어 하는, 명예욕에 눈먼 채 고상한(?) 권력만 추종하는 시답잖고 변변찮은 인간들로 여겼었다.

실수를 줄이려면 말수를 줄였어야 할 것이었으나, 겨우 몇 잔 걸친 술기운에 들떠가지고 — 생각이 부족했을 뿐만 아니라 부끄러움조차 느끼지 못했었기에 — 저가 무슨 대가大家라도 된 것처럼 나불나불 주절주절 잘난 척하며 우쭐거려댔었을 그 꼬락서니를 생각하자니, 눈살이 저절로 찌푸려졌다.

"작가의도? 연출의도? 아아‥! 나는 그딴 유식한 거 생각해 본 적 없습니다요. 시대정신? 시대상의 반영? 그리고 또 뭐‥, 기획의도가 뭐랬더라? 물질화된 야만적 문명사회를 비추는 눈물겨운 인간애와 인간본성에 대한 고찰? 나 원, 참‥! 되도 않을 주둥이로 사기나 치는 것들이…! 웃기지들 말라고 하셔요. 나는 그런 거 몰라요. 이 몸은 그저 이 대갈통에서 꿈지락거리며 살고 죽는 사람들과 가슴팍에서 목이 터져라 외쳐대는 사람들을 소리 나는 종이 위에 그려보고, 움직이는 무대 위로 옮겨 놓으려는 것뿐이니까요. 나한테는 그딴 말도 안 되는 것들 일절 써달라고 하지 마세요."

"……"

"많은 사람들이…, 그러니까 개나 소나 망둥어나 꼴뚜기나 재미삼아 누구나 한번쯤 만들어보고 싶어 하는 작품과 어지간한 배우나 연출가들은 우러러보기만 할 뿐 감히 공연해볼 엄두조차 내지 못하는 작품…, 예컨대 예술성이 뛰어나다는 작품을 놓고 봤을 때, 과연 어떤 게 더 뛰어난? 아니, 바람직한 걸까요?"

오 년 전쯤인가? 회사원과 학생, 주부들로 구성된 아마추어 극단의 단원들이 셰익스피어의 『로미오와 줄리엣Romeo and Juliet』을 공연하기 위해 어설픈 몸짓과 화술로 연기하고 또 조잡한 무대를 직접 만들면서 즐거워하는 것을 지켜보다가, 문득 '세상의 평탄한 대로大路는 천인千人의 사람이 함께 가고, 만인萬人의 사람이 밟고 지나가는 것이다.'라는 탁오卓吾선생님 말씀이 떠올라서 가졌던 의문이었다.

자못 진지했었을 이 물음에 평론가 류리가 뭐라고 대답했었는지는 기억나진 않았지만 – 어쩌면 아예 대답이 없었는지도 모르겠지만 – 그녀의 눈살을 찌푸리게 했었던 잔밉고 얄미웠을 말들이 연이어 떠올랐다.

"먹물이 시커멓게 들어있는 그 머릿속을 쏘주로 말끔하게 씻어내 볼 생각은 없으세요?"

"먹물요? 제가요? 그럼 연출님은 핏물이고 눈물인가요?"

평론가 류리가 눈을 흘겨 뜨며 대꾸했었다.

"아뇨, 뗏국이요."

"맛있어요?"

지지 않으려고, 그녀도 샐쭉했던 입술 모양마냥 뾰족한 말투로 쏘아붙였었다.

"그냥 짭조름해요. 근데 순전히 내 꺼니까 먹을 만해요."

"내가 말한 핏물과 눈물은 뼈와 살··, 그러니까 관념의 세계가 아닌 육화肉化된 삶을 말한 거예요."

"아~ 그러셔요? 그럼 류리씨는 평론가답게 선짓국 자시면서 거기에 덩어리진 핏물 성분이나 분석하세요. 이 몸은 돼지국밥에서 머리고기 골라내 씹어가며 소주나 한잔 하실 테니까."

"……"

"흠흠~ 입에서 재떨이 냄새가 나는 것 같은데, 한번 헹구셔야지요? 안 그러시겠어요? 아차차…! 우리 평론가님께서는 가글링gargling을 시베리안 보드카로 하시려나?"

아마도 그가 무대에서 이 말들을 했었더라면 틀림없이 관객은 이기죽대는 김병연의 태도와 다르지 않다고 느꼈을 것이리라. 캔 맥주를 코앞으로 들어 올리고 코를 킁킁거리며 약 올리듯이 비아냥거렸던 것과 자신을 쏘아보던 류리의 뾰로통했던 얼굴도 기억났다.

"이리새끼나 떼로 다니지, 호랑이가 몰려다니는 것 봤어요?"

완전한 연극작업은 창조적 공동작업이기에 함께 작업하는 것이 중요할 텐데 왜 어디에도 소속되지 않느냐는 그녀의 물음에 건방을 떨면서 이렇게 대답했었던 것도 기억났다.

'아…! 그러고 보니 바로 이 말을 했을 때 마장동이도··, 늦게 연습실로 류리를 찾아와서 같이 있었던 것 같은데…?'

연습실로 내려오는 계단 아래쪽 어딘가에서 그림자 하나가 굼뜨게 어른거려댔었던 것이 떠올랐고, 이어서 호인好人처럼 보였던 투실투실한 낯짝이 떠오르자, '극단 대표라서 기분이 나빴을까?'하고 미안한 생각이 들기는커녕, '돼지 같은 자식이 아는 척 꿀꿀거리긴…!'하고 어금니 쪽에다 힘준 목소리가 저도 모르게 새어나왔다.

"좌우당간 공연은 무조건 재미있고 봐야 돼. 아주 까르르 꼬르르 뒤로 넘어가게끔 자지러지고 보지러지게 만들어야 해!"

마장동이 틈만 나면 지껄여댔던 말이다. 달달한 햄버거가 요리가 아니듯 그건 즐거움(快)이 아니라 자극에 대한 일차적 반응일 뿐이라는 것을 생각지도 않고서 말이다.

"왜, 요즘 다들 하는 것 있잖아? 짜깁기해서 만드는··, 융합 비슷한 거…, 퓨전이라고··! 몽타쥬 꼴라쥬 이것저것 대충 섞어찌개로, 응? 음악이건 미술이건 음식과 하이테크놀로지까지 퓨전과 하이브리드가 열풍인데, 어째서 우리 연출님께서만 옛날 고려적 꼰대마냥 빡빡하게 저러시냔 말이지."

어디서 주워들은 건 있어 가지고 몽타주montage 콜라주collage에 하이브리드hybrid랬다. '그래. 그러다 언젠간 커피 맛 담배를 피우면서 담배 맛 커피를 홀짝거리는 개떡 같은 날이 올지도 모르겠구나….'라고 생각했었다.

"쫌 쉽게 쫌, 응? 관객이 뭘 쫌 알아먹게 만드시던가, 아니면 아싸리 깔끔하게! 평론이건 지랄이건‥, 만든 놈이나 그걸 보는 놈들도 뭘 만들었는지, 뭘 봤는지, 응~? 지들이 뭘 보고 뭘 쓰는지도 모르게, 아방가르드하게 전위적으로 만드시던가! 그럼 우리 극단 이름이라도 초현실적으로 비싸게 팔릴지 모르니까 말이야. 정 예술하고 싶으시다면 말이지."

자기 극단 단원들에게 말하는 듯했지만, 목표는 따로 있었다는 것을 거기 있었던 누구라도 알게끔 마장동은 계속 씨불거려댔었다.

"개뿔‥! 좆도 모르면서 예술한답시고 깝죽대는 풋내기들이 뭐‥, 단 한 사람의 관객을 위해서라도 공연하시겠다고 헛소리 삑삑 싸질러대는데…, 병신들! 관객 없는 공연을 왜 하는데? 공연은 말야, 어떡해서든 간엔 무조건‥! 관객이 많이 들게 해야 해. 돈도 돈이지만 몇 달 동안 뺑이치고 만들었는데 봐주는 사람 없으면 졸라 억울하잖아? 흥도 안 나고, 안 그래? 뭐가 흥행이 되어야 흥이 나고, 흥이 나야 또 흥행이 되고. 그러니까 킁‥! 킁~!"

마장동이 콧방귀를 뀌듯이 두어 차례 콧바람을 내뿜더니, 왼손 엄지손가락을 왼 콧구멍에 쑤셔넣고 후비적후비적 거리고는 다시 입을 떼었었다.

"자본주의 사회에서는 말이지‥, 예술이고 나발이고 뭐가 어쩌고저쩌고 해도 말야, 돈 못 벌면 말짱 황이라니까. 예술? 그런 거 하지마라. 그거 하면 가난해진다."

"……"

"그렇다고 니들은 벌써부터 돈 생각하면 안 된다."

"…!…"

술만 한잔 들어가면 – '뻔뻔하다'는 말이 '빈번하다'는 말과 틀림없이 관계가 있을 거라고 생각할 수 있게끔 – 괜히 단원들을 불러모아놓고서 '연극은 이렇고 인생은 저렇고, 연기는 또 뭐고, 어떻게 해야 하는지' 들을 만하지도 않고 듣고 싶어 하지도 않는 개똥철학을 입 냄새 풀풀 풍겨대며 장황스레 늘어놓다가, 마지막은 어김없이 돈타령으로 마무리하는 극단 대표.

그렇게 사육당하고 착취당하고 있다는 느낌을 갖게 해준 어린 단원들을 자기 앞에다 일렬로 세워놓은 채, 몸을 뒤로 젖히고 볼록한 배때기를 앞으로 내밀며 오른팔을 옆의 의자에다 올려놓는 것과 동시에 왼다리를 오른 다리 허벅지 위에다 올려놓고서 바짓가랑이 걷어 올리고 북북 긁어대는 마장동을 보자니, '야비다리 피운다.'는 어감 좋은 말이 떠올랐었고, 그 말이 참 잘 어울리는 '쓰레기 같은 작자'라고 생각했었다.

'골목대장 노릇이 하고 싶었던 걸까?'
'예술을 짬밥으로 하려는 거지발싸개 같은 놈.'
'성찰 혹은 통찰을 바랄 수도 없는 낯빛 좋은 사기꾼.'
'역사나 인간에 대해서는 관심조차 두지 않는 싸구려 장사꾼.'

피둥피둥했던 볼따구니와 쥐새끼마냥 자잘하게 벌어진 앞니 그리고 네모진 안경테 안에서 탐욕스럽게 번뜩이던 가느다란 눈알이 머릿속에 떠오르자, 자기도 모르게 다져진 적의敵意가 샘솟듯이 입안에서 이런 말들이 줄줄이 따라 일어섰다.

'둘이서 또 뭐라고 떠들어댔더라? 아…! 꽃병하고 팔찌…!'

아르누보art nouveau와 아르데코art déco를 아우르는 유리 공예의 거장 르네 랄리크Rene Lalique가 디자인했다는 난초 모양의 머리장식, 에밀 갈레Emile Galle의 아이리스 봉우리 꽃병, 펠릭스 브라크몽Felix Bracquemond의 꽃과 리본으로 디자인된 접시, 그리고 당대의 여배우 사라 베른하르트Sarah Bernhardt를 위해 조르쥬 푸케Georges Fouquet와 알퐁스 뮈샤Alphonse Mucha가 머리를 맞대고 만들었다는 뱀 모양의 팔찌가 어쩌고저쩌고…, 류리는 허영과 허세에 찌들어 구역질나는 헛지식을 보란 듯이 늘어놓았었다. 그러나 그럼에도 곁에 있었던 마장동이란 놈은 시커먼 속이 훤히 들여다 보이게끔 '꼭 해주마.' '내가 한다면 하는 놈이다.' '정말 그러마.'라고 말뿐만이 아닐지도 모를 입에 발린 약속을 믿으란 듯이 던져가면서 야기죽야기죽 시시덕거려댔었다.

그가 그 꼬라지와 수작질을 어처구니없어하는 얼굴로 지켜보다가, - '어쭈? 어라? 이것들 봐라? 혹시? 벌써…?'라는 속생각에 이어서, 세월의 자취를 인위적으로 지워버린 평론가 류리의 야들야들한 거짓 얼굴을 가만히 쳐다보다가 - 문득 난폭하게 부숴버리고 싶다는 충동을 느꼈던 것을 떠올리려는데, 난데없이 객석 중앙에서부터 웅성거리는 소리가 들려왔다.

"한참 만에 나왔는디 지우 조것 허고 조 맨치로 벌써 들어간 겨? 인자 또 은제 나올라구?"

나이 지긋한 노인네의 카랑카랑한 목소리였다.

"고단새 드갔응께 또 한참 안 나오는 거 아녀? 으메~ 시방 오줌매려 죽겠구먼, 은제 끝날랑가 모르겄고."

"나올 띠 되면 어련히 나오겄지. 별놈의 걱정을 다 허시오. 그럼 으쩌요? 에려우면 시방 인나 가실라요?"

"뭔 소리여? 그짬에 애기 나오면 으쩔라구?"

"에고~ 아부지, 소리 쪼까 낮추시오. 죄다 우덜만 보는 갑소."

"잉? 에험험험~!"

"에고~ 죄송…, 죄송…."

"뭣을 또…, 으험험험험~!!!"

몰입을 방해하고 집중을 깨뜨리는 돌발 상황이었다. 쏟아지는 주변의 시선에 무안했던지, 할아버지께서는 헛기침하시며 누리끼리한 모시 중절모를 어루만져댔고, 중년의 아주머니도 엉덩이를 들썩이며 모가지를 구부정하게 빼고 주변에다 굽실굽실 고개를 끄덕여댔다.

언뜻 보인 것으로 미뤄 짐작컨대, 막내 연옥이의 할아버지와 어머니, 혹은 이모쯤 되는가 싶었다. 시골 장바닥에서 흥겨운 탈놀이나 봤을 만한 – 현대식 극장에서는 처음 공연을 보는 것인지도 모를 – 시골 노인네가 연출한 해프닝인 것만 같아서 싱거운 웃음소리가 그의 콧구멍에서 "피식~"하고 새어나오려는데 그것을 "탁…!"하고 막아서는 것처럼, 김병연 역할의 배우 강두한이 술잔으로 술상을 거세게 내리쳤다.

원래 대본에는 없는 것이었으나, 노련한 배우답게 어수선해진 객석 분위기를 환기시키고 관객의 주의를 자신에게 가져오도록 즉흥적으로 만들어낸 모양이다. 술상 위에 내려놓은 술잔을 만지작만지작 거려대는 손가락에다가 관객의 시선을 꼼꼼하게 모았을 김병연 역할의 강두한이 갑자기 피를 토하듯이 "푸우~!" 하고 입안에 머금었던 술을 거칠게 뱉어냈다.

「나으리~!」

가련이 역할의 황수정이 놀란 듯이 소리를 내질렀다. 그러자 의도적으로 상대방을 외면하려고 그러는 것이 아니라, 자기 생각에 깊이 빠져서 듣지도 못하고 느끼지도 못하는 것처럼 보이게끔, 두 손으로 술상 위를 더듬더듬 거려대던 배우 강두한이 술병 모가지를 "꽉…!" 잡아 쥐고서 입에다, 아니 주둥이에다 가져다 대었다. 그러고는 벌컥벌컥 – 치밀어 오르는 무엇을 눌러 막기 위해 목구멍에다가 억지로 꾸역꾸역 쑤셔 넣는 것처럼 – 우악살스럽게 삼켜 넘겼다. 그러다 술병에서 입을, 아니 아가리를 떼고 이지러진 자기 그림자를 바라보듯이 무대 바닥을 물끄러미 내려다보고는 "우웩~!" "웩~!" 연이어 헛구역질을 해댔다.

손으로 아가리를 틀어막은 채 휘청대며 평상을 내려오더니, 겁에 질린 짐승이 도망칠 구멍을 찾으려고 후다닥후다닥 헤매듯이 숨을 할근거리며 평상과 산 벚나무 주변을 헐레벌떡 맨발로 돌아다닌다. 그러다 축 늘어져 있던 어깨를 간신히 펴며 겨우 고개를 돌리더니, 흔들리는 눈길을 큰 마루 귀퉁이에 놓여있는 삿갓에다 던져 올린다.

어룽어룽 물기가 어려 있던 눈망울에 순간적으로 불길이 일렁이는 것을 보고서, '아, 역시 배우는 눈이 좋아야 하는구나!'라고 감탄이 나오려는데, 김병연 역할의 강두한이 염불 빠진 년마냥 우줅우줅 거려가며 큰 마루로 향했다.

'아…! 저 자리보다는….'

생기다 만 느낌표 대신에 자기도 모를 한숨이 입에서 새어나왔다. 공연 초반부에 아진이가 종종거리며 삿갓을 큰 마루에 가져다 놓았을 때, '저 자리가 아니라, 같은 높이의 맞은편 구석이었으면 어땠을까?'라고 고개를 갸웃거려 보았던 것과 같은 이유 때문이었는데, 만약 그렇게 했었더라면 물리적 측면과 시각적 측면에서 김병연의 동선動線이 ― 가로지르는 거리(의 길이)는 물론이거니와 각도(의 크기)도 ― 더 좋았을 것이고, 걸터앉아 저기 저렇게 거점을 잡았을 때도 보다 균형감 있게 보일 것이라는 생각이 들었기 때문이었다.

그러나, 그러다, 그러는 중에 돌연히 반대편 생각으로 ― 그러니까 지금처럼 '뚫을 '곤ı.' 자字에 가까운 세로 직선의 동선이 그려낸 불안정한 구도가 어쩌면 균형감 있는 대각 구도보다도 장면 분위기나 김병연과 가련이의 관계를 암시하듯이 내비치기에는 더욱더 적합할지 모르겠다'는 생각으로 ― 머리통이 무겁게 기울어지려는데, 맥없이 어기죽어기죽 걸어가던 김병연 역할의 강두한이 삿갓을 손에 든 채 그대로 맨땅바닥에 풀주머니마냥 소르르 주저앉는 모습이 눈에 들어왔다.

「……」

오른손으로 삿갓을 싸안은 채 왼손으로 땅바닥과 큰 마루를 번갈아 짚어가며 일어서려고 했으나 다리가 풀렸는지, 일어나려고 용을 쓸 때마다 김병연은 풀썩 또 풀썩 오뉴월 장마에 흙담벼락 무너지듯이 거듭 무너져버린다. 서너 차례 그리기를 반복하다가 제 몸뚱이 한가운데를 답답하게 짓누르는 응어리를 부수려는 것처럼, 오른손으로 가슴팍을 두들겨댄다. 몇 차례 짓이기고 때리고 거칠게 쥐어뜯다가 삿갓을 품에 부둥켜안았다..

「불비不飛에 불명不鳴…! 불원천不怨天…! 불원인不怨人!!」

삿갓을 가슴팍에서 떼어내더니, 그 안에다 대고 모가지에 핏발이 서도록 외쳐댄다.

「각수시에 집린…! 위시라~!」

날갯죽지가 꺾이었다는 뜻의 '각수시却垂翅'는 두보杜甫의 〈증위좌승贈韋左丞 : 위 좌승께 드림〉에 나오는 싯귀 '훌연욕구신欻然欲求伸 청명각수시靑冥却垂翅 층등무종인蹭蹬無縱鱗 : 문득 뜻을 펴고자 했으나 푸른 하늘을 날려다 날갯죽지가 꺾이어 물러나며, 비틀비틀 맥 빠지고 비늘 없는 물고기처럼 되었다.'에서 가져온 것이고, 비늘을 움츠리고 날갯죽지를 늘어뜨렸다는 뜻의 '집린戢鱗'과 '위시委翅'는 한유韓愈의 〈증정병조贈鄭兵曹 : 정병조에게 드림〉에 나오는 싯귀 '아재여세불상당我才與世不相當 집린위시무부망戢鱗委翅無復望 : 나의 재주는 세상과 맞지 않기에, 지느러미를 움츠리고 날갯죽지까지 접어서 다시는 바랄 것도 없다.'에서 뽑아낸 말이다. 앞에서 정시후가 이미 던졌던 그 말들이 가슴에 사무쳤던 것인지, 김병연이 혼자 외침으로 다시금 곱씹어보는 것이다.

「이놈은 가진바 그 재주만으로도 불쌍을 당(不相當)하야…! 불쌍한 즉, 불상득不相得이라…, 불상不祥한 것이 불쌍놈만도 못한지라….」

곧 눈물이 곧그렁그렁해질 것만 같은 목소리로 제 신세를 한탄하다가, 되새김질로 목울대가 꿀렁이도록 침을 꿀꺽 삼켰다.

「고로 각각咯咯…! 각각~! 울며불며 게우나니, 드리우고 늘어져 유방(乳房/流芳)이 백세(百歲/百世)에 이를 텐가? 빨아대니 유취(乳臭/遺臭)가 만년(晚年/萬年)을 갈 것인가?」

'각각咯咯'이라는 의성어로 꿩 우는 소리와 그것에 어울릴 만한 몸짓을 흉내 내고서, '유방백세流芳百世 : 향기가 백대에 걸쳐 흐르듯 꽃다운 이름이 후세에 길이 전해진다.'와 '유취만년遺臭萬年 : 악취가 만년에 이를 만치 오래도록 불명예스러운 이름으로 남는다.'이라는 말을 '백 살 먹은 할머니의 늘어진 젖가슴'과 '늙어서까지 젖(비린)내가 난다.'는 뜻으로 삐딱하게 환치시키더니, 돌연 삿갓을 휘두르며 광기를 번뜩여댔다.

「처처가 개개…, 개 불알이고 견성이 성성…, 불! 하나니‥, 미륵이 월월~! 월월!! 영동 사는 천심이년도 월월~! 월월~!! 와하하하하~!!」

영동 사는 천심이년은 영동嶺東 지방의 여인네를 가리키는 것임에, 이것은 연담蓮潭 이운규李雲圭가 제자였던 일부一夫 김항金恒의 깨달음을 위해 던졌다는 화두話頭, '관염막여수觀淡莫如水 호덕의행인好德宜行仁 영동천심월影動天心月 권군심차진勸君尋此眞 : 담백함이 물과 같지 못한 것을 보고, 덕이 마땅히 어짊을 행하는 것을 좋아하며, 그림자가 하늘의 달을 움직이니, 권하건대 자네가 그 참됨을 찾으시게.'에서 '영동影動'과 '천심天心'이란 낱말을 꺼내어 가당찮고 시답잖다는 듯이 비틀어 본 것이다.

「나…, 나으리~!」

「응…? 아니 이게 누구신가? 화용월태花容月態 설부화모雪膚花貌, 송도제일의 꽃! 가련 아씨 아니신가? 월월~! 월월!!」

무슨 말을 하기나 했을까 싶을 정도로 들릴락 말락하고 가만가만한 목소리였건만, - 게다가 이제 막 다투어 떠오르려는 자기 생각에 사로잡혀 있을 것이었건만, - 감각이 예민해졌을 귓구멍에 그 부름소리가 꽂혔는지, 김병연이 기민한 반응을 보였다.

「보시게~! 오얏나무 베어야할 도끼는 술에 녹이‥, 녹이 녹아나는 법이니, 어찌 술로 씻어내지 않을 손가! 오호라~! 유구乳狗는 젖내 나는 개새끼라, 어찌 감히 무언誣言하랴…! 설사, 설혹, 필시, 혹시, 유구무언

有口無言하더라도, "왈왈~!"하고 짖어댐은 可히하나니‥! 월월은 곧 왈왈
日日이라, 말씀이 물음이면 깨어나 물으니, 깨물고서 왈왈인즉, 씹어가
며 우~왈왈! 왈왈…!! 월월이 왈왈이로세! 우하하하~! 수…, 술을…!
술을 가져오시게! 술을…!」

　어둑서니 보고 짖어대는 개새끼마냥 왈왈거리며 화등잔만한 눈깔
로 주변을 두리번거려대던 김병연이 궤와 뒤주 앞에 놓여 있는 소반
을, 앞에서 가련이가 거문고를 타려고 경상經床과 나란히 밀어 놓았던
술상을 발견한다.

　「오…! 저기…! 저기 남은 것이 있겠는가? 우~월월! 왈왈…!!」

　개처럼 짖어대는 것으로 마침내 개가 되어버렸는지, 허둥지둥 네 발
로 기어서 큰 마루에 오르더니, 소반 위의 술병을 집어 들고는 벌물 켜
듯이 벌컥벌컥 들이킨다.

　「우캬~캬…! 천지미록天地美祿에 망우물忘憂物‥! 너만이 세상 근심 잊
게 하여주니…, 미즙米汁에 광약狂藥이라, 천지간에 어디 너만 한 것이
또 있겠는가‥! 으핫하하~! 피일시彼—時 차일시此—時요, 차일시此—時 피
일시彼—時라‥, 어제는 어제였고, 오늘은 오늘인 저, 어제와 오늘이 다름
으로 인하야, 어제는 글렀던 것이 오늘은 옳을 수 있고, 어제는 옳았던
것이 오늘엔 그를 수도 있나니‥, 오늘 옳았던 것이 내일이면 글러먹
고, 오늘 글러먹었던 것이 내일에는 옳다 할지도 모를 일‥! 그런즉, 저
런즉, 그런고로! 차시此時나 피시彼時나, 피장파장 피차彼此가 일반—般으
로 오락가락 헛갈리는 것들을 몽땅 '시是…!'라 아니할 수도 없다고는
못하지도 아니 할 수 없지도 않겠는가? 으하하하~!! 우~왈왈~!! 으~
왈왈!! 월월~!!」

　'옳다'라는 의미의 '시是'자에다 헛된 꿈같은 제 바람을 비비 꼬아

내비치더니, 고개를 들고서 멀리 허공을, 객석 맨 윗자리 너머를 치어다본다.

「이차이피以此以彼 어차어피於此於彼라 하나, 어차피 차차피 어차어피에⋯, 아침 이슬마냥 덧없는 인생사, 잠시 쉬어⋅⋅, 쉬어 가는 것⋯!」

김병연 아니, 배우 강두한의 명료했던 목소리가 숨결만큼이나 허허롭게 바뀌었다.

「두두물물頭頭物物에 사사물물事事物物⋅⋅, 왈가왈부日可日否 왈시왈비日是日非, 시시비비是是非非 비시시비非是是非, 가타부타 시시콜콜 따질 것 또 무엇이랴⋯! 옳은 것 옳다하고 그른 것 그르다 함이 반드시 옳은 것 아니요. 그른 것 옳다하고 옳은 것 그르다 함도 반드시 옳지 않은 것도 아니니⋅⋅. 그른 것 옳다하고 옳은 것 그르다 하니, 이것도 그른 것만은 아닐 것이고, 옳은 것 옳다하고 그른 것 그르다 하여, 이것이 도리어 시비是非가 되나니⋯! 허허~! 쌀 주검에 물 송장, 소 오줌에 개 오줌⋅⋅, 오만 잡것들의 똥오줌으로 얽히고설킨 세상⋯! 그런즉, 시비侍婢는 가리지 말고 그저 말랑말랑할 때 "후루룩 쩝쩝~!"해야 하지 않으시겠는가? 으캬캬캬캬~!!」

'옳다'와 '그르다'를 가지고 말장난하는 것은, ─ 형용사와 부사가 되기도 하고 (대)명사와 동사가 되기도 하며 어디서 끊어 읽느냐에 따라 의미가 달라지는 한자어문의 특성을 재미나게 살린, ─ '시是'와 '비非' 두 글자만 사용하여 지었던 김병언의 칠언시七言詩 〈시시비비시是是非非詩〉에서 착안한 것이다.

<是是非非詩>

是是 非非 非 是是

是非 非是 非 非是

是非 非是 是 非非

是是 非非 是 是非

김병연 역할의 배우 강두한이 옳고 그름에 관한 회의감懷疑感을 자기
느낌대로 읊어대고, 이어서 '똥'과 '오줌'을 뜻하는 '시屎'와 '뇨尿'라
는 한자를 '쌀 주검'과 '물 송장'이란 낱말로 파자破字하여 내던지며 호
흡을 바꾸더니만, ㅡ 주검 혹은 송장을 뜻하는 '시尸'를 공통분모로 삼
아 쌀을 뜻하는 '미米'와 물을 뜻하는 '수水'로 분해하며 눈알을 반짝거
리더니만, ㅡ 소리맵시와 가락과 크기에 변화를 주어서, 한걸음 삐딱하
게 옆으로 비껴나가 '옳거나 그르다'는 '시비是非'를 시중드는 계집종
'시비侍婢'라는 낱말로 바꾸어서 야지랑스레 농지거리를 해보였다.

「옳거니…! 예서, 난蘭을…! 난을 치고 계셨던가?」

느물느물하게 농지거리하고서 목구멍을 꿀렁거리며 술을 마시다
고개를 숙여 가랑이 사이에 머리통을 끼워놓고 왈왈대는 김병연의 눈
망울로 경상經床 위의 종잇장들이 하얗게 비치었을 것이다. 김병연 역
할의 강두한이 돌연 눈알을 반짝거려댔다.

「비단 폭 달빛에 반짝이는 묵란墨蘭이라…! 캬~!」

김병연이 몸을 번쩍 일으켜 세웠다.

「달이 곧 월月이요 월은 즉 달이니…, 공산空山 위의 만월滿月이건 만
월 아래 공산이건, 부지소이연이연不知所以然而然으로다··, 곡절 없고 도리
없고 속절없이··, 어찌됐건 월월이는 수월하고 달디 달도록 월난月蘭이

가 되는 것인가?」

알 것도 같고 모를 것도 같은 말을 읊어가며 경상에 느긋이 다가가더니, 술병을 왼손으로 바꿔지고서, 펼쳐져 있는 난초그림을 오른손으로 집어 들었다.

「난蘭이다, 난…! 난난難難하야, 난난亂亂…! 난‥, 난…, 나는‥, 나는 꽃이다‥! 꽃은 화花라 하니‥, 이 몸이 바로 화자花子라! 얼씨구나, 지화자~! 화는 화火라 불이요, 그런즉 급及하야‥, 화火나 화花가 화禍에 이르는 것이‥, 이른바 불화不和의 화리畵理임에 틀림없을 것이니…! 고로 화리花璃는 진경이고 문심이년은 혜업惠業을 하고 여과汝跨는 아천我泉이니, 샘 천泉에서 황천黃泉으로‥, 하늘 천天 따 지地가 검을 현玄에 누를 황黃이 되게끔, 좌충우돌 우왕좌왕 좌삼우사‥, 곡조를 맞춰가며 껍데기가 벗겨지게 팔천이심 약입강출, 지완지섬 상격하허로다‥, 어기여차 어여차, 자근자근 끼워보고 쑤셔보고, 식기 전에 깨물어가며 날름 널름 냉큼 닝큼 후루룩 쩝쩝 뽀득 빠득 자셔야 할 것 아니겠는가? 허면…! 이것이 바로 '교교姣姣하니 불끈 발끈 하시어 나긋나긋 낙락樂樂이 욕慾함에…, 왕~!!'이라는 것 아니겠는가‥! 우~ 왕왕! 왕왕~!! 으하하하하~! 우~ 월월~! 왕왕~!!」

김병연 역할의 강두한이 가련이 역할의 황수정에게 짖어대면서 자기 손이 개새끼 앞다리인양, 허공을 움켜쥐어가며 물어뜯는 시늉을 해 보였다. 비록 글뜻과 말뜻은 정확히 모르더라도 앞부분은 김병연이 우리말 '화'를 소리는 같으나 뜻이 다른 한자로 바꾸며 말장난한 것임을 어렵잖게 알 만할 것이고, '교교姣姣하니 불끈 발끈 하시어 나긋나긋 낙락樂樂이 욕慾함에…, 왕~!!'이라는 말은 '불끈'과 '발끈'이라는 의태어와 '나긋나긋'이라는 부사와 "왕~!!"하며 덤벼들어 깨무는 몸짓

과 말투, 그리고 이미 앞에서 '좌충우돌左衝右突 우왕좌왕右往左往 좌삼우
사左三右四, 팔천이심八淺二深 약입강출弱入强出, 지완지섬止緩止閃 상격하허上擊
下虛'와 같은 - 이것은 고대 중국의 방중술房中術을 기술한 『옥방비결玉房
秘訣』에서 뽑아온 말들로, 말인즉슨 남자의 음경陰莖을 여자의 음문陰門
에다 삽입할 시, 상하좌우로 골고루 깊고 얕게, 강하게 약하게, 빠르게
느리게, 부드럽게 거칠게, 뭐 대충 이렇게 저렇게 하면 건강에 좋다고
이야기한 것들로서 - 익히 알 만한(?) 뉘앙스를 지닌 말들을 함께 들
었기에, 관객은 이것이 무엇을 의미하는지 충분히 짐작할 수 있을 거
라고 그는 생각했었다. 어느덧 모두가 공연스타일에 익숙해져 있을 것
이니 말이다.

그러나 그럼에도 불구하고, '화리花璃는 진경이고 문심이년은 혜업惠
業을 하고 여과汝跨는 아천我泉'이라는 말에 대해서는 적잖은 관객이 입
술을 삐죽이거나 콧잔등이를 찌긋대면서 고개를 갸우뚱거릴 것이라
고 생각했었다. 김병연이 뱉어내는 어투나 어감, 감정이 실려 있는 호
흡에 상관없이 말이다.

각설하고, 그래서 굳이 부연설명하자면, 위의 말은 '꽃 구슬(花璃) 같
은 것은 진경이고, 문심이년은 은혜로운 일(惠業)을, 그러니까 육보시肉
布施를 베풀고, 네(汝) 두 넓적다리 사이 사타구니(跨)가 바로 내(我) 샘(泉)이
다.'라는 말로써, 이것은 모두 조선의 회화이론에서 - '화리진경畵理進
景'은 호산壺山 조희룡趙熙龍의 것으로 실제로 있지 않은 것을 있는 것처
럼 여긴다는 뜻이며, '문심혜업文心慧業'이란 작가에게 중요한 것은 모
법摹法 자체가 아니라 자기의 법과 모법을 넘나드는 제 마음의 세계임
을 강조했던 자하紫霞 신위申緯의 깊은 성찰이며, '여과아천女戈牙川'은 추
사秋史 김정희金正喜가 강이오姜彛五의 매화梅花 그림을 평할 때 했었다는

말로써, 글자의 각 모양이 제대로 나타나 굳세고 부드럽고 묽고 진한 것이 알맞다는 뜻이었으니, 그와 김병연은 이것을 – 가져와 제멋대로 뒤틀어 놓은 것이었다.

'낙락욕왕 교교불군⋯,'

개처럼 달려들어 물어뜯는 시늉을 해 보이는 김병연 역할의 강두한을 가만히 내려다보던 그가 뒤통수에다가 손깍지를 끼며 객석등받이에 몸을 기대더니, 혼잣소리로 나직이 중얼거렸다.

그가 방금 중얼거린 말은 '대저 화법畵法이란 미묘한 것까지 잘 연구하고 생각하여 사물을 묘사할 때는 오로지 낙락욕왕落落欲往하고 교교불군矯矯不群해야 할 것이다.'라는 소당小棠 김석준金奭準의 화법론에서 골라낸 것으로, '낙락'과 '교교'라는 말이 주는 느낌도 좋았지만 무엇보다 "왕~!"하고 깨물고 덤벼들려는 몸짓이 머릿속에 그려져서, 김병연의 광기狂氣에 어울릴 만하다고 생각했었기에 그대로 빌어다 쓰려고 했었던 것이다.

그러나 김석준의 화법론은 1893년의 것이라, 시간적으로 1850년대 후반이 배경이 될 이 작품에는 쓸 수 없었기에, 버리자니 아깝고 그냥 쓰자니 그것 또한 아닌 듯도 싶어서 속앓이를 하던 중에 머리나 식혀보자고 『당시선집唐詩選集』을 뒤적이다가, 시의 의경意境을 스물네 가지 풍격風格으로 논한 '시론詩論'이라고 할 만한 사공도司空圖의 〈이십사시품二十四詩品〉 가운데 스물두 번째 품品인 표일飄逸 편에서, '의젓하게 홀로 가려고 하니, 남달리 뛰어나 무리 짓지 않는 것이다.(落落欲往 矯矯不群)'라고 쓰인 똑같은 구절을 발견하고는, '아, 이게 작품이 되려는가 보구나!'

라고 뿌듯해하며 커다란 기쁨을 느꼈었던 기억이 뽀얗게 떠올랐기 때문이었다.

「무릇 난(蘭/亂)이라 함은~!」

"아차…!"싶을 오퍼레이터의 실수 탓에 한 템포 늦게 나타나서 외려 방해가 되는 젠장맞을 글월풀이 자막 때문에 ─ 게다가 김병연의 광기에 집중시켜야 할 것이라, 여기서만큼은 없기를 바랐기에 ─ 그가 눈살을 찌푸리려는데, 다행스럽게도 구겨질 양미간을 말끔히 펴줄 만한 단단한 소리가 객석을 힘차게 때려주었다.

「임란壬亂과 호란胡亂! 진승과 오광의 난亂! 평안도 홍가 놈의 죽일 놈의 난리가 있었으나, 난 중 난··! 난 중 제일, 난중지난難中之難, 지랄 지난至難 대동난大同亂은 역란逆亂이려니…! 난을 난답게 그린다 함은 난장亂場으로…! 이리··, 이렇게 판을 벌려서…!」

"돌겠다. 이 어려운 걸 어떻게 다 외우냐?"

"왜 외워요?"

"뭐라구?"

"억지로 외우지 말고 몸으로, 호흡으로, 리듬을 익히세요."

"내가 그걸 몰라서 그러냐?"

"아시는데 왜 그러세요?"

"너는 참…. 너는 인간이 아니야."

"그럼 어쩔까요? 그냥 확, 다 자르고 들어낼까요?"

"됐어. 시끄러."

"얘기 끝난 거죠?"

"알았어."

"알았다고 하셨으니까, 그냥 가는 겁니다."

"알았다니까! 지독한 놈….".

연습실에서 런 스루run-through로 첫 말하기 연습을 마치자마자 고개를 절레절레 흔들고 눈 흘겨가며 엄살을 부려댔었던 - '배우에게 한계를 느끼게끔 만드는 고약한 작가'라는 눈 따갑고 귀 간지러울 타이틀을 붙여주고 삐죽삐죽 거려댔었던 - 뿌루퉁한 얼굴이 떠올라 갑자기 웃음이 나오려는데, 바로 그 배우 강두한이 지금 저 아래에서 윗도리를 벗어젖히고 북상투를 쥐어뜯어 머리카락을 풀어헤쳤다. 그러고는 경상經床 위의 벼루에다 머리끄덩이를 처박고 비비적비비적 버무려대듯이 먹물을 잔뜩 묻히더니, 휘뚤휘뚤 갈지자로 기어 다니며 머리타래를 붓 삼아 종잇장과 마룻바닥에 먹칠을 해대기 시작한다.

「꿍차~! 윤곽과 용적의 테두리와 밑구멍을 칠하고 메움에 농묵濃墨으로…, 점차 차차 묽고 진하게 덮어 눅눅히 습濕하듯 원우담遠又淡 근우농近又濃으로 쑤셔 넣고 그려 넣고 태우고 그을린 초묵焦墨으로 다시 시커멓게 조져보고‥, 파묵破墨으로 풀고, 깨고, 째고, 부수고 떨어뜨려 빠드득 뽀드득 가부득加不得이 감부득減不得이 한계를 분명히 하고서…, 떠들기를 농불승담濃不勝淡이라‥! 짙게 보단 옅게 하라 하였은즉…, 뿌린 듯이 번져가는 발묵潑墨으로다‥, 묵? 무~욱…?? 에라~ 묵이라! 묵란이니! 나 같은 호로아들놈의 불쌍놈은 처먹다가 뒈지도록 빳빳이도 되게 쑤어서‥, 시원 서원 청포묵에 고소 담박 메밀묵, 도톨도톨 도토리

에 녹림綠林, 녹두, 우무묵으로 묵사발을 통째로 씹어가며 코가 비뚤어
지도록 술이나 퍼마시는 거렸다~!! 우하하하하~! 월월!! 왈왈~!! 우하
하하핫~! 월월월~!!」

배우 강두한이, 아니 그 사람 김병연이 윗몸을 젖히듯이 일으켜 세
우더니, 무릎을 꿇은 채 몸뚱이가 부서져라 웃는다. 깨어진 머리통에
서 새어나온 피처럼, 머리채에서 이마와 눈자위로, 모가지를 타고서
가슴팍으로, 먹물이 시커멓게 흘러내린다.

울분과 회한의 눈물로 방울지어 '뚝…!' '뚜둑…!' 무릎 주변으로
떨어져 내려야 할 것이라고, 요란한 웃음소리는 고통의 외침소리요,
얼굴에 그려진 먹물자국은 씻부심의 눈물자국이어야 할 것이라고 그
는 생각했다.

「아…아‥, 아아…! 시하야是何耶라‥, 시하야是何耶라‥! 어찌 하야 그랬
을꼬…? 어찌 하라 그랬는고…? 난…, 난‥, 나…, 나는‥, 끄르륵~ 그륵
‥! 끄윽…!」

이어서 나오려던 말덩이들이 목구멍 어디께서 엉겨 뭉쳐 걸린 것처
럼 김병연 역할의 강두한이 그르렁그르렁 거려댄다. 숨이 막히는지 가
슴팍을 벌렁대고 입을 벌리더니 목구멍을 꿀렁꿀렁 거려댄다. 갑자기
얼굴을 일그러뜨리며 몸을 기이하게 뒤틀고 모가지를 응등그리고는
악다문 아랫니와 윗니를 "따다다닥…!" 부딪혀댄다.

'감추어야 꽃일 텐데….'

김병연의 고통과 슬픔을 되는 대로 몽땅 드러내 보이는 강두한을 지
켜보던 그가 일본의 전통 연희演戲 '노오(能)'의 정수를 담은 『후시카덴

風姿花傳』이란 책에서 감명 깊게 읽었던 구절을 떠올려보려는데, 객석 어디선가 "아…!"하는 탄식소리가 새어나왔다. 그가 윗몸을 일으키며 목을 빼 내밀고 오른편으로 서너 열 아래쪽 객석을, 모시 중절모 차림 할아버지 오른편을 훑어보았다.

'…!…'

집중하느라 미간을 잔뜩 찌푸리고 무대를 노려보는 서른 살쯤 되어 보이는 남자 관객과 몸을 앞으로 기울여서 몰입하려는 뿔테 안경의 젊은 여자 관객, 그리고 그와 반대로, 거리를 두려는지 팔짱을 끼면서 등받이로 몸을 물리는 마흔 중반쯤 되어 보이는 관객과 석상처럼 굳은 얼굴로 숨도 쉬지 않는 것처럼 무대를 쏘아보는 젊은 관객의 앞 열에, 손으로 입을 가린 채 심각한 표정을 짓고 있는 그 또래 여자 관객이 눈에 들어왔다.

'저기 저 여자 관객인가…?'

그가 엉덩이를 들썩이면서 여자 관객의 얼굴을 자세히 보려는데, 무대 안쪽에서 발돋움질 해가며 – 손만 갖다 대어도 삐걱거려댈 낡아빠진 가상의 정주간 문짝 뒤에 숨어서, 곁섬 넘겨다보는 강아지마냥 짧다란 모가지를 꺄룩하게 빼 늘이고 – 조릿조릿 엿살피던 아진이 역할의 초짜 배우 연옥이가 무대 한가운데로 쪼르르 달려 나와 그의 눈길을 잡아끌었다.

'……'

　총총히 달려와 사부랑삽작 큰 마루에 뛰어오른 아진이 역할의 연옥이가 김병연 역할의 강두한에게 다가가 왼 무릎을 세우고 앉아서 제 옷소매로 눈물과 먹물로 범벅이 된 얼굴을 - 깡마른 제 어미를 닮았을 꼬질꼬질한 어린 누이가 괴질怪疾로 앓아누운 동생을 일으켜 앉혀 놓고는 씻겨 주듯이, 눈자위와 뺨따귀와 볼따구니를 차례로 - 서툴지만 정성스레 닦아준다.

　어루만져주는 그 손길에 김병연 역할의 강두한이 눈꺼풀을 씀벅씀벅 거려대더니, 자닝스러운 짐승처럼 숨죽여가며 "흐으으~ 흐으~" 소리죽여가며 "아흐으~ 흐으~" 흐느껴댄다.

　코허리가 시큰거렸는지 콧물을 훌쩍 들이마시고서 콧잔등이를 찌긋찌긋 거려대는 아진이 역할의 연옥이를 내려다보면서, 그가 '캐스팅 단계에서 선배 강두한이 했었던 제안대로, 아진이 역할에 실제 그 나이 또래의 예닐곱 살짜리 아역배우를 썼더라면 어땠을까?'하고, 이십대 초반의 배우 연옥이로서는 어쩔 수 없는 - 비록 앳돼 보이는 얼굴과 오동포동한 체구에다 목소리까지도 낭랑하기는 하였으나, 어린 아이 특유의 몸맨두리와 리듬감을 가질 수 없는 - 물리적 한계를 아쉬워하려는 짧은 순간에, 평상 위에 다소곳이 앉아서 묵묵히 지켜보기만 하던 가련이 역할의 황수정이 몸을 일으키더니, 발걸음을 살포시 떼어 큰 마루로 향했다.

　마당을 지나 섬돌을 가붓이 디뎌 밟고 큰 마루에 올라서더니, 너저분하게 흩어져 있는 종잇장들을 - 김병연 역할의 강두한이 풀어헤친 머리채로 비비듯이 먹을 묻혀놓아서 덜 마른 채 구겨져 있는 화선지들과 춘란春蘭이 그려진 화선지, 그리고 경상 위에 반듯이 놓여 있는 화선지들을 - 느릿느릿하게 훑어본다.

'움직이고 있는 건가?'라는 생각 말고는 아무것도 느낄 수 없는 유혼幽魂같은 걸음걸이로 스르르 다가가다가 돌연 '우뚝‥!' 멈춰 서더니, 숨을 한 차례 머금어보고는 오른손을 뻗어 새하얀 종잇장 하나를 집어 든다.

턱 끝을 치켜들며 제 얼굴 높이로 들어 올리더니, 차갑다 싶을 만한 눈으로 찬찬히 훑어보고는 세로로 기다랗게 - 갈라지는 부분을 섬세한 눈으로 촘촘히 쫓아가며 - 그러나 어딘지 숙연함이 느껴지게끔 찢기 시작한다.

"추…아~아…악~!"

소름이 오싹 돋는 소리가 허공을 - 모가지 눌러가며 삼키듯이 흐느껴대는 소리만 희부옇게 떠다니던 괴괴한 무대를 - 앙칼지게 할퀴었다.

가련이 역할의 황수정이 자기가 찢뜨린 두 갈래 종잇장을 힘없이 날리듯이 마룻바닥에 떨어뜨리더니만, 새하얀 종잇장 하나를 예사로이 되처 집어 들었다. 그리고는 섬뜩했던 그 파열음破裂音을 즐기려는 것처럼, 그러나 먼젓번보다는 조금 더 가뿐하고 빠르게, 짧은 호흡으로 "쭈~와~왁~!" 몰강스럽게 찢뜨린다.

「…!…」

몸서리쳐질 만한 그 소리에 김병연 역할의 강두한이 고개를 돌리고 이미 그렁그렁해진 눈으로 가련이 역할의 황수정을 쳐다본다. 여배우 황수정 아니, 가련이도 기척을 느끼고서 넌지시 고개를 기울인다. 두 사람의 눈이 마주친다.

「……」

「……」

두 사람은 서로를 물끄러미 혹은 말끄러미 바라다보고 치어다보기
만 할뿐, 그 이상의 여하한 반응이 없다. 그러나 그럼에도 불구하고
뭐랄까? 눈에 띌 만한 반응이 없다는 큰 반응으로, 되레 가장 깊숙한
곳에 숨어 있는 감정을 주고받았다고나 할까? 여하튼 잠깐 멈춘 듯
이 머물렀다가 - 절대로 피하는 것이 아니라 - 무엇에 홀린 사람처럼,
김병연이 마룻바닥에 흩어져 있는 종잇장으로 눈길을 돌린다.

「……」

무슨 생각이라는 것을 하고 있는 중인지, 떼꾼하게 보이는 눈을 끔
벅끔벅 거려대더니, 굼뜨게 무릎걸음으로 대여섯 걸음을 기어가서 종
잇장 하나를 주워 든다. 그 자리에 평다리치고 앉은 채 그것을 찢어본
다. 한 번, 두 번, 세 번, 더 작게 혹은 더 잘게, 느리게 시작하여 점점 빨
라졌다가 다시 느리게, 갈기갈기 박박 찢어발긴다. 그러자 가련이가
경상 위에서 종잇장 하나를 다시금 집어 들더니, - 정확하게 절반으로
나눠야하는 의식을 치르는 것처럼 정색을 하고서 삼가는 태도로 - 차
분하게 가라앉은 호흡과 단호하고 흔들림 없는 손놀림으로 종잇장을
"쫘아악~!" 찢뜨린다.

그러고서는 마음을 가다듬듯이 숨을 한 차례 깊이 들이마시고 머금
어보더니, 두 종잇장을 양 어깨 위에다가 - 마치 한삼자락을 걸쳐 놓듯
이 - 엇갈리게 얹어 놓았다 흩뿌리듯이 기다랗게 팔을 휘둘러 떨치며
몸을 솟구치고는, 사뿐하고 가뿐한 발걸음으로 김병연의 등 뒤를 비스
듬히 지나쳐 꽃살문 앞쪽으로 서붓서붓 옮겨가 춤을 추기 시작한다.

'황천黃泉을 메운 살덩이들과 구천九天을 떠도는 넋을 향하여'
'때로는 흩어져 하늘을 오르고 때로는 모아져 땅에 머물며'
'다하지 못한 천륜天倫과 인륜人倫의 도리가 안타까워서'
'얽히고설킨 인因과 연緣을 푸는 것으로 맺어주고파'
'멀리 떠나간 넋을 부르듯 너울너울'
'떠나지 못한 넋을 보내듯 나풀나풀'
'순간순간 맺고 또 풀어본다.'

　하늘로 향하는 혼魂과 땅으로 돌아가는 백魄을 어루만져주는 해원解寃의 몸짓이니까 얼추 이런 느낌이어야 하지 않을까 싶어서 ─ 그러나 그럼에도 불구하고 뭐랄까? 생각이 그려낸 모양새를 온전하게 묘사하기엔 턱없이 부족한 언어표현의 한계를 절감하고서, 그러나 그렇다고 그것만 탓할 수도 없었기에 ─ 억지악지 짜내듯이 대본에 써야 했던 몸맨두리를 기억해보는 그의 눈동자가 갑자기 휘둥그레졌다.

　"엥~?? 뭐…뭐야, 저 등신…? 지금 뭐하는 거야…?"

　그의 머릿속에만 없는 듯이 있어야 할 생각이 부지불식 중에 막말로 변해서 입 밖으로 커다랗게 튕겨져 나왔다. 뿌리고 휘젓고 어르거나 여며보는 배우 황수정의 거북살스런(?) 춤사위가 눈으로 달려들었기 때문이었다.
　그가 '아차…!' 싶었는지 재빨리 몸을 낮추고 주위를 둘러보았다. 어느 누구도 그에게 눈길을 주지 않는 것으로 보아, 다행히 주변 관객들의 귀에는 들어가지 않은 모양이었다.

'저건 내가 원했던 몸짓이 아니다. 저건 마음이 아니라 잔머리로 추어서 어지럽기만 한 춤이다. 김병연과 관계된 춤이 아니라 저 혼자 추는 춤이라, 해원解寃의 정성은커녕 흥興이나 정情조차 담겨 있지 않은 춤이다. 도대체 저건 누구를 위한 춤인가? 관객인가? 아니면 연기자가 오로지 저 자신을 돋보이게만 하고 싶어서 추는 춤인가? 아무런 느낌 없이 겉 맵시에만 신경 쓴‥, 예쁘게만 보이려는 춤이다. 그것도 숨을 따라 자연스레 몸이 가는 것이 아니라 정해놓은 순서를 따라가는‥, 흉내내기에 급급한 춤이다. 언뜻 보기엔 농익은 듯이 보이나, 어설프고 설익은 춤이다. 눌訥에 어울릴 만한 졸拙이라‥, 눈을 감고 봐도 보일 만한 춤이어야 할 것이거늘…. 춤선생이 있었을 텐데‥, 저쯤 되는 배우가 왜 저 따위로밖에 못하는 거지?'

전문 춤꾼이 아니라는 것을 감안하지 않아도 충분히 박수 받을 만한 몸짓이었건만, 배우 황수정에게 지나치게 높은 수준을 기대했거나, 아니면 자기가 직접 하지 않으면 괜한 트집을 잡고 마뜩찮아 하거나, 뭐든 있는 그대로 받아들이지 못하고 배배 꼬아보고 뒤집어보는 고약한 버릇이 도진 탓인지도 모르겠다.

그가 입술 끄트머리를 틀어 올리며 말똥 같은 말들을 입안에서 굴려보더니, 설레설레 고개를 가로 젓고서 아진이에게로 – 두 손을 가슴께 모으고서 고개를 조아리려가며 입술을 오물오물 거려대는 초짜 배우 연옥이에게로 – 삐뚤어지려는 눈길을 바로 돌렸다.

애초에 그는 대본에다가, '가련이가 큰 마루 안쪽으로 가서 꽃살문을 등지고 춤추기 시작하면, 아진이는 뒤주와 궤 앞에 앉아서 거문고를 탄다.'라고 썼었다. 그러나 막상 배우들과 연습을 시작하니, 아진이가 그쪽에 앉아서 거문고를 켜는 것은 왠지 구도와 높이를 맞추기 위해 - 하기 위해서 하는 것처럼 억지스럽고 부자연스럽다고 생각되는 게, 왠지 꼭 구색을 맞추기 위해 - 그러는 것만 같아서 은근히 고민했었던 부분이었는데, 초보 연출가께서도 이 부분을 어색하다고 여겼는지, 지금의 저 행동으로 바꿔놓은 것이었다. 깔아줘야 할 거문고 가락은 천장 스피커에서 흘러나오게 하고서 말이다.

'아…! 그런데 저건 쫌‥, 지나친 표현 아닐까? 피날레가 원풀이의 과정이기는 한데…, 그렇다고 아진이가 저렇게 빌고 바라는‥, 비손하는 동작들을 보인다면, 혹시나 관객들 눈에는 가련이가 기녀妓女가 아니라 무녀巫女처럼 비쳐질 수도‥'

그가 그답게, 그럴 수도 있을 가정과 하지 않아도 될 걱정을 뒤섞고 앉았는데, 김병연 역할의 강두한이 천진스러워 보이는 얼굴을 하고서 - 꽃밭에 지지벌개고 앉은 네댓 살 어린아이가 흐드러지게 피어난 꽃 모가지를 똑 뜯어내 허공에다 흩뿌리듯이 - 에넘느레한 종이 쪼가리들을 집어 들고 잘게 찢어서 머리 위로 높이 흩뿌려댔다.
그리고는 스치고 지나가는 바람을 매만져보려는 것처럼 혹은 덧없이 흘러가는 세월을 붙잡아보려는 것처럼, 제가 뿌린 종이 쪼가리들을 도로 잡아보려는 것도 아니겠건만, 아득한 손짓으로 허공에서 손을 휘적휘적 거려댄다. 아마도 제 머릿속에 떠오르는 것들을 그림으로 그려보거나 마음에 담았던 것을 글자로 써보는 것이리라.

'그럼 이거 말고 가련이 치맛자락 뒤로 들어가서‥'

그가 오른팔 팔꿈치를 팔걸이에 올려놓으며 몸을 기울이더니, 오른손 집게손가락과 가운뎃손가락을 나란히 붙여서 관자놀이에 가져다 대었다. 그러고는 관자놀이를 지그시 눌러가며 대본 작업 막바지에 그렸었다가 지워버렸던 장면을, 그러니까 김병연이 가련이 치마 속으로 들어갔다가 가랑이 사이로 머리를 내밀고 나오는 − 딴에는 퇴행退行의 과정을 거친 소생蘇生이라는 의미를 부여하고 싶었으나, 식상하지 않을까 싶어서 망설였었던 − 장면을 머릿속에 잠깐 떠올려보려는데, 꿈결에서처럼 아스라하게 읊조려대는 구음口吟소리가 귓바퀴로 아렴풋이 밀려들어왔다.

"어허이~~ 허이~ 으허이~~ 으허~~~"
"허어이~~ 으허~ 흐어이~~ 으허~~~"

애잔하고 구슬프게 들리지만, 속 깊은 곳에서 담담히 우러나온 소리들이 되울림 소리마냥 기다랗게 꼬랑지 드리우며 무대 위를 떠돌아다니기 시작했다.

「…!…」

자잘한 종이 쪼가리들을 수북이 찢어대던 김병연 역할의 강두한도 손을 내려놓고 허공을 바라보더니, 맴돌이쳐대는 그 소리에 어울릴 만한 무언가를 찾으려는 것처럼 눈알을 반짝였다. 그러다 볼록한 울대뼈가 더욱 더 도드라져 보이도록 침을 '꿀꺽…!' 삼키더니, 숨을 깊이 들이마시며 그 소리처럼 덤덤히 몸을 일으켰다.

그 소리에 이끌렸다기보다는 불현듯이 혹은 무망중에 자신이 누구이고 무엇을 해야 할지를 깨달은 사람처럼, 그러니까 뭐랄까…? 깊은 산골짝에서 샘물을 마시려고 두 손에 물을 담아 떠올리다가, 자기 손바닥 안에 담긴 하늘을 발견하고서 울음을 터뜨린 무명 처사의 마음 같다고나 할까? 여하튼 숨을 머금고 움직일 듯 말 듯 앙가조춤 머물던 김병연 역할의 강두한이 무릎을 살짝 굽혔다 펴며 한 걸음 사붓이 내딛었다. 그리고는 어우러지는 소리 형적形迹을 쫓아가며 - 가뿐한 발꿈치로는 고아高雅한 거문고 가락을 엇박자로 눌러 밟고, 구부정한 어깨로는 처연悽然한 구음口吟소리를 어르듯 휘감아가며 - 굼실굼실 춤을 추기 시작했다.

'아아~ 드디어··! 마침내··! 피날레구나…!!'

그의 입안에서 단내 나는 말덩이가 소리도 없이 굴러 나왔다. 그는 가슴이 뭉클해지는 것을 느꼈다. 발이 딛고자 하면 딛는 대로, 팔이 가고자 하면 가는 대로, 특별한 기교가 없다고 여겨질 만치 천연덕스럽게, 배우 강두한은 제 느낌대로, 제 호흡대로, 그저 설렁설렁 어름어름 춤추는 것만 같았지만, 김병연은 지금 흥이 오르고 신명이 올라서, 제 안에 멍울지고 응어리졌던 것들을 거리낌 없이 덩실덩실, 거칠 것 없이 능청능청, 제 멋대로 녹여내고 수월수월 풀어내고 있는 것이라는 생각이 들었기 때문이었다.

'제 몸을 빽빽이 옭아맸던 성근 그물을 벗어젖힌··, 그러나 왠지,

어딘지, 허우룩한 느낌이 배어 있는…, 서러운 들짐승의 허허로운 몸짓이어야 하지 않을까‥?'

　배우 강두한의 투박한 몸짓과 꾸밈없는 몸맨두리를 보고서 그가 잠깐이나마 김병연이 보여줘야 할 춤사위를 생각해보려는데, 언제 변화를 주었는지는 모르겠지만 어언간 새하얀 달그림자가 싸느랗게 드리워져 있는 꽃살문 앞쪽에서부터 가련이 역할의 배우 황수정이 사붓사붓한 뒷걸음질로 곡선을 휘우듬하게 그려가며 김병연 역할의 강두한에게 다가가더니, 고혹적인 몸짓으로 춤을 추기 시작했다.
　파르스름한 달빛 아래 닿을 듯 말 듯 어우러지며 엇갈리듯이 춤을 추는 두 사람을 - 환희에 젖은 꾀죄죄한 얼굴 위로 벅찬 눈물 흘려가며 휘뚜루마뚜루 흥겹게 춤을 추는 김병연과 발그스름하게 홍조 띤 얼굴 위로 잔잔한 미소 머금어가며 멋들어지게 춤을 추는 가련이를 - 지켜보던 아진이도 눈물자국 얼룩진 얼굴에다가 그야말로 웃음꽃을 환히 피워 올리며 구음口吟소리를 따라 부르듯이 입을 벙긋벙긋 거려댄다.
　그렇게 한창 어우러져 춤을 추던 김병연이 가슴에 숨을 모으듯이 가다듬으며 몸짓도 자기 안으로 거두어들이더니, 객석 가운데쯤을 높이 바라보고 험족배례險足拜禮하듯이 무릎을 꿇으며 그 자리에 엎드렸다. 그리고는 마룻바닥에 이마가 닿도록 머리를 조아렸다. 거기서 그 자세 그대로 삿갓이 되었다가 봉분封墳이 되려는 것이다.

　　'……'

　무대가 어두워지기 시작하자 거문고 가락과 읊조림 소리는 점차 높아졌고, 무대가 완전한 어둠에 물들자 정점에 도달했던 그 소리들도 잦아들기 시작했다. 그러다 소리마저 어둠 속으로 가라앉고 그 잔향殘響만이 흩날리는 티끌처럼 – 달빛 아래 눈부시게 서 있는 산 벚나무 꽃가지와 꽃잎 위로 – 검실검실 피어올라 살포시 내려앉았다. 그리고서 환하게 빛나던 산 벚나무도 짙은 정적 속으로 오롯이 잠겨들었다. 고요하게, 아스라하게….

'전주前奏에서는 임금을 부르며 울부짖고 사약賜藥을 받으려는 느낌으로‥, 그렇게 삿갓을 모시듯이 받들고 썼었지? 그래서, 그렇게 김삿갓이 되어서 먼 길 떠나는…'

감회에 젖어가며 공연이 그런대로 제법 깔끔하게 나왔다고 생각하고서, 본 공연에 앞섰던 프롤로그prologue 장면을 머릿속에 떠올려본 순간이었다. 생뚱맞은 박수소리가 바로 이때다 싶었는지, "짝짝짝짝~!" 생급스레 그의 귀청을 때렸다.

'엥…? 이건 뭐지? 여태껏 공연이 끝나기만을 기다렸다는 건가? 견디기 힘들 만치 지루해서 끝나자마자 좋다고 박수를 치는 건가? 그 정도로 공연이 형편없었나?'

오른편 팔걸이에 삐딱이 기대앉아 있던 그가 순간 눈살을 찌푸리면서 자세를 똑바로 고쳐 앉고 팔짱을 끼는 것과는 정반대로, 비뚤어진 생각을 벌떡 일으켰다.
뭣 좀 안다고 한발 앞서 떠죽거리기 좋아하는 관객의 섣부른 끼어들기거나, 공연을 접할 기회가 적었던 어느 관객의 타이밍 포착 실수일 수도 있고, 또 어쩌면 뒤가 너무 급한 나머지 그랬을 수도 있을 것이지만, 일단 좋지 않은 경우를 예측해보는 것으로, 그러니까 굳이 설명하자면 부정否定으로 부정不淨을 소거消去시키려는 – 이걸 뭐라고 해야 할까? 일종의 액막이 수단이라고 해야 할까? 어쨌거나 이런 부정적 상상을 통해서 닥쳐올지도 모를 불분명한 불운과 불행을 미리 겪어 소멸시키고, 그럼으로써 행운과 천행을 불러일으킨다며, 자기도 모르는 강박증强迫症마냥 확고히 믿고 있는 – 그만의 독특한 방어적 사고체계가 자동으로 실행된 것이었다.

성급하게 튀쳐나온 그 박수소리를 뒤쫓아 몇 군데서 "짝…짝짝…!" "짝짝…짝‥짝‥!" 소심하게 대가리 내밀려던 박수소리가 '아‥, 아직은 아니구나….' 싶었는지, 쭈뼛쭈뼛 거려대다가 눈치껏 모가지를 도로 집어넣으며 꼬랑지마저 슬그머니 늘어트렸다.

"니미럴…! 나름 나쁘지는 않았는데 마무리가 개떡이 됐네…."

마음이 꺼림칙해져버린 그가 등받이에 몸을 기대며 이마빡에 드리운 머리카락을 양손으로 쓸어 넘기다 뒤통수에서 손깍지를 끼더니, 입맛을 쌉쓰레하게 다시고는 허텅지거리 내뱉듯이 투덜거렸다. 그리고는 고개를 뒤로 젖히고 어두컴컴한 허공을 향해 "후우~"하고, 아마도 잿빛이었을 한숨을 길게 내쉬었다. 바로 그때였다.

"때~앵……!"

고즈넉한 절간 마당에서 산문山門 밖으로 은은하게 울려 퍼지는 풍경風磬소리 닮은 청아한 띵샤Tingsha소리가 어수선한 객석과 끄무레한 그의 마음속에 잔잔한 소리물결을 일으켰다. 그러자 그 소릿결의 깊고 맑은 여운에 응應하야 공명共鳴이라도 하려는 것처럼, 낱내글자 외침소리가 낭랑히 들려오기 시작했다. 공연의 에필로그epilogue라 할 수 있는 후주後奏가 시작되는 것이다.

「탄嘆!」「충忠…!」「절節~!」「의義!」「은恩~!」「공功…!」「순淳!」「명命…!」「논論~!」「부否…!」「퇴退!」「비非~!」「죄罪…!」

마찬가지로 김병연의 과시科詩 『論鄭嘉山忠節死논정가산충절사 嘆金益淳罪通于天탄김익순죄통우천』에서 발췌한 글자들이다. 몇몇 관객은 이미 프롤로그인 전주前奏에서 들려줬던 것을 연상할지도 모르겠지만, 가려낸 글자들의 배열配列이 그때와 다른 것은 물론이거니와, 날카롭고 강렬했던 이전 느낌과도 사뭇 다르게, 편안하고 담박한 느낌을 주도록 소리도 둥글둥글하게 변주시킨 것들이었다.

낱내글자 외침소리가 부딪히고 머무는 산 벚나무 꽃가지와 꽃송이에 아슴푸레한 빛이 내려앉기 시작했다. 점차 환하게 밝아지며 소리도 없이 살랑살랑 꽃잎이 흔들거려댄다. 아마도 잊은 지 오래된 고향에서 불어오는 바람 때문일 것이다.

그 바람을 느낄 수 있게끔, 꽃잎이 허공에 새하얗게 흩날린다. 하늘하늘 무대 위를 떠다니다가 눈송이처럼 소록소록 떨어져 내린다.

'…!…'

어언지간 밝아진 산 벚나무 아래에는 언제부터인가 한 사내가 서있다. 하늘을 자주 보아 그 하늘을 닮게 된 사람처럼‥, 흐드러진 꽃송이, 아니 탐스러운 눈송이를 맞으며 아스라이 먼 곳에서 손짓하는 누군가를 바라보고 있는 것처럼‥, 하여 몽실몽실한 구름송이같이 피어오르는 웃음을 멀리로 띄워 보내려는 것처럼‥, 그리고 눈부신 그 산 벚나무처럼‥, 눈물어린 환한 얼굴로 김병연이 서있는 것이다.

'그의 싯귀에서 뽑아낸 글자들을 흩날리는 꽃잎에 조각으로나마 겹쳐지게끔 영상으로 투영시켜서, 그의 싯귀가 허공에 날리어 널리 퍼져나가는 것을 보여주는 것은 어땠을까? 그리고 호리존트를 활용하여 빛과 어둠의 변화로, 거기에 바람소리와 읊조리는 소리를 섞어서 무한한 시공時空의 변화를 보였더라면 어땠을까?'

진짜 꽃잎이 눈발처럼 흩날리는 어슴푸레한 무대와 조명이 환하게 비춰진 산 벚나무를 바라보면서 그가 조명 디자이너의 작은 얼굴을 ─ "에~ 쫌 우선은요‥. 본 공연 끝부분에서는 산 벚나무가 쫌 쇠락한 느낌을 갖게끔 쫌 어둡고 빛바랜 듯이‥, 살짝 쫌 짙은 호박색이거나 쫌 옅은 갈색 계통의 컬러를 쓰는 게 좋겠고요. 또‥, 전주前奏에서는 쫌‥, 중립적인 오브제Objet 기능을 수행하려면 밝게 쫌 드러나게 하고…, 후주後奏에선 쫌‥, 김병연과 대상일치가 되어야 하니까…, 쫌 씻기고 맑아진 느낌으로, 많이 쫌 밝고, 아주 쫌 환하게 때려주면 좋겠네요."라고 틈나는 대로 '쫌'이라는 소심한 부사를 조미료마냥 솔솔 뿌려 넣으며 디자인 콘셉트를 설명했었던, 부엉이 박사마냥 굵고 동그스름한 안경테에 절반쯤 가려졌던 홍조紅潮띤 얼굴을 – 떠올려보는 동안에, 무대가 다시 어두워지기 시작했다.

이윽고 산 벚나무도, 김병연도, 빛과 소리도, 이내 아득한 어둠속으로 사라져버렸다. 바야흐로 공연이 끝난 것이다.

'무엇을 담고 싶었던가? 그래서 무엇을 담아냈으며, 그러나 그럼에도 끝내 담아내지 못한 것은 또 무엇인가?'

칠흑 같은 어둠으로 채워지고 숨죽이는 침묵으로 비워지는 절대 공간 속으로 무대와 객석이 아스라이 침잠되려는데, 그가 깍지 낀 양손으로 뒷머리를 감싸며 고개를 뒤로 젖히더니, 지그시 눈을 감았다.

'언제일까? 외롭더라도 혼자 상상하며 글을 쓸 때일까? 배우들과 지지고 볶으며 작업할 때일까? 아니면 지금처럼 객석에서 공연되어지는 것을 바라보거나, 출판되어서 서점의 서가에 꽂혀 있는 책을 발견할 때일까?'

흔히 말하는 '작가의 의도' 혹은 '작품의 주제'라는 것과 관련시켜서는 자기 자신으로부터 아무런 해답도 얻을 수 없을 것임을 떠올리더니, 자신이 무엇을 할 때 가장 행복하다고 느끼는지 생각해보았다.

한때 그는 자신에 대한 극단의 느낌에 사로잡혀서 – 작업을 할 때는 저 스스로가 세상을 거침없이 활보하며 대단한 무엇인가를 창조하는 어마어마한 존재인 것처럼 느꼈으나, 작업을 하지 않을 때는 종일토록 도서관에 처박혀 책을 읽거나 오가는 사람들을 쳐다보며 어떤 사람일까 상상해보는 것 외에는 아무것도 할 줄 모르는 놈팡이로만 느껴져서 - 불안하고 우울한 나날들을 보내기도 했었다.

돌이켜보면 열등감이라는 못난 놈과 동종이형同種異形이거나 그것의 돌연변이突然變異라고 할 만한 괴물 같은 우월감에 찌들어가지고 어마어마한 사람으로 인정받고픈 달뜬 허영에 넋이 팔린 얼뜨기마냥, 어설픈 겉멋과 치졸한 허세를 부려가며 작업했었던 지난 어느 순간에 불현듯 배우와의 대화나 토론이 - 모든 것이 항상 자기 뜻대로 움직여야만 하는 지독한 자기중심적 사고와 완벽해야 한다는 강박증에 사로잡혔었던 그 당시에는, 소통疏通이라는 명분하에 말도 안 되는 투정(?)들을 들어줘야 하고 많은 것을 양보(?)해야 하며 세세한 것까지 일일이 설명하고 설득하며 이해시켜야 하는 것이 불필요한 부대낌이거나 쓸데없는 소모전인 것만 같아서 - 매우 짜증스럽고 귀찮게 여겨졌었기에, 그나마 연출작업도 그만두고 자기만의 글쓰기에 몰두하려고 했었다.

어쩌면 그때 그는 '청중이라는 두려운 존재 앞에서 연주는 왜곡될 수밖에 없다.'는 생각에 사로잡혀서, 일체의 연주회를 거부하고 완벽한 소리와 무결점의 연주를 구현하고자 음반작업에만 몰두했었던 글렌 굴드Glenn Gould의 경우를 따르고 싶었었는지도 모르겠다.

글렌 굴드가 건반 위로 열 손가락 굴려가며 마력적으로 펼쳐놓은 바흐Bach의 평균율을 들으면서, 혹은 빌헬름 푸르트벵글러Wilhelm Furtwängler나 부르노 발터Bruno Walter, 오토 클렘페러Otto Klemperer가 지휘한 베토벤Beethoven과 말러Mahler의 유려하고 비장하며 격정적이면서도 자아도취적인 교향곡을 들으면서 노트북 좌판을 두들겨대던 그는, 이따금 자신이 엄청난 곡曲을 쓰고 있다는 환상에 - 그리고 어떤 때는 홀로 속삭이며 고백하듯이 독주곡을 연주하고 또 어떤 때는 오케스트라 전체를 지휘

해보고, 심지어는 누군가와, 틀림없이 자기 희곡에 나오는 캐릭터들이 뻔하겠지만, 그들과 어우러져 협연하고 있다는 행복한 상상에 - 사로잡히곤 했었으니까 말이다.

있는 것을 있는 힘껏 쏟아 부었을 때 느낄 수 있는 후련함과 허탈함에 휩싸이려는 4~5초 남짓한 시간이 지나갈 즈음이었다. 숨죽이듯이 잠잠했던 객석에서 별안간 우레와 같은 박수갈채가 터져 나왔고, 그것이 바로 신호다 싶었는지, 객석등이 켜지면서 무대 위 조명기에 불이 들어오더니, 생경하다 싶을 만치 흥겨운 거문고 가락이 - 공연 전 하우스뮤직으로 쓰였던 현악 사중주가 아니어서 그나마 다행이라고 여기는 그의 여트막한 한숨소리와 보조를 맞춰서 - 멍석처럼 아니, 카펫처럼 극장에 깔리기 시작했다. 바야흐로 커튼콜이 시작되는 것이다.

흥겨운 거문고 가락을 타고서 서서히 밝아진 무대 위로 배우들이 하나 둘, - 아진이 역할의 초짜 배우 연옥이가 이극도 역할의 정재성과 승려 원호 역할의 유학파 배우의 손을 잡고 등장했고, 가련이 역할의 황수정과 정시후 역할의 차유석, 그리고 마지막으로 김병연 역할의 강두한이 주인공답게 가장 나중에, 혼자 멋지게 - 등장했다.
어찌 보면 배우의 연령순이나 지명도 혹은 배역의 중요도에 따라서, 그 역순으로 무대에 들어선 것만 같아서, 평소 커튼콜도 공연의 일부이기에, 하나의 독립된 장면이거나 축약된 이미지가 되게끔 만들어야 한다고 생각했던 그가 콧잔등이를 찌긋거리고 양 어금니에 힘을 '꾹…!' 주며 입술을 가로로 찌그러뜨리는데, 갑자기 대여섯 줄 앞쪽 객석에서 몇몇 관객이 벌떡벌떡 몸을 일으키더니, 휘파람을 삑삑 불어대며 환호성을 빽빽 질러댔다.

　기립박수를 쳐대려고 자리에서 일어나 – 열광적이라기보다는 다소 장난스럽게 – 소리치고 휘파람을 불어내는 뒷모습이 대학생들 같아 보였는데, 아마도 출연진이나 극단 제작진, 혹은 디자이너를 선생으로 둔 학생들인 모양이었다.

　관객에게 잔뜩 멋을 부려 인사하고서 꽤나 우쭐거려대는 태도로 끊임없이 쏟아져 내리는 박수갈채를 즐기던 배우 정재성이 대여섯 걸음쯤 호기롭게 휘적휘적 자신의 캐릭터 이극도를 연기해 보이는 걸음걸이로 앞으로 나섰다.

　　"에~ 쪼~오끔…! 아주 엄청 쪼끔 힘드셨죠?"
　　"예~!!"
　　"아니요~!"
　　"아뇨, 엄청요!"
　　"괜찮았어요!"
　　"죽는 줄 알았어요!"
　　"어려워요!"
　　"재밌었어요!"
　　"안 어려웠어요!"
　　"멋졌어요!"
　　"아진이 너무 예뻐요!"
　　"귀여워요!"

　박수소리와 외침소리와 휘파람소리가 물결쳐대는 객석을 향해 정재성이 인사치레로 고개를 까딱이고 웃음 절인 물음덩이 하나를 "풍당~!" 던졌더니, 객석 여기저기서 반응들이 개구리 울음소리마냥 시끌시끌하게 튀어나왔다.

　그러자 정재성이 그 반응들을 좇아 과장된 몸짓으로 왼쪽 오른쪽 번갈아가며 재빠르게 귀 기울이는 동작들을 해보이더니, 공연이 전체적으로는 어떻고 부분적으로는 또 어땠을 거라는 둥, 캐릭터들은 이런 거고 저런 거며, 시대상이나 분위기가 여차여차하여서, 나름 뭐를 한다고 하긴 해봤는데 잘 표현됐는지 모르겠다는 둥, - 그래서 그로 하여금 공연 시작 전, 무대에 올라와서 분위기 띄운답시고 객쩍은 소리나 주절거리며 극단 홍보를 해대는 유치한 삼류 진행요원 같다는 생각이 떠오르게끔 - 자화자찬과 자기비판에다가 싱겁고 유치한 농담까지 너저분하게 섞어가며 핑계도 설명도 아닌, 불필요한 이야기들을 떠들어댔다.

　"자~! 그럼 아쉽지만 아쉬워도 아쉬운 대로, 이만 짧은 대화를 마치고…. 대사 외우시느라 엄청 죽을 고생하셨을 우리 강두한 선배님께 다시 한 번 큰 박수 부탁합니다~!"

　침방울을 튀겨가며 주절주절 거려대던 정재성이 몸을 틀며 왼손을 길게 뻗어서 무대 뒤편에 서있던 배우 강두한을 가리켰다.

　객석에서 우레와 같은 박수소리가 쏟아져 나왔다. 그러자 그 소리를 몸으로 받아내듯이, 서있던 자리에서 왼발을 살짝 떼어 앞으로 한 걸음 나서며 오른손을 왼 가슴에 얹고 만족스러워하는 얼굴로 멋들어지게 인사하는 강두한. 역시 노련한 배우다워 보였다.

　"정말이지 엄청 많이 고생하셨을 겁니다. 우리 선배님이 아니시라면, 진짜로 정말로 감히 어느 누구도 소화하지 못했을 작품이었으니까요. 그렇지, 아진아? 너도 참말로 나랑 똑같이 그리 생각하는 거지? 응? 아니 그려?"

강두한을 치켜세우던 정재성이 뜬금없이 아진이 역할의 연옥이에게 장난기 머금은 말꼬리를 드리우며 씨익 웃어 보였다.

"…?!…"

예상치 못했던 상황이라 쭈뼛쭈뼛 거려대며 얼떨떨한 표정 위에 어색한 미소까지 덧지어 보이는 연옥이. 확실히 초짜 배우다운 모습이었다.

"신통방통한 우리 달덩어리 꼬마아씨님께서도 눈을 동그랗게 뜨며 아예 말도 마라시네요. 그렇죠, 연옥씨? 자…! 그러나 이만 정리를 해야 하니까, 그럼…."

'달덩어리'라는 말로 관객들의 웃음을 유발시키려고 했으나 생각만큼 반응이 시원치 않자, 정재성이 손바닥을 맞비벼대며 눙쳐 넘기고 말을 이어나갔다.

"에~ 오늘이 또 오늘인지라…, 이분들을 소개시켜 드리지 않을 수 없네요. 참말 끝으로…! 이 공연이 있기까지 물심양면 힘써주신 저희 극단 [반향反響]의 마장동 대표님과 연출자님을 모시겠습니다. 자, 두 분 무대로 오르시죠. 쇤네는 이제 그만 물러나겠사옵니다요. 이상~! 명품 극단 [반향反響]의 수석 배우 정재성이었습니다. 감사합니다!"

정재성이 무대와 가까운 객석을 향해 손짓하고서 먼 객석에다가도 손을 흔들어 보이더니, 몸을 깊숙이 숙여 인사하고는 자기 자리로, 동료 배우들 쪽으로 발걸음을 옮기었다.

배우들만 간략히 커튼-콜Curtain-call하고 막을 내리는 것이 일반적인 경우였으나, 마지막 날 마지막 공연이어서 이 따위로 사설이 길어지는 모양이라고 그는 생각했다.

배우 정재성의 부름을 받은 평론가 류리가 귀빈석이라고 할 만한 가운데께 객석에서 선뜻 몸을 일으키더니, 계단을 내려와 무대 위에 오르려다가 - 극장 구조로 보아선 '무대로 내려선다.'는 표현이 맞겠지만, 통상 '무대에 오른다.'는 표현을 쓰기에 이렇게 썼음을 밝혀두며 - 두어 걸음쯤 무대 마룻바닥을 앞에 두고 돌아서서는, 자기가 앉았던 객석 쪽을 향해 어서 무대로 올라오라는 손짓을 해댔다.

그러자 앉은 채 손사래를 쳐대며 극구 사양하는 태도를 보이던 극단 대표 마장동이 역시 영악한 놈이라는 생각이 들게끔 - 무대에서 손짓하고 박수치면서 "어서! 빨랑! 냉큼! 나오시라!" 불러대는 배우들의 청원請願을 못이기는 척하며, 그래서 마지못해 어색한 태도로 "끄응~차…!"하며 - 몸뚱이를 굼뜨게 일으키더니, 내키지는 않았으나 어렵사리 마음먹은 걸음걸이로 보이게끔 느릿느릿 무대에 내려서기 시작했다.

무대에 내려선 마장동은 연출자인 류리와 나란히 서서 유세하는 정치꾼마냥 - 아닌 게 아니라 협회 일을 하면서 사회적으로 혹은 정치적으로 민감한 이슈에 대해 짬짬이 목소리 내려는 몇몇 연극인들의 성명서에 빠지지 않고 이름을 올린다거나, 정치판에 줄을 대려고 틈나는 대로 기웃거리며 그쪽 사람들과 어울려 다니는 것으로 보아, 머지않아 뭔 감투라도 하나 쓰기는 쓸 것이라는 소문이 파다했었는데, 그 소문이 결코 헛소리만은 아니라는 것을 증명이라도 하려는 것처럼 - 두 팔을 높이 들어 보이더니, 객석을 향해 가뿐히 고개 숙여 인사했다. 그러고는 두 팔을 길게 뻗어 뒤쪽 좌우에 늘어선 배우들을 가리키고서, 자기가 먼저 손뼉 쳐 보이는 것으로 관객의 박수를 유도해내더니, 짐짓 점잖게 보이는 얼굴을 하고서 고개를 끄덕대며 객석의 환호소리와 박수소리가 잠잠해질 때까지 특별한 몸짓이나 눈에 띌 만한 손짓을 하지 않고 – 이건 뭐랄까··? 마치 의도적으로 거물다운 태도를 보이려한다고나 할까··? 뭐 여하튼 그런 종류의 인상을 주려는 것처럼 – 느긋이 기다리는 태도를 보였다.

이윽고 객석 분위기가 어느 정도 잠잠히 가라앉자, 구태여 준비할 것도 없이 늘 지니고 있었던 생각을 펼쳐놓는 사람처럼, 그러나 틀림없이 수석(?) 배우 정재성과 교활한 이빨을 맞춰봤을 말들을 술술 꺼내 놓기 시작했다.

"저희 극단 [반향反響]의 열두 번째 정기공연을 보러와 주신 관객여러분께 진심으로 깊은 감사의 말씀을 올립니다."

마장동이 뒷걸음으로 한 걸음 물러서며 객석을 향해 깍듯이 고개 숙여 인사하더니, – 관객에게 인사하고 곧장 뒤로 물러나 배우들 쪽으로 향하는 연출자 류리와는 반대로, – 한 걸음 도로 앞으로 나서며 말머리를 내밀었다.

"곧 창단 십오주년을 맞이하게 될 저희 명품 극단 [반향反響]은, 첫째…! 관객과의 소통을 최우선으로 생각하고, 둘째! 권위적인 기존 질서에 반대하며, 셋째! 표출된 현상의 이면을 심도 깊게 성찰하면서, 넷째! 물질적 만족을 배제하여 연극이 주는 정신적 풍요로움을 만끽하고, 다섯째! 사람다운 사람이 되고 연극다운 연극을 만들 것을 모토로 삼아 창단됐으며, 이에 윌리엄 셰익스피어의 『햄릿Hamlet』을 필두로 하여 테네시 윌리엄스와 아서 밀러, 베르톨트 브레히트와 안톤 체홉의 수준 높은 번역극과 우수한 국내 순수 창작 희곡에 이르기까지…"

피둥피둥 살찐 돼지 같은 마장동이 자기 낯짝에다 가당찮을 금칠과

은칠을 덕지덕지 발라대는 것만 같았기에, 그가 쓴웃음을 '피식…!' 짓고서 고개를 뒤로 젖혔다 바로 세우며 옆으로 '휘~' 돌려보는 것으로 뻐근하지도 않은 모가지를 풀어보고 객석과 무대 위의 조명기들을 − 조명기의 종류와 대수, 위치와 각도를 − 살펴보며 두리번두리번 딴청을 부리려던 때였다.

"이상으로, 저희 극단 [반향反響]에 대해 말씀드렸습니다."

자기도 모르게 입 밖으로 흘러나온 그의 '어라‥?'라는 말처럼, 예상이 다소 빗나갔나 싶을 만치 간략하게 극단 소개를 끝마친 마장동이 객석 맨 위쪽 너머를 아득히 바라보더니, 짐짓 숙연한 듯이 보이는 태도로 새로운 말머리를 꺼내었다.

"어려울 때면 더욱 그리워지는 사람이 있습니다. 생각하는 것만으로도 용기가 나게 해주는 사람, 역경에 굴하지 않았던 사람. 고독한 구도자의 길, 가시밭길을 걸었던 사람‥,"

복받치는 감정과 침울함이 뒤섞여 있으나 왠지 과장되어 있다고 거부감을 느낄 만한, − 짐짓 사려 깊은 듯이 보이고픈 얼굴에 잘 어울릴 만한, − 미세하게 떨어대는 것으로 듣는 이의 심금을 울리고 싶어 하는, 사기꾼다운 괄괄한 목소리라고 그는 생각했다.

"… 그는 연극만을 생각했던 연극인이었고, 누구보다 연극을 사랑했으며 연극을 위해 헌신했던 예술인이었습니다. 그에게 연극은 신앙이었으며, 무대와 극장은 도량이자 안식처였습니다. 그는 예술로서의 연극은 무엇이고 연극의 시대적 사명은 과연 무엇일까 고민했으며, 연극인의 자존심을 지키고자 애썼던 참된 예인藝人이었습니다. 그는 집념과 열정의 상징이자 표본 같은 사람이며, 누구와도 비교할 수 없는 사람이었습니다. 지금 그 사람과 함께 했던 시간들이 주마등처럼‥, 한

폭의 그림처럼 떠오릅니다."

틀림없이 손으로 고쳐가며 이미 입으로 충분히 종알거려 봤을 말들을 즉흥적으로 연설하듯이 늘어놓으려는 협잡꾼 마장동과 그 뒤편의 배우들은 어느 사이 경건해진 태도를 보였다.

" … 그는 변화를 두려워하지 않는 청년정신과 끊임없이 탐구하는 실험정신을 가진 이상주의자, 현실과 이상의 괴리에 빠져 번민했지만 외곬으로‥, 끝까지 자기 꿈을 포기하지 않았던 사람이었습니다. 그는 시대의 조류에 편승하지 않았으며, 대중의 인기에 영합하지 않았고, 자본의 힘에도 끝끝내 굴복하지 않은 사람이었습니다."

도대체 얼마만큼 치켜세우려는 것인지 좋은 말은 있는 대로 죄다 갖다 붙이는 것만 같아서 되레 무성의하게 느껴졌기에, 또 어마어마하게 상투적이고 진부한 표현들이 귓구멍을 간질이는 것만 같아서 외려 짜증이 났기에, 그가 엉덩이를 들썩여 다리를 엇바꿔 꼬고 앉더니, 심드렁해진 얼굴로 머리칼을 쥐뜯을 듯이 북북 긁적여댔다.

" … 외국의 초대형 뮤지컬이나 평단의 검증받은 상업극이 아니면 발붙일 수 없는 척박한 우리 연극 풍토에서 창작극이란 걸 제대로 해 보겠다는 사람은 아마도 바보이거나, 미련퉁이거나, 틀림없는 연극계의 부적응자일 것입니다."

상대하면서 겪었던 좋은 않은 감정에 뿌리를 둔 부정적인 판단 때문일 것이다. 마장동이라는 탐욕스런 인간은 '이런 낯 뜨거운 찬사가 결국엔 자기 자신과 극단으로 되돌아오리라는 것까지 어김없이 계산하고 떠들어댈 것'이라는 생각이 언뜻 들자, 듣고 있던 그의 눈가에 주름이 싸늘하게 잡히었다.

" … 연극계뿐만 아니라 우리 사회 전반에 만연해 있는 편 가르기

와 파벌 짓기를 거부하고 오로지 자기 작업에만 몰두했던 그는 진정
이 시대의 돈키호테라 할 것이며, 그의 정신은 절대성에 반기를 들고
상대적 관점을 추구하며, 저항과 반항의 몸짓으로 세상과 소통하려는
저희 극단 [반향反響]의 정신과 잇닿아…"

'그럼 그렇지. 제 자랑이나 극단 홍보가 벌써 끝났을 리 없지…'

앞선 예상을 크게 벗어나지 않아서, '역시 마장동이구나…' 싶어서,
그가 "풋~!"하고 코웃음을 치고는 고개를 끄덕여댔다.

" … 매너리즘을 극복하고 새로운 변화의 가능성을 타진하고자 하
는 과정의 일환으로, 보다 큰 울림과 공감을 얻고자, 저의 극단 [반향反
響]은 재능 있는 신진 예술가들을 초빙하여…"
마장동이 나오려던 말허리 아래께를 목구멍 아래로 삼켜 넘기더니,
몸을 틀어 무대에 늘어선 배우들 끄트머리 쪽을 쳐다보듯이 고개를
살짝 빼 내밀었다.
"류리씨~?!"
친밀하게 들릴 만한 목소리로 연출자인 평론가 류리를 불러보더니,
손을 가슴께 가져가서 손바닥을 붙이고는 손가락 끄트머리를 '톡톡톡
톡…' 빠르고 가볍게 부딪혀보는 것으로 소리 나지 않게 박수치는 시
늉을 해보였다. 그러자 뒤쪽에 서있던 배우들이, 그중에서도 이극도
역할의 정재성이 가장 먼저 박수를 쳐댔으며, 객석도 그 박수에 화답
하듯이, 그러나 어딘지 모르게 박자가 살짝 맞지 않는다 싶은 어색한
박수소리를 쏟아냈다.

평론가 아니, 이 공연의 연출자 류리가 왼발로 한 걸음 나서며 부름에 답례하듯이 객석을 향해 인사했다. 객석 이쪽저쪽을 향해 몇 번이나 꾸벅거리느라고 흘러내려 올 수밖에 없었던 머리카락을 왼손가락으로 모아 왼쪽 귀 뒤편에 걸쳐놓듯이 쓸어 넘기고 두 손을 앞으로 다소곳이 모아서 오른발을 떼어 뒷걸음질로 한 걸음 제 자리로 돌아가려는데, 마장동이 자기 옆으로 와보라는 것처럼 불러대는 손짓을 해보였다.

괜히 자기 때문에 분위기가 삼천포로 빠지는 것 아닌가 싶었는지, 류리는 잠시 머뭇거리며 주위를 둘러보았다. 그러다 어서 가보라고 잇따라 권유하는 정재성과 승려 원호 역할을 맡았던 러시아 유학파 배우의 거듭되는 고갯짓과 손짓으로부터 용기를 얻었는지, - 그러나 그럼에도 불구하고 다소 소심하게 보이게끔 어깨를 구부정하게 하더니, - 마장동 곁으로 발걸음을 옮겨 갔다.

" … 지극히 현학적이고 적잖이 관념적이며 자칫 난삽해질 수 있었던 난해한 작품을 차가운 지성과 따뜻한 감성으로, 여성 특유의 부드러운 카리스마로 섬세하게 풀어낸 저희 극단 [반향反響]의 객원 연출로…"

마장동은 류리가 제 옆으로 다가오는 동안에 환해진 얼굴과 - 이것으로 방금 전 누군가를 추모하는 듯했던 슬픔 어린 목소리가 진심이 아니라 꾸며낸 것이었음을 들키게 된 것은 물론이거니와, 단원들에게 선후배 간의 엄중한 위계질서를 강조했었던 평상시와는 상반되도록, 그래서 극장 어딘가에서 지켜보고 있을 신입 단원들과 객석에 앉아 있는 그가 비록 다른 곳에서지만 동시에 콧방귀를 뀌고 속으로 "에라~이‥, 천하의 씨발놈아!"라고 비아냥거릴 만하게 - 부드러운 목소리로 뭐라 뭐라 지저분하게 지껄여댔다.

"이렇게 많은 분들께서 공연을 보러 와 주셔서 감사합니다."

지절대는 마장동 곁에 섰던 류리가 반걸음씩 두어 번, 그러니까 작은 보폭으로 한 걸음하고 반걸음 정도 주춤대며 앞으로 나오더니, – 그러나 말할 때 꼭 얼굴의 왼쪽 편을 보이고 싶어 하는 사람처럼 고개를 옆으로 비스듬히 돌리고서, – 힘주어 꾹 다물고 있던 입을 떼었다.

"특별히 말씀 드릴 건 없고요. 먼저 하나님께 감사드리고요….."

그가 '저것만큼 입에 발린 재수 없는 소리가 또 있을까?'라고 생각하며 입꼬리에 조롱기 어린 미소를 띠우려는데, 남들 앞에 나서고 싶어 했고 나서서 말하기를 좋아했던 평론가답지 않게, 류리가 손을 배꼽 앞으로 수굿이 모아 비비적거려가며 – 어느 술자리에선가, 그녀는 꼬부라진 혓바닥으로 권력을 갖고 싶다고 말했었고, 누구도 자기를 무시하지 못하게 되길 바란다고 말했으며, 가능한 빨리 대학교수가 되어서 학생들을 편히 가르치고 싶다고 투덜거렸었다. 그리고는 현 연극협회가 자기네들끼리 예산을 쏠쏠하게 유용했을 것이며, 며칠 전부터 시끌시끌하게 잡음이 무성한 창작활성화기금 수혜 극단 선정도 보나마나 불공정한 심사과정과 모종의 뒷거래들이 있었을 거라고, 시크름한 술 냄새와 텁텁한 담배 냄새에 가지가지 음식 냄새까지 오묘하게 뒤섞인 입 냄새를 물큰물큰 풍겨가며 현 집행부를 성토하더니, 자신과 마장동 대표가 집행부에 들어가기만 하면, 아주 국물도 없을 거라고‥, 그때 되면 다 제멋대로, 주고 싶은 데다 몽땅 퍼줄 거라고 눈알을 형형하게 굴리며 큰소리쳤었던‥, 그래서 그로 하여금 늘 제 또래들에게 괴롭힘 당하던 조카아이가 저보다 작고 어린 사촌동생을 괴롭힐 때 보여준 악착스러움과 표독스러움을 떠올리게 했던 그때와는 영 딴판으로 – 어색하고 수줍은 듯이 고개를 구부리고서 말했다.

"열심히 하겠습니다. 감사합니다. 연극 많이 사랑해주세요!"

그러나 그럼에도 말소리가 또랑또랑하게 들리도록 목에 힘을 주어 짤막하게 인사말 하더니, – 자신이 언제 나서야 하고 또 언제 물러서야 할지를 잘 아는 사람처럼, – 류리는 서둘러 마장동 옆으로 뒷걸음 쳤다.

"연극 천국이라는 러시아 연극 아카데미에서 공부를 마치고 귀국한 지 얼마 되지 않아서 아직 국내 연극계의 제반 환경이 낯설기만 할 것인데…"

무대 위 배우들이 먼저 쳐댄 박수소리에 이끌려 나온 객석의 박수소리가 금세 잦아지자, 극단 대표 마장동이 제 옆으로 다가선 연출자 류리의 어깨 위에 손을 얹고서 관객에게 그녀의 학력과 경력을 지껄여 대려는 순간이었다.

마장동 뒤편에 배우들과 나란히 서있던 배우 강두한이 손을 흔드는 것으로 마장동의 눈길을 끌어오더니, 자기가 그 앞으로 나가겠다는 것처럼, 제 가슴팍과 무대 앞쪽을 '콕콕' '콕콕' 손가락 끝으로 두 차례씩 번갈아 찍어대며 눈짓과 고갯짓을 해댔다.

"…!…"

짧은 순간이지만 눈썹을 치켜올리며 고개를 갸우뚱거리는 것처럼 보였던 마장동이 고개를 끄덕이더니, 눈치 빠르게도 투박한 말머리를 굵직하게 꺼내었다.

"네, 알겠습니다. 제 이야기를 들으시는 도중에, 자타공인 최고의 배우 강두한 선생님께서 여러분들께 하시고픈 말씀이 생각나셨나 봅니다. 선생님~?"

마장동이 은근한 태도로 고분고분하게, 처세에 능한 사람답게 얼굴에 능글능글한 미소까지 머금고서 자리를 양보하듯이 뒤로 물러나려는 태도를 취했다.

　하이에나 닮은 강두한이 무대 앞으로 나서자, 돼지새끼 같은 마장동이 네댓 걸음쯤 뒤로 물러섰다. 객석에서 박수소리가 쏟아져 나왔다.

　"안녕하세요. 강두한입니다."

　몇 분 전까지 무대를 뒤흔들었던 우렁우렁한 목소리와는 사뭇 다른, 코맹맹이소리가 살짝 섞여있는 말랑말랑한 목소리였다.

　"공연 잘 보셨지요?"

　노련한 배우의 여유가 느껴지는 어글어글한 얼굴이다.

　"공연을 보신 많은 분들께서 저에게 연습하며 힘들지 않았느냐고, 대사 외우는 게 어렵지 않았느냐고, 혀를 차거나 불쌍히 여기는 시선으로 물으시는데…,"

　강두한이 말꼬리를 머금으면서 입꼬리엔 미소를 띠었다.

　"감히 말씀드리지만, 네버! 에버! 전혀, 절대, 힘들지 않았고 어렵지도 않았고 외려 행복하기만 했습니다. 왜냐하면 이 작품은 제게 운명과도 같은 작품이었기 때문입니다. 배우라면 본능으로 알 수 있을 겁니다. '이건 내거다! 이건 무조건! 반드시! 필히! 필시! 어떤 일이 있어도, 어떤 희생을 치우더라도, 기필코 해야 한다! 안 하면 안 된다!' 이런 것 말입니다."

　힘을 주어 말을 뱉은 강두한이 숨을 천천히 깊이 들이마시며 객석 상단을 응시하더니, 새로이 말머리를 꺼내었다.

　"전율스럽게도, 대본을 처음 읽은 그 순간 김삿갓이라는 인물이 제 몸으로 들어왔다는 걸 느꼈습니다. 여기 계신 분들께서는 어떻게 생각하실지 모르겠습니다만…. 배우인 저는 이 작품이야말로 더 베스트 오브 더 베스트 오브 더 베스트…! 가히 박물관에 전시되어야 할 마스터피스masterpiece라고 생각합니다. 선명한 캐릭터에서 뿜어져 나오는 원초적이고 파워풀한 정서와 깊이 있는 울림과 지적인 사고를 강요하는 탁월한 언어유희, 그리고 정중동靜中動 동중정動中靜의 한국적 리듬과 여백餘白의 이미지가 절묘하게 어우러져 있는 이 작품은 지독한 편식으로 과식하는…, 재미난 것, 쉬운 것, 자극적인 것과 싸구려 상업주의가 판을 치는 한국연극계가 반드시 눈여겨봐야 할 작품이라고 생각합니다. 아마 여러분께서도 저와 같은 생각이실 겁니다. 그렇죠? 네?”

방송이나 여성지 인터뷰에다가는 일 억을 받아도 절대로 하지 말아야 할 작품이 있고, 단돈 만 원을 받더라도 꼭 해야 할 작품이 있는 거라고 떠들어댔지만, 실상은 돈만 주면 어떤 작품이건 닥치는 대로, 심지어 두 겹 세 겹 몇 겹치기 출연도 마다하지 않아서 연습 스케줄을 온통 엉망으로 만들었던 바로 그 장본인께서 윗몸을 앞으로 수그리더니, 장난스럽게 억지대답을 강요하듯이, 맨 앞쪽에 앉아 있는 젊은 여자 관객 한 사람을 빤히 내려다보며 눈에다 힘을 주어 부라렸다.

자신에게 쏟아지는 관객들의 눈길 탓에 화끈거려대는 뺨과 이마를 두 손으로 가려보고 손부채질 해가며 대답을 할까 말까 뭐라 할까 우물쭈물 거려대는 여자 관객 주변에서 웃음소리가 키득키득 새어나오려는데, 객석 상단에서 “네. 그렇습니다!”라는 큰 소리가 - 조금 전 까불거리던 대학생들 가운데 누구 하나가 뽑아냈을 거라고 짐작할 만한 발랄한 목소리가 - 타이밍 좋게 튀어나왔다.

“아주 씩씩한 분이시군요.”

강두한이 웃음기 배어있는 얼굴로 객석을 쳐다보았다.

"선생님. 사랑합니다! 열심히 하겠습니다!"

키가 훤칠하고 잘생긴 남학생 하나가 벌떡 일어나며 우렁차게 소리치더니, 무대를 향해 깊숙이 허리 꺾어 인사했다. 주변 객석에서 "와~!"하는 환호소리와 치켜세운 엄지손가락으로 바닥을 가리키며 "우우~!"하는 야유소리가 동시에 터져 나왔다.

몸에 착 달라붙은 검은색 티셔츠 차림에 가르마가 또렷이 보이도록 머리칼을 단정히 빗어 넘긴 이 남학생을 포함해서 - 늦게 들어온 커플과 말싸움을 했었던, 홀로그램 상표가 반짝이는 일자 챙 야구 모자를 썼던 그 학생과 친구들 되지 않을까 싶을 만치 힙합 스타일로 쫙 빼입은 일군의 무리들까지 - 모두 강두한이 출강하는 대학의 학생들인 모양이었다.

"에~ 정리를 좀 해야겠군요."

강두한이 턱을 아래로 끌어당기며 목소리와 얼굴빛을 바꾸더니, 굳은 듯이 보이는 얼굴과 묵직한 목소리로 말을 이었다.

"말씀드리건대 제가 이렇게 이 자리에 나선 이유는, 지금처럼 행복하기 그지없는 자리에 여러분과 함께 있었더라면 좋았을 사람‥, 그러나 애석하게도 참석하지 못한 그 사람에 대해서 이야기하고 싶었기 때문입니다."

객석의 주의를 끌기 위해 의도적으로 한 호흡 먹는 것으로 - 고개를 떨어뜨리고서 팔짱을 끼고 왼손을 들어 손바닥으로 거뭇거뭇한 턱 주변을 어루만지는 것으로 - 템포를 죽이고 침묵하는 태도를 보였던 강두한이 고개를 뒤로 젖히며 뒷목을 지그시 눌러보더니, 침울하게 보인다고 할 만한 낯빛을 하고서 무덤덤하게 입을 떼었다.

"한 사람이 있었습니다. 가슴에‥, 정情이 깊어서, 흥興보다는 한恨이 많았던 사람. 우리 연극계에 하나의 찬란한 보석 같을 그 사람에게 저는…, 지음知音의 죽음을 슬퍼하며 거문고 줄을 끊어버린 백아伯牙가 아니요, 천리마를 알아보는 안목 높은 백락伯樂은 더더욱 아닐 것입니다. 저는 단지 그 사람의 작품을 사랑하고, 그가 보여준 열정과 집념과 순수를 존경하고픈, 일개 연극배우에 불과할 뿐입니다."

뭐랄까…? 강두한이 소개하고자 하는 사람에게는 얼토당토않고 분에 넘치는 찬사일수도 있겠으나, – 치밀어 오르려는 것을 억지로 꾹꾹 눌러가며 삼켜대는 겉치레에 치중하여서 외려 가식적이지 않나 싶었던 느낌까지 줬던 마장동과는 사뭇 다르게, – 꾸미지 않은 진심이 느껴질 만치 평탄한 말투에다 담담한 울림을 가진 목소리였다.

"어디서부터, 무슨 말부터 꺼내야 할지 모르겠습니다만…,"

꾹 다문 입술마냥 굳은 표정에다가 낯빛도 어두워 보였다. 강두한이 턱 끝을 들고 객석을 훑어보더니, 뒷짐을 지며 말랑말랑한 목소리를 차분하게 내었다.

"누가, 또 다른 누가 어떻다는 소문은…, 그것이 자신과 직접 관련됐건 그렇지 않건 간에, 어느 정도까지는 사실일 것이며, 또 어느 정도는 사실과 다를 것입니다. 사람들 사이에서 그 '관계'라는 것이…, 절대적이라기보다는 상대적으로 작용하기 때문이죠. 제가 왜 뜬금없이 이런 말을 꺼내려는가 하면…,"

강두한이 까치발을 딛듯이 뒤꿈치를 살짝 들었다 내려놓더니, 뒷짐을 풀고 왼 소맷자락을 한번 떨쳐보고는 말을 이어나갔다.

"몇몇 연극인들이…, 그중에서도 선배라고 할 만한 분들이 영악치 못했던 어떤 이에게…, 꺾일지언정 굽히지 않는 품성을 지녔으나 그만큼 마음이 여렸던 후배에게…, 뻣뻣하다느니, 싸가지가 없다느니, 괴팍

하고 건방지다느니, 연극은커녕 세상물정 모르는 천둥벌거숭이 같은 게 어디 저 혼자 연극할 수 있나 보자며 등 뒤에서 침을 뱉었었습니다. 심지어 그가 깨끗하게 보이면 보일수록, 그의 생각이나 견해가 뛰어나다 싶으면 싶을수록, 부러워할 만한 식견과 재능을 드러내면 드러낼수록, 눈에 불을 켜고 어디서건 무엇에서건 꼬투리를 잡고 얼룩을 찾으려고 시비를 걸었으며, 어쩌다 사소한 흠결이라도 하나 발견할라치면, 그럴 줄 알았다고··, 가증스런 놈이라고 이를 갈며 눈살을 찌푸리고 손가락질했었습니다."

즉흥적으로 떠오르는 생각을 그대로 옮겨 놓은 것이라 다소 두서없는 소리 같았지만, 평소 감정이 고스란히 묻어 있는, 다소 격앙되어가는 목소리였다.

"예민하고 섬세했던 터라 감정기복이 심했던 그 사람은 동료들과 끊임없이 부딪혀야 하는 연극작업에서, '더불어!' '함께!'라는 가식적인 말 따위를 입에 달고 사는 선배들로부터 철저하게 따돌림당하고 배척받았던 외톨이였습니다. 뾰족하고 깐깐하며 고지식하고 까칠하여 꽤나 사교적이지 못했던 그 사람은··, 그러나 남들과 다른 시선으로 세상을 보고, 남들과 다른 것을 느끼고, 남들과 다른 생각으로, 남들과 다른 것을 다르게 만드는 것을 통해서 카타르시스를 얻고자 했던 연극 작가였습니다. '아집과 독선에 사로잡힌 놈!' '교만이 하늘을 찌르는 안하무인에다가 양보할 줄 모르고 타협할 줄도 모르는 놈!' '바늘로 찔러도 피 한 방울 안 나올 놈··!' 지금 이 자리에서 그에게 쏟아졌던 비난들을 생각해보니···, 어쩌면 그는 실제로 그런 말을 들어도 마땅한 사람이었는지 모르겠습니다. 적어도 자기 작업에 임해서만큼은 말입니다."

말을 마친 강두한이 아래턱에 힘을 주어 입술을 꾹 누르며 절도 있는 동작으로 - 짐짓 비장하다고 느낄 만하게끔 - 짧게 마디를 끊듯이 한 차례 고개를 끄덕였다.

"희곡에다 모든 것을 쏟아 부었고, 자기 방식대로 공연을 만들려고 지독히도 고집을 부렸고, 그러기 위해서 다소 강압적이고 신경질적인 태도를 보이기도 했었습니다만··, 그렇다고 결코 완고한 사람만은 아니었습니다. 예컨대 그는···,"

생각을 가다듬으려는 듯이 고개를 살짝 옆으로 갸울어뜨리고서 객석 너머를 아스랗게 바라다보더니, 목울대가 도드라져 보일만큼 덩어리진 침을 "꿀꺽~!" 삼키었다.

"제가 알고 있는 그 사람은··, 윗니 대여섯 개가 한꺼번에 빠져 나가버렸는데도 사정이 여의치 못해 틀니를 해 넣지 못하고 있는 어머니께서···, 밥상에 마주 앉아 밥알을 씹으시며 뭐라 뭐라 살갑게 말을 건네자, 미안하고 속상한 마음 대신 괜한 짜증을 부리며 밥상에다 밥숟가락 내려놓고 자기 방으로 걸어 들어가··, 문 걸어 잠그고 책상에 앉아 한숨 내어 쉬고 입술 깨물고 눈물 글썽이는···, 그런 마음 여린 철부지 아들 같은 사람이었습니다."

강두한이 없는 말꼬리 대신, 자기가 말하고 있는 그 사람의 것이라 여겨질 만한 큰 숨을 깊이 머금어 보더니, 버릇인 양 다문 입술을 다시 꾹 눌러보았다.

"그가 욕을 들어먹을 만치 품성이 형편없는 사람인지··, 칭송받아 마땅한 사람인지 솔직히 저도 잘 모르겠습니다. 그러나··, 그렇지만 그 사람은···,„"

남 칭찬하는 데 인색하고 자기 밖에 모르는 하이에나 같은 양반이,

심지어 늘 바쁜 자신에게 특별한(?) 배려를 해주지 않는다며 연출이었던 자신조차 자기중심적 인간으로 몰아세웠던 양반이 도대체 왜 저러는가 싶어서 그가 고개를 갸우뚱거리려는데, 강두한이 굳게 다문 입술을 달싹달싹 거리며 말을 이었다.

"자신을 바라보는 편견 어린 시선과 따가운 비난을 겉으로는 태연한 척하며 그것을 자기 재능에 어울릴 만한 질투나 시기 따위로 여긴다고 호방한 태도를 보였으나‥, 어느 날인가는 극심한 우울감에 사로잡혀서‥, 저 스스로 세상과 담을 쌓고 점점 괴물이 되어 가고 있다고‥, 고독과 싸우는 것이 아니라 싸울 수도 없이 고립되어 있는 거라고‥, 고독이라는 그 괴물이 바로 자기 자신이기에 만신창이가 되어가는‥, 그런 느낌이라고‥, 또 언젠가는…, 식당에서 처음 보는 종업원에게 어쩌면 그렇게 친절하게 구냐는 제 물음에, 밤에 자기 전에 겨우 잠깐 얼굴 보는 가족을 제외하고는, 하루를 통틀어 자신과 이야기하는 사람이 아마도 저 사람이 유일할 것이라고‥, 그래서 자신에게는 매우 귀한 사람이라고, 그런 이유일 거라고‥, 혼자 지내다 보면 다들 그렇게 될 거라고, 환한 얼굴로 씁쓸하게…"

"아…!"

강두한이 선 채로 턱을 괴고서 뭔가를 기억해내려는 것처럼 오른손을 왼쪽 가슴에 얹고 왼팔을 들어 손바닥으로 수염이 듬성듬성한 턱 주변과 입술 주변을 덜 매끈매끈하게 쓰다듬고 감싸보더니, 그것에 어울릴 만한 - 기억속의 그 사람과 공유했던 감정이 되살아난 것인지, 아니면 보이지 않는 자신의 고통과 억울함(?)을 누가 알아줄까 하여

가슴을 쳐댔던 그 사람에게로 감정이입된 것인지, 어쨌거나 - 뭉클뭉
클한 감정이 배어 있는 말덩어리를 내뱉어가려는데, 객석에 앉아 있던
그가 나직한 탄성을 내질렀다.

맹렬하게 날아가 과녁을 꿰뚫고 팽팽하게 흔들거려대는 화살처럼
그의 눈망울이 일렁이며 꽂혀 있는 바로 그곳에는 평론가, 아니 연출
가 류리가 극단 대표 마장동에게 기대듯이 고개를 수그린 채 세모꼴
콧구멍 밑에다 구부러뜨린 오른손 집게손가락을 가져다 대고 훌쩍이
고 있었는데, 그 모습으로 말미암아 곡두 같았던 형상이 번쩍이며 -
그러니까 극단 연습실에 불이 났던 바로 그날. 연기와 그을음에 뒤덮
여 아무것도 볼 수 없었음에도 불구하고, 좁다란 출입구 계단 위쪽에
서 검실검실 거려댔었던 형상이 번갯불에 희뜩희뜩 드러나는 이미지
마냥 - 그의 머릿속으로 또렷이 떠올랐기 때문이었다.

'그…그래…. 그랬다…. 그게…, 그게 그러니까…,'

거세게 소용돌이치는 기억의 물살에 휩싸여 허우적거리듯이, 그가
불규칙하게 들릴락 말락하는 소리로 띄엄띄엄, 자기도 모르게 읊조려
댔다.

'뭐였지…? 뭐였더라? 그게…, 거기서…, 내가…? 아…!'

소용돌이 속으로 까마득히 말려들어가 무겁게 가라앉은 사람처럼,
느리지 않게 도리머리치고 밑바닥을 짚어보듯이 지나간 시간의 파편
들을 하나씩 둘씩 더듬어보자, 어쩔 줄 몰라 하며 발을 동동 굴러대고

몸부림치던 그림자 하나와 그 그림자를 뒤에서 붙잡고 지켜보던 또 다른 그림자 하나가 수초더미마냥 흐느적거리며 기억의 촉수에 감겨 들었다.

자욱했던 잿빛 연기에 휩싸여 소리조차 내지르지 못하고 쓰러져버 렸던 자신을 바깥 계단 위에서 내려다보기만 했던 두 개의 그림자!

단순한 방관자의 것인지, 혹은 냉혹한 방화범의 것인지, 그래서 그 두 그림자가 은밀한 공범인지까지는 알 수 없었지만, - 피뜩 떠오른 이미지였으나, 흐릿하게 꺼져 가는 그의 의식 속에 마지막까지 남아 있던 것으로, - 그것들 중 하나는 틀림없이 평론가 류리의 것이었고, 또 다른 하나는 바로 극단 대표 마장동의 것이 확실했다.

그렇다! 마침내 그날의 기억을 이제야 생생하게 손아귀로 감아쥐게 된 것이다.

'그런데‥, 그럼…? 그렇다면 그 불은…?'

그가 덮쳐 쌓인 기억 더미를 들쑤시며 뒤적이기 시작했다.

'오래된…, 그‥, 풍로風爐 닮은 고물단지 석유난로 때문이었던가…? 아니면 술에 취해 테이블에 엎어져 잠든 사이, 촛불이 넘어지기라도 했던 걸까‥? 그래서 그것이 굴러서 장작더미마냥 쌓아둔 숯더미에 불 이 옮겨 붙어서‥, 말 그대로 연습실이 시커멓게 숯덩이가 된 걸까…? 그게 아니라면‥, 혹시 시뻘건 선풍기 비슷하게 생겨먹은 전기난로의 과열? 아니면 낡아서 해진 전선의 누전? 합선…? 아‥! 아니다…! 마장 동‥! 저 개자식과 말다툼이 있었지…? 그래, 맞다‥! 멍청한 놈이 자기 배우 데려다 쓰는 방식이 마음에 들지 않는다고‥ 또…, 연옥이와 차유석의 연기가 어쩌고저쩌고 툴툴거렸었고 그래서 나는…, 그럼 지금이라도 당신 마음에 드는 놈을 연출로 데려다 쓰라고 맞대꾸했었다‥. 그랬더니, 아…! 맞아‥! 저 병신자식이 눈깔이 벌개져 갖고 지금 누구 돈으로 작업하고, 누구 덕에 연출하는데 까부는 거냐고 게거품 물었었지…? 그래‥! 맞아! 그래서 나는…, 아무리 대표라지만, 기획을 할 것이면 기획이나 잘 하라고‥, 연습하는 데 개뿔도 모르면서 옆에서 입방아 찧어대고 초를 치면, 될 것도 안 된다고 삿대질해가며 대들었었어…! 그래‥! 그런데…? 그래서‥? 그 다음엔 뭐였지? 뭐라 지랄들을 했었지‥? 서로에게 악의 어린 이빨과 잇몸을 드러내고 으르렁거리다 촛불을 집어던졌었나? 아…! 그건‥, 그건 아닐 테고…. 그럼 난로를 걷어찼던가? 내가…? 그가…? 서로 멱살잡이를 하다가…? 아…! 그래‥! 내가 저 자식 귀싸대기를 올려붙이고 모가지를 쳤던 것은 기억나는데…, 그래서 저 등신이 나를…? 멱살을 잡았던가‥? 그랬던가? 저 비열한 쥐새끼 같은 돼지새끼가 감히 나를…? 그렇게 티격태격했던가? 아…, 잘 모르겠다. 뭐가‥, 누가, 그랬던 것도 같은데… ‧.'

감정 제어에 서툴렀던 그가 극단 대표 마장동과 의견 충돌 차원을 넘어선 말다툼을 벌이며 '죽일 놈 살릴 놈' 술기운에 옥신각신 거려댔었던 것을 기억해냈다. 그러나 아무리 기억더미를 헤집고 들추며 뒤져봐도 화재의 원인만큼은 애써 떠올리려고 하면 할수록 그것과 반비례하여서 — 눈을 뜨려고 애썼으나 그럴 수가 없었던 그날처럼 — 뿌옇게 흐려지고 도로 가라앉아버리는 것이, 기이하게도 무엇인가에 막혀 더 이상 떠오르지 않는 것이었다.

"이제 끝으로~!"

짙어가는 답답함과 묵중해진 궁금함에 점차 빨라지려는 조바심까지 뒤섞인 그의 가슴이 돌연 '그럼, 혹시…? 내가‥?'라고 스스로도 놀라워할 만큼의 어처구니없는 생각에 엇박자로 쿵쾅쿵쾅 거리려는데, 물기를 먹어서 말랑말랑해졌던 강두한의 목소리가 어느새 딴딴하게 바뀌어서는 - 한 걸음씩 발을 디딜 때마다 "뽀그작…!" "빠그작~!" 소리가 날만치 낡아빠진 마룻바닥 위를 "또르르르~" 굴러가는 쇠구슬마냥 - 그의 귓바퀴로 또랑또랑 굴러들어왔다.

"아…! 마대표님! 내가 마무리해도 될까?"

그가 머릿속 기억꾸러미를 풀어헤쳐 보기에 몰두하는 동안에도 객석에다가 계속해서 그 누군가에 관한 이야기를 해대던 강두한이 새삼 무슨 생각이 떠오른 것처럼 - 그러나 이것이 그나마 극단 대표에 대한 최소한의 예의라고 느껴지게끔 - 마장동에게 물었다.

그러자 마지막 날 마지막 공연이라 전체를 마무리해야 하는 주인공 자리를 뺏겼으니 틀림없이 소태 씹은 얼굴일 것이나, - 선배 강두한의 정중하고 예의바른(?) 물음에 상응하게끔 그리고 표정관리에 힘써야 하는 정치꾼 지망생답게, - 극단 대표 마장동은 웃는 얼굴로 두 눈썹을 치켜세워보이며 고개를 까닥이고는 '마땅히! 어서 냉큼 그렇게 하시라.'는 것처럼, 양 손바닥을 붙이고 손가락 끄트머리를 소리 없이 "짝짝짝짝~" 부딪혀댔다.

"오케이! 생큐…!"

존칭 섞인 하대下待와 걸핏하면 영어를 사용하는 강두한식 표현. 그 속에 내밀하게 담겨 있는 지독한 권위의식과 자신감 넘치는 태도! 그랬다. 겉으로 드러내는 강두한의 자유분방함과 겸손함의 야트막한 밑바탕에는 뿌리 깊은 우월감과 교만함과 오만함이 늘 없는 듯이 안 그런 듯이, 일종의 자긍심처럼 내재되어 있었다.

"에~ 노파심에 당부하는 말입니다만…,"

강두한이 목젖을 누르며 목청을 가다듬더니, 낮은 소리로 말을 이어나갔다.

"부디 여러분께서는 밖에서 그를 찾지 마시고, 그가 남긴 희곡과 그의 공연에서 그를 느껴보시길 바라며, 다시 시작하는 마음으로 마무리하고자 합니다. 자··, 이제~!"

강두한이 숨을 깊이 들이마셨다 내쉬며 합장하듯이 두 손을 가슴팍에 모았다. 그리고는 앞뒤로 네댓 차례 빠르게 설렁설렁 흔들어보고 양 뺨을 볼록볼록 거려 보더니, 가느다랗게 떠서 웃는 눈으로 객석을 훑어보았다.

"네…. 그 사람이 이 자리에 있었더라면 하지 않았을 일을··, 그러나 그 사람을 기리고자 하는 마음으로··, 그 사람을 대신하여 감사의 마음으로··, 그 사람의 후원자이자 삶의 동반자로서, 그 사람을 위해 헌신했던 한 분을 이 자리에 모셔보도록 하겠습니다."

말을 마친 강두한이 제 눈높이쯤 되는 가까운 객석을 쳐다보고서, 손을 뻗고 고갯짓하며 앞으로 나오라는 손짓을 해보였다.

관객들의 시선이 그리로 쏠렸다. 강두한이 '나오세요!'라는 작은 말소리와 고갯짓과 수신호를 보낸 곳, 그러니까 관객과 배우들의 눈길이 모아진 그 자리를 보기 위해서, 맨 꼭대기 먼 객석에 앉아 있던 그도 목을 길게 빼 내밀었다.

이빨 빠진 잇몸마냥 발갛게 비어 있는 객석이 한 자리 보였고, 그 옆으로 갈래머리를 길게 땋아 내린 계집아이와 여인네 뒷모습이 보였다. 언뜻 검은 머리칼 위로 나비리본이 새하얗게 반짝이는 것이 - 공연 막판에 살포시 날아와 내려앉은 산 벚나무 꽃송인가 했고, 하늘거리다 내리앉은 티끌인가 싶었던 것이 - 도드라져 보이는 여인네가 가만히 몸을 일으키더니, 뒤돌아서서 객석을 향해 소곳이 고개 숙였다.

멀리서 보기에도 어딘지 그와 닮은 듯한 - 일상의 소소함을 공유하며 티격태격 부딪히고 깨지면서 둥글둥글하게 서로 닮아가고 닮아가는 것이 부부라는 걸 확인이라도 시켜 주려는 것처럼 그와 비슷한 - 인상을 주는 얼굴. 그러나 그보다는 훨씬 부드러운 윤곽을 가진 곱상한 얼굴. 화장기 없는 수수한 얼굴이었음에도 화사한 미소가 반짝이는 그의 아내였다.

'…?!!?…'

까마득한 낭떠러지 아래쪽을 발밑으로 내려다본 것처럼 갑자기 아찔해지면서 앞으로 고꾸라져버릴 것만 같은 어지럼증을 느낀 그가 두 손으로 머리통을 부여잡으며 객석 등받이에 윗몸을 미처 기대어보기도 전에, 일어나서 뒤돌아 관객을 향해 인사를 마친 그의 아내가 몸을 도로 틀고 자리에 앉으려는데, 강두한이 두어 걸음 앞으로 나오며 그의 아내에게 무대로 나오라는 손짓을 해댔다.

"아내 되시는 분께서 조금 어색하고 부끄러우신 모양인데요."

어찌 보면 야윈 듯이도 보이는 갸름한 옆얼굴이었으나, 피곤해 보인다거나 서글퍼 보인다기보다는 외려 포근하고 따뜻하다 싶은 미소를 자연스레 지어 보이며 그대로 자리에 앉아버린 그의 아내를 가리키면서 강두한이 말을 이었다.

"네, 정 그러시다면··, 이번에는 그 대신에, 그 사람의 어떤 작품보다도 뛰어나고 무엇과도 비교할 수 없을··, 그가 자신의 목숨 이상으로 사랑한 일생일대 최고의 걸작··! 머릿속에 떠올리는 것만으로도 그를 생기 넘치게 만들었던 최고의 작품을 여러분께 소개해야겠군요. 자~ 이리로! 여기, 아저씨한테 한번 와볼래?"

강두한이 목소리를 살갑게 바꾸더니만, 몸을 구부정히 굽히고서 손뼉을 치고는 앞으로 손을 뻗어서 가까운 객석에 앉은 꼬마 계집아이에게로 내밀었다.

그랬다! 강두한이 방금 전 언급했던 '그 사람이 남긴 일생일대 최고의 걸작'이란 바로 저 자그마한 계집아이, 곧 동기童妓 아진이에게도 잘 어울렸음직한 쌍갈래머리를 기다랗게 땋아 내린, 그와 꼭 닮은 그의 딸아이였던 것이다.

눈이 초롱초롱하고 똘똘하게 생긴 그의 딸아이가 바로 옆쪽을, 그러니까 엄마를 한 번 쳐다보고 반대편으로 고개를 돌리더니, 비어 있는 옆자리에서 뭔가를 집어 들고 가슴에 품어 안으며 몸을 일으켜서 발걸음을 떼었다.

갈래머리를 예쁘게 땋아 내린 그의 딸아이가 엄마 앞을 지나쳐 무대로 내려가려다 갑자기 멈춰 서더니, 되돌아와서 엄마 손을 꼭 쥐고 보채듯이 당겨대며 엄마를 억지로 일으켜 세웠다. 그리고는 잡아끌듯이 엄마를 데리고 무대에 올라섰다.

"옳지…!"

강두한이 몸을 낮추어 그의 딸아이를 맞이하더니, 어깨에 손을 얹었다. 그의 딸아이와 딸아이 손에 이끌려 무대에 올라선 그의 아내가 강두한 옆으로, 객석을 마주하여서 나란히 섰다. 그런데 놀랍게도…! 옷고름으로 눈물을 찍어내듯이 벌써 손수건으로 눈자위를 꾹꾹 눌러대는 그의 아내와 그런 엄마의 손을 꼭 쥐고 선 어여쁜 딸아이의 가슴에는 네모난 액자가 – 하늘과 맞닿아 파랗게 물든 겨울 바닷가에서, 양손을 바지 주머니에 반쯤 찔러 넣고 눈썹은 찌푸린 채 고개를 삐딱하게 틀어서 앞쪽을 빤히 쳐다보는 헝클어진 머리칼의 개구쟁이처럼, 장난기 머금은 미소를 한껏 지어 보이는 그의 사진이 – 들려있었다.

"아…!"

미처 그의 입에서 놀라움이 채 튀어나오기도 전에, 객석 여기저기서 탄식들이 새어나오더니, 어언지간 숨소리조차 들리지 않을 만치 객석이 숙연해졌다.

그의 아내는 분홍빛 입술을 감춰물고 있었으나 만감이 교차하였는지, 현량賢良해 보이는 얼굴에는 기쁨의 빛과 슬픔의 그늘이 – 예컨대 공연이 올라갔다는 다행스러움과 자랑스러움, 그러나 그가 끝내 이 공연을 보지 못했을 것이라는 생각에서 비롯됐을 안타까움과 그를 그리워하고 사랑하는 애틋함 같은 것이 – 미묘하게 내비쳐졌고, 그의 어린 딸아이는 꼭 대본에 나옴직한 아진이처럼 꼿꼿하게 서서 초롱초롱한 눈을 동그랗게 뜨고는 저도 뭘 좀 안다는 듯이 다소 심각하게 보이고픈 천진난만한 얼굴로 객석을 똑바로 올려다보고 있었다.

'……'

혹시라도 제 옆과 앞쪽에 앉아 있는 관객이 갈래머리 꼬마 계집아이가 들고 있는 액자 속의 얼굴과 똑같은 자기 얼굴을 알아볼까봐, 하여 그가 엉덩이를 들썩이며 관객의 눈길을 끌어보려는 듯이 다리를 바꿔서 꼬아보고 윗몸도 이리저리 뒤틀어보았으나, 어느 누구도 그를 알아보지 못했다. 심지어 반응조차 없는 것으로 보아서는, 그가 있는지도 모른다는 것이 정확한 표현일 거라는 생각마저 들었다.

아직까지 심장이 작동하고 있다면 틀림없이 쿵쾅쿵쾅 요동치고 벌렁벌렁 거려댔을 그가 몸을 일으켜야겠다는 생각을 하기도 전에, '내가 지금 몸을 일으킨 건가?'라는 느낌을 갖기도 전에, 다리에 힘조차 주지 않았건만 그는 어느새 – 마치 소담스런 들꽃이 만발한 봄날의 산길을 걸어 내려가듯이, 달빛이 부끄러이 새어 들어오는 호젓한 숲길을 거닐듯이, 바람에 물결치는 억새풀밭을 산보하듯이, 그리고 새하얀 숫눈이 보드라운 비단처럼 눈부시게 깔려있는 눈길을 디뎌 밟듯이 – 무대로 향하는 계단 위를 내려가고 있었다.

무대 위에서는 강두한이 계속해서 뭐라 뭐라 떠들어대고 있었건만 오물거려대는 입모양만 보일 뿐, 도무지 무슨 말인지 그의 귀로는 하나도 들어오지 않았다.

가벼움도 무거움도 심지어 걷는다는 느낌조차 없는 발걸음으로 계단을 내려온 그가 무대 위에 올라서더니, 생판 모르는 사람이 보더라도 영락없이 그와 판박이라고 할 만한 딸아이에게로 다가가 옆에 나란히 섰다. 그리고는 액자 속의 사진과 똑같은 몸짓을 취해보고 찡그리면서 웃는 표정을 지어 보았다.

자신이 이 세상 사람들과 다른 존재라는 것을 알게 된 지금, 그가 또 무엇을 할 수 있을까? 어깨를 구부정하게 하고서 웃는 얼굴로 눈살을 찌푸려 보였던 그가 윗몸을 일으켜 세우더니, 애틋한 눈으로 아내를 쳐다보았다.

'…|…'

깊은 사랑으로 맺어져 마음을 나누고 살을 맞대고 살았기에 감응感應이라도 한 것일까? 그래서 형체는 없으나 존재하는 무엇인가를, 유현幽玄하다 할 만한 어떤 기운 같은 것이라도 느꼈던 걸까? 그의 아내가 돌연 '흠칫…!'거리는가 싶더니, 신기하게도 일말의 두리번거림도 없이 그가 서있는 바로 그 방향으로 고개를 돌리고서는 - 어룽어룽한 눈 속으로 보이지도 않을 그의 모습을 아렴풋하게 담으려는 것처럼 - 그윽한 눈길을 그가 서있는 허공 한 곳에다 담담淡淡히 고정시켰다. 그러자 투명한 아내의 눈 속에 어른어른 담겨져 있을 그가 왼 무릎을 굽혀서, 무엇에 홀린 듯이 서있는 엄마를 보며 어리둥절한 표정을 지어 보이는 딸아이의 얼굴로 제 얼굴 높이를 맞추더니, 딸아이의 새까만 머리칼을 사랑스레 쓰다듬어보고 발그레한 뺨을 탐스럽게 어루만져보고는 집게손가락 끝으로 딸아이의 앙증맞은 코끝을 - '왜 나는 아빠를 안 닮아서 끝이 똥그랗지?'라고 입술을 삐죽였었고, 그럴 때마다 '네 얼굴과 눈과 입과 목소리에 가장 잘 어울리는 예쁜 코야.'라고 이야기해줬었던 바로 그 코끝을 - 꽃망울 만지듯이 톡 건드렸다.

'……'

벅차오르던 가슴이 먹먹해졌는지, 희불그레했던 그의 눈자위에 – 만약 죽은 자의 눈에서 눈물이 솟는다면 바로 저럴지 모른다는 생각이 들게끔 – 푸르뎅뎅한 빛깔이 촉촉하게 얼비치었다.

'살아있는 것들의 눈에 얼비칠 죽은 자가 눈물을 흘린다. 비록 흘러내리는 것은 없겠지만 틀림없이 울고 있을 것이다.'라고 느껴질 만한 바로 그 순간에, 무대와 가까운 객석 아래쪽 계단에서 카메라 플래시가 번쩍였다.

강두한이 여유작작하게 웃으며 손을 흔들어대고 있는 것으로 보아서는, 아마도 기록을 남기려는 극단 관계자였거나 강두한과 개인적으로 가까운 사람이 사진을 찍는 모양이었다. 그러자 기다렸다는 듯이, 너나 할 것 없이 누구나 그래도 된다는 듯이, 마구잡이가 당연하다는 듯이, 객석 여기저기서 사진을 찍어대기 시작했다.

배우들의 가슴팍에 뿌듯하게 안겨질 향기로운 꽃다발과 머리 위에 흩뿌려질 울긋불긋한 꽃잎을 대신하여 빛의 다발이 눈 시리도록, 눈을 뜰 수 없을 만치 번쩍대며 무수히 쏟아져 내리자, 그가 고개를 돌리고 눈살을 찌푸리며 실눈을 가느다랗게 뜨려는가 싶은 때였다.

'…!!…'

언뜻언뜻 눈앞이 흐릿하게 바래지고 자기 자신마저도 희미해져 가는 것을 느꼈는지, 그가 얼굴과 윗몸과 양팔을 손과 눈으로 더듬어보고 어루만져보더니, 허허로운 듯이 고개를 들고 글썽거릴 눈물처럼 – 저가 저 자신이어서 고통스러울 때도 많았지만, 지금 이 순간만큼은 저가 저 자신이어서 뿌듯함을 느끼는 것처럼 - 반짝이는 미소를 지어 보였다.

그리고는 바야흐로 빛에 의해서, - 그가 그토록 그리워했던 아내와 딸아이를 무대에서 만났기에 바람이나 미련 따위가 소멸되었기 때문일까? 아니면 공교롭게도 오늘이 화재가 발생한지 꼭 마흔아홉 번째 되는 날이었기 때문이었을까? 어쨌거나 그는 김병연이 산 벚나무와 함께 아득한 어둠속으로 파묻히듯이 사라져버린 것과는 정반대로, - 아무도 모르게 빛 속으로 투명하게 스며들어가는 것이었다.

그렇게 그는 흐드러지게 피어난 빛과 더불어 홀가분하게, 이제껏 손아귀에 꼭 쥐어져 있던 묵은 숨결이 "후~우~~"하고 불어온 새 숨기운에 손바닥이 펴지며 바람처럼 후련히 날아오르듯이, '공허空虛하다' '허무하다' '무상無常하다' '덧없다' 따위의 말들을 떠올릴 필요조차 없이 스러져버렸고, 무대 위에는 그를 기억하고 사랑하는 사람들만 남아 있었다.

그렇게, 그러나, 그럼에도 불구하고, 그는 바로 거기에 있었던 것이다.
이미 사라져버린 그의 연극처럼….

- 끝 -

"그렇다! 의심의 여지없이 그가 바로 나란 놈이다.

'하느님, 저는 겨우 이따위로 살았습니다.'

두려운 마음으로 고백하는 것이다."